2020年度辽宁省社科规划基金重点项目"域外汉籍'燕行录'所见清代辽西走廊文献整理与研究"（L20ATQ001）

知库

历史与文化

康熙时期中朝诗歌交流系年
（1703—1722）

谷小溪　著

中国书籍出版社
China Book Press

图书在版编目（CIP）数据

康熙时期中朝诗歌交流系年.1703—1722/谷小溪著.--北京：中国书籍出版社，2023.1
　ISBN 978-7-5068-9339-8

　Ⅰ.①康…　Ⅱ.①谷…　Ⅲ.①古典诗歌-文化交流-研究-中国、朝鲜-1703-1722　Ⅳ.①I207.22②I312.072

中国国家版本馆CIP数据核字（2023）第022268号

康熙时期中朝诗歌交流系年.1703—1722

谷小溪　著

责任编辑	李　新
责任印制	孙马飞　马　芝
封面设计	中联华文
出版发行	中国书籍出版社
地　　址	北京市丰台区三路居路97号（邮编：100073）
电　　话	（010）52257143（总编室）　（010）52257140（发行部）
电子邮箱	eo@chinabp.com.cn
经　　销	全国新华书店
印　　刷	三河市华东印刷有限公司
开　　本	710毫米×1000毫米　1/16
字　　数	323千字
印　　张	18
版　　次	2023年1月第1版
印　　次	2023年1月第1次印刷
书　　号	ISBN 978-7-5068-9339-8
定　　价	98.00元

版权所有　翻印必究

序　言

明清时期，中国与朝鲜王朝保持着典型的宗藩关系。作为藩邦外交的直接参与者，两国使臣的纪行作品构成中朝文化交流的主体。特别是朝鲜使臣创作的大量《燕行录》，以诗歌、日记、杂录、状启等形式记载使行途中的见闻随感，从自然景观、人文古迹、民俗风貌、思想文化等方面翔实再现明清中国社会图景，堪称域外汉文学的经典文本。本书时间范围起于康熙四十二年（1703），止于康熙六十一年（1722），结合史料、文集、年谱、碑传、书牍、诗话等文献对康熙时期中朝使行诗歌及作品本事进行整理、考证与系年，以期通过对以使臣为媒介的中朝诗歌交流情况的系统考察，透视清代中朝文化交流风貌，为相关领域的研究提供文献支持和资料线索。

康熙帝即位初期，国内局势未稳，以朝鲜孝宗李淏为首的北伐派积极扩军备战，试图联络反清势力以图光复。随着南明、三藩的平定和台湾的收复，清政权获得长治久安的基础，清朝"抚藩字小""厚往薄来"政策的推行也进一步缓和了两国矛盾，中朝宗藩关系进入新的发展阶段。然而，综观康熙一朝，朝鲜士人的对华心态依然复杂微妙。一方面，清朝优容的宗藩政策无法全面扭转朝鲜士人对清政权的负面印象，这既根植于两国的民族文化差异和"丁卯""丙子"战争等历史纠葛，也源于朝鲜士人群体所笃守的春秋义理观和根深蒂固的"小中华"意识。另一方面，清朝社会经济文化的繁荣发展令燕行使臣感受到"胡无百年之运"等旧有观念的片面性，康熙朝后期门禁的放宽也赋予朝鲜使臣更多结交中国文士的机会，极大促进了两国文化交流与发展。同时，朝鲜使臣亦无法回避清代社会文明对传统华夷观的冲击，一些有识之士通过诗文作品记录清代政治、经济、农业、科技、思想文化等领域的先进方法与理念，孕育了朝鲜"北学派"的萌芽。这一时期的燕行诗有南龙翼《燕行录》、闵鼎重《老峰燕行诗》、金昌业《燕行埙篪录》等，深刻揭示了朝鲜士人的复杂心态。清朝大臣阿克敦三次出使朝鲜的诗集《东游集》则是清初稀见的使朝纪行作品，皆为清代中朝诗歌交流史的真实印证。

附录包括四部分内容："洪大容《湛轩燕记·路程》"选取具有代表性的使清路程记并详列全文，供驿站里程之参考；"康熙时期朝鲜燕行使臣年表

(1703—1722)"以《使行录》为基础,结合《朝鲜王朝实录》《承政院日记》等史料文献,对1703—1722年的朝鲜燕行使团的使行时间、名目、任务、人员等进行梳理与考证;"康熙时期《燕行录》一览表(1703—1722)"依据《燕行录全集》《燕行录丛刊》《韩国文集丛刊》等对清代前期朝鲜使清人员的燕行作品进行整理与勘正;"征引书目"罗列作者考证、系年过程中引用的主要参考文献。

凡　例

一、本书时间范围起于清康熙四十二年（1703），止于康熙六十一年（1722），历时20年，收录《燕行录》作品25种，以康熙时期中朝诗歌交流本事及创作时间为重点考察内容，通过对以使臣为媒介的中朝诗歌交流实况的系统考察，透视清代中朝文化交流风貌。

二、本书所言"朝鲜"，指朝鲜半岛自1392年由太祖李成桂建立，至1896年高宗李熙宣布独立这一段历史时期，史称朝鲜王朝，与古朝鲜、整个朝鲜时期及当今朝鲜国家相区别。

三、本书所录朝鲜文士的诗歌、日记等皆为汉诗、汉文作品，非汉语创作（如以朝鲜谚文撰写的歌辞、时调等）的作品不在本书收录范围。

四、本书诗歌作者，以朝鲜燕行使团核心成员——"三使"为主（即由朝鲜官方派遣，赴沈阳、北京实施外交活动的正使、副使、书状官），亦包含部分朝鲜燕行使团随行人员和中国文人的诗作。

五、本书所录诗人，皆附其小传，概述生卒、字号、籍贯、科第、仕履、亲友、师承、封谥之情形。

六、本书著录诗歌，以朝鲜"三使"及部分随行人员的燕行诗为主（即由汉城至北京往返途中所撰诗篇）。燕行使团成员亲友的赆行、笺寄之诗，以及中国文士馈赠朝鲜使臣的酬酢诗篇亦录入，以资线索。

七、本书著录诗歌，以林基中主编《燕行录全集》《燕行录丛刊》及韩国民族文化推进会编《影印标点韩国文集丛刊》为基本依据，兼及《朝鲜王朝实录》《承政院日记》等文献中的篇目。

八、本书对诗歌创作时间的考证，遵循"以诗系日，以日系月，以月系年，以年系代"之原则，以外围文献为辅证，包括：（一）诗歌作者或同行人员撰写的燕行日记、见闻录、别单等；（二）与朝鲜使清活动直接或间接相关的中朝史料记载；（三）诗歌作者的碑志、行状、年谱、传记等；（四）记载使行路线、驿站里程的地志文献。

九、本书内容依次为：目录、序言、凡例、正文、附录。

十、正文以年为基本单位，首列中国纪年，后附小括号，以阿拉伯数字和汉字标注时间及干支，用"/"间隔，如"康熙四十二年（1703年/癸未）"；次列月份；次列日期，其后括注干支，如"初一日（丁未）"；后列诗文、出处、小传、考证。

十一、本书著录诗歌，依次为作者、诗题、诗文、文献来源。引自诗人别集者，于集后标明卷次，如"李颐命《疏斋集》卷一"；引自独立成篇者，仅依原文录其出处，如"金昌业《燕行埙篪录》"。

十二、首次提及诗歌作者，于诗后以中括号括注小传，如【按：《纪年便考》卷二十八：李濡（1645—1721），仁祖乙酉生，字子雨，号鹿川。……】，再次提及则不赘述。

十三、有燕行日记相印证者，于日期下列日记、出处，次列诗歌。如有中朝史料亦相证者，则首列史料及出处、次列日记、诗歌。史料、日记等以提供时地线索为旨归，限于篇幅，仅取可资考证之内容，间以"……"略之。史料、日记需注释处，以中括号标注，如"【按：据《同文汇考补编·使行录》，奏请兼三节年贡正使临阳君李桓、副使李塈、书状官黄一夏于康熙四十一年十一月初二日启程赴清。】"；史料、日记含燕行诗者，则尽录诗文；无史料、日记相印证者，但录其诗，以诗中线索、碑传、地志等为证。

十四、涉及宗藩关系发展重要事件及历届朝鲜使清人员、时间、任务的史料亦录入，以还原历史背景，增益考证之严整。

十五、考证诗歌创作时间，则于诗后以中括号注之，如【考证：诗题曰"上元日玉河偶吟"，诗云"碧落云收月正圆，清光应照海东天"，当作于正月十五日。】限于篇幅，诗歌有日记相印证，且二者有明确时地线索相匹配者，仅于日记关键词处以下划线标注，不另行考证。

十六、底本脱字或漫漶不清、难以辨识者，以"□"标识。

十七、本书附录四种：（一）洪大容《湛轩燕记·路程》；（二）康熙时期朝鲜燕行使臣年表（1703—1722）；（三）康熙时期《燕行录》一览表（1703—1722）；（四）征引书目。

目 录
CONTENTS

康熙四十二年（1703/癸未）……………………………………………… 1

康熙四十三年（1704/甲申）……………………………………………… 9

康熙四十四年（1705/乙酉）……………………………………………… 20

康熙四十五年（1706/丙戌）……………………………………………… 25

康熙四十六年（1707/丁亥）……………………………………………… 27

康熙四十七年（1708/戊子）……………………………………………… 28

康熙四十八年（1709/己丑）……………………………………………… 42

康熙四十九年（1710/庚寅）……………………………………………… 49

康熙五十年（1711/辛卯）………………………………………………… 51

康熙五十一年（1712/壬辰）……………………………………………… 53

康熙五十二年（1713/癸巳）……………………………………………… 117

康熙五十三年（1714/甲午）……………………………………………… 171

康熙五十四年（1715/乙未）……………………………………………… 176

康熙五十五年（1716/丙申）……………………………………………… 178

康熙五十六年（1717/丁酉）……………………………………………… 180

康熙五十七年（1718/戊戌）……………………………………………… 186

康熙五十八年（1719/己亥）……………………………………………… 189

康熙五十九年（1720/庚子）……………………………………………… 194

康熙六十年（1721/辛丑）⋯⋯⋯⋯⋯⋯⋯⋯⋯⋯⋯⋯⋯⋯⋯⋯ 216

康熙六十一年（1722/壬寅）⋯⋯⋯⋯⋯⋯⋯⋯⋯⋯⋯⋯⋯⋯⋯ 248

附录一　洪大容《湛轩燕记·路程》⋯⋯⋯⋯⋯⋯⋯⋯⋯⋯⋯ 256

附录二　康熙时期朝鲜燕行使臣年表（1703—1722）⋯⋯⋯⋯⋯ 260

附录三　康熙时期《燕行录》一览表（1703—1722）⋯⋯⋯⋯⋯ 268

附录四　征引书目⋯⋯⋯⋯⋯⋯⋯⋯⋯⋯⋯⋯⋯⋯⋯⋯⋯⋯⋯ 273

康熙四十二年（1703/癸未）

正月

初一日（丁未）。

上诣堂子行礼，还宫，拜神毕，率诸王、贝勒、贝子、公、内大臣、大学士、侍卫等诣皇太后宫行礼。御殿，王以下文武各官、外藩王及使臣上表朝贺。停止筵宴。朝鲜国王李焞遣陪臣李桓等表贺冬至、元旦、万寿节，及进岁贡礼物。宴赉如例。《清圣祖实录》卷二一一【按：据《同文汇考补编·使行录》，奏请兼三节年贡正使临阳君李桓、副使李塾、书状官黄一夏于康熙四十一年十一月初二日启程赴清。】

谢恩正使临昌君焜、副使沈枰、书状官李世奭复命，上引见。《朝鲜肃宗实录》卷三八【按：据《承政院日记》，康熙四十一年八月初六日，谢恩正使临昌君焜、副使沈枰、书状官李世奭启程赴清。】

二月

二十一日（丙申）。

遣翰林院掌院学士揆叙、一等侍卫噶尔途往封朝鲜国王李焞继娶金氏为朝鲜国王妃。《清圣祖实录》卷二一一

三月

十八日（癸亥）。

初，上以奏请使回还消息久不到，令义州探问于凤凰城。至是使臣状启

1

始来，得密报以奏曰："海贼陷浙江、常州，东南扰乱。"上览之，谓备局诸臣曰："我国水路距常、浙不远，乘风挂颿，不日可到。况贼情难测，安知不为我国忧耶？自今海防之事，益加申敕。"大臣唯唯而已。上每以海防事专委李濡，而濡识暗才蔑，空言无施，识者忧之。《朝鲜肃宗实录》卷三八

四月

十一日（丙戌）。

奏请使临阳君桓、副使李墅、书状官黄一夏等还【按：参见是年正月初一日条】。《朝鲜肃宗实录》卷三八

五月

二十九日（癸酉）。

胡使入京，以天下太平颁赦也。上幸慕华馆迎之，还宫，接待如例。《朝鲜肃宗实录》卷三八

六月

十一日（乙酉）。

册封敕使明揆叙等来。是日雨势翻盆，向晚始少霁。上幸慕华馆迎敕，引见远接使赵相愚于帐殿。遂还仁政殿，受敕诰及"藩封世守、柔远恪恭"八字_{胡皇手笔云}，接见如例。仍颁赦。揆叙即其国相明珠之子，官翰林学士，清王宠任之，自求奉使而来，且上表请颁皇帝手笔于朝鲜云。揆叙自负能诗，大有骄傲之色，在途多作诗示儐使，又求宰相诗甚力，朝廷许之。《朝鲜肃宗实录》卷三八

十七日（辛卯）。

北使各求绡屏，上敕要宰相制诗赞扬书于屏，副敕要宰相书古诗。庙堂抄启作诗书写宰臣，既而上敕自以职是翰林学士，愿与贵国翰林相对唱和，

此外侍郎学士中能诗者亦令制述以示。政院言："奉教以下官虽称翰林，惟秉笔修史而已，无与于词章，不可创开新规。侍郎学士，我朝无此官号，宜就知制教中抄择制示。"从之。被抄诸人多称托不肯制。上敕求诗文日急，政院屡请推考，久而始制呈。上下教曰："予观数诗，柳成运诗外皆有病，宜加点检。"李健命、李观命、权尚游、崔昌大、金栽竟不应命。上敕又求见东方好诗，命弘文馆抄送数十首。上敕以李震休、吴泰周笔法甚善，使震休书李濡等十二人所制诗，具职衔、姓名。副敕使吴泰周书东方古诗十二首以去。上敕出示七言绝句二首，以致谢意。《朝鲜肃宗实录》卷三八【按：《纪年便考》卷二十八：李濡（1645—1721），仁祖乙酉生，字子雨，号鹿川。显宗戊申，登别试，历翰林、三司、铨郎。肃宗己巳，祸作，屏居郊外。甲申，上曰："炳炳之忱，无愧古人。"乃拜右相至领，入耆社。景宗辛丑，卒，年七十七，谥定惠，配享景宗庙庭。吴泰周（1668—1716），字道长，号醉梦轩，海州人。显宗戊申生，己未，尚明安公主，封为海昌尉，阶明德大夫，时年十二。癸亥，兼五卫都总府都总管。丙戌，兼总管，以嫌递兼归厚署提调。于文凤诣，阅书数行俱下，间为诗多警语。上每有吟咏辄宣，公和进前后百余篇，然不以文翰自命，常时绝无作。其观先儒书，手抄格言，书几案以自省。好讲礼，凡丧祭仪品，考古矫俗以行之。工于书法，国家有凶嘉之事，幽志显册，用公笔为多。肃宗丙申，卒，年四十九。】

九月

二十一日（甲子）。

谢恩使朴弼成、副使徐文裕、书状官李彦经出去。上以弼成仪宾引见宣酝，诸臣亦与焉。《朝鲜肃宗实录》卷三八【按：《肃宗实录》卷三八言十月十七日"谢恩使朴弼成行到宣川病剧，同行使臣驰启，上许递其任，以砺山君枋代之"。】

李寅烨《送徐兄季容赴燕》："独卧空山枫桂林，凄凄霜露集秋深。此时又送朝燕使，老我何堪蹈海心。弱国金缯存积耻，大明天地入重阴。君行定过滦河庙，孤竹清风洒至今。"李寅烨《晦窝诗稿》【按：徐文裕，字季容。李寅烨生卒年月不详，曾任吏曹判书大提学。】

崔锡鼎《送锦平尉朴公弼成以谢恩使之燕》："辽野茫茫蓟树重，火云驱传正庞庞。关城万里余秦迹，碣石千年尚禹封。专对即今归禁脔，独贤从古叹尸簧。君行试访幽燕市，谁复当时击筑佣。"崔锡鼎《甲乙录》【考证：据《肃宗实录》卷三八可知朴弼成等于是年九月二十一日启程赴清，以上诸诗约作于九月二十一日或其后。《纪年便考》卷二十八：崔锡鼎（1646—1715），仁祖丙戌生，字汝和，初名锡万，号存窝，改明谷。九岁博通经史，十二岁通易象卦爻，受业南九万。显宗丙午，生状俱中。辛亥，登庭试，历南床、翰林、铨郎、春坊、副学。尝斥尹鑴、许积，筳白削黜。肃宗戊午，以校理疏陈宋时烈、金寿恒无罪之状，请全释。戊辰，以铨长因事补安东，典文衡。丁丑，入相至领，入耆社，十登相府，五拜元辅。辛巳，禧嫔赐死也，以领相连上三札，请还收被镇川中途付处之命，以甲戌后讨逆不严，为顾瞻祸福之计。金昌协、昌翕兄弟移书绝之。所著有《礼疑类编》。乙未卒，年七十，谥文贞，配享肃宗庙庭，有黜享之议。】

十月

二十八日（庚子）。

冬至使徐宗泰、副使赵泰东、书状官金楺出去。《朝鲜肃宗实录》卷三八

徐宗泰《高阳途中示副使赵公泰东书状金公楺求和癸未十月燕行时》："使盖联翩出凤城，回瞻双阙五云明。潺潺弘济桥边水，似诉离人万里情。"徐宗泰《晚静堂集》卷四【考证：依例，燕行使臣于辞朝当晚宿高阳碧蹄馆，据《肃宗实录》卷三八可知徐宗泰等于十月二十八日启程赴清，诗题曰"高阳途中"，诗云"使盖联翩出凤城，回瞻双阙五云明"，约作于十月二十八日。《纪年便考》卷二十八：徐宗泰（1652—1719），字鲁望，号晚静堂，又湍谷，又松厓。孝宗壬辰生，肃宗乙卯，生进俱中，荐除光陵参奉，不仕。庚申，登别试，历南床、翰林、选湖堂，除铨郎，不就。历副学，典文衡，除户判，终不就。乙酉，入相至领。在堂下，因事出补铁原仁。显后废处私第，疏争不能得，屏居郊外。甲戌，即拜礼参。凡八拜相，饬身清慎，持论公平，崇奖名节，存心俭约。甲午卒，年六十三，谥文孝。】

徐宗泰《玉溜泉》："葱山秀色俯长川，半壁灵泉玉溜悬。笔势翩翩题品在，紫阳华使是天仙。"徐宗泰《晚静堂集》卷四

徐宗泰《在练光亭恍然为万色所夺，不能为诗酒。后秖吟一绝示席上诸君》："蓟北行人箕子城，寒天云雪大江清。练光亭上不登望，虽在海东虚此生。'此'，亦作'一'。"徐宗泰《晚静堂集》卷四

徐宗泰《箕城杂咏十首》："征车靡靡日西驰，遂到大同江水湄。江上层

冰未坚腹，凿开容舫一条歧。""十里江光匹练长，迎宾峨舸翠帷张。韡刀遍岸大吹角【按："韡"亦作"靴"，此处依作者原诗录入】，钗髻满船纷进觞。""压水华亭号练光，山河气象浩茫茫。我东楼观知何限，众美兼该似岳阳。""浮碧岩峣跨混茫，皇华彩笔盛铺张。练光与较谁轩轾，增饰箕城大有光。""白马东来岂受封，采薇歌麦片心同。英灵百代乘云气，长与滦河二庙通。""麟马归天片石苍，至今仙迹说东王。白云无语千年远，只恐卮言近渺茫。""八条教自九畴流，井画依然百代留。若使当时施设尽，青丘便见变商丘。""牧丹峰下大歼夷【按："牧丹峰"即朝鲜"牡丹峰"，此处依作者原诗录入】，天祚中兴此一时。提督东来先一着，至今恍惚见旌旗。""华屋藏歌厮有骢，千金废著计然同。北京丝锦莱州货，运转如流在握中。""儒衿虽盛少文风，翘楚唯睎科宦通。美化何时一洗陋，读书知有进修功。"徐宗泰《晚静堂集》卷四

徐宗泰《安州馆因副使语戏作孝娥歌》："安陵孝娥以歌鸣，一时名侔啭春莺。京国善歌多百数，皆在下风喑无声。骚人欲换千金马，豪客求踏西关路。佳人易老忽蹉跎，年华冉冉遂迟暮。客筵稀进名犹盛，喉吻郁郁金石音。蓟门使者驻征车，俚谣啁哳同虫唫。慕名招来使之年，年与武昌笛老对。容华凋落语音好，尚识绮罗旧风态。试发数调倏清越，满筵歌妓气欲夺。华馆深深政微月，余音绕梁行云遏。阳阿要妙扫皇荂，赖解征人愁绪多。髣髯浔阳江上曲【按："髣髯"亦作"仿佛"，此处依作者原诗录入】，惨凄扶风驿里歌。尔今穷老声气微，犹抱绝响乃尔为。名下无虚岂但士，恨不听尔盛年时。人生一艺皆天得，尔音自然倾丝竹。嗟尔孝娥奈老何，世间何限骥伏枥。"徐宗泰《晚静堂集》卷四【考证：下诗题注"是日冬至"，则以上诸诗约作于十月二十八日至十一月十五日间。】

十一月

十五日（丙辰）。

徐宗泰《宣川馆复迭城字韵次副使<u>是日冬至</u>》："随风归梦绕秦城，恍听嵩呼贺紫清。边塞不须忧栗烈，雪中今见小春生。"徐宗泰《晚静堂集》卷四【考证：题注"是日冬至"，此诗作于是年冬至即十一月十五日。】

徐宗泰《铁山途中感吟<u>朝天时发船所，在府境</u>》："海上群山接塞多，中原西望近辽河。千秋谁识尊周义，感忆当时泝汉槎【按："泝"亦作"溯"，此处依作者原诗录入】。"徐宗泰《晚静堂集》卷四

徐宗泰《入湾府途吟副使书状皆有次》："征车今日到龙湾，约束行行西出关。天外层阴看渤海，云边朔气认胡山。金汤地势雄如许，夷夏风谣界此间。已识王灵安使节，鸭江春树待吾还。"徐宗泰《晚静堂集》卷四

徐宗泰《平安柳节度星彩，其家五世六拜西阃。赵江西定而正万有诗咏其盛，柳令请诸公和之，至十余篇，因柳令请强拙次之》："威惠要须洽一军，关氓懽忱我曾闻。诗书早识敦儒业，锁钥行看巩国门。寒柝应闲龙塞月，警烽休照凤城云。世专西阃恩何报，努力明时定远勋。"徐宗泰《晚静堂集》卷四

徐宗泰《龙湾杂咏十首次息庵集中龙湾十绝韵》："区绝全辽有是关，地疆西接浡溟湾。统军一眺凭风迥，俯数龙荒万点山。""江长亭迥称雄胜，名手题吟不翅多。隽语近吟三大水，折杨皆废郢中歌。题咏中金息庵作有曰：'乾坤三大水，夷夏一孤亭。'人谓此语掩前人众作也。""盛时最号繁华窟，旧样于今只半存。比岁灾荒凋又甚，一城应减万家村。""重恢旧国三千里，全赖大邦十万兵。揽涕先王西狩地，皇恩汪濊遍东瀛。""丙岁边烽未及红，偷生庸帅褒如聋。须知御房金汤地，不任勋骄只任忠。""龙湾大尹兼兵马，牧御材全可秉旄。缓急应收才杰士，郡中刁瞷且多豪。""边城兵备殊隳疏，合养常时近万甲。畏约守条无已时，塞儿那得解军法。""官妓多能怒马骑，裲裆剑佩按金鞿。驰骛每随星使出，大江遂踏层冰归。""健儿多有山西风，出必鞾刀带锦帊【按："鞾"亦作"靴"，此处依作者原诗录入】。可杀胡山白额虎，可夺朔野青骊马。""圣朝如得修攘术，一扫可清宁古窟。天设山河此气势，庙堂徒尔长忧栗。"徐宗泰《晚静堂集》卷四【按：金锡胄，号息庵。】

徐宗泰《湾馆夜坐戏作长句走草，以龙湾行为名示副使》："龙湾城中邑万家，龙湾城外亭障多。龙湾女儿紫翠裙，见客争唱渭城歌。裲裆健儿夸轻肥，日日群饮射虎归。商人列肆多千金，锦绮如云光霏霏。华阁深深围红烛，隔水胡笳杨柳曲。玉关边色动愁人，吴阊繁华亦娱客。壮哉西关一都会，山河表里作襟带。地形北临胡羯尽，江流西入沧海大。城隅统军百丈台，元气混茫台下开。登望莽莽中原色，恍惚碣石涛声来。塞垣天寒三丈雪，行人四牡将欲发。望乡时登仲宣楼，对酒共赏元规月。孤竹城，蓟门树，是乃北走幽燕路。今我胡为从此去，鸣剑勃勃泪如雨。"徐宗泰《晚静堂集》卷四

徐宗泰《过凤凰山，山之雄秀标峻如我华岳。其崇高似少不及，而浑是石山。其复峦相抱，深邃盘礴，则不翅过之。山腰有故城余堞，句丽时城上拜唐帝处想在此也，吟成》："登城介胄拜龙颜，卷甲王师气已残。卫国忠深仍识体，欲从草木问名还。曾见东史云，史失其人姓名，可惜，故欲从草木问之也。"徐宗泰《晚静堂集》卷四

徐宗泰《青石岭途中》："青石岭高郁百盘，辽山北指白云间。风烟未必皆边色，秪是愁人异样看。"徐宗泰《晚静堂集》卷四

徐宗泰《沈阳城》："曾识辽东是我疆，高句北界近龙荒。隋唐遥统提封蹙，丹鞨交争壁垒长。昭代百年同汉辅，本朝何日复河湟。中宵敕勒奚歌发，俛仰山川泪数行。'近'，一作'接'。"徐宗泰《晚静堂集》卷四

徐宗泰《边城夜坐次副使述感韵_{是日副使经大忌}》："家讳曾逢北试时，今朝忍读侍郎诗。人间共结无生痛，塞外同深不祭悲。风木凄凄增涕泪，春晖暖暖倍思惟。白云每感怀英语，却羡游方只暂离。"徐宗泰《晚静堂集》卷四

徐宗泰《白旗堡夜坐感泣以书_{副使、书状皆有次}》："昔余暂有游，日夕望庭闱。今作衔恤人，哀哀恋春晖。含命来异国，经岁可言归。思家靡所仰，不复怨离违。矫首望天东，忍见孤云飞。空怀故山柏，每泣游子衣。人生无父母，虽存一息微。斯世事一尊，唯君有瞻依。弥月辞圣明，有梦绕宸扉。念我叔父老，常忧安信稀。下思病妻儿，或虑寒与饥。夜坐百感集，抒写复长唏。"徐宗泰《晚静堂集》卷四

徐宗泰《途中咏医巫闾用息庵集中韵》："天作高山护甸东，穷遐未入汉唐封。地形北瞰蒙人窟，霞色南连岱岳峰。怒势平原驰万马，余支沧海戏群龙。应知特秀含元气，倘有灵真著异踪。"徐宗泰《晚静堂集》卷四

徐宗泰《吴家子途中感吟六绝》："威略熊袁虎在山，每摧狂狲靖边关。论辜太枉长城坏，片镞谁能破虏还。_{熊廷弼，袁崇焕。}""防虏愚谋弊本根，平原星错列烟墩。何如择任干城重，不使匈奴近塞垣。""辽沈俱沦左臂空，中原大势定为戎。满廷庸懦无筹策，明主忧劳坐法宫。""饰金兰若遍闾村，又有私龛养佛尊。夷俗从今谁洗陋，不徒膻酪秽中原。""无风旷野涨尘沙，更杂荒烟翳日华。只此本来辽路事，不应今为虏氛多。""雄镇遥瞻旧广宁，插云双塔护荒城。成梁父子勋名烂，不独东功照汗青。"徐宗泰《晚静堂集》卷四

徐宗泰《次副使过巫闾山感贺郎中旧居韵》："关闽正学本大中，江西窃袭葱岭风。浸淫怀襄数百载，其说空渺无次第。盛明陈公资高人，其学终非罗_{指罗近溪也}王伦。理气未透识有壅，带禅恐亦无体用。其徒贺翁居关陬，门路最醇祛侧幽。独超近世扫翳氛，守道幽潜似河汾。我欲从公论学公不还，高风渺邈映尘寰。医巫崔崔百年过，旧庐应记山之阿。嗟哉！白沙遗说余波流，公独出蓝不相犹。"徐宗泰《晚静堂集》卷四

徐宗泰《次副使用息庵集中韵咏十三山韵》："十洲三岛世难看，造化移形斫此山。石势尖腾荆客剑，霞标翠缀越姬鬟。会知氛祲收穷塞，为饬风云护列峦。欲倩龙眠描秀色，东归长对卧游间。"徐宗泰《晚静堂集》卷四

徐宗泰《途间次息庵集中韵感大凌河旧事》："凭陵庬似掣溟鱼，流涕皇朝旧史书。关辅连绵千壁垒，人烟莽荡一丘墟。边锋屡衄天何醉，中策常乖汉亦疏。卢帅死绥袁罪枉，至今忠烈合旌闾 指卢象升。"徐宗泰《晚静堂集》卷四

徐宗泰《沙河途中》："地是东畿异塞疆，傍城烟火郁相望。胡山似画围燕远，秦堞如虹饮海长。金碧列廛千货乱，尘沙修坂众车忙。明朝西入关门路，倘有真人识伯阳。"徐宗泰《晚静堂集》卷四

徐宗泰《望夫石贞女祠记所见》："武昌山前一石蠹，有女望夫化为石。王建之诗传乐府，至今人称灵异迹。长城路畔有高阜，有石同称流传久。始余闻之心然疑，或意世间有二妇。今来停轺入古祠，金碧辉煌列崇碑。有文煌煌盛铺述，名实乖异乃如斯。秦城役夫半死辽山下，贤妇孟姜访夫至此野。踯躅泣登原头石，瞻望长城朝复夜。夫竟不来定有凶，含愁郁结遂下从。有坟在旁盛封殖，有石罨巖其上宛留夫人踪。至悃感彻颇同轨，不害并名永为哲女宗。幽灵相随暧暧为雨云，有风和之在河或在峰。余乃释然增嗟叹，敬观土塑婉婉容。"徐宗泰《晚静堂集》卷四

徐宗泰《山海关次息庵集中韵》："石色逶迤极目遥，崇巅处处见危谯。开张气势弥山海，分截风烟限蓟辽。万里中原成地利，千年东塞制天骄。秖今浑作单于宅，一任崩隉半艾萧。"徐宗泰《晚静堂集》卷四

徐宗泰《登角山寺》："今来始识大山河，积气茫茫万里遐。匹练俯临西浡海，九烟几见半中华。嬴家建筑当峰尽，文祖经营压塞多。仰想千秋登岱意，戎尘极目泪横斜。'匹练'，一作'一带'。"徐宗泰《晚静堂集》卷四

徐宗泰《次陆士衡北过幽朔城韵》："辽山郁茫茫，驱车越重艰。猛虎依林嗥，高雕游天盘。遂涉浑河水，行傍医巫峦。凭辕度谷底，抗袂出云端。尘起毡车乱，月明奚歌喧。金缯奉殊邻，忧慨以永叹。丘原日以远，久隔亲懿欢。王事惧靡盬，勉焉加饭餐。所遇皆异类，墨墨莫晤言。旷野多疾风，哀彼徒御寒。"徐宗泰《晚静堂集》卷四

徐宗泰《通州途中望北京城》："左海鲰生生世迟，朝天不及盛明时。喧喧戎马黄尘里，城阙依然夕照悲。"徐宗泰《晚静堂集》卷四【考证：以上诸诗作于十一月十五日至十二月二十九日间。】

康熙四十三年（1704/甲申）

正月

初一日（辛丑）。

朝鲜国王李焞遣陪臣李枋等表贺冬至、元旦、万寿节，及进岁贡礼物。宴赉如例【按：参见康熙四十二年九月二十一日条】。《清圣祖实录》卷二一五

徐宗泰《元日朝参_{甲申}》："乌蛮馆里看春生，结束冠绅进禁城。凤阙参差皆汉制，毡车杂沓半夷声。啁啾金石喧丹陛，惨憺风云绕彩旌。昭代千年鸣佩地，缅怀文物泪纵横。'馆里'，一作'半夜'。"徐宗泰《晚静堂集》卷四【考证：题曰"元日朝参"，此诗作于是年正月初一日。】

徐宗泰《季父有下示三绝，留湾上途间谨次，到北京后呈上谢恩使行，方留十芳院》："同升宰路已光华，今复联翩泛汉槎。夷问亦应知宦盛，愿言归学二疏家。""征役衰年百味酸，清羸益复节宣难。深忧每祝神明护，处处先经首路寒。""马首苍山面面生，塞天云日半阴晴。后来只得邮人报，征驾常先十日程。"徐宗泰《晚静堂集》卷四

徐宗泰《谢恩使书状李士常_{彦经}同在北京，以一律因来便寄示，次韵以谢》："北地荒寒不可留，客心孤迥雪浑头。中原莽荡春初动，左海苍茫梦独悠。异域政欣联使节，同城何耐抱离愁。东还并辙关河路，处处楼台共眺游。"徐宗泰《晚静堂集》卷四

徐宗泰《燕馆每夜无寐，敬次月沙文忠公燕馆书怀上弼云相公韵_{排律}》："凡姿元弱羽，讵敢望丹霄。材具同微栎，家声近故乔。文疏惭绣虎，班骤滥金貂。戚悴臻衰暮，优游负圣朝。征书恩屡渥，辞牍语非雕。敛迹安孤静，腾讪任众嚣。沈腰看日减，潘鬓久霜凋。选使名仍忝，陈情圣不摇。丁年嗟过武，聘礼敢希侨。束译须风裁，威邻要貌标。曷堪当悍虏，祇幸得英僚。拜阙持龙节，离城整马镳。亲知郊饯厚，僮仆道褴妖。劳敢辞原隰，羞方在庙桃。饮水当急景，叱驭犯深宵。癯弱人同慭，颠僵我自料。涕沾湍垄树，

心折旧都辂。临老游为壮，怀忧意自超。箕城丝咽夜，湾馆酒醺朝。白草戎庭阔，红云汉阙遥。涉江冰欲裂，度栅雪方瀌。境美如啖蔗，怀辛似捣椒。繁华雄旧沈，风物壮全辽。夷汉人烟杂，山河气力饶。口酸滦脍美，胸磊蓟醪浇。并幕依林歇，联廊对月邀。家皆驹满厩，人辄剑藏腰。野旷唯尘涨，风长见砾飘。秦城观地势，燕市验风谣。万马喧都路，千檣集潞桥。帝居双阙迥，王气百年消。膻羯浑今秽，声明荡旧昭。投鞭江可断，吹口岳堪漂。万岫_{万岁山}愁云暗，天陵_{天寿山诸陵}宰树焦。宏规开盛代，旧邑自唐尧。伤矣中华会，依然裔服要。凭陵其技马，桀黠厥音枭。礼乐从波荡，乾坤久火烧。天应还帝统，运庶启朱苗。紫极环星纬，龙池接海潮。行经阳动管，归俟斗旋杓。久萦愁无奈，高吟意不聊。柳闻羌笛曲，梅忆故园条。塞北春初动，天东梦政迢。风沙望黯黯，舫咏慰寥寥。万里携秦策，千金戒越刀。青丘时幸靖，玉烛化弥调。诸彦纷仪陆，微躯合返樵。虽深明主恋，奈被故山招。苕雪烟波暖，归随陆老桡。"徐宗泰《晚静堂集》卷四

徐宗泰《次鲍明远昇天行韵》："巍巍天下脊，五代帝王城_{辽、金、元、皇明、今清}。秽染近千年，咙杂夷汉情。华运间我明，三百开太平。文明一荡洗，斯民大有荣。又何金元辙，狝然外寇生。三精翳塞浸，九宇消帝灵。玄纁莽何意，大统乖常经。神岂膻酪飨，氓绝冠裳行。嗟我弱国人，将币来北庭。仰瞻旧凤阙，感忆祝万龄。煌煌文物会，喧喧戎马声。天回一甲子，叹息乾坤腥。自六朝时，慕容燕都于此。及至石晋赂契丹，仍为虏巢矣。"徐宗泰《晚静堂集》卷四【按：鲍照《代升天行》："家世宅关辅，胜带宜王城。备闻十帝事，委曲两都情。倦见物兴衰，骤睹俗屯平。翩翻若回掌，恍惚似朝荣。穷途悔短计，晚志重长生。从师入远岳，结友事仙灵。五图发金记，九钥隐丹经。风餐委松宿，云卧恣天行。冠霞登彩阁，解玉饮椒庭。暂游越万里，少别数千龄。凤台无还驾，箫管有遗声。何时与汝曹，啄腐共吞腥。"】

徐宗泰《夜坐亡聊次金息庵燕馆感怀韵_{咏燕中事}》："城阙当天俨九门，事殊阿骨只瓜分。已凭沈府为狐窟，那向遵州起帝坟。文昧从华多秽俗，法能持简统人群。肩磨卑贵浑无别，车马通达日涨氛。_{遵化州为关内地，葬顺治帝于此。}""幽燕民物可哀怜，垂老那知旧焕然。近阅皇明昭一代，初从耶律汙千年【按："汙"亦作"污"，此处依作者原诗录入】。衣冠浑变中原色，城阙如浮大漠烟。赫赫帝居宁久假，旄头倏落定摧颠。""高阳文武镇辽封。威略桓桓耆建戎。千垒包罗同岳峙。三军欢噩似春浓。明时萋斐留余恨。今日腥膻想伟功。殉节晚来尤炳炳。知公万甲本藏胸。""憸膺大义更何论，区宇茫茫满翳氛。丧祭纵云犹异俗，满蛮今见互通婚。玉河桥咽千秋水，万岁山消五色

云。不复江南縣旧箓，那看北伐有桓温。_{华人呼戎人为满子，戎人呼华人为蛮子也。}""彩牓联街尽列廛，民资机利货如泉。番关西市千群马，潞水南通万里船。贶玉尚看殊域至，输金独与旧蒙连。游畋驾幸无休日，认是穹庐素性然。_{连，连和也。清人畏蒙人，岁送百万金于蒙古，且市马于西番。}"徐宗泰《晚静堂集》卷四

徐宗泰《北京叹蜂山店过时戏草》："通官如饕餮，序班如驵侩。甲军极苦伴，章京甚迷辈。提督门禁密，馆夫物价倍。书画多赝假，器用辄雕绘。百物必称量，些利必靳爱。勺水不堪饮，片柴难可贷。慢肆看可憎，叫呶听可骇。如与恶人对，别来心甚快。只是千牙签，恋结在心内。"徐宗泰《晚静堂集》卷四

徐宗泰《叹息》："污辱黄图又一遭，冠绅夷荡变弓刀。群行色似千鸦集，高唱声疑众狗嗥。百事营为皆马力，一身妆束半禽毛。万年赫赫文明地，腥羯那容久尔曹。"徐宗泰《晚静堂集》卷四

徐宗泰《永平府》："都会盘盘古北平，通达击毂似齐城。山川西拱关畿壮，云物南连浡海清。明代宿兵曾远略，汉时飞将旧威名。河堤万柳摇新绿，伴我春光却有情。"徐宗泰《晚静堂集》卷四

徐宗泰《途中记事》："民谣今纵变，依旧汉山河。砖用人功少，金归梵宇多。有村浑种柳，无日不扬沙。东服惊人眼，犹能识小华。"徐宗泰《晚静堂集》卷四

徐宗泰《出山海关》："重钥朝开睥睨齐，尘沙合沓簇轮蹄。辽仙自返千年鹤，齐客何烦半夜鸡。千岳北来边色暗，五云东望海阴迷。一条是走青丘路，回望中原却在西。"徐宗泰《晚静堂集》卷四

徐宗泰《过望海店》："我车东返，复观沧海。天水相荡，渺无区界。塞北山来，山穷而会。青齐可望，碣石暧暧。日月升沈，若涵其内。洲岛列迤，灏气如带。海得其半，犹有斯大。况彼中洋，其巨无外。我欲乘桴，破浪为快。"徐宗泰《晚静堂集》卷四

徐宗泰《连山驿途中》："此行倏已经岁，今日政当暮春。洰水烟花烂熳，想应待我归人。""我行虽践中国，其趣似游北庭。不闻华风礼乐，只见夷俗膻腥。"徐宗泰《晚静堂集》卷四

徐宗泰《过宁远卫旧城重感袁经略》："袁公起文儒，奋袂凤论兵。授钺任东事，戮力扫搀抢。军声振蓟海，千垒列峥嵘。谟昼佐孙公，爽气日纵横。建房势颇摧，辽沈指日平。谈笑戮文龙，喇变事风生。奸宄不得发，虏亦破胆惊。巳岁虏深入，腾风穿列营。纵云军律严，何乃坏长城。毛党蜚诬谗，奥奸蔽主明。摧抑徽上烈，冤愤海内情。河山带战色，郁郁公精英。柳绰与雍公，材略可并名【按："材略"亦作"才略"，此处依作者原诗录入】。若使

公数人，疆事得责成。天下岂为夷，太息悲忠贞。"徐宗泰《晚静堂集》卷四

徐宗泰《间阳途中》："十三山下车骎骎，秀气怡人生道心。紫塞沧溟常挟路，华谣蕃语殆同音。朝霞野曳吴门练，春柳村妆汉屋金。此去抵湾恰一半，何时刮眼凤凰岑。十三山在北京义州间，其程途正为其半云。"徐宗泰《晚静堂集》卷四

徐宗泰《沈阳途中》："四望辽山点点青，浑河水暖柳阴清【按："柳阴"亦作"柳荫"，此处依作者原诗录入】。仙踪白鹤千年柱，虏势黄龙万堞城。伊昔金汤勤布置，即今巢窟久经营。金陵积货临淄户，羯羠民风汉虏并。"徐宗泰《晚静堂集》卷四

徐宗泰《辽东旧城感忆皇朝守备故事》："太子河边草色多，汉关春物正芳华。山川莽荡英豪尽，泪落荒城听虏笳。""大城包络带长河，兴废茫茫草树多。歌吹沸天千肆盛，至今犹识旧繁华。"徐宗泰《晚静堂集》卷四

徐宗泰《书怀三月十七日在狼子山晓哭口成》："昨年在北关，值讳如不祭。今年讳日临，复当来燕蓟。哀哀亡子忌，经日即又继。穷毒本当死，忍而尚留滞。庶期未死前，躬荐无虚岁。免丧三载间，再令家人替。毫毛无补国，徒见私情废。旅舍中夜泣，掩抑悲身世。"徐宗泰《晚静堂集》卷四

徐宗泰《松站途中遥望凤凰山》："再踏千重岭，重经八渡河。蓟地浑杨柳，辽山半杏花。归心如水急，喜气共春多。凤岫云端出，怡颜更若何。八站数百里间，山上杏花盛发。"徐宗泰《晚静堂集》卷四

徐宗泰《洞仙岭》："重岭崔崔号洞仙，正方城垒绕层巅。峰高怒石危如坠，树老苍藤袅自悬。翳日深林疑有鬼，绝尘奇壑可栖禅。重经益觉青泥险，西望云霞海接天。"徐宗泰《晚静堂集》卷四

三月

二十七日（丙寅）。

谢恩使砺山君枋、副使徐文裕、书状官李彦经还自清【按：参见康熙四十二年九月二十一日条】。上引见慰谕，仍问彼中事。枋等以得于道路者奏云："山东数被水灾，民皆流离，其中强壮者聚而为盗。于州有回回贼，广西有洪苗贼。所谓张飞虎者，众号十余万，有船累百艘，未离海中，而先自建年僭号，其无大志可知也。"《朝鲜肃宗实录》卷三九

四月

初九日（戊寅）。

礼部议覆："朝鲜国王李焞奏：伊国人越界杀伤内地人命，拟遣大臣前往审理。"上谕大学士等曰："朝鲜国王李焞敬慎素著，其国人越界行刦，随经捕获监禁，奏请勘断。此案不必复遣大臣前往察审，可即令该国王审明拟结具奏。"《清圣祖实录》卷二一六

八月

二十七日（甲午）。

洪受畴《别李参判世载赴燕》："向来威望动西关，虏若闻名胆亦寒。纵把金缯事獯鬻，应教鼎吕重邯郸。少时不省兹游远，垂老方知此别难。天道盈虚元是理，君看大岁在涒滩。"洪受畴《送行录》【按：《纪年便考》卷二十八：洪受畴（1642—1704），字九言，号壶谷。显宗己酉进士。肃宗壬戌，登增广，历三司、知申、畿伯，官止吏参。乙丑，以掌令疏救尹拯。能诗，尝到高山驿邮不遇人，题诗曰："客到高山驿，谁弹流水琴。怀人不能去，明月上进岑。"李景颜击节叹赏。】

李正臣《甲申初秋奉贶李台赴燕之行并序》："人皆艳承王命泛槎涉湾者，盖吾箕邦之人。生乎僻壤也，不宾于上国，无能进一步于环域之外。□□出强者，必艳之。今于副价令公之行，余不以众人之□为艳，窃自喑嗟，独何以哉。令公神鉴烛机，阔袖贮策，南临岭海静，西出陘水清，苦蘖自持，游刃纡余。西南数百年积弊，公能一朝湔涤尽，倘使之究其柄用，罄其蕴抱，则奚止泽一州一方之民而已。国之大夫士，咸惜其敛惠不威，固已有重外之叹。况此异域行李，尤非迟回外省者之比，此吾所以不为艳而为惜者也。噫！粤瞻中州，冠屦已易。岁星重回，天运不复。公将何所观礼乐？公将何所考文物？公将泣麦秀之墟，泪荆棘之驼而已。则此行之可惜，不可艳，又非特内所云云。然山河之峙流，城府之控扼，自古今也。观其峙流之宏深，益豁我恢宏之气。察其控扼之壮，固□□吾综错之筹，□而措诸施设。发为事业，凡于活国济物之谟，无往而不得其宜。则此行于公，亦不可谓无得矣。余将回喑嗟，起艳慕而其所□□之也，亦非彼艳者之艳之而止。□余略叙悃愊如右，又题近体诗二首，以艳令公之行。公在西关岁失和，凤宵筹画不违他。练光浮碧闲箫鼓，巫峡晴川自绮罗。风月能无落莫否，归来应有梦思多。星槎此去游应遍，旧使风流长几何。""司马高名四国知，富公专对一时推。圣朝妙简恩偏重，王事贤劳义敢辞。霜猎蓟门寒叶坠，雪埋

13

燕塞冻云垂。愿言努力加餐饭,归趁猎梅花未衰。"李正臣《栎翁遗稿》卷一【考证:"李台"指是年秋谢恩副使礼曹判书李世载。据《同文汇考补编·使行录》,谢恩兼陈奏正使临昌君焜、副使李世载、书状官李夏源于八月二十七日始作谢恩之行,以上诸诗约作于八月二十七日或其后。李喆辅《行状》:李正臣(1660—1727),字邦彦,号栎翁,又号松蘗堂,延安人。显宗庚子生。辛酉,中司马。甲戌,荫补光陵参奉。庚辰,拜司谏院正言、兵曹佐郎、差庆尚左道敬差官。辛丑,以谢恩副使赴燕。历都承旨、大司成、嘉义,官止户曹参判兼同知春秋馆事。英祖丁未,卒,年六十八。少因多病,所读书不过数帙,而一成诵则终身不忘。尝曰"读书在精不在多"。笔力雄浑,深得竹南遗法,而论者或称其过之。有《栎翁遗稿》传世。】

十月

十六日(癸未)。

押送漂汉人于北京。先是,异国人众漂到珍岛桃浦,问之,即是福建、江浙人,行商日本而臭载者也。凡一百十三人,所赍象牙、犀角、苏木、细藤等种,几尽沉失。潮退后始见船只沉着海底泥淖,微露一角,而率众力挽,终不可运。其人既无以自归,故朝家不得已解送彼中。且其物货,渠无带去之力,故自户曹从其愿给价,俾不失利,非利其财,待远人之道当如是也。至是押到都城,制给衣袴笠靴等物,优赐盘缠,县道传食而遣之。其人不胜感祝,撰进谢恩启帖曰:"皇图建极,东国为乾坤之胜区。奕叶潢流,名邦乃哲圣之神裔。山明水秀,人杰地灵。恭惟皇上仁圣懿衷,视民如大禹之身同饥渴,恺恻垂念,恤难胜文王之泽及枯骨。覆载之恩,施及蝼蚁。生成之德,传至遐方。使等使,其名也自七月廿五,奄见舟破南桃,已拟身葬北溟。幸据皇上垂如天之德,广好生之仁,恩洽衣食,驿供马疋,差官护持,准与归国。使等即捐百余人之顶踵,难报亿千万之隆德也。兹到大国,思匍叩之未及,沥下情以鸣哀,回程之日,再启陈辞。使等无任瞻天仰圣,合辞叩谢之至。"头辞曰:"大清福建省难商黄使、李时芳、蔡陈、李仕、林森、陈鸾、王攀、邹臣等,率众为谢恩事云。"《朝鲜肃宗实录》卷四〇

二十七日(甲午)。

李颐命《查对后有感,书示副使、书状李明浚》:"截肪磨玉见深赏,弆老

<<< 康熙四十三年（1704/甲申）

厄言海内传。今日擎天柱下路，可怜书纸尚如前。〈州〉云：东国表笺，纸如磨玉，字如截肪，可见事大之礼。擎天柱在北京阙中金水桥头，天朝时奏事受旨，皆于此处云。"李颐命《疏斋集》卷一【考证：据《同文汇考补编·使行录》，冬至正使李颐命、副使李喜茂、书状官李明浚于十月二十七日启程赴清，诗题曰"查对后有感"，约作于二十七日。李凤祥《疏斋集后序》：李颐命（1658—1722），字养叔，号疏斋。孝宗戊戌生。肃宗庚申，擢文科。丙寅，中重试。丁卯，升通政。己巳，窜宁海。壬申，移南海。甲戌，宥还。丙子，升嘉善。戊寅，窜公州，旋宥。辛巳，为正卿。丙戌，入相府，自是累拜累罢，不久于位。辛丑，建储祸作，栫棘南海，明年被逮，到汉江卒。以卒后三年复官，谥忠文，立祠江上。资禀恢伟，识量渊邃。少日居馆阁，笔骋墨饱，扫刮陈腐。中岁处江海，浸涵六籍，淹综百代，汪洋渟滀，完养深厚，不屑以一艺显。而其文不袭不雕，自中作者规度。其光油然，其味苴然，常含不尽之意，绝无浮泛之响。道简婉笃，风致蔼如。章奏尤明白切恳，曲畅事情，虽频罹谗口，不究其所蕴，而谋猷区画略可见矣。暮年值艰虞，殚心竭诚，矢无负宁考遗托。身任宗社安危，卒以殉国。而诗词尺牍发于矢口信笔之余者，悉出乎忧时恋君、缠绵恻怛之意，纯忠血忱、炯炯编简之中。质神天而无愧，历千古而愈新。判书洪公凤汉慨然任其事，印布四公之书。四公者，忠献金公昌集、忠翼赵公泰采、忠愍公健命，与公而为四也。】

李畲《寄冬至上使李判书养叔颐命》："潜阳未动朔风饕，碣石峥嵘势更高。身老不堪相别远，时危敢道此行劳。山河万里中原土，兴废千秋几个豪。旧迹秪今何处觅，辽阳城郭半蓬蒿。"李畲《睡谷集》卷二【按：《纪年便考》卷二十八：李畲（1645—1718），仁祖乙酉生，字治甫，初字子三，号睡谷、睡村、浦阴。五岁始受书，文理骤开，读至《麦秀歌》，伏册饮泣。季父端夏时授学，特奇之。显宗壬寅生员。荐授斋郎，不就。肃宗庚申，登庭试，历翰林、南床、舍人、铨郎，选湖堂。以吏议乞郡，历圻伯，再典文衡。荇始为文衡，玄孙植、植子端夏、端夏从子畲并为之。癸未，入相至领，入耆社。以君德世道为己任，其言根据义理，文章赡敏。首陈怀尼是非之源有功，斯文以遗训，勿践荣途，进退不苟，在国未几日。戊戌卒，前一日大雷雨，年七十四，谥文敬。】

宋相琦《送李判书养叔赴燕》："冢宰含纶事未曾，何须专对藉君能。羊肠历尽仍尊驭，斗醋吞余更叶冰。辽塞弊裘冲朔雪，玉河孤枕剔寒灯。行时莫纵沧溟眼，江汉东流恨不胜。"宋相琦《玉吾斋集》卷三【按：《纪年便考》卷二十八：宋相琦（1657—1723），孝宗丁酉生，字玉汝，号玉吾斋，宋时烈门人。肃宗甲子，登庭试，历翰林、南床、舍人、副学，以通政典文衡。判六曹，十拜吏判，官止崇禄判敦宁。文章赡敏，当时罕比。景宗壬寅士祸，以兵判窜江津。癸

15

卯，卒于谪所，年六十七。英祖乙巳，谥文贞。】

李颐命《渡江杂咏》："边城落日照幡幢，冬至无冰舵鸭江。谁遣佳人增别恨，满船离唱不成腔。""江边忽见剃头人，龙帽尖靴八尺身。兴废百年能识否，尔先应是汉遗民。""江西百里断人烟，芦苇连天细路穿。往往菑畬余旧迹，空林墟落尚依然。""皇朝要服限三边，吠狗鸣鸡接九连。今日久为豺虎窟，征人刁斗不成眠。"李颐命《疏斋集》卷一

李颐命《金石山书示副使书状》："野宿毡为帐，风餐匙有冰。寒宵忘此苦，共枕赖良朋。塞马前途熟，邮人汉语能。山川类吾土，随处兴堪乘。"李颐命《疏斋集》卷一

李颐命《栅门次杜律示同行》："列戍无亭障，关门栅作城。犹难议径入，谁复请横行。甲岁伤初复，遗民见可惊。皓天应不忘，今夜一阳生。"李颐命《疏斋集》卷一【考证：李颐命下诗题曰"次副使冬至韵"，以上诸诗约作于十月二十七日至十一月二十六日间。】

十一月

二十二日（戊午）。

礼部议覆："朝鲜国王李焞将其国越境杀人金礼进等拟立斩，该管人员拟革职流徙，具题，应如所请。"上谕大学士等曰："览朝鲜国王奏章，其所议甚为敬慎周详，越境杀人者，依该国王所议正法，固其宜也。其余罪犯内尚有当恕者，尔等可再酌原宥议奏。凡外国之事，轻忽者多，处置少有不当，即不能以服其心。所关甚大，朕必慎之而又慎焉。"《清圣祖实录》卷二一八

二十六日（壬戌）。

礼部遵旨，将朝鲜国越境杀人案内该管官员，分别原宥。具奏。上谕大学士等曰："内地被杀之人，皆偷采人参者，非良民也。即为内地擒获，亦当从重治罪。但朝鲜国人越境而来，杀人行刼，法所必不可宥。应将金礼进等立斩，其该管官员，当宽以处之。李有白等俱从宽免罪，朴锡昌等俱革职，从宽免其流徙。"《清圣祖实录》卷二一八

李颐命《次副使冬至韵》："日行南陆我东城，身在东城梦汉京。今夜彤庭清佩会，九天香案异烟生。家人豆粥增怀远，儿子苹蘩代荐诚。佳节关心乡国远，归程应见昼宵平。"李颐命《疏斋集》卷一【考证：诗题曰"次副使冬至

韵"，诗云"家人豆粥增怀远""佳节关心乡国远"，约作于是年冬至日即十一月二十六日。】

李颐命《入栅记所见》："侏儒当门索礼单，章京麻贝最称难。俄然托怒名般少，三匝重围困译官。"李颐命《疏斋集》卷一

李颐命《清人尽夷东边城砦，感而赋一律奉示同行两兄》："东边千里列台隍，创业雄图万世长。谁遣皇庄骚海内，更闻胡骑犯辽阳。挑虫势变拼飞鸟，双虎功成一举庄。中土固知非尔宅，毁城夷壁是何肠。"李颐命《疏斋集》卷一

李颐命《次副使十里铺韵》："偷闲莫喜暂停车，孤角催行晓色初。明日沈阳宜早到，龙湾归使付乡书。"李颐命《疏斋集》卷一

李颐命《黄旗堡途中望医巫闾山书怀》："屈平词赋周公书，曾识仙山镇北墟。今日天端骋远望，令人却忆贺翁居。"《周礼》幽州之镇曰医巫闾，屈原《远游赋》称于微间，贺郎中钦以陈白沙高弟隐居此山下，世称医巫间先生。"李颐命《疏斋集》卷一

李颐命《过医巫闾山下书怀》："辽野终无一点山，医闾万丈忽巉岏。仙人琪树春风近，处士幽居白日闲。安得招来西去鹤，飘然骑上最高峦。惟应帝座通呼吸，我欲深羞诉九关。"《说文》云医巫有琪玕。"李颐命《疏斋集》卷一

李颐命《过广宁古城有感广宁在医巫山下，为东路必争之地。万历中，宁远伯李成梁守此城多边功。世传宁远尝房金汗之父奴那赤，置幕下，奇其年少壮勇而爱之，常戒之曰："无负中国。"对曰："老爷在时，不敢云。"李公知其如此而不除此胡，亦天也。颔联用王夷甫事。李公二子如松、如柏有功于东征，尤有不可忘者也。天启中，巡抚王化贞闻房兵至而军溃失此城，朝廷并诛经略熊廷弼，熊有功而无罪，故天下冤之云》："举目山河百战场，荒城落日泪盈裳。安知天意扶骄子，无赖王生识老羌。谁使官军先自溃，当时经略最堪伤。永怀宁远多奇绩，何况东征有二郎。"李颐命《疏斋集》卷一

李颐命《间阳途中见载虎车》："阴山白额锁银铛，眈视车中尚电光。睡罢啸风余旧气，饥来摇尾救馋肠。吴蒙小计欺云长，梦泽伪游缚楚王。往往雄豪多类若，羡他驴子踏康庄。"李颐命《疏斋集》卷一

李颐命《大凌河路中望锦州山吊古》："聊城飞矢将军泣，司马宫门长史留。莫道天亡非我罪，睢阳当日绝蚍蜉。""提兵燕土事堪伤，泪落清翁岭外章。闻说锦州将陷日，华人犹责负神皇。"李颐命《疏斋集》卷一

李颐命《见祖家兄弟牌楼大乐大寿两楼在宁远城中》："陇西家世已陵夷，瑶阁铭功刻画奇。石烂千秋名不灭，睢阳惟有墓前碑。"李颐命《疏斋集》卷一

李颐命《赠别谢恩副使》："落日逢君右北平，朔云空碛少人行。汉家飞将英灵在，莫诧胡儿老虎名。"李颐命《疏斋集》卷一

17

李颐命《抚宁县途中望昌黎故城》："唐兴才子但能诗，千古雄文一退之。兔耳山前寻往迹，满床牙笏笔峰奇。堪舆家以山多尖峰为满床牙笏。"李颐命《疏斋集》卷一

李颐命《谒清节庙》："让国西游见薏商，吁嗟斯世远虞唐。传闻大火开新社，更道洪畴答圣王。一死何能存九鼎，千秋要与树三纲。父师经过东溟路，应吊先生日月光。""一曲滦河水，千秋彻底清。武王惟大圣，夫子独高名。故国魂应返，中原世屡更。金缯万里客，瞻敬慨余情。"李颐命《疏斋集》卷一

李颐命《榛子店次副使次季文兰韵》："风尘万里换新妆，客舍题诗泪满裳。可惜蛾眉多苦怨，琵琶千古忆昭阳。""少学阿娘抹晓妆，越罗新作嫁时裳。惊魂未逐檀郎去，羁梦归宁汉水阳。"李颐命《疏斋集》卷一

李颐命《高丽堡次副使韵》："乐浪辽疆汉代移，隋唐师旅济丽时。东民俘虏成乡聚，燕土风尘化羯夷。水耨犹存箕壤俗，世居那识首丘悲。人情久客真堪笑，里号闻来喜曷为。"李颐命《疏斋集》卷一

李颐命《次副使禄山贵妃庙韵》："渔阳遗俗尚淫祠，妃子终归锦褓儿。地下明皇能悟未，鸿都道士果逢谁。"李颐命《疏斋集》卷一

李颐命《通州次忘轩李胄韵》："名都豪侠窟，歌吹咽层霄。野接黄龙塞，河连白马潮。繁华传启历，富庶自金辽。世变民移俗，王风日以遥。"李颐命《疏斋集》卷一

李颐命《寓隆福寺次副使韵》："此路尚前路，今燕非古燕。魂消金粟下，泪尽玉河边。馆客犹无所，寺僧视眇然。归心瞻北极，明日又新年。"李颐命《疏斋集》卷一【考证：李颐命复诗题曰"次副使除日咏怀韵"，以上诸诗约作于十一月二十六日至十二月二十九日间。】

十二月

十九日（乙酉）。

礼部题："朝鲜国王李焞遣使崔希禹等护送漂到船只人等来京，应宴赉遣归。"【按：参见是年十月十六日条】上谕大学士等曰："朝鲜国王因中国商人王富等一百余人船只遭风，漂至其国，即给与口粮食物，差官护送来京。又将商人王秋等四十人船只修补，给与口粮食物，待风发回，深为可嘉，可下谕旨褒美之。余如议。"《清圣祖实录》卷二一八

二十九日（乙未）。

李颐命《次副使除日咏怀韵》："腊尽幽都斗柄回，流光羁思共悠哉。行人万里有时返，此岁一除何日回。白发萧森惊两鬓，黄金寂寞傍高台。世间无限关心恨，此夜聊应柏酒开。"李颐命《疏斋集》卷一【考证：诗题曰"次副使除日咏怀韵"，诗云"此夜聊应柏酒开"，故约作于是年除夕即十二月二十九日。】

康熙四十四年（1705/乙酉）

正月

初一日（丙申）。

朝鲜国王李焞遣陪臣李颐命等表贺冬至、元旦、万寿节，及进岁贡礼物。宴赉如例【按：参见康熙四十三年十月二十七日条】。《清圣祖实录》卷二一九

李颐命《元日是我悬弧之夕，副使令公设杯盘以慰之，惠佳什以寿之。厚意不可忘，谨和其韵以伸谢忱》："赢得新春两鬓丝，由中百感攒愁眉。灵蓍去一如吾岁，正月无王亦夏时。蓬矢平生男子志，关山今夕故人卮。深情善祷遗琼玖，大寿彭聃可等期。"李颐命《疏斋集》卷一【考证：诗题曰"元日是我悬弧之夕"，李观命《从兄忠文公墓表》言李颐命"以崇祯纪元后三十一年戊戌正月一日生"，故此诗作于正月初一日。】

十五日（庚戌）。

李颐命《次副使元宵韵乙酉》："孤吟永夜不成眠，新岁羁情倍怅然。客日周王演易数，颓龄卫瑗知非年。摄提初度伤今夕，嵩岳三呼望九天。遥想家人灯火卜，归期应祝落花前。余以戊戌元日生，术家以为其年立春未过，犹是丁酉，用其言则恰为四十九，故用知非语。"李颐命《疏斋集》卷一【考证：诗题曰"次副使元宵韵"，约作于正月十五日。】

李颐命《次副使见新历有感韵》："崇祯嗟如晋义熙，剥阳犹待复生期。人间岁月初周甲，天下衣冠久化夷。大统今成西国历，明堂谁见汉时仪。年年颁朔三韩耻，燕土逢春泪更垂。陶征士义熙以后不书年号，皇朝用大统历。西洋人利玛窦辈入启、祯间，精于历法，以大统为有差，时议欲改而未及。清人从其言，改为时宪历。汉时改太初历，百神受纪于明堂。"李颐命《疏斋集》卷一

李颐命《晓闻钟声有感示副使》："兰若何曾见一峰，客心深省但晨钟。鸡鸣舜跖分初界，梦罢乡山隔几重。绝学难追千古事，流光不借少时容。能

成晚岁参同契，归卧云烟未必慵。"李颐命《疏斋集》卷一

李颐命《馆中观调驿马》："莫惮勤调习，悲鸣意可通。谁人不怀土，我马亦依风。槽枥三旬养，山川万里功。春泥归路滑，用力过辽东。"李颐命《疏斋集》卷一

李颐命《夜闻邻家琵琶声次杜律吹笛韵》："夜寒虚馆旅魂清，谁送琵琶远嫁声。直是昭君千古怨，可怜关月十分明。佳人莫恨和戎计，弱国今伤奉币征。壹怪苍天何意见，并教夷狄九边生。"李颐命《疏斋集》卷一

李颐命《燕京次杜工部秦州杂诗》："百二边关险，千峰杳霭间。云屯上谷界，翠接太行山。萝月中郎隐，风尘六驭还。苍然万古色，留带血痕斑。居庸叠翠。汉末，中郎卢植隐居读书于庸塞，明英皇归时入此关。""夕照烟霞洞，长虹饮玉泉。祥光千佛变，采气老龙传。影落三山下，波连碣石边。河桥空怅望，远客思悠然。玉泉垂虹。玉泉山在城西三十里，以大泉名山，泉水流入西苑，为太液池，出为玉河水东入海。元人诗'日斜忽有五彩气，飞上太空横作桥。'即垂虹也。""龙舟没滉漾，往迹石鲸知。十里磨新镜，靓妆照侍儿。周诗王在沼，汉战帝临池。万事随云水，晴波蘸柳枝。太液晴波。""北金营此岛，曾役万人群。乞取龙荒气，移来艮岳云。祥光睹圣世，胜赏在春分。五色今消歇，蓬山异旧闻。琼岛春云。琼岛在太液池旁，金人始筑而名之。元时改万岁山，明仍之，又称煤山。金末，望气者言塞外一山有王气，金人乞取此山土以镇压之，元主笑而许之，乃发卒掘其土，又取艮岳文石筑此山，宣和艮岳尝贡云。皇明天启间，此山尝有五色云气，春日尤葱茏可爱。八景初谓'春阴'，明时改谓'春云'。""昌国诚奇士，昭王亦倔强。荒台千古思，落日暮云长。海内多羞恨，人间老骈骊。莫知斯已矣，何必哭呼苍。金台夕照。""蓟门烟树里，东客伴春归。近见初无气，遐看却有辉。乍惊桑海变，旋逐野风飞。此理谁曾识，吾将访令威。蓟门烟树。""晓月桑干道，长桥送别亭。江南从此去，柳色几回青。碎影随流水，清光夺曙星。东方看欲白，车马咽郊垧。芦沟晓月。芦沟在城西十里石桥二百步，桥边多杨柳，南北行人送别之所。河即古桑干，源出雁门云中。""燕山多积雪，霁景画应难。客岁三冬暖，新春大地干。岩峦犹黑色，涧谷但轻寒。朔风天将厌，玄郊谩有坛。西山霁景。以上北京八景。""圣祖驱胡羯，神功永配天。建瓴高屋处，定鼎丕基传。碣石临沧海，云中导百泉。山河表里在，虏马入三边。燕都。""百年星北拱，万折水东归。圣德非东顾，三韩且式微。昊天恩莫报，青史事曾稀。弱国今谁诉，南城魄被围。忆万历。穆陵尝有万折必东之教云。""故国腥尘暗，人间甲子回。有兴谁莫废，无往不重来。三户言曾契，金刀运再开。天心犹可复，遗诏有余哀。伤崇祯。""武侯才命世，成败任天时。贤知终无奈，英灵且莫悲。三年多受侮，一死或云迟。慷慨非难事，从容始得之。吊柴市。柴市在西城内，元时名以教忠坊立祠云。""平生弧矢志，吾

岂倦兹游。永叹中心吊，非关异国愁。乾坤龙一去，城郭鹤千秋。此地难为客，如何且久留。入燕京。""燕都城北寺，壮丽敌王宫。景泰年中作，兴亡佛力空。香炉铭记岁，锁户破生风。远客春犹滞，匪车不向东。隆福寺。""玉牒曾无验，诸君相耿光。幽燕非海岱，柴望有宫墙。大像皇王服，阎罗左右堂。不如林放礼，尼父叹应长。东岳庙。""译书奚补事，输币在何间。半月常封印，三阳亦闭关。离宫百戏毕，汤井几时还。任尔盘游乐，长愁远客颜。淹留。清主出游，且以文书翻译之误，方物久未输。""鸣跸三声罢，摇红万帽低。鸿胪噱似虎，膻酪浊如泥。曙色罘罳影，龙旗扣砌西。再来同跪叩，愁绝午门鼙。再赴朝参。二月五日，清主还京，又令赴朝参，赐入班人酪茶。""民风嗟易变，燕土化龙沙。冒说满州族，浑忘汉世家。华音胡语杂，关月笛中斜。此事天应悔，骄横且莫夸。燕俗。""异域春将半，征人尽忆家。三冬无雨雪，万里涨风沙。晋馆虽留币，葵丘岂及瓜。会当寻去路，犹指鸭江花。思归。""睡睫看初着，纹枰子不繁。雁归湘浦月，花落武陵源。因得江湖梦，径归水竹村。俄惊争道语，半局各成门。观棋。副使好棋，余不解棋，每旁观坐睡。"李颐命《疏斋集》卷一【考证：详诗意，以上皆为留北京玉河馆时作，系于正月十五日后。】

李颐命《玉田道中观耕者》："野树鸰鹡集，春田土脉兴。老农先播麦，长亩直如绳。礼乐前生隔，耕桑故俗承。翻思江上宅，雪水涨畦塍。"李颐命《疏斋集》卷一

李颐命《宁远卫秀才张赤城持诗请和，与副使共和》："论文无杂语，倾盖却成欢。使鲁延陵子，居辽管幼安。燕歌还远别，鹤野尚余寒。去后能相忆，回头旭日看。"李颐命《疏斋集》卷一

李颐命《广宁道中遇雪》："医闾山下雪纷纷，万里华夷压一云。远客愁看芳草没，东君魄杀百花芬。荆卿别处衣难辨，辽鹤归时影莫分。遥想南湖春水满，满船蓑笠钓鱼群。"李颐命《疏斋集》卷一

李颐命《次副使周流河道中次工部韵》："今年准拟遂初衣，王事驱驰未敢归。客里三春还易过，山中百卉已应稀。孤城落日长河急，古塞寒云候雁飞。物性由来难自变，如何不去我心违。"李颐命《疏斋集》卷一

李颐命《辽野》："沧海东头巨野殊，纵横千里四无隅。天形浑盖征周术，地势圆球认利图。多少行人旋磨蚁，升沉两曜走盘珠。若教章亥重来步，尺度惟应倍五湖。行辽野中，俯仰皆团圆，故恩浑盖地球等语。"李颐命《疏斋集》卷一

李颐命《渡辽河》："月下旌车晓渡河，风前孤角起栖鸦。三千归路已强半，九十韶光余几何。平野尽来愁仆御，乱山深处足烟霞。今朝定得寒泉食，远客休吟独漉歌。将朝饭于冷井，野次水泉甘洌，故云。"李颐命《疏斋集》卷一

李颐命《分水岭途中少憩川上》："百里三逾岭，羸骖又觉疲。春随残日暮，水向故园归。谷鸟迎人语，溪鱼见网疑。荒边虽异候，幽思亦忘机。"李颐命《疏斋集》卷一

李颐命《奉和仲氏所次唐诗韵》："参差霜发两垂垂，弟病兄衰正可悲。蘧子知非将数岁，孔生过二亦多时。暮年好学宁无味，昏眼看书转觉迟。回首过庭诗礼问，面墙今日益凄其。"李颐命《疏斋集》卷一【考证：据《肃宗实录》卷四一可知李颐命等于四月初六日复命，以上诸诗约作于正月十五日至四月初六日间。】

二十六日（辛酉）。

引见回还使臣临昌君焜、李世载、李夏源等【按：参见康熙四十三年八月二十七日条】。先是，使臣等先以别单驰启云："有张飞虎者据三仙岛，出没无常，又有白姓女将骁勇无比，清人不能制之云。"至是，世载曰："所谓张飞虎者，或云在三山岛，岛在山东海中，与我国相近。或云在三仙岛，此岛则在于浙江、福建近处。虽得来所谓题本，亦不足凭信。而若在三仙，则我国之忧稍缓矣。且清主好畋猎，贿赂肆行，用人不均，人心不悦，而但能惜财云。且彼之最所畏者黄台吉，台吉若动，则不可为也云。且遇田生琦者问之，则以为'季氏之忧在于萧墙，而不在颛臾云'。虽未知何事，而似有内忧矣。"世载又进二文书曰："大明子孙朱安世者掩袭睢阳，而比张飞虎稍大。"又曰："彼以宁古塔为窟穴，而不以为固，只致力于沈阳，第宅人力一如北京。且串场距沈阳十二日程，而壮于沈阳。且见汗墓雄壮无比矣。"上曰："沈阳乃其根本地故也。"世载曰："彼虽败，犹据沈阳，若失沈阳之后，则必往宁古塔等处，西忧则似减于北边矣。"《朝鲜肃宗实录》卷四一

四月

初六日（己巳）。

冬至正使李颐命、副使李喜茂、书状官李明浚还自清国【按：参见康熙四十三年十月二十七日条】。《朝鲜肃宗实录》卷四一

初十日（癸酉）。

知事李颐命上疏以为："臣在燕时，购得皇明末年所纂《筹胜必览》四

册，备记辽蓟关防。又得山东海防地图，系是禁物，不敢买取，令行中画师移写于纸。盖我国陆连辽蓟，海接山东，关防地势，在所当审。诚欲一呈睿览，谨此投进，而地图仓卒疾写【按："仓卒"亦作"仓猝"，此处依原文录入】，不甚精楷。请命备局，移作他本，更为进御，幸甚。"答曰："令备局依施。"《朝鲜肃宗实录》卷四一

十月

三十日（庚申）。

谢恩兼冬至正使郑载仑，副使黄钦，书状官南迪明赴京出去。《承政院日记》

宋相琦《送黄参判敬之_钦令公赴燕》："冠盖翩翩北向燕，祇今行李异朝天。三千里外山川别，六十年间世界迁。碣石峥嵘当暮日，金台萧瑟只寒烟。乾坤俯仰无穷意，不敢分明写赠篇。"宋相琦《玉吾斋集》卷三

权尚夏《送副使黄敬之_钦赴燕》："落木萧萧霜满天，故人西去几时旋。征轺远逐燕山月，客路斜穿蓟树烟。日下已叹颜色阻，天涯奈绝信音传。知君惯诵诗三百，专对何方不沛然。"权尚夏《寒水斋集》卷一【考证：据《同文汇考补编·使行录》，谢恩冬至正使郑载仑、副使黄钦、书状官南迪明于十月三十日启程赴清，故以上诸诗作于十月三十日或其后。尹凤九《寒水斋权先生墓志》：权尚夏（1641—1721），字致道，号遂庵，又寒水斋，安东人。仁祖辛巳生，二十一，中进士，游太学，声名出等夷。历吏曹判书、大司宪、右议政、判中枢府事。读书以穷理，反躬以实践，而敬则贯始终。尤致谨于天理人欲之分，操省之工。老而弥笃，于书无不研究，而《易》《中庸》用力最深。日读《中庸》一遍，屡年不辍。《易》则专主本义，而案上常置一本玩究焉。景宗辛丑，卒，年八十一，谥文纯。】

康熙四十五年（1706/丙戌）

正月

初一日（庚申）。

朝鲜国王李焞遣陪臣郑载仑等表贺冬至、元旦、万寿节，及进岁贡礼物。宴赉如例【按：参见康熙四十四年十月三十日条】。《清圣祖实录》卷二二四

三月

二十六日（甲申）。

回还谢恩兼冬至正使郑载仑、副使黄钦、书状官南迪明入来，上引见，问房中事情【按：参见康熙四十四年十月三十日条】。载仑等略陈："房中繁华倍蓰于前，家家拥美姬，不勤国事，逸豫无备，因此可想云。"《朝鲜肃宗实录》卷四三

十月

二十三日（丁未）。

谕大学士等曰："观朝鲜国王凡事极其敬慎，其国人亦皆感戴。闻其国有八道，北道与瓦尔喀地方土门江接界，东道接倭子国，西道接我凤凰城，南道接海，犹有数小岛。此等地方，太宗文皇帝定朝鲜之役，我兵无处不到，以已破之国，我朝为之重加营建，俾安堵如故。是以其国人于太宗文皇帝驻军之地，树立石碑，备书更生之德，累世感戴，以至于今。且彼更有可取者，明之末年，彼始终未尝叛之，犹为重礼义之邦也。"又谕曰："翻译之事，大

有关系。向年纂修《实录》，所译朝鲜表文，满汉文意，皆不相符。前大学士图海、杜立德呈朕亲览，朕两年苦心寻绎，始得将文义完美。作史之事，殊为重大，一字不可轻易增减也。"《清圣祖实录》卷二二七

二十九日（癸丑）。

赵泰亿《仲协将赴燕，仲约饯之席上走笔以赠，仍乞共和》："高会华堂唤曲生，寒天雪霁月仍明。古人最惜中年别，今子将为万里行。周乐欲观唯房稷，燕歌试奏自边声。经年玉馆思乡意，争似居人此夜情。"赵泰亿《谦斋集》卷四【按：李廷济，字仲协。《纪年便考》卷三十：赵泰亿（1675—1728），肃宗乙卯生，字大年，号谦斋，又甬里。丙子进士。壬午，登明科，历翰林。丁亥，以校理登重试，历铨郎、副学、兵判、户判。以通信使误事被罪。景宗朝，典文衡，为英祖入学传士。壬寅，诬杀金昌集等，谋危圣躬，教文有不道之语。以泰采从弟恬然参于正刑之启，人皆曰"如彼无人理之人，何面目拜其祖于地下云云"。泰耉曰："吾兄弟布列卿相，岂忍见血于同祖之孙乎！"与三凶罪轻不可并论，泰亿即往坐魁处不可以独拔为言，使一镜筵奏，乃有按律之命。讣至之日，扬扬出仕。英祖即位，甲辰入相，乙巳递相。左相闵镇远率百官庭请三十四启，光佐、泰亿并削黜。丁未，复拜左相。戊申免，是年卒，五十四，谥文忠。乙亥追削，以逆律论。壬辰，特命复官。正祖丙申，以金若行疏又追夺。】

赵泰亿《仲协宅夜饮醉赠》："出塞行人听我歌，北方诸水总名河。辽阳废郭伤心度，燕国荒台揽涕过。司马定知文益放，次公须戒酌无多。明朝弘济桥头别，四牡西征奈尔何。"赵泰亿《谦斋集》卷四

赵泰亿《联句》："同时簪笔侍枫宸，香案前头两史臣。年【按：赵泰亿，字大年】异渥均沾开户日，温音亲奉审囚辰。协【按：李廷济，字仲协】即今倦迹违持被，明发行人欲动轮。年祗有丹心常耿耿，五云多处梦魂频。协"赵泰亿《谦斋集》卷四

赵泰亿《席上得集字和仲协》："孟冬天气寒，北风微霰集。之子将远迈，凤驾辞乡邑。关河渺难越，征役怀靡及。侏僺非我族，玉帛谁为执。为我吊滦河，高风使人立。"赵泰亿《谦斋集》卷四【考证：据《肃宗实录》卷四四可知李廷济等于十月三十日启程，《仲协宅夜饮醉赠》诗云"明朝弘济桥头别"，《联句》诗云"明发行人欲动轮"，故以上诸诗约作于使团启程前一日即十月二十九日。】

三十日（甲寅）。

冬至上使俞得一、副使朴泰恒、书状官李廷济出去。《朝鲜肃宗实录》卷四四

康熙四十六年（1707/丁亥）

正月

初一日（乙卯）。

朝鲜国王李焞遣陪臣俞得一等表贺冬至、元旦、万寿节，及进岁贡礼物。宴赉如例【按：参见康熙四十五年十月三十日条】。《清圣祖实录》卷二二八

三月

二十五日（戊寅）。

冬至正使俞得一、副使朴泰恒、书状官李廷济复命，上引见【按：参见康熙四十五年十月三十日条】。得一等略陈彼国纪纲解弛，名分紊乱之状，仍及西路戎备疏虞之弊而退。《朝鲜肃宗实录》卷四五

十月

初一日（己卯）。

御昼讲。领事崔锡鼎请于《增补舆地胜览》抄录诗文，《东文选》明宣以后诗文未有抄选，亦令纂修厅，一体抄入刊行，上允之。《朝鲜肃宗实录》卷四五

康熙四十七年（1708/戊子）

正月

初一日（己酉）。

朝鲜国王李焞遣陪臣李泽等表贺冬至、元旦、权寿节，及进岁贡礼物。宴赉如例。《清圣祖实录》卷二三二【按：据《同文汇考补编·使行录》，谢恩兼三节年贡正使晋平君李泽、副使南致熏、书状官权朴于康熙四十六年十月二十八日启程赴清。】

三月

二十七日（甲戌）。

引见回还冬至使，问彼中事【按：参见是年正月初一日条】。上使晋平君泽曰："广西有朱安世者，自称大明后裔，大开宫室于真安府，屯聚十万余兵，改元定始，浙江有张一廉者据四明山，诈称大明后裔，亦屯聚军兵云，而真伪不可知矣。"《朝鲜肃宗实录》卷四六

十一月

初一日（癸酉）。

辞朝，有赐物。到慕华馆行查对，一家尊行及大臣卿宰诸旧之送别饯行者颇多，数处少憩，止宿高阳客舍。金始焕《燕行日录》

金镇圭《送闵静能镇厚使燕》："相国轺车昔走燕，毅皇遗墨橐中传。深恩

恍忆沾东海，幽恨偏伤赋下泉。辽塞贤劳还此日，□□□洗竟何年。身输皮币心江汉，回首华阳旧石镌。"金镇圭《竹泉集》卷五【考证：据《同文汇考补编·使行录》，冬至正使闵镇厚、副使金致龙、书状官金始焕于十一月初一日辞朝，故此诗约作于十一月初一日或其后。《竹泉集·行状》：金镇圭（1658—1717），字达甫，号竹泉居士。壬戌，魁进士，兼中生员试。丙寅，擢庭试状元。为文章本于家学间。尝就质于金息庵，自得作者规度。最长于碑志，颇得欧阳子风神。奏疏反复曲折，不惮烦委。骈语婉丽，诗亦古雅，盖亦近来馆阁所罕及也。字画遒劲，且工篆隶。遗集数十卷藏于家。尝抄选左氏史汉及名臣奏议明人碑志唐宋俪文。】

十六日（戊子）。

憩郭山，止宿宣川。金始焕《燕行日录》

金始焕《宣川次正使韵有书状"畏见红裳避麦田"之句》："戒色伤生语晓然，服膺台意眷人偏。工夫愧乏操持力，活水侵涵半亩田。"金始焕《燕行日录》【考证：金始焕等于十一月初一日启程赴清，此诗作于十一月十六日使臣夜宿宣川时。《纪年便考》卷三十：金始焕（1661—1739），显宗辛丑生，字晦叔，号骆村，又骆坡。肃宗庚辰，登庭试，历三司，官止崇政吏判。景宗辛丑，疏劾领相金昌集曰："不料圣明之世有此老猾巨慝也，忘君背亲病国之状，不一而足，权移主上，罪关宗社。前后负犯，国人切齿。尚今偃息辇下，可谓王法太宽，何能齿诸人类与议士论是非哉！遇弄殿下有同匹敌云云。"因正言李圣龙疏，泰仁定配。宥还后入耆社，三兄弟连入。英祖己未，卒，年七十九，赠领相，谥孝宪。】

金始焕《宣川次副使韵倚剑亭，洪以度创建也，府使安绩设饯于此》："关西大都会，倚剑创新亭。地尽分箕域，江围限蓟城。氛收鲸海赤，戍绝狼烟青。只愧朝天路，金缯每送行。"金始焕《燕行日录》

十八日（庚寅）。

皇历赍咨官韩重琦赍来清国咨文。清国废其太子胤礽，本朝方物之赠太子者勿令赍来。其废黜诏制略曰："荒淫无度，私用内帑藏，棰楚大臣以下，欲为索额图胤礽之外亲名报仇，傍伺朕躬。若不于今日被鸩，明日遇害云。"《朝鲜肃宗实录》卷四六【按：《清史稿·圣祖本纪》言是年九月，"丁酉，废皇太子胤礽，颁示天下"】。

十九日（辛卯）。

昼憩所串站，止宿义州。金始焕《燕行日录》【按：日记原文仅至此。】

金始焕《次湾尹柳敬仲韵_{自任修□，变通而有所相权，故云云}》："边事终归识务才，随便裁禀日相催。虏情谙悉筹无错，军政修明纪不颓。虽愧鲁连东蹈海，犹谈汉武北登台。圣朝方讲春秋义，会待天时辟草莱。"金始焕《燕行日录》

金始焕《迭用前韵_{以江界府使升通政，因绣衣瘴启，又擢嘉善，移拜于此}》："了事天生一世才，状元黄甲唱名催。词华独擅侪流许，言旨能回激浪颓。貂玉擢资纔外府【按："纔"亦作"才"，此处依作者原诗录入】，旌符移彩又边台。公余莫结思家梦，戏舞斑衣有老莱。"金始焕《燕行日录》

金始焕《鸭江上次正使韵别湾尹》："邦内寻常别，人情惜去留。经季今异域，临发故回头。"金始焕《燕行日录》【按：湾尹有诗曰："日暮边城外，星轺去莫留。今宵愁不寐，定忆此江头。"】

闵镇厚《原韵》："万里吾将去，孤城子独留。临今偏惜别，同醉暮江头。"金始焕《燕行日录》【考证：据《燕行日录》可知使团于十一月十九日"止宿义州"，以上诗题曰"次湾尹""鸭江上次正使韵别湾尹"，约作于十九日后。李观命《左参赞闵公谥状》：闵镇厚（1659—1720），字静能，号趾斋，骊兴人。孝宗己亥生。肃宗甲戌，历说书、正言、修撰、检讨官、校理。丙子，历辅德、参赞官、大司谏。庚辰，为江华留守。壬午，为刑曹判书、右参赞。癸未，为礼曹判书。戊子，以冬至正使入燕。壬辰，为判义禁府事。戊戌，为弘文馆提学。官止开城留守。庚子卒，年六十二。谥忠文，配享景宗庙庭。内行修饬，立朝练达事务，勤励不懈。承内外儒素之业，惟以扶士气卫斯文为主，绝无戚畹豪贵习，善类颇倚重。虽异己者，亦称其诚心为国，无愧古人云。】

金始焕《九连城次副使韵》："泛汉星槎夜渡湾，梦魂难越即关山。唯将一节随夷险，东望扶桑眼欲寒。"金始焕《燕行日录》

金始焕《九连城次副使韵寄湾尹》："关河留别最难方，独泛星槎入渺茫。遥想统军亭上月，依俙颜面黑甜场。"金始焕《燕行日录》

金致龙《原韵》："一渡湾江便异方，乱藤乔木路苍茫。行厨草草毡房冷，却忆前宵樽酒场。"金始焕《燕行日录》【按：以上闵镇厚、金致龙诗见于金始焕《燕行日录》。金致龙（1654—1724），字天用，彦阳人。孝宗甲午生。肃宗丙子，为正言。历持平、文学、掌令、右承旨。戊子，以书状官入燕。景宗壬寅，为谢恩副使。官止承旨。甲辰卒，年七十一。】

闵镇厚《次韵》:"专对多惭使四方,回瞻城阙意茫茫。夜来透骨寒无寐,空忆官斋醉一场。"_{金始焕《燕行日录》}

金始焕《九连城次正使韵_{露宿野次,正当极寒}》:"终宵龟缩抱寒衾,冰液添髭费冻吟。孤梦日边归未得,七言聊写恋君心。"_{金始焕《燕行日录》}

闵镇厚《原韵》:"旷野阴风冷透衾,天涯病客苦呻吟。中宵起坐仍无寐,痛饮兕觥激壮心。"_{金始焕《燕行日录》}

金致龙《次韵》:"中宵睡起拥寒衾,忽见明公寄一吟。觅句非关诗兴发,醉来聊写不平心。"_{金始焕《燕行日录》}

金始焕《家信便寄赠睡黛》:"尔惜红颜老,吾惊白发垂。春来花正好,同赏莫违期。"_{金始焕《燕行日录》}

金始焕《金石山次副使韵》:"原隰□余车,露宿经几站。边钥始开扃,穹庐有戍店。邻胡逞壑贪,客橐如水淡。操切不敢违,此行尽艰险。"_{金始焕《燕行日录》}

金致龙《原韵》:"朝日已三年,停车金石站。丛深疑有虎,荒绝元无店。天气正严凝,行厨何冷淡。贤劳岂敢惮,臣职等夷险。"_{金始焕《燕行日录》}

闵镇厚《次韵》:"行行重行行,一站复一站。百里无人烟,三日始见店。暮投野中宿,天寒行色淡。时闻虎豹啸,更愁前路险。"_{金始焕《燕行日录》}

金始焕《凤凰城次副使韵_{胡人怒其房钱之小,闭门不出,副使一行故云云}》:"扃门不许出行辀,临发迟回坐晓头。说译弥缝怜乞苦,怒胡咆哮语音啾。常时既忍吾侪耻,今日何论逆境羞。随处勉加珍重意,早归唯愿拜云裘。"_{金始焕《燕行日录》}

金致龙《原韵》:"凤凰城下逗征辀,多少群胡拥马头。陋矣冠裳殊制度,异哉辞说极啁啾。房钱苦索终无厌,老爷争称是亦羞。千载尧封何处觅,中华文物已毡裘。"_{金始焕《燕行日录》}

闵镇厚《次韵》:"连天峻岭折行辀,客子宵征尽白头。华柱忆曾仙翩返,战场知昔鬼声啾。辽河风雪那堪苦,禹贡山川久带羞。寻得酒家须买醉,橐中还有鸂鶒裘。"_{金始焕《燕行日录》}

金始焕《次湾尹韵寄谢回便》:"伊川被发奈天何,扫地冠裳倒置多。燕市即今空侠窟,入秦谁继奉畐轲。"_{金始焕《燕行日录》}

金始焕《会宁岭次副使韵_{高祖判书府君三赴燕都,故有追感之意}》:"叱驭逾危坂,公私怆古今。皇华连使节,吾祖此登临。世远沧桑变,天寒鸟兽吟。聊将无限感,输与对君斟。"_{金始焕《燕行日录》}

金致龙《原韵》:"世代兴多废,江山自古今。朝天昔去路,衔命此来临。专对惭前辈,羁怀寓客吟。惟将橐中酒,时复与君斟。"金始焕《燕行日录》

闵镇厚《次韵》:"地界辽阳旧,天时腊月今。柱传白鹤返,城忆翠华临。策马催长路,呵毫费苦吟。排愁惟赖酒,遮莫戒频斟。"金始焕《燕行日录》

金始焕《会宁岭口号》:"半日跻登度会宁,高高峻岭入云冥。山低漠北擎天轴,野旷辽东错地经。偏壤局儒羞测管,殊方寄迹任浮萍。扶桑夜夜悬归梦,步武何时踏禁庭。"金始焕《燕行日录》

闵镇厚《次韵》:"谁将消息报平宁,回望家乡渐杳冥。老去兹行良自愧,生来此苦未曾经。交情晚似胶中漆,身世怜同水上萍。每忆汉皇恢大略,漠南无复见王庭。"金始焕《燕行日录》

金致龙《次韵》:"岭号伊何是会宁,危峰簇簇耸青冥。形便自作关防险,载籍曾看山海经。岁色嵯峨积冰雪,行装飘转等蓬萍。休言南北天为限,冠盖年年走虏庭。"金始焕《燕行日录》

金始焕《青石岭次正使韵》:"联翩冠盖赴燕辽,隘路驺从近或遥。吟并越禽南土恋,嘶班代马北风骄。行期日射登弦矢,壮志宵扢挂壁刀。青春作伴归宜早,须把羁怀入梦消。"金始焕《燕行日录》

闵镇厚《原韵》:"北走行装已度辽,回瞻故国转遥遥。登穿峻岭邮人健,蹴裂层冰房马骄。晚岁远游霜满镜,中宵起饮雪盈刀。先王歌曲谁传唱,志士千秋恨未消。"金始焕《燕行日录》

金致龙《次韵》:"惊却吾行已到辽,燕山渐迩故山遥。人逢险路方知戒,马过危崖亦不骄。诗兴樽前倾玉液,雄心匣里抚霜刀。西来消息君休问,海内妖氛未尽消。"金始焕《燕行日录》

金始焕《青石岭次副使韵》:"眉带边愁半欲摧,行旌远指白龙堆。寻梅强问春消息,作伴何时得好开。"金始焕《燕行日录》

金致龙《原韵》:"征马欲颠车欲摧,乱峰微岈雪霜堆。愁边听取邮人语,行到辽阳平野开。"金始焕《燕行日录》

闵镇厚《次韵》:"到此谁能气不摧,腥尘蔽面黝云堆。举头暗向东方祝,节近青阳好运开。"金始焕《燕行日录》

金始焕《青石岭口号》:"石齿凝冰滑,辕摧马不前。同行纔木末【按:"纔"亦作"才",此处依作者原诗录入】,相顾已溪边。峡束藏竿日,峰呀漏尺天。年年斯役苦,国耻更谁湔。"金始焕《燕行日录》

闵镇厚《次韵》："日日催行役，群胡立我前。万山冰雪里，孤店夕阳边。鼓角愁关月，沙尘涨塞天。纵倾东海水，安得此羞湔。"金始焕《燕行日录》

金致龙《次韵》："托契期终始，联镳或后前。行穿沙塞外，路出蓟门边。用武嗟无地，成功亦在天。请看燕质处，百世耻宜湔。"金始焕《燕行日录》

金始焕《次正使戏吟韵秦筑长城，民赴役，羡鱼游河，有歌曲》："千里燕都执策如，吾生快意最奇且。历探天下无穷界，遍阅人间未读书。辽郭东望悲吊鹤，交河北渡羡游鱼。胸怀眼孔从今大，倚剑长歌气欲舒。"金始焕《燕行日录》

闵镇厚《原韵》："燕行一日三秋如，我辈还归可亟且。客路间关言岂尽，羁怀缭乱笔难书。高风尚忆扫金帚，侠气空思怀刃鱼。触境不堪增感慨，愁眉蹙蹙几时舒。"金始焕《燕行日录》

金致龙《次韵》："神州消息近何如，欲问苍天天醉且。海外连年输玉帛，域中今日混车书。客程绵远通燕蓟，家信微茫断雁鱼。竟夕沉吟推物理，一阴穷处一阳舒。"金始焕《燕行日录》

金始焕《次副使途中偶吟韵》："三百周诗诵几篇，圣朝专对简应偏。客怀迢递忘私恋，王事驱驰任独贤。鞭箠程期旬阅四，镜抽愁发丈盈千。须将自爱交加勉，此去燕山尚杳然。"金始焕《燕行日录》

金致龙《原韵》："长吟工部壮游篇，生晚吾东眼自偏。异域忽承专对命，同来喜得一时贤。疏才正愧诗三百，大地行经路四千。早岁桑弧曾有志，壮心惟愿勒燕然。"金始焕《燕行日录》

闵镇厚《次韵》："多君日日咏诗篇，写出胸中感慨偏。侠窟已空难得士，高台久毁孰招贤。固知天运胡无百，伫见河清圣作千。勒石殊勋宜可勉，闻鸡起舞此时然。"金始焕《燕行日录》

金始焕《次正使韵》："联珠迭璧日盈筒，较试唐兴盛晚风。俚语有时添画足，阳春自幸唱酬同。"金始焕《燕行日录》

闵镇厚《原韵》："骚坛酬唱遆诗筒，自愧疏才忝下风。归去故乡成卷轴，莫忘今日苦辛同。"金始焕《燕行日录》

金致龙《次韵》："客中酬唱已盈筒，征马萧萧向北风。共勖长途加馔饭，为怜衰病两相同。"金始焕《燕行日录》

金始焕《次副使戏吟韵辽东四城》："依然城市辟关门，行处相逢鸟兽群。碧眼马蹄穿短袖，玉容惮彀蜕长裙。荤腥染俗瘵华制，杀戮为耕废热耘。天意百年应悔祸，域中谁募吊民军。"金始焕《燕行日录》

金致龙《原韵》:"客路遥通古塞门,逢人尽是犬羊群。剃头小丑皆黄口,椎髻诸姬总黑裙。民俗但能专戈猎,土风全不事耕耘。辚辚车马相先后,麻贝章京与甲军。"金始焕《燕行日录》

闵镇厚《次韵》:"飏风旗影认屠门,处处啁啾十百群。腥食不曾行匕箸,女装谁复卞衣裙。庐无房室虚窗壁,儿习弓刀替播耘。惭乏威名沙碛振,令人空忆李将军。"金始焕《燕行日录》

金始焕《次正使华表柱韵_{柱在四辽东城西十里许}》:"荒唐丁鹤尚传疑,尽阅千年一返期。风雪独留华表柱,行人指点想当时。"金始焕《燕行日录》

闵镇厚《原韵》:"华表千年指点疑,仙踪再去杳归期。应知城郭今犹恋,却厌山河异昔时。"金始焕《燕行日录》

金致龙《次韵》:"仚鹤无踪一梦疑,独留华表待归期。江山使者探遗迹,城郭人民宛旧时。"金始焕《燕行日录》

金始焕《华表柱口号》:"身如辽鹤晚来归,城郭人民太半非。华表千年依旧在,只留关月吊令威。"金始焕《燕行日录》

闵镇厚《次韵》:"天汗中华左衽归,凄凉王业已全非。孤城独抗长驱势,没世犹称汉将威。"金始焕《燕行日录》

金致龙《次韵》:"停骖落日客忘归,城郭人民今是非。华表月明仙鹤返,千年谁识旧令威。"金始焕《燕行日录》

金始焕《辽东旧城次正使韵_{译辈言李成梁守城殉节事,成梁乃如松之父,虽未信然,既昧事实,故从其言而叙之}》:"将军殉节陷辽东,扶得纲常古亦雄。气作山河防北狄,威传草木詟西戎。忠魂远逐关云散,败壁长含塞月空。强使吾行经此地,只增惭奋满腔中。"金始焕《燕行日录》

闵镇厚《原韵》:"阿谁当日镇辽东,都督遗风一世雄。运去尚思恢旧物,国亡惟赖有元戎。孤城力尽身先死,万古名留迹已空。鲽域晚生偏起感,泪挥残郭暮烟中。"金始焕《燕行日录》

金致龙《次韵》:"闻昔辽阳属我东,当时兵力号为雄。沧桑屡阅今何世,民物犹存尽化戎。一夜莺啼残梦罢,千年鹤去旧巢空。那堪举目山河异,立马荒城暮雨中。"金始焕《燕行日录》【考证:以上诸诗约作于十一月十九日至十二月初八日间。】

十二月

初八日（庚戌）。

金始焕《沈阳寄湾尹栧敬仲悄》："交味如醇晚共尝，饮中斟量各倾觞。胸怀坦坦开眭眹，情话津津泻肺肠。关外去留魂欲断，江头酬唱梦难忘。归期正趁青春色，几日携登御牧堂。"金始焕《燕行日录》

金始焕《十二月初八日先府君讳辰也，在沈关不能接寐，明烛起坐，以待鸡鸣，情理罔极，写一绝寄示诸弟于湾上回还便》："讳日居然异域临，达宵危坐待鸡音。焚香独阻参神席，泣血人间未死心。""燕山骆岫各天涯，兄弟相寻梦里随。半睡半醒犹点检，群居一乐即常时。"金始焕《燕行日录》【考证：以上诗题曰"沈阳寄湾尹栧敬仲""十二月初八日先府君讳辰也，在沈关不能接寐……写一绝寄示诸弟于湾上回还便"，约作于十二月初八日使团留沈阳时。】

金始焕《次正使迭前韵所示》："燕南从古近齐东，横岛隗台几简雄。千载回头皆扫窟，百年被发竟为戎。山河惨裂妖氛涨，天地萧森霸气空。偏壤书生徒慷慨，强颜驱马入秦中。"金始焕《燕行日录》

闵镇厚《原韵》："干事何时马首东，停车处处泪英雄。曾闻侠士多燕赵，即看神州许犬戎。野外山光迷远树，风边尘色暗寒空。百年惭负桑蓬志，添得衰毛道路中。"金始焕《燕行日录》

金致龙《次韵》："故园回首月生东，抚剑悲歌心独雄。毳幕经宵愁旅泊，狐裘不暖叹蒙戎。雪残辽野河冰滑，叶尽榆关树影空。忽有君诗来起我，恍如昆玉入怀中。"金始焕《燕行日录》

金始焕《次正使无睡韵》："异乡难得睡魔牢，乱虑交侵剧猬毛。欹枕乍眠旋散蝶，抱衾孤坐但听獒。黑甜猜老宵全减，玄鬓缘愁雪半搔。从此故山归卧稳，任他朝旭转檐高。"金始焕《燕行日录》

闵镇厚《原韵》："为客长愁睡不牢，千思百虑集丝毛。凤装每趁晨吹角，残梦频惊夜吠獒。醒后引衾身似压，倦余欹枕首先搔。何时归卧东山上，直到三竿白日高。"金始焕《燕行日录》

金致龙《次韵》："可耐羁愁日日牢，镜中赢得雪盈毛。身同漆苑庄为蝶，事异周庭旅贡獒。家信莫凭魂欲断，长程默筭首空搔。悄然起坐仍无寐，榆塞三更汉月高。"金始焕《燕行日录》

金始焕《沈阳口号清人以肇基之故为盛京》:"沈关天下大规模,左衽年来阐霸图。犬吠鸡鸣旁达境,肩磨毂击亘弥衢。金缯辐辏堆珍货,铁甲骁腾进勇夫。可咲平生弹剑志,茫然自失向伊吾。"金始焕《燕行日录》【考证:诗题曰"沈阳口号",故以上诸诗约作于十二月十八日后。】

闵镇厚《次韵》:"不从郿坞拓遗模,要作离宫诧壮图。内外两城围峻堞,中间十字亘长衢。民风列市开千队,地利当关用一夫。天下几年沦左衽,于今倍忆管夷吾。"金始焕《燕行日录》

金致龙《次韵》:"如天盛烈孰能模,缅昔高皇御版图。感旧几多诗写意,伤时不敢语临衢。看今四海为长夜,无赖重关敌万夫。济世谁将恢大义,未有江左有夷吾。"金始焕《燕行日录》【考证:据诗题、诗意可知闵镇厚、金致龙诗为金始焕《沈阳口号》之次韵,亦约作于十二月初八日后。】

金始焕《烟台口号自辽东以后,万历季间筑烟台于五里七里之许,若有过警,以为登台,次次口传而报,多费民力,至今宛然》:"迅如飞电羽书驰,不患边情不日知。只恨皇朝徒筑怨,烟台相续更何为。"金始焕《燕行日录》

闵镇厚《次韵》:"台筑宁防铁骑驰,元来利害不难知。当时肉食无长策,空使匈奴笑尔为。"金始焕《燕行日录》

金致龙《次韵》:"虏骑千群日夜驰,开门相应岂曾知。烟台报警终无益,何事当年筑怨为。"金始焕《燕行日录》

金始焕《羊肠河次副使韵》:"悃怜朝涉胫,驻马问河名。备道羊肠险,源流几凿平。"金始焕《燕行日录》

金致龙《原韵》:"孰谓羊肠险,古人枉作名。如将世路比,不啻周途平。"金始焕《燕行日录》

闵镇厚《次韵》:"峙流元异质,夷险偶同名。咽咽鸣如怨,应知诉不平。"金始焕《燕行日录》

金始焕《医巫闾山次副使韵医巫间自北而南,横亘千余里,限为华夷之界,辽沈之间三四日程,所经历无非广野,今乃始见山形》:"天低野旷杳无际,指点依微便是山。万马群奔森剑戟,千娥队立簇螺鬟。烟拖一抹藏全面,日转三竿露半颜。始觉医巫分大漠,华夷从古枕其间。"金始焕《燕行日录》

金致龙《原韵》:"四顾无山五百里,今朝始见巫间山。前临大野平如掌,簇列群峰耸似鬟。曾向卷中知胜境,还从关外识真颜。春来故国回旌日,携持风烟诧世间。"金始焕《燕行日录》

闵镇厚《次韵》："天边极望浑如海，野尽谁知又有山。羞态似嫌连毳幕，丽容遥怜整螺鬟。圣盆恍忽流传语【按："恍忽"亦作"恍惚"，此处依作者原诗录入】，哀壑依稀旧识颜。何必避秦商岭独，高人应住白云间。"金始焕《燕行日录》

金始焕《见霍世柱口号霍鸿胪世柱，吴西平三桂之幕僚也，城陷后谪居于周流河，东使往来之时辄必来见，今则移徙于西店子，而年将九十余，路次据床而望，不觉慨然》："曾随义旅佐西平，老作俘奴混塞氓。山有周薇宁饿死，海无斋岛苟偷生。纵怜危迹临穷途，其奈彝衷愧大明。豫让古今心事独，伏桥涂厕亦垂名。"金始焕《燕行日录》

闵镇厚《次韵》："将士同期贼房平，当时思汉有遗氓。君亡弱鲁难全节，力尽俘陵未舍生。抚已每惭初计误，剃头谁信寸心明。临衢不敢邀人语，犹说鸿胪旧爵名。"金始焕《燕行日录》

金致龙《次韵》："从古云南远北平，如何来作塞垣氓。及君从未同时死，屈义非偷此地生。异域堪悲全性命，甘心犹许质神明。东藩使者长怜汝，到底先询霍氏名。"金始焕《燕行日录》

金始焕《圣水盆按〈地志〉在于医巫闾山最高处，无减无增，冬温夏冷，正德年间夏钦隐居，服之成道云》："神湫一派接河源，灵液瀜凝圣水盆。往往服来多道骨，夏钦遗迹亦堪论。"金始焕《燕行日录》

闵镇厚《次韵》："盈科活水本无源，无减无增只一盆。圣作千年将有待，刘安服食不须论。"金始焕《燕行日录》

金致龙《次韵》："异哉天一始生源，活泼澄涵石作盆。圣水为名非偶尔，河清千载可并论。"金始焕《燕行日录》

金始焕《次副使途中偶吟韵》："西来月觳屡亏圆，路减潮阳半八千。太子河分辽野阔，医巫山绕蓟门连。行装汩没风埃里，归梦依俙晓枕边。王事敢言形役苦，任他华发日侵巅。"金始焕《燕行日录》

金致龙《原韵》："原隰驱驰月再圆，行程倏已过三千。北来山到巫闾大，西望天低碣石连。古戍烟生沙碛外，海门风急夕阳边。殊方岁律看看尽，镜里空添雪满巅。""诗篇前后问几圆，气象沿途阅万千。满地江山征旆远，极天关塞客路连。羁愁漫入狂歌里，交义偏看对酒边。听说燕中奇绝处，孤亭寄在海山巅。"金始焕《燕行日录》

闵镇厚《次韵》："殊方何幸作团圆，迭唱诗篇近百千。玉屑飞时谈笑共，冰程趱处辔镳连。惊回客梦残灯下，染尽胡尘古垒边。却喜巫闾山入眼，明朝倚剑最高巅。""手把囊中一镜圆，朝看霜发丈三千。荒原白草烟台晚，大漠黄云海成连。乡信依俙传梦里，角声凄切入愁边。兹行快意知何事，立马胡山上上巅。"金始焕《燕行日录》

金始焕《十三山口号》："峰峦宛带楚腰纤，十二巫山又一添。朝暮正酣云雨意，阳台昔日未分三。"金始焕《燕行日录》

闵镇厚《次韵》："群仙齐祝手纤纤，天醉将成宝箓添。一万八千季一指，指尖成束十兼三。"金始焕《燕行日录》

金始焕《十三山次正使韵胡人进楂果于正副使，而所住之炕亦不冷落云，故及之》："两公忠信仗蛮邦，威凤翔来鸟雀降。喜似卷帘堂上燕，惊如吠雪越中狵。行厨献饮投珍菓，寝店推诚扫弊窗。可谓身持君子德，阳春体物蔼盈腔。"金始焕《燕行日录》

闵镇厚《原韵》："客路逶迤遍貊邦，我心愁苦未曾降。儿离襁褓知骑马，俗尚游田喜养狵。烟火交侵当晚灶，尘埃不扫掩寒窗。身名已辱年将老，壮发冲冠愤满腔。""行色间关入陋邦，客愁时得酒杯降。尘腾四野驰胡骑，声达千村吠尨狵。缅忆苏卿幽北海，长嗟宋业误东窗。悠悠志士无穷恨，聊复吟诗写我腔。"金始焕《燕行日录》

闵镇厚《原韵》："自惭成事幸因人，跃马关门蹑后尘。莫怪书生能辨此，折冲都是运精神。"金始焕《燕行日录》

金致龙《次韵》："御史霜威詟远人，关门洞辟靖胡尘。禁中从古推颇牧，不独文章自有神。"金始焕《燕行日录》

金始焕《次正使早发寒甚韵正使示所咏，而有数日何不作诗之语，故及之》："朔风如剑砭肌吹，觅句还妨拔冻髭。和煦好收归路咏，欲将寒语散迟迟。"金始焕《燕行日录》

闵镇厚《原韵》："一阵阴风劈面吹，□□透帐雪凝髭。盈觥暖酒还无力，愁待东方日上迟。"金始焕《燕行日录》

金致龙《次韵》："卷野胡风千里吹，西归客子冻吟髭。邮人已痛征骖倦，莫怪吾行去去迟。"金始焕《燕行日录》

金始焕《抚宁县忆韩昌黎昌黎县在抚宁西十里许，而笔峰秀立其下，即文公祖地也，追录》："山川秀异笔峰奇，文起韩公八代衰。人杰地灵今果验，昌黎县接抚宁治。"金始焕《燕行日录》

闵镇厚《次韵》："千载无人继伟奇，堪嗟吾道日微衰。山川毓秀宁常有，应待河清做善治。"金始焕《燕行日录》

金致龙《次韵》:"江山今古自清奇,气数元来有旺衰。千载文公无复继,也应天东欲平治。"金始焕《燕行日录》

金始焕《永平府次副使韵》:"飞将威风振塞城,南山夜猎气峥嵘。行逢白额弹弧射,能使顽姿饮镞平。百战宁无酬爵赏,数奇终未册勋名。空留壮迹冤千古,只见胡尘旧垒生。"金始焕《燕行日录》

金致龙《原韵》:"塞上雄关说此城,千寻巨壁望峥嵘。提封自是中华土,地号犹称右北平。射虎将军谁继躅,卢龙节度但留名。即看世事沧桑换,抚古徒然感慨生。"金始焕《燕行日录》

闵镇厚《次韵》:"千尺之楼百丈城,朱甍粉堞望峥嵘。山河异气多高节,华夏遗氓说太平。界接榆关遥控势,土宜枣木旧闻名。迩来抛废应天意,将使戎心不复生。"金始焕《燕行日录》

金始焕《谒清节祠次正使韵永平府东之十里许滦河上即孤竹旧都也,主庙安二圣塑像,首阳山在其南》:"生全恩义阐彝经,饿节千秋死亦荣。庙桧尚濡殷雨露,风霜不变旧时青。""二圣高风万古清,拜瞻今日起余诚。箕封独保殷遗俗,白马犹歌麦秀生。"金始焕《燕行日录》

闵镇厚《原韵》:"扶得□纲立大经,生吾所耻殁吾宁。看今天下为谁有,薇蕨年年只自青。""昭乎日月圣之清,百世偏深仰止诚。恍听采薇歌一曲,俨然遗像宛如生。"金始焕《燕行日录》

金致龙《次韵》:"清节祠前客路经,行人指点语丁宁。胡儿亦解春秋享,千古高名照汗青。""遗像森然仰肃清,客来瞻谒具忱诚。首阳山色今依旧,凛然高风激后生。"金始焕《燕行日录》

金始焕《清节祠次副使韵》:"名高悬日月,节特耀星辰。庙篆俱称圣,塑仪各逼真。晚来逢浊世,旷感挹清尘。束带敷余衽,恭瞻只怆神。"金始焕《燕行日录》

金致龙《原韵》:"东海辞封日,西山抗义辰。闻风犹起懦,拜庙况瞻真。水远流芳躅,峰高仰后尘。登临高千尺,千载想精神。"金始焕《燕行日录》

闵镇厚《次韵》:"此日知何世,吾生叹不辰。缅惭忠义士,犹耻帝王真。古庙瞻遗像,长程厌汗尘。高风增立懦,怅望只伤神。"金始焕《燕行日录》【考证:金始焕下诗题曰"立春日口号",以上诸诗约作于十二月初八日至二十五日间。】

二十五日(丁卯)。

金始焕《立春日口号》:"暖律随人异域来,迎春蛮俗带春回。椒花乍破

严凝逼,梅萼行看次第催。孤梦日边归来得,羁怀天末浩难裁。遥知应制词臣列,谁是欧阳帖谏才。"金始焕《燕行日录》

金致龙《次韵》:"万里春随远客来,东君昨夜斗杓回。韶华已为毡裘域,遗俗犹传羯鼓催。岸柳欲舒新嫩色,征衣尚着旧时裁。词臣早擅演纶手,帖谏何须让昔才。"金始焕《燕行日录》【考证:金始焕诗题曰"立春日口号",金致龙诗为金始焕诗之次韵,故约作于是年立春日即十二月二十五日。】

金始焕《渔阳桥见安禄山杨贵妃塑像口号禄山祠、贵妃庙相对》:"倾国名花笑一枝,嫣然独对锦褪儿。渔阳关外烟尘暗,疑是青骡幸蜀时。"金始焕《燕行日录》

闵镇厚《次韵》:"漠漠愁烟蓟树枝,渔阳桥上尽胡儿。可怜中夏今谁主,还羡天津饮马时。"金始焕《燕行日录》

金致龙《次韵》:"一曲谁歌杨柳枝,蓟门关外杂羌儿。无端枕上惊残梦,古垒烟沉月落时。"金始焕《燕行日录》

金始焕《独乐寺次副使双佛韵寺在蓟州城内,立佛长十余丈,头上又戴十佛躯,卧佛偃卧于平床,籍绣褥,覆以锦衾》:"欲问怪奇状,难通言语音。卧禅眠几觉,立佛意何寻。莲榻慈悲戒,蒲团寂灭心。工夫唯止此,不必索源深。"金始焕《燕行日录》

金致龙《原韵》:"异哉双佛像,设在古观音。睡熟经千日,身高过百寻。抬头凌斗极,坦腹露真心。闻自辽金来,至今崇奉深。"金始焕《燕行日录》

闵镇厚《次韵》:"佛躯真壮观,僧语尽殊音。不谓偏邦客,还从法界寻。登临聊骋目,俯仰更伤心。四字鲸企笔,千秋怅望深。"金始焕《燕行日录》【考证:以上诸诗约作于十二月二十五日至二十八日间。】

二十八日(庚午)。

金始焕《滹沱河次副使韵》:"白水龙兴赤袱传,春陵佳气应皇天。当时麦饭收勋业,留使滹沱尚宛然。"金始焕《燕行日录》

金致龙《原韵》:"冰合滹沱异事传,汉家光复奈关天。追思河北艰难日,立马沙头意惘然。"金始焕《燕行日录》

闵镇厚《次韵》:"四七奇征赤袱传,重恢汉业岂非天。天将降任须增益,麦饭冰滋总信然。"金始焕《燕行日录》【考证:闵镇厚诗云"四七奇征赤袱传",且闵镇厚、金致龙诗为金始焕《滹沱河次副使韵》之次韵,故以上诸诗约作于二十八日前后。】

金始焕《通州次副使韵》:"日暮喧喧临渡头,轮蹄簇踏亘河洲。通州自

古繁华地，左右回瞻眩两眸。"金始焕《燕行日录》

　　金致龙《原韵》："扑地闾阎枕水头，吴樯楚柁簇长洲。奇观此夕还多戏，尽日风埃遮远眸。"金始焕《燕行日录》

　　闵镇厚《次韵》："轿中终日苦垂头，风扑尘沙暗晚洲。忽听邮人称壮丽，通州城下始揩眸。"金始焕《燕行日录》

　　金始焕《玉河馆次正使韵玉河关坐地卑凹，四垣丈高，朝开夕闭，望之□》："此去扶桑万里赊，只瞻黄道转曦车。朝穿望眼祥辉散，暮系归心瑞影斜。屈指冀抽知朔叶，伴身葵仄向阳花。滔滔一念东流水，竣事何时早报衙。"金始焕《燕行日录》

　　闵镇厚《原韵》："默数归程万里赊，来春二月可回车。生憎世上年催老，近喜窗边日易斜。向月笛声惊折柳，翻风旗影讶飞花。通官又报治行李，礼部明朝会早衙。"金始焕《燕行日录》

　　金致龙《次韵》："十字通衢极目赊，三韩远客此停车。行程默筭山如梦，舍馆初投日已斜。古剑看来光射斗，残书捡罢眼生花。归期想在三春晚，蜂蝶乡园正报衙。"金始焕《燕行日录》

　　金始焕《礼部呈表笺，次正使迭用前韵》："奉表南宫路转赊，秩宗门外久停车。皇仪扫地冠裳倒，檐角题春篆额斜。通译引茶煎茗叶，尚书曳履步砖花。雠庭屈膝尊君命，一任崇朝晚罢衙。"金始焕《燕行日录》

　　闵镇厚《原韵》："数个胡人引路赊，通衢逢着总高车。私看官舍何深邃，更入椽房转狭斜。少吏布毡催众乐，贫儿剪纸卖新花。台边日影将过午，堂上扬扬始赴衙。"金始焕《燕行日录》【考证：金始焕下诗题曰"次正使追和唐诗除夜韵"，以上诸诗约作于十二月二十八日至三十日间。】

康熙四十八年（1709/己丑）

正月

初一日（癸酉）。

朝鲜国王李焞遣陪臣闵敦厚【按："闵敦厚"当为"闵镇厚"之讹，参见康熙四十七年十一月初一日条】等表贺冬至、元旦、万寿节，及进岁贡礼物。宴赉如例。《清圣祖实录》卷二三六

金始焕《次正使追和唐诗除夜韵》："除岁胡为强不眠，鸡鸣起坐倍依然。吾生半百星霜换，今后难逢戊子年。"金始焕《燕行日录》

闵镇厚《原韵》："客窗孤卧夜无眠，手抚寒衾意惘然。愁老恋乡还漫语，虏庭那忍贺新年。"金始焕《燕行日录》

金致龙《次韵》："残灯旅榻耿无眠，天末羁怀倍悄然。故国归期看渐迩，不须今日恨新年。"金始焕《燕行日录》【考证：闵镇厚诗云"客窗孤卧夜无眠""虏庭那忍贺新年"，金致龙诗云"残灯旅榻耿无眠""不须今日恨新年"，约作于除夕守岁时。金始焕诗题曰"次正使追和唐诗除夜韵"，当为闵诗之次韵。又诗云"除岁胡为强不眠，鸡鸣起坐倍依然"，故约作于除夕次日即正月初一日。】

金始焕《皇极殿朝参口号》："销光祥云杀气浮，衮衣垂处抗毡裘。贺参壤贡羞双膝，强作山呼叩九头。跸□只教鸦阵集，佩声空逐鹭班收。皇仪圣制今虽睹，退出端门涕自流。"金始焕《燕行日录》

闵镇厚《次韵》："杀气腥尘绕阙浮，满庭群丑总新裘。朝班罗拜宁垂手，帝座高临兴剃头。楼上乍闻音乐奏，陛前俄见伏仪收。风传白水真人起，岂乏当时寇邓流。"金始焕《燕行日录》

金致龙《次韵》："波臣远逐汉槎浮，恍近宫中五色裘。世事居然今虎窟，朝仪宛尔旧螭头。遥瞻帝座心何忍，退出端门泪未收。太液池台通御路，至今呜咽水空流。"金始焕《燕行日录》【考证：金始焕诗题曰"皇极殿朝参口号"，闵

镇厚、金致龙诗为其次韵，三诗皆述元日朝参情境，故亦作于正月初一日。】

初七日（己卯）。

金始焕《次副使韵正月初七乃人日也》："阴晴日深几经寻，岁色翻催异域春。汉节联三同作客，夏正回七更逢人。交儵世好情犹旧，诗带阳和语辄新。会待龙湾花柳好，统军亭下共停轮。"金始焕《燕行日录》【考证：诗题注曰"正月初七乃人日也"，诗云"夏正回七更逢人"，约作于正月初七日。】

金始焕《次正使韵余之所带马头即定州役奴稷山也，为人颖敏，善于男女唱，正副使乘夜听之，正使有□，书状宠爱无异于妓生云，故及之》："自是寻常马走人，卞和能识仆中珍。娥眉骏足犹相换【按："娥眉"亦作"蛾眉"】，好事传来我欲伦。"金始焕《燕行日录》

金始焕《次副使韵》："奉朔起舞献岁辰，依然御榻尚嶙峋。山河魏霸专深固，汉鑿秦藏溢怪珍。时运数隈天有悔，江流万折水无垠。威仪何日重胎洗，快睹端门衮冕新。"金始焕《燕行日录》

金始焕《次副使韵》："暮楚朝秦睹掷基，须将世事莫深悲。陆沉神器今无主，再造宗祊更有谁。率土讴谣思汉日，皇天悔悟眷周时。近从南徼闻消息，旗举春秋大义垂。"金始焕《燕行日录》

金始焕《次副使韵副使有连夜不寐之语，余则逐逐搜括书册，自朝至昏，身甚疲后甘寝，故及之》："卷弁斑斑揭纪季，古今书籍日堆前。付籖并黜新刊字，尊阁唯抽四锓编。文到诸家分史集，言归左道下庄禅。心潜翻阅身疲倦，客枕燕关辄稳眠。"金始焕《燕行日录》【考证：金始焕下诗题曰"次正使元夕韵"，以上诸诗约作于正月初七日至十五日间。】

十五日（丁亥）。

金始焕《次正使元夕韵》："首春灯夕一季佳，火树纱笼处处街。孤客只携新月影，徘徊庭畔让明侪。"金始焕《燕行日录》

金始焕《次副使元夕韵以正月十五日为灯夕，奇形异制，眩眼缠目》："燕俗观灯胜事饶，岁张技巧戏今宵。龙含皎月腾千陌，凤喙明星缀九霄。晕匝楼台光炫耀，风牵箔鼓响超遥。偏怜远客携孤影，深馆西河锁圓寥。"金始焕《燕行日录》【考证：以上二诗皆以"元夕"为题，题注曰"以正月十五日为灯夕"，诗云"首春灯夕一季佳""岁张技巧戏今宵"，约作于正月十五日。】

金始焕《次副使韵》："不惑吾季四十强，行藏一一入商量。知非伯玉偏多愧，尚昧前途税驾场。"金始焕《燕行日录》【考证：金始焕下诗题曰"正月二十

三日夜"，此诗约作于正月十五日至二十三日间。】

二十三日（乙未）。

金始焕《正月二十三日夜》："昨侍天颜三四臣，玉言如绨语谆谆。从容一席披心腹，无异家人父子亲。"金始焕《燕行日录》

金始焕《次副使出玉河关韵》："身如羁鹤出笼间，得意高翔处处山。声冲九天何日是，落花时节禁林还。""东海归槎渡北溟，春波漾绿鸭江汀。主人别有风流旧，笑点红妆想倚亭。"金始焕《燕行日录》

金始焕《次副使还朝韵》："合门何日共朝天，复命应虚赐对筵。前说诗书惭陆贾，寸心恐负渥恩偏。"金始焕《燕行日录》

金始焕《又次归家韵》："快意吾行尽不如，乡山熟路坐轻车。候门想有诸儿稚，加膝何时好把裾。"金始焕《燕行日录》

金始焕《次正使韵》："日涉长途马脱蹄，行装忙似鸟归栖。饥当晚饱身愈倦，醒唤春眠梦辄迷。旆幔缀街风色异，腥尘压野朔阴低。刘琨慷慨无人蹴，起舞谁闻半夜鸡。"金始焕《燕行日录》

金始焕《又次副使迭用前韵求和》："野马何曾顾凿蹄，鹪鹩自古一枝栖。避身荣路谋犹拙，立脚冥途见亦迷。世有人猜青眼少，山无我负白云低。弊庐桑梓期终老，归与乡交趁黍鸡。"金始焕《燕行日录》【考证：金始焕下诗题曰"二月十七日山海关次副使韵"，以上诸诗约作于正月二十三日至二月十七日间。】

二月

十七日（戊午）。

金始焕《二月十七日山海关次副使韵》："登临一约阻含杯，烟雨蒙蒙望海隈。污漫壮游豪兴失，揶揄好事戏魔□。名臣宿债终难偿，特地新题强欲裁。捻笔掀髯诗思阔，想来形胜尽奇哉。"金始焕《燕行日录》

金始焕《又次正使韵山海关》："关令无尹喜，谁与话津津。紫气驱牛去，鸡鸣早出秦。"金始焕《燕行日录》

十九日（庚申）。

金始焕《次正使韵二月十九日宁远途中》："荒荒郊日下，暮郭乱翻鸦。马熟曾经路，人寻旧宿家。朔阴勒树梢，春涨浸溪沙。想到龙湾后，应看烂熳花。"金始焕《燕行日录》【考证：题注曰"二月十九日宁远途中"，此诗约作于二月十九日。】

金始焕《又次正使咏离骚经韵》："采采江蓠叶，行行泽畔吟。虽逢皆醉日，唯抱独醒心。纫佩□流洁，怀沙怨旧沉。离骚一篇在，忠愤照传今。"金始焕《燕行日录》

金始焕《次副使韵多购书册夸张故及之》："越橐黄金换五车，旧编新帙半诸家。携归可心箕裘业，东海门间自此加。"金始焕《燕行日录》

金始焕《次副使韵》："万里春随使节还，经季行役马蹄间。诗投强韵酬偏窘，酒润枯肠语共阑。双鬓搔添愁里雪，两眸穿断望中山。松楸何日蒙恩暇，饮啄能全自在闲。"金始焕《燕行日录》

金始焕《次正使韵》："蛮貊言忠信，事情尽备谙。虽期持节一，实愧省身三。皓首怜苏武，青牛羡老聃。出关心自幸，□□未遑探。"金始焕《燕行日录》

金始焕《次正使韵医巫闾距旧广宁城西十里许有北镇庙，舜时分十二山，以此秀北岳，宋失其地于大戎，以恒山为北岳，自元明以来又为北镇建庙崇奉之，胡人重修，壮丽奇巧无比，归路历人登临》："坤维望秩即医巫，北岳崇称自舜虞。禹奠九州封异域，周分六国属燕都。控环中土神功大，盘镇边庭体势麤。今日登临心目壮，东槎过客任倾杯。"金始焕《燕行日录》

金始焕《次副使韵》："侵晨行色动，缺月屋檐悬。短梦惊边角，羁怀觉情新。算程千里减，课日数旬连。苦况难堪忧，暮投满店烟。"金始焕《燕行日录》

金始焕《次正使迭用副使示韵更吟北镇庙》："岳麓收灵淑，乾坤入倒悬。庙新重焕若，碑古尚森然。海色腥氛涨，郊阴朔气连。皇华曾过地，慷慨挹风烟。"金始焕《燕行日录》

金始焕《周流河次正使韵》："喧喧争暮渡，风起浪花翻。河广舟人急，轮蹄被两原。"金始焕《燕行日录》

金始焕《又次副使韵》："混漾星河渺渺流，曾看仙客踏槎头。如何蹉失寻源路，风雪迷津唤野舟。"金始焕《燕行日录》

金始焕《次副使韵》："原隰驱驰盈，回车入峡中。寒威犹恻恻，春意转匆匆。贪路期逾站，纪行唱满筒。扶桑望渐近，马首日生东。""连山积雪成泥滑，澌涨春肥八渡河。消息遽传前路恶，令人叱驭恸深峨。"金始焕《燕行日录》

金始焕《次正使韵冷井站厨人供芹菜，赴燕以来初味也》："行厨晚设冷泉滨，别味春盘荐菜新。咬得野芹微悃切，献君今古一般人。"金始焕《燕行日录》【考证：《肃宗实录》卷四七言三月二十三日"冬至使闵镇厚、金致龙、金始焕等自清国

还使团于三月二十三日复命,以上诸诗约作于二月十九日至三月二十三日间。】

三月

初三日(甲戌)。

冬至使先来状启入来,其启有曰:"概闻皇帝废太子之后,旋即悔悟,复立为太子,将以来月初告庙颁赦,发送赦使。张飞虎之子万钟据有海岛,兵势颇盛。崇祯皇帝第三子流落村间,近来起兵浙江,或云已为平定,而余党尚存,此外海贼亦多云。"《朝鲜肃宗实录》卷四七

二十三日(甲午)。

冬至使闵镇厚、金致龙、金始焕等自清国还,引见劳慰,仍问虏中事【按:参见康熙四十七年十一月初一日条】。镇厚对曰:"闻朱三太子兵势稍盛,而大抵汉人知我国之不忘皇朝,时时来言朱三事,此不可准信。所谓海浪贼,强弱不可知,而似是剿刦村落之贼也。臣于历路见金州卫海村一空,问其故,则皆云海贼常出没于此。张万钟事得见汉人所示巡抚奏本,有曰:'十二月二十日寇登莱。'又曰:'二十三日寇青州。'莱、青之间虽曰接界,而其所去来,岂在数日之间乎?又见所谓廷臣会议草有曰:'请调发江南兵四十万,浙江兵三十万赴战。'若然,则七十万兵赴战之际,沿海必骚扰,而居民晏然无忧惧之状,此可疑也。盖闻译官之言,皆以为虏中形止渐不如前,胡人持皇帝阴事告外人无所隐。如午废太子,旋复其位,驱曳马齐,仍官其子,处事已极颠倒,而又贪爱财宝,国人皆称曰爱银皇帝,且太子性本残酷,百姓公传道之曰:'不忠不孝,阴烝诸妹。若其诸子之暴虐,乃甚于太子云。'胡命之不久,此可知矣。又闻皇帝与九卿会议,问其故,则以为有南讹僧者,以神术惑众,交通太极鞑子,前者刑而失其尸,至是又来,而欲杀则必逃去,不杀则必为乱,故方会议于畅春园云矣。"上曰:"虚诞矣。"《朝鲜肃宗实录》卷四七

四月

十六日(丁巳)。

清复立其太子,赦天下。虏使仪度额真、头等侍卫敖岱、内阁学士年羹

尧将敕书来。《朝鲜肃宗实录》卷四七【按：《清史稿·圣祖本纪》云是年三月，"辛巳，复立胤礽为皇太子，昭告宗庙，颁诏天下。"】

五月

十一日（辛巳）。

上出西郊迎虏使。引见远接使姜鋧于幕次，问上副敕人物，鋧对曰："上敕即胡武，而为人稍沈晦。副敕年羹尧即内阁学士，以文见用云，而见其诗句，仅知押韵而已，人物敏而颇苛。有一人随来，踪迹殊常，试令物色，则应天府人殳敏也。为观东方山川，以家丁名数出来，而为人倨傲，副敕以丈人行待之云矣。"○上还御仁政殿，受胡敕，仍接见虏使。殳敏者稍解医理，有识朝士皆遣子问药，人皆慕效，不知羞耻。时去丙丁已远，尊周之义寝晦，虏使入城之日，士夫女子多占路傍【按："傍"亦作"旁"】家舍，竞为观光，且副敕稍能书，故士夫因译舌辈求其笔迹者又多，识者骇叹。上接见虏使时，两敕所率家丁或佩剑入殿内。后校理吴命恒奏曰："防患之道大疏，此后请以将士或别军职，侍立左右。"上以处所狭隘不许。《朝鲜肃宗实录》卷四七

七月

二十八日（丁酉）。

陈贺正使临阳君桓、副使俞集一、书状官李翊汉辞陛，上引见宣酝。《朝鲜肃宗实录》卷四七

金楺《秋风三迭送俞大叔集一赴燕三首》："寥落秋声动别思，送君西去路漫漫。辽阳城郭浑依旧，华表千年鹤影寒。""燕塞秋风道路赊，那堪八月更乘槎。百年胡运今何似，万古天心定不差。""秋气萧萧木叶疏，登山临水意何如。此行定见南公否，荆楚于今几户余。"金楺《俭斋集》卷三【按：《纪年便考》卷二十八：金楺（1653—1719），孝宗癸巳生，字士直，号俭斋，朴世采门人。己卯，以县监登增广，历春坊、副学、海伯、箕伯，以嘉善典文衡，官止吏参。少有文学，侪友推重。未第时朝廷欲拟南台而未果。尝疏斥尹拯，以辨师诬。容貌洞澈，文章典雅。己亥卒，年六十七。赠领相，谥文敬。】

崔锡恒《送俞大叔赴燕》："原隰贤劳且莫嗟，此行应复会心多。风流莲

幕曾经地，手泽河阳旧种花。抚筑水边怜意气，悬金台上想悲歌。临岐赠别无他语，稳返春风泛汉槎。"崔锡恒《损窝遗稿》卷四【考证：据《肃宗实录》卷四七可知俞集一等于七月二十八日启程赴清，以上诸诗约作于二十八日或其后。《纪年便考》卷三十：崔锡恒（1654—1724），孝宗甲午生，字汝久，号损窝，又巽斋。肃宗戊午进士。庚申，登别试，历提学、吏判、衡圈。景宗辛丑，入相至领，入耆社。状貌奇怪，为岭伯时，一妓笑之，禅将欲罪之，锡恒曰："吾亦对镜不觉自笑，勿罪之。"北使曰："吾来东国有二壮观，一练光亭，一崔公。"承旨金始焕上疏论劾，领相金昌集被窜，锡恒以判义禁力救，赵圣复疏。后以左参赞夜半请对，标信即出，开门入侍，请圣复施以屏裔之典。壬寅，以左相请金昌集孥籍。癸卯，承旨持公事入侍，时上曰："左相崔锡恒所为无据，拿鞫严断。"又教曰："国家亡则亡矣，不亡则臣之待君父岂容若是！"崔锡恒极边远窜，都承旨李真俭伸救，即蒙削黜之命，真俭仍迁出右相。李光佐四五次奏达，乃还，收锡恒远窜之命。甲辰卒，年七十一。】

十月

二十九日（丙寅）。

冬至正使赵泰耇，副使任舜元，书状官具万理出去。《承政院日记》

赵泰亿《追赆副使任令公舜元行轩》："城南一别尚魂销，归卧铃斋不自聊。衔命几时辞凤阙，计程今日度驼桥。百年弱国金缯走，十月长程雨雪骄。想到辽阳偏慷慨，疏翁诗上感怀饶。《疏庵集》有辽阳见陷，忧闷不食之作。任令公是疏庵之孙，故云。○送人相候于松京亦及之。"赵泰亿《谦斋集》卷五【考证：据《同文汇考补编·使行录》，冬至正使赵泰耇、副使任舜元、书状官具万里于十月二十九日启程赴清，此诗作于十月二十九日或其后。】

康熙四十九年（1710/庚寅）

正月

初一日（丁卯）。
朝鲜国王李焞遣陪臣赵泰耈等表贺冬至、元旦、万寿节，及进岁贡礼物。宴赉如例【按：参见康熙四十八年十月二十九日条】。《清圣祖实录》卷二四一

三月

二十日（乙酉）。
特罢冬至三使臣。冬至使至玉田县止宿之夜，表咨文所盛柜见偷，寻得正本而亡其副。礼部议奏请槛车出送，清皇判曰："朝鲜使臣赵泰耈等远路进贡，已到内地，副本被盗，从宽免交该王治罪。"泰耈等还到山海关驰启以闻，上下备忘曰："毕竟虽得无事，此实前所未有之事。若果严加戒饬护守，则宁有此患？其辱君命甚矣。正使赵泰耈、副使任舜元、书状官具万理罢职。"《朝鲜肃宗实录》卷四八

五月

十二日（丙子）。
礼部议覆："江苏巡抚张伯行疏报：'朝鲜国商人高道弼等被风坏船，飘至海州地方，已经救获，请候朝鲜国使来，交付遣回。'应如所请。"上曰："若俟朝鲜使来，为日迟久，著将高道弼等令高丽通事一人，自部给文，驿送

49

前去。"《清圣祖实录》卷二四二

八月

初八日（庚午）。

兵曹判书闵镇厚白上曰："北京宽免使臣之罪，出送漂人，此两事【按：参见三月二十日、五月十二日条】当有谢咨，欲付送于皇历赍咨官，而壬申年间付咨皇历被彼中诘责，几不免生事矣。表咨文见失乃无前之事，漂人前时每付我国使行，今则别遣差人领送。申谢之咨，不当付之译舌，付送于冬至使似好。"上问判府事李颐命，颐命曰："彼国人凡事重前例。前例有可据则无弊，前例所无则生事。壬申年亦以付送皇历，便致责云。今则付送使行可矣。"上命付送冬至使。《朝鲜肃宗实录》卷四九

康熙五十年（1711/辛卯）

正月

初一日（庚寅）。
朝鲜国王李焞遣陪臣郑载仑等表贺冬至、元旦、万寿节，及进岁贡礼物。宴赉如例。《清圣祖实录》卷二四五【按：据《同文汇考补编·使行录》，谢恩兼三节年贡正使郑载仑、副使朴权、书状官洪禹宁于康熙四十九年十月二十九日启程赴清。】

二十一日（庚戌）。
礼部议覆："朝鲜国王李焞疏报：'伊国人李玩枝等越界杀人，劫夺财物，应将该犯严拿候审。'查朝鲜国王李焞将此事并未审明，不便遽议，应移咨朝鲜国王李焞，令其审明，具题到日再议。"得旨："此事该将军及地方官并未举报，这被杀者或系逃往彼处偷刨人参之人，不可与越界杀掠者比。著将此处问明，详议具奏。"《清圣祖实录》卷二四五

四月

初四日（壬戌）。
谢恩使郑载仑、朴权、书状官洪禹宁复命，上命引见【按：参见是年正月初一日条】。载仑以海贼事箚录进之。盖载仑军官田井一，即东来明人田好谦子也。其族属田维枢详解文字，与阁老李光地及其门生诚明之相识，因探得海贼情形，累次来报。大略以为"此贼忽有忽无，朝南暮北，其移咨朝鲜者，恐其犯大国不得而侵小国耳，彼不过乌合之众，何足为深忧，合下放心

51

东归云"矣。载仑等仍陈近来译舌全不识汉语,两国辞命,将无以相通,上令译院另加申饬。《朝鲜肃宗实录》卷五〇

五月

初五日(癸巳)。

帝谕大学士曰:"长白山之西,中国与朝鲜既以鸭绿江为界,而土门江自长白山东边流出东南入海,土门江西南属朝鲜,东北属中国,亦以江为界。但鸭绿、土门二江之间地方,知之不悉。"乃派穆克登往查边界。《清史稿卷五二六·列传三一三·属国一》

十月

二十三日(戊寅)。

谕礼部:"朕统御寰区,抚绥万国,中外一体,保育维殷。惟期遐迩咸宁,共享升平之福。至于藩邦,有能仰体此心,修明厥职者,朕尤加意优待之。兹朝鲜国王李焞,自袭爵以来,慎守封圻,恪循仪度,岁时贡献方物,克殚悃忱,四十余年未尝少懈。其国中之事稍有关系者,必奏明仰请定夺,罔敢隐讳。每于钦差人员,竭尽小心,倍加敬礼,且抚恤国人,善于爱养,所属靡不悦服。朕用是深为嘉美,既尝曲示恩谊,值彼地饥馑,又自海洋运米赈济,故举国人众至今犹深感戴。朝鲜贡物,朕屡次裁减,以至甚轻。但国小地隘,其年例贡物内,有白金一千两、红豹皮一百四十二张,犹恐艰于备办,嗣后,将此二项永停贡献。又闻朝鲜国使沿途馆舍,尽皆倾圮,难以止宿,历年进贡奏事人员,甚为劳瘁。著令各该地方官修葺坚固,用副朕加惠远人至意。"《清圣祖实录》卷二四八

康熙五十一年（1712/壬辰）

正月

初一日（乙酉）。
朝鲜国王李焞遣陪臣李枋等表贺冬至、元旦、万寿节，及进岁贡礼物。宴赍如例。《清圣祖实录》卷二四九【按：据《同文汇考补编·使行录》，谢恩兼三节年贡正使砺山君李枋、副使金演、书状官俞命凝于康熙五十年十月三十日启程赴清。】

二月

二十二日（乙亥）。
谢恩使朴弼成、闵镇远、书状官柳述如清国。《朝鲜肃宗实录》卷五一
李观命《敬次御制赐正使锦平尉朴弼成韵》："锦平都尉之始赴燕也，上赐五言四韵一首以送行，又赐五言绝句一首，以示尊周之义。都尉前后四度赴燕，辄求和于同行，今亦要余次之，遂忘抽奉呈。叹息中原土，千秋起海埃。寻河殊博望，观国愧州来。只合心尝胆，休教泪满腮。王言须敬佩，圣意若勤哉。""世入漫漫夜，天回岁岁春。惊心三月日，血泪倍沾巾。"李观命《屏山集》卷二【考证：据《肃宗实录》卷五一可知朴弼成等于二月二十二日启程赴清，此诗约作于二月二十二日或其后。《纪年便考》卷二十八：李观命（1661—1733），显宗辛丑生，字子宾，号屏山，又曰休亭。肃宗丁卯生员。戊寅，以咸悦县监登谒圣，历铨郎、副学、典文衡。景宗壬寅，士祸缘坐，为奴于德川。英祖即位，甲辰，放还。乙巳，入相至左，入耆社。戊申，录扬武从功。癸丑卒，年七十三，谥文靖。】

三月

十五日（戊戌）。

晴，留义州。晓行望阙礼，上使、书状、府尹、泰川县监、各镇边将、一行员译皆参龟城府使病不参。食后，与上使、书状、府尹、泰川县监同登九龙亭。胡山阴惨，对面环围，鸭江逶迤分为三歧。长洲白沙，极目无际，气势之雄壮，眼界之通豁，可谓胜于百祥楼，而亭舍太狭陋，可欠。亭壁有赵相相愚五言绝句，余和之曰："酒将春水绿，眼共塞峰青。抚剑平生志，斜阳倚小亭。"权令和曰："塞外头浑白，尊前眼共青。羁愁与别恨，并散此江亭。"书状和曰："塞外人头白，终南夕燧青。北望无限意，共上九龙亭。"闵镇远《燕行日记》【按：柳述生卒年、字号、阙里不详。据《肃宗实录》，肃宗庚辰，柳述为正言。丙戌，历司书、持平、忠清左道御史。庚寅，历献纳、掌令、司谏。壬辰，以书状官入燕。官止承旨。闵丙承《丹岩先生年谱》：闵镇远（1664—1736），字圣猷，号丹岩，骊兴人。历户、吏、工、礼四曹判书，升议政府右议政、判中枢府事。卒谥文忠。】

十八日（辛丑）。

阴。午饭后出江头，龟城府使辞归，府尹、书状搜检行中卜物。毕后，本府进杯盘，酒五行，遂起身乘船。府尹随之酌酒叙别，又行六杯后握手相别。又渡中江、小西江，行二十五里，到九连城川边湾府设幕处留宿，是日行二十五里。渡江时见胡山黯惨，鸭水青黑，去国怀绪有不能抑，余口吟一绝曰："漠漠胡山匝，盈盈鸭水深。山光与水色，无处不伤心。"座中皆曰可谓记实语云。闵镇远《燕行日记》

十九日（壬寅）。

朝阴夕晴。早发，行四十里，到金石山设幕处秣马。午饭后前发，行三十余里，逢着回还冬至兼谢恩使砺山君枋、金参判演俞、司谏命凝之行，彼此税轿路左，移时打话后相别，前发行五里许，到葱水湾府设幕处留宿。是日行八十里。书状制五言律送之曰："承命九阍下，驱车三月中。潘南都尉贵，汶上故家风。末路人情异，殊方客意同。事君期尽瘁，不必更西东。昨日舟中权令以色目等语谐谑，书状故及之云。"〇渡江以后至栅门百余里之间，山水拥护，处处开野，无非可耕可居之地，而人不敢入居。一望荒废，第有平乘北望之叹也。余和书状诗曰："饮冰与子共，辛苦畏途中。联辔消长日，击壶咏匪风。客愁千绪集，王事寸心同。渺渺胡天远，何时马首东。"闵镇远《燕行日记》

二十四日（丁未）。

微雨终日达夜。是日欲转往狼子山，已令译官辈恳乞于差胡，胡不索赂而许之，方以为幸矣。适遭此事，仍若前发，则落后译辈无以追赶，且以雨下终日，不得已仍宿甜水站。站有旧城，皆崩颓，是日行四十里。书状制七言律一首送之曰："东来佐价鬓成皤，尽日间关八渡河。山外有山前路远，客中为客一身多。汉官制度唯吾在，燕市悲歌奈若何。默坐挑灯增感慨，龙泉三尺手摩挲。"余和之曰："不见中华发已皤【按：亦作"不见汉仪头已皤"】，那堪举目旧山河。蓟门落日尘沙暗，燕市寒风感慨多。缨系越头吾力未，醉分鹬首彼天何。眼前孤竹看看近，薇蕨清芬手以挈。"夕，余得七言绝二首，送于书状乞和，其一曰："顽云漠漠昼冥冥，雨后溪声隔树听。遥想故园池畔柳，轻枝嫩叶为谁青。"其二曰："阴雨霏霏滞客程，一尊相对醉还醒。春光不解羁愁苦，处处山花带笑迎。"书状和曰："北来鸿雁响青冥，征客天涯侧耳听。看云白日情无极，梦里终南一抹青。"又和曰："春睡昏昏忘去程，何来青鸟唤人醒。洒落新篇留几案，一吟还胜一逢迎。"闵镇远《燕行日记》

二十五日（戊申）。

朝微雨，夕晴。朝，冒雨跨马发行，逾青石岭，马上口占一绝曰："嵯峨石岭塞云横，玉馆苍茫迷去程。宁庙遗歌堪痛哭，朗吟一曲风悲鸣。"书状和曰："玉河何在岭云横，冷雨阴风满客程。圣祖遗音浑即事，赓歌空为不平鸣。"到狼子山仍宿，是日行三十里。闵镇远《燕行日记》

二十六日（己酉）。

晴，朝气凄冷，午风。前发，入旧辽东，云是六国时燕王旧都，而城郭颓废，虹霓门间间犹存，而以甓筑成，极其精致坚固，奇哉奇哉。居民颇繁，市肆甚盛，出西门入关王庙，宏侈奢丽，金碧眩耀。移时休憩，往看华表柱，即一石塔而高盖百丈余，以甓甓层层筑成，几数十层，每层一丈余，中间一层几十丈，而八面皆设佛像若弥勒状，制造奇巧，余吟一绝曰："参天华表屹然立，鹤去千秋久不归。城郭人民何处问，苍苍烟水白云飞。"上使和曰："千年华表旧令威，一去茫茫更不归。往事即今无处问，斜阳残郭暮鸦飞。"

书状和曰:"辽阳白塔是华表,为问仙禽几度归。人民城郭非当日,谁识令威立不飞。"仍前发,出外城东门,渡太子河,谚传此是易水也。太子丹送荆轲于此水,故名以太子河云,而不可信其必然也。余又吟一绝曰:"燕市东头易水流,波声呜咽尚含愁。冲冠怒气今安在,萧瑟寒风吹不休。"书状和曰:"长城之外大江流,咽咽寒波万古愁。可怜当日荆卿事,空使行人恨未休。"到新辽东城西村间止宿,是日行八十里。夕,书状又制七言律送之曰:"三月龙湾芳草萋,使车催发九连西。逢人不见中原制,度岭还愁十丈泥。古迹晚寻华表鹤,行装晓趁孟尝鸡。回瞻故国知何在,客路漫漫梦亦迷。"余和之曰:"荒城败壁草萋萋,吊罢燕墟路指西。击节长吁今视昔,携壶快饮醉如泥。金台尚忆来三马,函谷偏怜搏六鸡。欲问宗周全盛事,悲风惨憺海云迷。"闵镇远《燕行日记》【按:《纪年便考》卷二十九:朴弼成(1652—1747),孝宗壬辰生。壬寅,尚孝宗淑宁翁主,封锦平尉。字士弘,号雪松。英祖辛酉,赐几杖。丁卯卒,年九十六。谥孝靖。】

二十八日(辛亥)。

晴,午风。朝发行,到白塔堡,入道傍佛宇【按:"傍"亦作"旁"】,三行同坐朝饭。上使曰:"甲戌年奉使时,自上私亲赐以御五言律赠别诗一首、五言绝述怀诗一首,赠别诗曰:'今朝辞凤阙,塞北冒风埃。霜落秋凉动,天高断雁来。腥尘空满目,迸泪自沾腮。万里归期远,含情更忆哉。'述怀诗曰:'皮币充壑溪,迩来六十春。何时明大义,重见汉衣巾。'其时副使吴判书道一,书状俞判书得一皆和之,今亦望两僚之奉和也。"余应曰:"诺。"仍奉和五言律曰:"山河非昔日,文物等云埃。永抱偏邦痛,胡为此地来。宸章看在手,感泪谩沾腮。圣意嗟难副,吾侪盍勉哉。"书状和曰:"大明冠带地,戎马起尘埃。未洒山河耻,徒劳玉帛来。圣人诗感意,志士泪横腮。早识春秋义,吾徒可勖哉。"余又和五言绝曰:"未洗腥膻污,来朝玉馆春。雄心不能愧,堪着妇人巾。"书状和曰:"胡尘迷九土,王事度三春。当日新亭泪,犹沾志士巾。"闵镇远《燕行日记》

二十九日(壬子)

晴,风。朝,方物依例交付于清人,修状启、作家书付之团练使朴俊命之归。食后发行,临发,与上使各送军官于清差,带去大通官洪二哥处劳问行李,仍跨马出西门,又出外城门,见有佛宇极宏杰,盖以黄瓦。问之,则顺治墓在城北五里许,故创立墓堂,于此处设顺治塑像,僧徒守之。其制度之奇巧壮丽不可殚记。我国使臣欲为入观,则守僧必令三拜九叩头,而后方许开门。上使言乙丑年与尹相公同入此处,颇遭苦境,不见塑像而径出云。故遂乘轿前发,獬山佥使朴俊命、海西别将金锡九辞归。到永安桥少憩,到边城止宿。是日行六十里。途中吟一律曰:"三春阅尽辽河途,万里风沙北雁俱。织路商车尘里走,弥山马畜草间呼。天低旷野迷涯涘,烟锁平林若有无。可笑兹行何所事,朝衣一拜老单于。"书状和曰:"三韩御史困泥途,自愧微才使者俱。倦驷便逢胡马怯,客程常趁晓鸡呼。山河今古余羞在,天地东南一望无。吾辈此行堪可耻,侍郎何事谩於于。"闵镇远《燕行日记》

四月

初一日(癸丑)。

晴,风。早发,行二十里到孤家子村朝饭,前发,到周流河,津船事势一如野梨江。税轿沙场,移时等待,书状吟一绝曰:"暮宿边城里,朝来河水滨。送春逢夏节,客泪倍沾巾。"余和曰:"周乐今安在,吾将问水滨。中朝染夷久,还笑汉衣巾。"盖处处胡人,观吾辈行色,无不聚首大笑,至于驿卒劝马声亦皆效颦为之而相与拍手,故末句及之。午渡河,入河边村舍止宿,是日行四十里。村后有颓废小城,夕饭后登城门上,上使、书状亦会。城周未五里以甓坚筑,高六丈许,荒废已久。村民彻取甓,仍致崩颓。北门刻以"靖边门"三字,至今宛然。问之,村民则以高城筑于明末,今则废弃不修云。城内有仓库旧墟。余吟一绝曰:"荒城圮堞枕河头,尚记皇朝北顾忧。墉户宁完阴雨后,徘徊斜日涕横流。"书状和曰:"春风河止故城头,落日登临集百忧。闻说皇朝阴雨后,空令行路涕双流。"闵镇远《燕行日记》

初三日(乙卯)。

晴,大风。早发行五十里到二道井,三行同坐朝饭。辽东以后巨野接天,茫茫无际,不见山形者六七日矣。今朝路上,始见西方天际有一带远山隐映于马前,俄而渐觉分明,余吟一绝曰:"行行大野渺茫间,十日长程不见山。天际忽惊开远岫,欣然如对故人颜。"上使和曰:"行尽平原大野间,卢龙古塞本无山。忽看望里云收处,一抹遥岑是旧颜。"书状和曰:"辽野茫茫天地间,登车四望更无山。云外忽看横一鬓,数峰如染始开颜。"遂前发,又行五十里,到小黑山止宿于察院,是日行一百里。差胡许以越站能行百里,可幸。

小黑山以后泉井少胜,自小黑山东五里许始有墩台,周围三十步许,高十丈许,以甓坚筑,四面无门,非云梯难上。每五里置一墩,棋布星罗,云是明末为御胡筑此瞭望贼兵,而每一墩费千金,胡骑未遏而民力先竭,以致败亡云,可为痛哭。夕,书状吟思乡诗曰:"无边客路草如茵,天末看云泪湿巾。竣事归时寻旧约,白须红颜乐余春。"余和曰:"壮游千里卧文茵,客泪如何谩拭巾。他日星轺归去后,共君携手汉阳春。"闵镇远《燕行日记》

初六日（戊午）。

晴,大风。早发,行三十里到大凌河,三行同坐朝饭。仍前发,到小凌河止宿,是日行六十里。渡湾以后逐日大风,氛祲四塞,是日尤甚,气候愁惨,口占一绝曰:"瘴雾狂风浃二旬,飞沙积地欲埋轮。何时手挽清河水,净洗神州满目尘。"书状和曰:"辽野间关问几旬,风沙尽日苦备轮。归时定渡龙湾水,拟挽衣裳洗染尘。"上使和曰:"客路支离浃四旬,邮僮日倦护征轮。商胡且莫催驱去,恐尔过时更起尘。"闵镇远《燕行日记》

初七日（己未）。

晴,狂风卷地,氛雾蔽野。早发,行二十里到松山堡,三行同坐朝饭。前发行二十五里到高桥堡止宿,风雾非常,头目眩瞀,堇堇作行,是日行五十五里。是日风气甚恶,到宿所闭户块卧,三行不得相会。夕,书状书送一绝曰:"卷地狞风无已时,闭窗终夕不吟诗。西邻北舍违良晤,客意悄然一蹙眉。"上使和曰:"举目山河异昔时,风光纵好不吟诗。胸中多少伤心事,尽入征人半蹙眉。"余和曰:"风声转急日西时,塞户无心赋一诗。僮倦马羸前路远,客中愁绪入双眉。"闵镇远《燕行日记》

初八日（庚申）。

晓微雨,朝晴,午风。夜梦一家诸亲戚会,其乐融融,似若有庆事然,余赋七言绝一首,觉来只记其第二句曰:"浑家欢喜更何祈",可占家中之安吉,心自喜幸。早发,行四十里,轿上占一律曰:"霏微晓雨即看晴,面面青山雾外呈。尘浥风清人气爽,路平车稳马蹄轻。举头日下迷归梦,屈指天西筭去程。万里壮游知亦幸,莫教胸里客愁萦。"到连山驿,三行同坐朝饭,书状和曰:"狂风微雨晓来晴,望里红螺爽气呈。路指秦天羁梦懒,节回灯夕客衣轻。可怜赫赫三韩使,何事劳劳万里程。咏罢清篇凭一枕,莺声唤散百忧萦。"仍前发,行三十余里,入永宁寺少憩,抵宁远卫。宁远有内外城,周十余里城堞尽皆颓圮,不为修葺,所见愁惨,而人民颇盛,村间稠密,连山驿亦有故城遗墟。是日即灯夕也,而此地不知为佳节,客怀益觉作恶,吟一绝曰:"吾东是夕好观灯,竟向亭台高处登。乡思自倍逢佳节,回首云山隔几层。"上使和曰:"今夕吾东挂彩灯,望乡何处最高登。沉吟默筭归期远,暮店羁愁又一层。"书状和曰:"客中佳节属悬灯,谁继终南去岁登。遥想故园新物色,雨余岩瀑玉层层。"余又吟一律曰:"节回浴佛佳辰夜,家在寅宾万里天。长路几时征驾税,故园兹夕彩灯悬。别来知有忧中喜,晓起先吟梦里篇。浑室欢颜诚至愿,搬携他日好归田。"书状和曰:"万里惊逢佳节夜,我家何在海东天。羁愁恼客无时歇,故友携灯几处悬。异域归心云外雁,前宵喜气梦中篇。休官圣世非难事,肯待苏秦负郭田。"闵镇远《燕行日记》

初九日(辛酉)。

晴,午大风。早发,过曹庄驿,有故城遗墟。行三十余里到中右所,三行同坐朝饭。此地亦有明朝旧城,女堞圮毁而体城犹完,腰下筑以熟石,腰上筑以甓甓,极其坚致,周围十余里也。昨见祖大寿牌楼,不胜感慨之怀,吟一律曰:"祖氏戎坛世世因,石门铺烈尚嶙峋。孤城坐失辽河险,九鼎旋惊泗水沦。遗臭将军中夜叹,伤心开府北朝臣。若翁殊绩留东土,重为降俘慨恨新。"书状和曰:"赫赫元戎四代因,牌楼依旧石嶙峋。千秋尚说君家盛,一战如何帝业沦。世受箕裘为上将,羞深邦国作俘臣。当时侈大能无愧,魂若有知恨转新。"是日狞风大作,殆甚于再昨。尘沙涨天,不能开眼,轿中垂帐,郁热晕瞀,堇堇作行。余又和前韵曰:"袭爵恩深世德因,通衢石阁何嶙峋。辕门一夜降幡竖,帝室当年大宝沦。有急谁言真可将,临危还昧罔为臣。先人地下何颜见,莫慰英灵痛恨新。"闵镇远《燕行日记》

初十日(壬戌)。

朝晴,午后大风,阴曀。初昏,风势益狂,瓦石皆飞,乍雨即止。早发,行二十里到中后所,三行同坐朝饭,此地亦有旧城。前发,过沙河站、沟儿河,皆有旧城。行四十里,尘沙涨天,不能开眼,堇堇到两水河止宿,是日行六十里。途中吟一律曰:"合眼车中下四帏,棱棱病骨怯风威。路随雁背人俱远,尘起马蹄鸟共飞。残郭荒台悲国破,落花芳草惜春归。彬彬文物寻何处,唯见商胡利析微。"书状和曰:"妆楼投橘卷香帏,争睹三韩御史威。绿柳桥边莺语细,春风陌上马蹄飞。西来胜赏虽云好,北望危衷谩忆归。故国渺茫云海阔,梦随残月路依微。"余又以一绝嘲之曰:"头童齿豁鬓如丝,御史风流我未知。席上新诗休自诿,谩令湾妓替深危。留湾时书状不饮酒,湾尹使其房妓代饮,或不与酒会,则亦令房妓代饮罚杯,故末句及之。"书状和曰:"傍人休笑鬓边丝【按:"傍"亦作"旁"】,过客风流女伴知。试看月色窗前诉,何似香娥替一卮。"
闵镇远《燕行日记》

十一日(癸亥)。

晴,午大风,氛祲四塞。早发,行五十里到中前所,三行同坐朝饭,旧城形址一如中右所。前发,行二十余里入见望夫石,即顽然一片石也,刻以"望夫石"三字。石下立佛祠,祠下又立一祠,所谓贞女许孟姜,设置塑像立三大碑记其事迹,而与古诗所记有异,可怪。余见望夫石吟一律曰:"望望良人一出门,顽然屹立竟无言。心同铁石形随变,操确磨磷质尚存。苔作淡妆眉带恨,雨成珠泪颊留痕。秦皇北筑空流毒,匹妇犹含万古冤。"书状吟一绝曰:"古有望夫石,闻名不见真。路经寻古迹,无语石嶙峋。"余和曰:"山头人化石,此事恐非真。摩挲问无处,一片但嶙峋。"书状又和律诗曰:"片石顽然临海门,望夫贞操至今言。遗碑几入行人觑,古庙唯看塑像存。壁后丹青森往事,山头风雨宛余痕。杞家昔有崩城哭,千载归来一样冤。"闵镇远《燕行日记》

十二日(甲子)。

朝晴,午大风,午后阴,夕暴雨交雹大如弹子,移时大注。早发,与书状同往望海亭。望海亭壁上石刻明朝嘉靖年间巡按御史张登高七言律二首,其一曰:"石势参差一径通,扪萝长望海天空。亭高下瞰扶桑日,野旷平临太乙宫。云起波涛飞几席,潮来风雨满帘栊。行吟洞口青冥上,十二楼台暮霭中。"其二曰:"山海东来夏似秋,溟蒙烟雾远沉浮。凉生枕簟千峰雨,水映楼台万里流。隐现陇冈攒石壁,巉屼岛屿接沙洲。蓬瀛此去知应近,安得凌风一纵游。"余和曰:"突兀城头四望通,危楼缥缈架虚空。西天指点长安路,南海苍茫广利宫。云外雁声归古塞,雨余山色入雕栊。平生快意兹游最,极目烟波万里中。"又和曰:"楼高百尺爽如秋,天水中间地欲浮。万里荒城跨海断,一帆轻棹逐潮流。风开宿雾山围野,雨过前霄草满洲。倚槛沉吟如有待,真仙应向此中游。"书状和曰:"秦时北筑凿山通,城上危楼入半空。西指长安䌽凤阙,下瞰沧海老龙宫。云边霁色开青嶂,雨后涛声撼画栊。去岁扶桑今若水,悠悠身世壮游中。"又曰:"兹楼形胜说千愁,城上飞甍入海浮。兴废伤心时几换,山河举目涕空流。扶桑晓旭腾檐角,大壑奔涛拍挽洲。

此日登临酬宿债,联翩冠盖共清游。"闵镇远《燕行日记》

十四日（丙寅）。

朝晴,午后大风,阴曀。早发,出西门三渡河,见材木之作筏流下者蔽河填委,一望无际,非我国三江之比,亦一壮观也。迤入夷齐庙,庙宇向南设二塑像,南有一小山,云是首阳山,北有滦河绕庙东而南,过永平西城入海。庙后有清风台,俯临河水,中有一长岛,岛中有孤竹君庙。台之东绿堤芳草,可坐百人。河之西长洲白沙,弥亘数里。西南则平原旷野,举目莽苍。北则诸山秀丽,拱揖环绕。比之我东,则轩敞似练光亭而眼界少狭,蕴藉似花石亭而规模较大,虽其雄伟快豁大逊于望海亭,而大抵难遇之胜区也。三行同入庙宇,行再拜礼,余欲朝服,而上使言曾前每以便服行礼云,故从之。礼罢,登清风台,三行同坐朝饭,买新鲜数尾,或烹或脍,客盘顿侈。余吟二绝一律,其一曰："薇蕨青青是首阳,清风万古吹余香。莫言举目山河异,一曲烟霞独戴商。"其二曰："北望神州叹陆沉,岿然古庙傍河浔。侏儒左衽时来拜,不解先生若浼心。"律曰："塑像森然并弟兄,幽宫肃肃谷莺鸣。孤忠直与层峦耸,大义堪争旭日明。水阔缅怀清者量,风高可立懦夫情。小朝使价将皮币,驻马何颜拜庙庭。"书状和曰："岿然庙貌滦河阳,薇蕨清风万古香。先生高节无人继,为拜当年不负商。"又和曰："中天日月久沉沉,独有荒祠傍水浔。薇蕨青青人不采,昔年遗曲倍伤心。"上使和曰："松柏阴阴日欲沉,凛然遗像倚河浔。房庭前后三持节,愧杀平生景仰心。"书状又和律诗曰："登彼西山同弟兄,采薇歌曲不平鸣。一堂遗像双珠炯,千载贞心大义明。古柏森森人自爱,长河滚滚水无情。东来使价偏多感,庙□凄凉草满庭。"闵镇远《燕行日记》

十八日（庚午）。

晓微雨即晴。所谓蓟门烟树者,西南间天际大野树木森列,常有烟雾横锁其间,远望似若大水弥满于虚空,而树木立于水中,枝叶间间露出,其依微之状恰似水墨古画之仅可辨识,岂庄子所谓远而无所至极而然耶？有时风雨来萃,则变态万状,尤是奇观,辽东以后皆然,而永平以西倍觉异常。路上吟一律曰："关河万里我行迟,探胜时时注四騑。浩渺烟光迷远野,依俙树影露高枝。却疑沧海晨潮涨,还似尘绡古画微。薄暮狂风驱雨去,白衣苍狗又呈奇。"书状和曰："间关行色苦迟迟,辽蓟风光暂驻騑。漠漠烟郊俄作海,苍苍雾树半沉枝。天边匹练看疑挂,望里波纹近却微。造化元来多变态,沧

溟亦有蜃楼奇。"闵镇远《燕行日记》

二十三日（乙亥）。

晴。留智化寺。夕赋五言律二首曰："野寺征骖税，新亭客泪零。皇都今垒幕，芳草旧宫庭。河水闻犹浊，醉天倘或醒。前朝雨露泽，古树但含青。"其二曰："榴暑唯思睡，衔悲废咏诗。昨朝忍深耻昨朝屈膝于礼部庭故云，何日是归期。门锁西河馆，庭看万历碑。羁怀谁与共，独倚古槐枝。"书状和曰："客愁杯里遣，花雨寺前零。涕泪新亭会，毡裘旧阙庭。世无东海蹈，人有次公醒。怅望歌薇蕨，西山谩自青。"又和曰："去国三千里，排愁几首诗。金兰新托契，文酒晚相期。举目悲黄屋，伤心见古碑。建章旧宫阙，唯有万年枝。"闵镇远《燕行日记》

五月

初十日（壬辰）。

阴。留智化寺。朝偶吟一律曰："瓜菜登盘麦穗垂，征骖乍驻隙驹驰。又过夏半三三日初九是三三日，故云，谩捡囊中六六诗发行后所制诗恰满三十六首，故云。提督乞辞常聒聒提督通官辈逐日求乞百物，故云，礼官申奏苦迟迟礼部文书一番启下动经旬日，故云。何当快奋东飞翼，痛饮湾洲一斗卮。"书状和曰："西来添得鬓丝垂，东望那堪梦想驰。归意日披舆地尽，旅怀时和侍郎诗。频逢异颇寻常见，默筭前程岁月迟。会待与君湾水渡，统军亭上劝深卮。"闵镇远《燕行日记》

十四日（丙申）。

礼部题："朝鲜国王李焞为免年贡内银两豹皮等物谢恩，遣使贡献礼物。"得旨："谢恩礼物，准抵冬至、元旦贡献。该部知道。"《清圣祖实录》卷二五○

六月

初五日（丁巳）。

晴。午后，侍郎到智化寺又行上马宴，吾辈鞠躬只迎于门内，侍郎答揖，仍设宴如下马宴仪。侍郎罢归，吾辈又只送于门内。夕余赋七言律一首曰：

"三朝燕京苦滞留，明朝却许返征辀。太和殿下频挥涕，仪制司礼部中九叩头。此膝胡为今日屈，寸心恒抱百年羞。当筵强饮单于酒，一曲长歌写我忧。"书状和曰："智化禅房客久留，日望东土返行辀。手摩天柱悲黄屋，膝屈房庭愧白头。民庶尚含无限痛，山海犹带未湔羞。明朝共发通州宿，俱是归人减却忧。"闵镇远《燕行日记》

十二日（甲子）。
晴，午后骤雨。早发，到野鸡屯，三行同坐朝饭，仍前发夷齐庙，道里迁左，日热又如此，不得迤入，书状吟一绝曰："瞻彼首阳山，清风难再攀。平生仰止意，驻马频回看。"余和曰："苍苍孤竹山，逸躅拟重攀。路迂天又热，惆怅但回看。"闵镇远《燕行日记》

十四日（丙寅）。
鸡鸣时大雨翻盆，天明乃歇，终日微雨。早发，到大里营，三行同坐朝饭，仍冒雨前发，夕到山海关止宿。是日行八十里。初与书状约以是日往看角山寺，病惫马疲，方以为难矣，雨势又如此，不敢生意，遂吟一律曰："行行九日抵关门，扶病呻吟僭客魂。望海胜游难再得，角山清赏负前言。荒城谩带兴亡迹，古木曾沾雨露恩。惨惨悲风增感慨，狂歌击剑到黄昏。"书状和曰："行到长城第一门，何来佳什爽吟魂。西河久滞愁难遣，东国生还喜可言。泥路九颠怜客状，壮游千里觉君恩。明朝拟向辽阳界，烟树苍苍海气昏。"闵镇远《燕行日记》

十九日（辛未）。
大风，终日微雨，阴昏。早发到松山堡，三行同坐朝饭，前飞到小凌河止宿。是日行五十五里。夕吟一律曰："万里辽河饱险艰，计程明抵十三山。羸骖骈死泥途上，病仆多颠数步间。火日偏令行子畏，浊泉犹见主翁悭。东天渺渺风驱雨，旌节何时可渡湾。"书状和曰："冒雨冲泥步步艰，驱车无计到乡山。难于蜀道三千上，将若辽河万里间。病驲几叹长路蹶，顽裨犹解数升悭。如非驲马吾何去，欲作飞书远寄湾。"闵镇远《燕行日记》

二十日（壬申）。
阴，朝东北风大吹，日气凄冷无异深秋，可怪。早发到大凌河，三行同坐朝饭，前发到十三山止宿城内，自义州至北京计其道里，此地为半云。是日行六十里。十三山石峰十三，特立于巨野中，缥缈可爱，遂吟一律曰："十三山下里，归客驻征鞭。石匣癯溶屹，云收霁色鲜。峰添巫峡一，路半短亭千。仰望心犹爽，何由陟彼巅。"书状和曰："岳色当前立，征车暂驻鞭。仙峰添楚峡，官路指朝鲜。辽野行将半，烟台过几千。山灵应笑我，来往雪盈巅。"闵镇远《燕行日记》

二十五日（丁丑）。

晴，风。晓发，到大黄旗堡，三行同坐朝饭，前发渡周流河，到孤家子村止宿。是日行九十里。途吟一绝曰："离违家国十旬余，万里相思阻尺书。自是归心如水急，近乡情怯倦驱车。"书状和曰："却筭归程一分余，乡心日望见平书。龙湾渐近犹嫌远，玉尘频驱四牡车。"上使和曰："拜辞宸陛半年余，故国谁传一字书。自惭鲁质叨专对，万里三乘使者车。"闵镇远《燕行日记》

二十七日（己卯）。

阴，风。朝临发，欲登城堞观玩，典守者以无官令不许开钥，遂跨马出外城门乘轿作行，到白塔堡，三行同坐朝饭，前发到十里堡止宿，是日行六十里。途吟一律曰："经春历夏始言归，半岁光阴道上移。觅店黄昏多旧馆，乘原绿树长新枝。村厖不向柴门吠，倦马还从熟路驰。默筭明朝辽野尽，茗泉清冽水芹肥。"书状和曰："同来绝域好同归，晚岁交情海可移。青琐班中思接武，紫荆庭畔忆连枝。仙禽纵喜辽阳返，老骥犹怀漠业驰。莫叹旅盘无美味，湾州渡日蠏鱼肥【按："蠏"亦作"蟹"】。"闵镇远《燕行日记》

七月

初一日（壬午）。

朝微雨，午乍雨乍歇，夕雨达夜大注。离违家国已至半年，经春历夏，又逢新秋，客里怀绪益觉不佳。晓以岭路险崄跨马发行，逾青石岭，乍雨即歇，过甜水站，三行设幕川边，同坐朝饭，余吟一律曰："暮投狼子村中歇，朝上峻嶒大岭头。路险马蹄先怯石，风清客意已惊秋。云含宿雨山溪涨，日翳繁阴谷树幽。自叹旅游今半岁，殊邦又见火星流。"书状和曰："行尽辽河千里道，舍车驱马上山头。去时日暖逢初夏，归路风清属孟秋。崖木阴阴天欲雨，顽云翳翳谷增幽。相携处处谈辛苦，鼎坐班荆傍水流。"闵镇远《燕行日记》

初二日（癸未）。

晴。天明后雨始歇，日出发行，川溪涨溢，平陆太半成川，艰关跋涉，行十余里，前有小川，其深当脑，而水势悍驶难渡。三行驻轿川边，先渡一行人马，移时等待，艰得渡涉。到沓洞，三行同坐朝饭，又行十余里，前有一川，水深流急不可渡，盖此地近日连有雨水，故一夜之雨水涨至此，夕间庶可渐落，故设幕岸上，三行同坐竟夕，命厨人具夕饭。余吟一绝曰："通宵大雨晓来晴，峡口川深阻去程。班荆坐待斜阳渡，尽日和眠听水声。"闵镇远《燕行日记》

初三日（甲申）。

晴，风。食后渡川，入通远堡村舍，前路又多大川，今日内决难渡涉，且以雇车卜物之阻水落后，是日仍留通远堡。家乡渐近，而道路多碍，旅馆长日，客怀益觉无聊。夕吟一律曰："日日长程雨又风，似猜征客早归东。茫茫巨野行才尽，处处深川路不通。缩地孔明难借术，杀湍神禹愿施功。愁来试向湾州望，无数秋山暮霭中。"书状和曰："王城岭上见秋风，却喜征鞭近海东。暴雨多猜终夜注，行人无计八河通。同来秉节三千路，谁任济川第一功。尽日吟疴凭竹枕，胡山惨惨入愁中。"又和昨日绝句曰："旅窗无寐待新晴，大水怀襄失客程。斜阳波息行人发，车马骈阗唤渡声。"闵镇远《燕行日记》

初四日（乙酉）。

晴。又行二十里到八渡河，则水深及项，其流汛急不可渡，遂设幕河边，三行同坐终日。麻贝之子自凤城为迎其父乘山来到，仍传朝鲜赍咨官昨入栅门，今日当到松店矣。遂令行中善泅水者二人急走松店，使取家信以来。夕，东南风微吹，又似有雨征，书状曰："真所谓愁水又愁风也。"余仍占一绝曰："风熏云酿雨，水阔浪翻空。信知为客苦，愁水又愁风。"闵镇远《燕行日记》

初八日（己丑）。

阴，午后骤雨，初昏乍雨乍歇，日气极热。晓过安市城，吟一绝曰："凤凰山上晓天低，安市荒墟草树迷。城头拜帝当年迹，指点如今愧我侪。"书状和曰："间关辽野路高低，举目天东海树迷。一片孤城如昨日，英雄壮迹起吾侪。"闵镇远《燕行日记》

初九日（庚寅）。

晴，日气极热。早发渡三津，余于舟中吟一绝曰："万里关河奉使臣，言归今日渡三津。思将百尺清江水，洗尽征衣染虏尘。"巳时入府，书状和曰："避秦高节愧齐臣，辽蓟间关几问津。慷慨归来增激仰，天河拟挽洗胡尘。"闵镇远《燕行日记》

十一日（壬辰）。

晴。留义州，上使、书状先发，而余则方煮杞圆膏，姑留义州待其毕炼。午，府尹来访，设妓乐，余欲登统军亭，而以胡山杂乱不欲复见不果登，遂吟一绝曰："统军形胜压龙庭，秋日湾州客旌亭。只为半年胡地苦，怕看松鹘不登亭。"府尹和曰："龙湾自是极边庭，到手情杯且莫停。樽酒他乡浑胜事，不妨扶醉更登亭。"闵镇远《燕行日记》

十六日（丁酉）。

晴。望京楼席上以一绝谢李节度曰："朱甍缥缈粉墙新，塞外元戎抚剑频。秋日辕门无一事，好携樽酒燕嘉宾。"书状和曰："将军虽老渥恩新，西顾忧深建节频。城头画阁仍前躅，置酒张筵慰远宾。"闵镇远《燕行日记》

十七日（戊戌）。

晴。到平壤，入见旧监司李令济。归练光亭，三行同会。李令来访，夜深后罢。江西折冲赵厚荣、金益昌、甄山出身申允俊、申允雄来谒。夜，三行联枕同宿。是日行一百十五里。夜吟一律曰："三千里外星槎客，四千年前竹马郎。蔀屋遗氓勤话昔，锦衣游子怆还乡。秋风秋月无今古，某水某丘总感伤。当日青娥成白首，舞筵怀旧泣罗裳。"又吟一绝曰："兹行归自黍离墟，痛哭山河属丑渠。况复箕都逢壬岁，小邦悲慕更何如。"闵镇远《燕行日记》

十九日（庚子）。

晴，夕阴。朝平壤李震英、张斗三来见，庶尹入谒，仍令渔人设网于前江以观之。庶尹请做联句，先吟曰"新秋高会练光亭"，书状吟曰"把酒吟诗韵自清"，庶尹又吟曰"网得银鳞看泼泼"，余吟曰"弦催玉轸听泠泠"。余又吟曰"江山远涉人头白，萍水相逢客眼青"，上使吟曰"惆怅此行难久住"，书状吟曰"离歌一曲若为情"。书状又和壁上郑知常韵曰："江阁凉生月色多，一声长笛和渔歌。悄然发啸凭栏坐，镜面无风水自波。"固请余和之，余不得已勉和曰："溶溶水面白鸥多，卧听渔舟一曲歌。睡起开窗迎素月，晓天风露动微波。"庶尹和曰："休导华筵乐事多，却愁斜日唱离歌。人生聚散还如梦，怅望仙槎泛碧波。"李先达时恒和曰："翩翩冠盖苦颜多，唱断朝天旧曲歌。今日星槎无恙返，浿江行乐亦恩波。"闵镇远《燕行日记》【按：李宗城《兵曹正郎李君墓碣铭》：李时恒（1672—1736），字士常，号和隐，遂安人。显宗壬子生，肃宗己卯，阐增广文科。分隶成均馆，序升典籍、直讲、义禁府都事、礼兵曹佐郎正郎、兼春秋馆纪事编修官。出为泰川县监、鱼川察访、德川郡守。英祖戊申，以陈奏使别从事官赴燕。丙辰卒，年六十五。自少师事柳相公尚运，笃志文词，手不释卷。为文操笔立成，词气沛然。诗亦妙炼有致，尤工骈俪。力学不倦，以文艺名闻当世。】

二十六日（丁未）。

谢恩使朴弼成、闵镇远、柳述入来，上引见慰谕【按：参见是年二月二十二日条】。弼成曰："臣等入去时到沈阳，适逢穆克登之行，言今番方物亦必除减云矣，果如其言。而通官辈皆言克登为我国周旋，不特方物蠲免，定界亦必善为之云。克登之为我，似可信矣。"又曰："彼皇贪财好货，拜官皆以赂得，商贾之润屋者，辄授职级，民不聊生，怨声载路。往来馆中者，无不斥言如是矣。"又曰："皇长子幽囚已久，其子已长成，而未有婚娶，故皇帝促令成婚。而明年乃皇帝年六十，宜有大赦，敕行当往朝鲜云。"镇远曰："臣到苏州，有一老人，动止异于他胡，臣招来问其姓名，则答以朱言。又问姓贯，则以'不敢言'三字，书掌以示曰：'俺是皇亲。'概问之，则以为神皇第四子名毅然为其曾祖，毅然子思诚，思诚子伦，即其父也。问革代之际，何以得免祸耶？曰：'俺父东征流贼不得还，仍居此地，变姓名为丁含章也。'仍谛视臣等衣冠，有感怆色，堕泪呜咽。又问南方有警云，信否？答以广东海贼，实则皇明之孙，张飞虎、张万钟皆其将也。出没海中，军声大振，清将四人败降，而福建地已有其半云。胡人一言，便索其价，而此人不为索价，其所怆感，似出诚心。且问于主人，则以为其人乃丁含章云，变姓名之说亦似可信。但神宗子即泰昌，而其讳常洛，毅然以神皇之子，名字不同，是可疑而未及诘问矣。且在北京时，闻序班所传，张万钟之子作梗山东，又有郑元军率海上军，以'定胡扶明'四字揭旗，所向无敌，略与朱言所传相同矣。还到山海关，又闻教授井姓者言，以为外患不足忧，而皇长子与太子仇隙转深，萧墙之患可忧也。"《朝鲜肃宗实录》卷五一

八月

二十七日（戊寅）。
谕礼部："朝鲜国王李焞奏：'前往伊国境内海洋捕鱼船只，请再行严禁。'现今内地海洋小寇，虽饬地方官严行查拿，但海面辽阔，时或有之。迩来浙省海洋贼寇潜行劫夺，官兵追捕，游击一员被伤身亡。曩者附近朝鲜海洋，潜行捕鱼船只，曾经申饬盛京将军及沿海地方官员，严加巡察缉拿。而今尚有八九船只，违禁潜出外洋，竟至朝鲜边界捕鱼，是即贼寇也。嗣后如有此等捕鱼船只潜至朝鲜海面者，许本国即行剿缉。如有生擒，作速解送，毋因内地之人，致有迟疑。特谕！"《清圣祖实录》卷二五〇

十一月

初三日（壬午）。
冬至兼谢恩使金昌集、副使尹趾仁等辞陛，命引见【按：书状官卢世夏】。昌集曰："方物中岁币纸地，每为执颐，苟且弥缝云。此后则各别申饬，如有见退之患，该郎官当论罪。"上从之。仍命宣酝，赐腊剂、胡椒等物，慰谕而遣之。《朝鲜肃宗实录》卷五二

风雪，饮饯于弘济院。行四十里宿高阳。晓，伯氏诣阙，余将直往弘济院，良才驿卒已于昨夕持马来待。朝，自心台往玉洞见寡嫂，辞于祠堂。往政丞宅，辞于祠堂，拜伯嫂。往判书宅，辞于祠堂，见侄妇。又往监察家，辞于祠堂。归家吃朝饭，辞于家庙。遂发行，以短剑、胡卢、革囊挂鞍。胡卢盛酒，囊贮笔砚、疗饥之物也。奴贵同及马头一人随后，历见南佥知宅夏敬伯氏。过青岚台，见从嫂。出彰义门，风雪打面，不能开眼。至弘济院，彦、信两儿同李廷烨、廷煐候路侧，要入院后人家，暖酒炙雉以进。坐间，李君圣征逸民自东郊袖别章至，其甥朴生舜揆亦随来。酒一巡即起，驰往延曙，见李修撰光仲，坐语移时，把酒两杯，复归弘济院拜表已。自慕华馆越来，弘济桥左右人马如云，处处帐幕爇火，皆送行者也。外兄领相李公疏斋，李相与伯氏同坐大厅，领相兄设饯相待，经历堂兄亦在座。酒既行，家人亦以夕饭至。辛相东伯翼，其弟泰东季亨，李经历梦相，赵判官荣福，李参奉

荩，堂弟监察昌说，族孙敏行，其弟慎行坐西轩要与相见。遂至其处，监察与李经历共持一壶酒，各劝一杯，此外诸人来送者多不能记。东郊洞内下人，皆来见而去。遂发行，逾砖石岘。日昏，雪愈甚，到砺石岘举火，而炬军乍见旋散，色吏亦不知去处，只见数炬明灭于前。初更，抵高阳客舍。金昌业《老稼斋燕行日记》

肃宗李焞《燕行时肃宗大王御制赆章谢恩兼冬至正使金昌集，副使尹趾仁，书状官卢世夏赴燕时引见宣酝，赐物有差》："雪天辞阙赴燕都，锦席初开酒满壶。平日大臣恩遇别，短当饯慰礼应殊。""此行上价弟兄偕，其所相须可有涯。今岁壬辰周甲再，山河触目定伤怀。"金昌集《燕行埙篪录》【按：《纪年便考》卷三：肃宗显义光伦睿圣英烈裕谟永运洪仁峻德配天合道启休笃庆正中协极神毅大勋章文宪武敬明元孝大王讳焞（1661—1720），字明普，辛丑（显宗二年）八月十五日诞降。丁未，册封王世子。甲寅即位。己亥春，入耆老所，因命文臣爵二品、年七十以上者亲临，赐宴于便殿。庚子六月八日升遐。在位四十六年，春秋六十。】

金昌集《诣阙》："东方欲曙诣君门，前席仍瞻宝座尊。宣酝天寒凭醉气，赐貂辽雪挟春温。一时往役宁辞义，万里装为总荷恩。去去玉楼偏系念，五云回首倍消魂。"金昌集《燕行埙篪录》【按：《国朝人物志》卷三：金昌集（1648—1722），仁祖戊子生，字汝成，号梦窝。显宗癸丑进士。肃宗甲子，以工曹佐郎登庭试。丙戌，入相至领，入耆社。景宗辛丑，以先朝元老为建储首功，上疏乞骸，许施。因左相李健命启批旨，还收。是年台启峻发，有曰："胁制君父，擅弄威福。"巨济围篱安置。壬寅被拿后，有《备忘记》曰："先朝旧臣一时赐死，心有所不忍。近曰：'传旨还收，减死围篱。'因台启旋寝。至星州受后命，年七十五。英祖乙巳，复官，赐谥忠献。丁未，追削爵谥。庚申，复官。辛酉，复谥。正祖戊戌，配享英祖庙庭。】"

金昌业《次大有》："亲朋追送国西门，宠饯群公亦屈尊。暝色昌陵炬已举，离情济院酒仍温。东莱远有吴钩赠，北阙猥沾腊剂恩。共说此行殊得意，家人不用漫伤魂。"金昌集《燕行埙篪录》【按《国朝人物志》卷三：金昌业（1658—1721），字大有，号老稼斋。寿恒第四子而英慧，才八朔，手启钥，尝从诸兄弟论气盈朔虚及其他深文奥义，虽长者多逡巡听莹，而公辄言下即悟。稍长，尤长于诗，最为西浦金万重所称。肃宗辛酉进士。雅性慷慨豪侠，疏放富贵功名，慕古人清世园林之乐。就东郊之松溪治田舍，植树卉，疏池辟圃，以为终老计，因以自号，不复问当世事。授内侍教官，不起。壬辰，梦窝奉使如燕，公遂起而从之，所经山川关防靡不悉记。辛丑冬，时事大变，梦窝被窜海岛，昌业愤悒卒，年六十四。】

李颐命《济院赠金大有昌业，时大有从其伯梦窝相公赴燕》："都门夜雪欲埋轮，西北寒云万里屯。此日送君幽蓟去，壮游何必为伤神。"李颐命《疏斋集》卷二

金昌集《辞家》："老境如何京国违，庙庭辞出倍依依。家人脉脉惟临户，儿女区区欲挽衣。蛮貊虽惭仗忠信，色辞何用见几微。半年痼疾休相念，应藉君灵得好归。"金昌集《燕行埙篪录》

金昌业《次伯氏辞家韵》："自幸悬弧计不违，出门何用漫依依。百年古匣防身剑，七尺衰躯短后衣。壮士宁能守蓬户，几时固愿戍金微。从他举世皆嘲笑，万里幽燕遍踏归。"金昌业《燕行埙篪录》

金昌集《出城》："北风吹雪滚寒天，一出王城指蓟燕。慕华馆中查对后，延恩门下启行先。萧萧车马愁征路，脉脉衣冠惜别筵。落日弘桥多送者，临歧无处不依然。"金昌集《燕行埙篪录》

金昌业《次伯氏出城韵》："久矣稼斋休问天，聊随使节往幽燕。腐儒志大嗟生晚，侠窟歌悲识兆先。万里雪风初发轫，数巡杯酒暂开筵。青门常务终难忘，分付田奴却怅然。"金昌业《燕行埙篪录》

李畲《寄金相国汝成昌集燕京之行》："阴氛朔雪暮峥嵘，默想星轺启北征。万里河山夷夏界，百年冠盖古今情。餐葹壮节寻遗馆，采蕨清风记旧城。总为国恩酬未了，危途自觉一身轻。"李畲《睡谷集》卷二

宋相琦《送梦窝金判枢赴燕》："三千里外冰霜路，七十年来冠盖行。遥想使轺经历地，感今怀古不胜情。""临湍崧岳匆匆过，却到黄冈始豁眸。往迹不关苏学士，风光专属太虚楼。""浮碧练光称胜地，檀祠箕井几千秋。此间诗句元难著，牧老雄词在上头。""安西都护古名州，最是难忘紫电楼。一曲关西齐唱地，舍人当日亦风流。""倚剑高亭出半天，宣沙浦口远相连。仙槎旧路依然在，只是沧桑已变迁。""登临休上统军亭，且向前村访寿星。前后后孙来往处，几回遗迹泪双零。""九连安市至辽东，大抵山川我国同。白塔今为华表柱，新城元自黑山戎。""浑河昔作西河馆，东国犹传雪窖编。今日此行真愧死，却将旄节向幽燕。""茫茫大野但平芜，极目培塿一点无。涌出北方云万迭，十三山外是医巫。""雄关第一倚天开，山海遥连碣石回。败甓崩城虽满目，魏公经略亦劳哉。""文笔奇峰射虎石，后人传说至今疑。西山且莫论真赝，万古清风在一祠。""行过渔阳百尺桥，蓟门烟树晚萧条。即今宇内知何似，阿荦余氛尚未销。""潞河一带水悠悠，商客帆樯簇万舟。知有江南消息否，桂林粤蘗几时抽。"皇朝末帝永历亡于桂州"行装收入乌蛮馆。咨表亲呈礼部官。最是演仪颁赏日。却随群丑强趋班。""兹行艰险亦难言，露宿风餐过栅门。到处房钱苦需索，主胡行卒竞啾喧。""旷野狞风势若狂，征

车掀簸仆夫僵。相看堪笑还堪怕,面上尘沙一寸强。""麻贝通官护我行,去来颜貌转生狞。膻荤满鼻终难近,溪蜜为肠未易盈。""黄阁年来罕出疆,圣情今日不寻常。异邦专对公余事,垂橐他时看越装。""恩命临门拜判枢,自便那敢一身图。难将物议为轻重,只倚冰心在玉壶。""蛮触场中迹更孤,可堪时事日艰虞。关河积雪千重险,若比人情是坦途。""从来世路足风波,身似虚舟不管他。早晚公归吾亦去,故山何限白云多。""聚散悲欢几饱更,暮年人事倍堪惊。谁知湖岭相思梦,更结燕云远别情。""相看非复别离时,孤露余生各已衰。去去行程须自爱,洛城春日赋来斯。"宋相琦《玉吾斋集》卷三

李器之《送稼斋金丈之北京,次杜子美秦州杂诗韵》:"白头石村叟,久矣出门游。小屋梅同住,名山画遣愁。骥疲犹恋野,鹰老忽逢秋。天地多空阔,行装任去留。""三冬曾比屋,每到夜深归。子侄同持礼,诗书赖发微。西郊涕泣别,北塞信音稀。更念九连夜,毡车霜雪围。""紫塞飞双雁,翩翩作往回。辽云鹤同去,春日燕俱来。影接胡天阔,声连碣石开。传书旧雪窖,经过有余哀。""清翁所拘狱,传在沈阳宫。掩涕君应过,餐毡迹已空。文山邻苦节,孤竹近高风。亦共辽河水,如今流向东。""辽野无山泽,朝朝百里沙。尘泥掘井水,蒲柳得人家。白草风常急,黄云日易斜。唯传有华表,埋没亦虚夸。""莽莽连荒塞,深冬大雪时。天高皂雕落,风振白榆悲。蓟野烟光合,滹河日色迟。朝天旧使节,从此向何之。""自有不平恨,那知行路难。悲歌太子水,饮马古桑干。汉月青丘迥,腥氛北极寒。杀胡李飞将,千载只荒坛。""闻说皇明土,单于尚自强。明堂万国会,正朔百年长。岁歉犹红腐,骑多总骍骊。凄凉宁庙意,陵树月苍苍。""豪奢沸燕土,袖髻自皇家。锦绣穿奴隶,珠玑当砾沙。元宵斗百戏,腊月卖青瓜。更说离宫里,多开异域花。""金雍贤亦老,汉日或重光。乱必桓公子,忧应季氏墙。百年龙起野,今日燕巢堂。敢信腐儒料,聊舒慷慨长。"李器之《一庵集》卷一【按:《纪年便考》卷三十:李器之(1690—1722),肃宗庚午生,字士安,号一庵。乙未进状。早有才名,清疏恬静,貌如其心,不类尘埃中人,士林比之如玉树瑞莲。景宗辛丑,与妹婿金信谦参建储谋。壬寅士祸,以六人之一配南原,未几被逮,卒于杖下,年三十三。施酷刑不少屈,闻其父遇祸,为文告哀曰:"父死兮,子莫知有罪无罪兮。丹忠照日,历千古而炳炳。"式子孙读经书及程朱书,勿赴科举,遂殒,颜色若生而可语。英祖乙巳,伸雪后赠持平,加赠吏参。忠旌。】

宋相琦《别金弟大有燕行》:"阿弟青衫换白衣,翩翩结束好男儿。霜鸿蓟野联飞影,春草寒溪费梦思。万里风烟输壮观,百篇酬唱富新诗。临分欲把吴钩赠,自笑吾生鬓已衰。三渊时在寒溪,故颔联及之。"宋相琦《玉吾斋集》卷三【考

证：据《肃宗实录》卷五二可知金昌集等于十一月初三日辞朝，以上诸诗约作于初三日或其后。】

初四日（癸未）。

朝阴，晚晴。自高阳行四十里，宿坡州。晨饭先行，天气颇栗烈。逾惠阴岭，至赵庶尹定而墓舍。叔氏敬明以昨日先至，与定而同宿。定而要余观其先公葬地，昌晔追至同见，亦相约也。俄而行次至，遂行，定而亦随来，相与并舆。至坡州客舍，语半晌别归，立次伯氏所作七律三首，余所作七绝一首而去。夕，见主守于客舍大厅。主守即洪君禹鼎，曾随其叔父参判受畴公赴燕。余问其游览事，为说其概，如五龙亭、天主堂，皆我人难到处，而亦得见云。茶唊夕饭，皆精可吃，亦非少幸也。族侄时和、仲平，闵生启洙皆辞归。金昌业《老稼斋燕行日记》

金昌翕《追到坡山馆伏次子益》："百里终成万里违，暂时形影得相依。风中蜡烛偏多泪，雪里狐裘尚薄衣。候漏频惊窗晕白，连床终觉睡功微。天磨鸒㚍澄波沍，豫恸孤骖落后归。"金昌集《燕行埙篪录》【按：《纪年便考》卷二十九：金昌翕（1653—1722），孝宗癸巳生，字子益，号三渊。初豪逸不羁，日与里中儿敖荡。逾十岁，不上学，其母以为言，其父曰："儿自能文，勿忧也。"少时作洛诵楼于北麓，与少年讲磨，因以为号曰洛诵子。显宗癸丑进士。肃宗丙子，选书筵官，历持平、掌令、进善官，止执义，皆不就。早以文章鸣，见世故多端，遂无意于世，放浪山水间。爱清平雪岳之胜，结庐其上，自称居士。经学亦臻高明，而自得静中之效为多。景宗壬寅，卒，年七十。英祖癸酉，赠吏判赞善，正祖朝，赐谥文康。】

金昌缉《同题敬明》："万里那堪隔岁违，衰年兄弟合相依。坡平馆里聊联被，鸭绿江头孰把衣。孑孑行旌风外飑，茫茫塞路雪中微。沈疴未复玄阴壮，愿慎调将好好归。"金昌集《燕行埙篪录》【按：以上金昌翕、金昌缉诗皆见于金昌集《燕行埙篪录》。《纪年便考》卷二十九：金昌缉（1662—1713），显宗壬寅生，字敬明，号圃阴。肃宗甲子生员。荐授王子师傅、礼宾主簿，皆不就。有学行文识，读书不务博专，致力于《西铭》《大学》，蚤夜不离手，如是者二十年，而后始及他，经无不沛然。癸巳卒，年五十二，推恩赠吏判。】

初五日（甲申）。

寒。朝阴雪飘。自坡州行三十里至青黛川，又行十五里至长湍府中火，又行四十里宿松都。晓起，与敬明别先行。彦、信两儿盛全，皆从舟渡临津。

自东坡驿东北行十余里至青黛川，亡女墓所在也，出所赍酒果陈之，为数行文告。行至长湍府，行次亦至。尹判书世纪丧柩在白鹤山，下随伯氏往吊。至松都，伯氏入太平馆，余出宿私寓。高阳出身朴敏道，江华人前金使韩启重来见。此处善博人李信建子持酒馔来谒。夜叔氏来余处，作三韵七古二十七首赠行使。彦、信两儿执笔递书。至夜深还入馆，留守来谒。伯氏乘轿至门，金中和以兵房军官杖其随陪。金昌业《老稼斋燕行日记》

金昌集《临津》："坡馆寒天曙，临津旭日生。江冰碍摇橹，野雪暗行旌。亲爱看看落，关河子子征。扶衰万里役，报国百年情。"金昌集《燕行埙箎录》

金昌业《历视亡女墓次伯氏临津韵》："迁途今至此，思尔尚如生。雪里看孤墓，山边驻去旌。重泉已三载，万里复孤征。挥涕随徒旅，傍人亦怆情。"金昌业《燕行埙箎录》

初六日（乙酉）。

晴。行七十里，至金川中火。又行三十里宿平山。晓起入馆。伯氏亦已起，与叔氏明烛而坐，出韵同赋七绝一首。叔氏自此还山，别怀怅然，信儿盛全亦落归。平明先行，见丽太祖墓。墓在路左一里许，王氏为参奉守之。还出大路，行次已过，追及旧金川酒幕，乍歇而行。至金川，海州判官俞命健仲刚出待，遂与相见，以毛浮、毛袜及墨赆行。黄海道驿马来迎于此，京畿驿子皆告归，海伯吴命峻来谒，伯氏落后而去。牛峰罗族来见者多，不能记其名。驻马见回澜石，壁势奇峻，潭亦清旷，即朴渊下流也。岸有碑刻"回澜石"三字，天使许国笔也。至平山，府使金君浣也，供具精饬，可知其有政也。曹生夏济自坡州随来，至此相别。向海州，府东五里有山城，中有壮节公申崇谦铁像及铁马。崇谦即全罗道谷城县人，丽太祖赐姓于此。谚传崇谦尝从太祖猎，见三雁盘旋，太祖命射第三雁左翼，崇谦果中如命。太祖嘉叹，赐平州为乡，并赐射雁傍田，世食其租。夕，见府使于伺候厅。金昌业《老稼斋燕行日记》

金昌翕《松都临别口占》："枥马寒嘶列炬明，天磨曙霭促行旌。难容长语三吹后，挥手徒一作都含脉脉情。"金昌翕《三渊集》卷九

金昌业《次叔氏松都临别口占韵》："吹角荒城曙色明，出看庭燎照危旌。燕云岭雪东西路，白阕骊歌不尽情。"金昌业《燕行埙箎录》【考证：据《老稼斋燕行日记》可知使臣于十一月初五日夜宿松都，初六日自松都发行，"至金川中火"，以上二诗皆以"松都临别"为题，诗云"天磨曙霭促行旌""吹角荒城曙色明"，约作于十一月初六日晓自松都离发时。】

金昌集《丞亭》："绝岸丞厅畔，孤亭更翼然。清江潮阔后，赤壁月明前。胜概归常管，闲情饷独偏。还惭问津客，看尔若神仙。"金昌集《燕行埙簏录》

金昌业《次大有》："津亭在高处，有吏卧超然。鱼跃登盘上，山来列槛前。为官何必大，占胜亦云偏。信有扬州鹤，堪称赤壁仙。"金昌集《燕行埙簏录》

金昌集《青石洞》："险阻宁论古井陉，一夫犹足抗千兵。自成崧岳咽喉势，更带天磨睥睨城。铁马深来曾是恨，金牛久辟竟难平。朝廷晚有关防议，缓急他时得力赢。"金昌集《燕行埙簏录》

金昌集《金川途中》："金川一路最云赊，亭堠支离尽日过。谷入车箱真险陋，山回豆石绝嵯峨。羸骖闷见驱驰远，倦角愁闻断续多。万里征途纔信宿【按："纔"亦作"才"，此处依作者原诗录入】，衰毛到此已添皤。"金昌集《燕行埙簏录》

金昌业《回澜石谨次先韵》"百尺奇岩五色辉，清流转作小沙矶。停车欲访皇华迹，水鸟惊人磔磔飞。"金昌业《燕行埙簏录》

金昌集《回澜石谨次先韵》："千寻霞壁立崔嵬，几阅仙槎往复回。流水不将砥柱去，过云时作锦屏开。中原胡羯尘犹暗，片石虬龙字欲苔。立马沙头燕塞使，百年陈迹不胜哀。"金昌集《燕行埙簏录》

初七日（丙戌）。

阴，雪。自平山行三十里，至葱秀站中火。又行五十里宿瑞兴。日出发行，至葱秀站，遂安出待，供具恶草仿佛高阳，郡守武人云。观玉溜泉，泉从岩罅滴下，如珠迸露缀，殊可爱玩。泉傍【按："傍"亦作"旁"】斫石作台，可置一床，刻"听泉仙榻"四字，其上有"玉乳灵泉"四字，皆傍【按："傍"亦作"旁"】刻"朱之蕃题"。又有"灵岩玉溜"四字，傍【按："傍"亦作"旁"】刻"长白刘鸿训题"。此外又有"真珠泉悬珠"等字，而不知为何人笔也。仙榻东刻一小像，传为朱天使之像。葱秀初名聪秀，天使董越，箕峰苍翠，削出如青葱，遂易'聪'为'葱'，因作记云。瑞兴入别堂，县监李真望受由，往其叔父厦成信川任所，盖以宿嫌避之也。金昌业《老稼斋燕行日记》

金昌集《葱秀山谨次先韵》："荒山漠漠转逶迤。忽见葱峰特地奇。面面空青层壁立。累累钟乳冻泉垂。名区几被群仙品。遐域长瞻数字遗。往迹依然余一榻。至今犹想坐题诗。"金昌集《燕行埙簏录》

金昌业《同次大有》："平原浅阜度逶迤，葱秀山光刮眼奇。倒滴岩泉清可掬，侧生枫桧老皆垂。古人留字年难问，过客停鞍累暂遗。小子今来偏怆

感，集中重阅旧题诗。"金昌集《燕行埙篪录》

初八日（丁亥）。

阴，微雪。自瑞兴行四十里，到剑水站中火。又行三十里，宿凤山。日出发行，到剑水站，文化守徐君梦良出待在候厅，往见。殷栗守申义集亦以出待，副行来遂与相见，凤山士人权徽来迎。至凤山入待凤轩。轩在客舍后，处地高爽，结构轩敞，即柳君贞章所建也。柳莅此邑仅一年，惠化大行，归未数朔，碑已屹然在客舍前，大刻而丹其字。邑民闻其来，男女老少拥路聚观。而柳以缚袴裲裆在前导列，以此不无歉然色。余为解之曰："此不足为耻，君独不闻李愬迎裴晋公事乎？"柳谢曰："吾所不及也。"闻其入馆之后，一境士民来见者填门，人皆以梨为献，不可胜食，遂派及一行，不知行何德政而致人怀悦如此也。邑人田生世俊来见。夜，权生以其两子湜、沃来见，其所携酒味佳，问之，以梨汁酿成云。金昌业《老稼斋燕行日记》

金昌集《凤山待凤轩感旧》："外祖鸣琴地，先君坦腹年。尚留冰玉誉，几阅海桑迁。凤阁临今古，燕槎住后前。残生无限感，掩泪倚寒天。"金昌集《燕行埙篪录》

初十日（己丑）。

晴。自黄州行五十里，至中和止宿。日出后发行，至中和入生阳馆。府使梁益命遭台弹见罢，肃川府使朴廷宾以兼任出待云。见书状，宿于私寓。旧府使梁君来见，以本邑兼营将，而未及受代，姑留云。平安道清南驿马来待。黄海道驿马递归，西路驿奴，择其可合赴京者前期行关，使之治行以待。故自瑞兴以后，连有现身者乞嘱，译辈亦有临时抽换之事，故不入行关者亦多随来，黜陟无准，争夺纷纭。其中书者及干粮马头尤称好差云。顺安驿奴善兴，年少勤干，余素闻其名，故欲借奴名率去，入于行关中，只是来谒。金昌业《老稼斋燕行日记》

金昌集《洞仙岭谨次先韵》："将身许国敢求安，叱驭羊肠百折峦。京洛回头已渺渺，关梁极目尚漫漫。王程冰雪甘尝险，世路风波久涉难。到处官樽看潋滟，病来无意强成欢。"金昌集《燕行埙篪录》

金昌业《洞仙岭谨次平山途中先韵》："日出问前路，先驱入谷深。岭高愁马越，山转听笳吟。朔气添衰鬓，危涂损壮心。还思卧东郭，散发不曾簪。"金昌业《燕行埙篪录》【考证：据《大东地志》，洞仙岭位于黄州地界，日记云"自黄州行五十里，至中和止宿"，故以上二诗作于初十日。】

十一日（庚寅）。

晴。自中和行四十五里，至平壤止宿。日出后发行，行近大同江，驿卒齐声劝马。瞥眼间过栽松亭，望见大同门，上下十余里粉堞一新，城南头又有新楼，缥缈如飞，此则前监司李济所构云。江冰未尽合，船犹往来。庶尹黄尔章以船来待，船有亭，四围设朱栏，榜曰"碧汉浮槎"。既登船，进盘果，两行红粉列坐左右，此盖关西第一繁华事也。入宣化堂，此堂监司所处，而时监司罢职，出居私次，故入也。堂凡十余楹，其宏丽无异于王者之居，而以宣化名，能处于此者，可谓大丈夫。而其所为政，苟不能称是，则却恐其折福也。城外居黄君顺承来见。黄君有操行，行不由径，目不视邪色，妓辈亦敬之，名曰固执黄生员。其先山往来之路有一梁，即旧圹灰片也。黄君避而不践，虽冬月常徒涉而过，尝夜独至其处遇贼，贼见其行不由梁，相谓曰："乃固执黄生员也。"不犯而退。平壤画师金振汝示以所摸李如柏画像宿于私寓。夜，甑山守朴君泰迪来见。夜闻呼茶母之声彻晓不绝，问其由，行中裨将员译辈索之如此云。盖一邑妓生除老弱外，可堪待客者多不过数十人，以此分定于三行随厅，至于裨将、员译则合数人定一茶母，而夜则下处各异，故互相招去，以此使令不胜其苦云。又问妓辈，以荐枕于赴燕人谓之别付，奔走如狂，一夜之间历遍四五处者有之。如此者，虽入于随厅，而亦乘夜潜出云。书状入于练光亭。金昌业《老稼斋燕行日记》

金昌集《自中和发向箕城》："生阳馆里坐听鸡，万里桥西路不迷。腰浦嘉鱼供雪脍，大同良马递霜蹄。遥山隐约寒云淡，旷野微茫远树低。京国杳然思一望，练光先拟陟层梯。"金昌集《燕行埙篪录》

金昌集《癸丑燕行时，余陪到箕城，落归时有下赠两绝。今济谦到此告别，敬次其韵以赠》："历尽关河路险艰，长驱鞍马岂曾闲。天涯父子相随远，可耐临江送独还。""岁暮归程雨雪时，弊裘风鬈不禁披。应知陟岵孤吟日，望子山前亦有诗。"金昌集《燕行埙篪录》

金昌业《同次在箕城别彦儿○大有》："相携不觉道途艰，五十长亭过等闲。到此离怀偏作恶，我行还念尔孤还。""我衰宁复远游时，郁郁胸襟欲一披。多少亲朋过相念，不知痴想早形诗。"金昌集《燕行埙篪录》

金昌集《大同江》："栽松亭畔马如流，清浿津头舣彩舟。睥睨一新横粉堞，帘栊依旧耸红楼。轻冰乍触牙樯散，旭日高临皂盖浮。笳角盈船倧豪壮，西来千里失羁愁。"金昌集《燕行埙篪录》

金昌业《夕游练光亭谨次先韵》："沿江万雉耸红亭，水面如天与槛平。

襟带即今雄一道，繁华从古号西京。沙堤十里骅骝熟，官妓三船锦绣明。醉放笙歌归别馆，夜深银烛下层城。"金昌业《燕行埙箎录》

金昌业《练光亭》："西州佳丽大同川，城上高楼咽管弦。夜深月上清流壁，直入珠帘照绮筵。""城下寒江深不流，绫罗烟树迥如愁。客来独凭阑干立，新月如梳生远洲。"金昌集《燕行埙箎录》

金昌集《次大有练光亭韵》："栽松亭外碧江流，一上层楼散客愁。歌舞留人清夜半，高高银烛落中洲。""箕城自是好山川，更有红妆夹锦弦。冠盖百年交会地，练光浮碧日高筵。"金昌集《燕行埙箎录》

十二日（辛卯）。

雨，晚晴，风。留平壤。黄君顺承同卢进士警来见。卢即伯氏同年也，亦居外城云。闻府妓四金善歌，招至，托以喉痛，只唱数曲而止，为人可憎，而曾为李生廷烨所昒云，故馈以酒。此妓又与前监司子有缠绵之情，及相别，涕泪如雨，人多传说。余为赋一绝，问曰："出副急泪，何得此多？"三和妓桂寒梅在傍【按："傍"亦作"旁"】对曰："临别出泪，谁不能如彼乎？"此言尤可笑。夕，往见超然台。台即昨日江上望见者也，附城筑高台，上置楼，形如丁字，结构精巧，丹雘绚丽，三面设窗槛，皆可俯睡江水，眼界尤阔远，而过于超爽，终不如练光之平稳闲雅也。庶尹先已来坐，江西守洪得范亦来会。俄而，伯氏见旧监司而至，坐少顷，起向练光亭从城上行，余步而从。登挹灏楼，即大同门楼，其胜亦练光之亚匹也。济、彦两儿见城内外诸胜而归，遂同会练光亭。从前每坐此亭，水与槛平，盖江面阔，而亭之高低得中故也，今来始觉其所以然。他亭临江者亦多，而不能如此。须臾月生，金波满江，庶尹张妓乐，以青红纱笼烛悬于梁，光明如昼。都事权君熤亦参坐，夜深罢。伯氏入宣化堂，余归所寓。江西守以一毛浮赆行，亦故人之意也。金昌业《老稼斋燕行日记》

金昌集《次大有赠歌姬韵》："佳人宝髻绿云多，争向华筵发棹歌。此日星槎匪航海，错疑将泛大同波。"金昌集《燕行埙箎录》

金昌业《原韵》："浿江儿女媚人多，最说金娘一曲歌。燕蓟行人肠似铁，不须珠泪落秋波。"金昌集《燕行埙箎录》【考证：金昌业诗云"浿江儿女媚人多，最说金娘一曲歌"，日记云"闻府妓四金善歌，招至，托以喉痛，只唱数曲而止……余为赋一绝，问曰：'出副急泪，何得此多？'"可知诗中"金娘"即"四金"。又金昌集诗题曰"次大有赠歌姬韵"，以上二诗作于十一月十二日。】

十五日（甲午）。

晴，夕雪。自肃川行六十里，至安州止宿。朝见京书，日高发行，至安兴馆。副使不入西轩，故余入焉。兵使来见，有族谊也，以三升戎服一袭，蓝色绵紬【按："紬"亦作"绸"】缠带一条，鼠皮小护项一领赆行。寿河自价川来迎。嘉山守庄人有建狄岛佃客，青龙寺僧徒，皆来谒而归。顺安守随来，至是别归。济侄与柳凤山见望京楼、观德堂、百祥楼。观德堂在兵使衙后，望京楼在观德堂上，今兵使所建也。百祥楼在城东北最高处，丁卯奴陷此城，南以兴以兵使死之，即其所也。安山丧人成梦良来谒，言以推奴事来留于牧使处云。金昌业《老稼斋燕行日记》

金昌集《谨次安州先韵》："元戎望已重，快阁势兼雄。野色平临迥，江光俯视空。踞床延好月，凭剑奋威风。虏骑自难近，何烦长啸公。"金昌集《燕行壎篪录》

金昌业《谨次安州先韵》："锁钥西州壮，营门节度雄。山川多朔气，民俗有边风。妖妓罗高筵，危楼半远空。胡尘幸久静，高枕贺诸公。"金昌业《燕行壎篪录》

十七日（丙申）。

阴，乍雪。自安州行五十里，至嘉山止宿。日高发行，以雪马过清川江，兵使及牧使于江西岸设幕送行，妓辈罗拜路左，说一声平安往来，令人亦依依。路中遇雪，被油衣，旋脱。至大定江，以潮汐往来，冰犹未坚，以笆篱布其上防其陷。至嘉平馆，寿河随来。闻邑妓梦业儿时侍疏斋相公，遂招见馈酒。渠知吾与相公为姻家，遇之异于他人，亦可笑也。夜出宿私寓。狄岛佃客辈来谒，以烧酒、狗肉进之。梦业来见而去。此邑驿奴元建前后赴京已二十余次，屡行书者，而为人疏脱，不为驿辈所喜，中间久见废弃。余闻其善汉语，招见谓之曰："汝能从我乎？"元建对曰："驿奴之已行书者，例不得以奴名行，而分付【按："分付"亦作"吩咐"】如此，当破格以往云。"金昌业《老稼斋燕行日记》

金昌业《嘉平途中谨次先韵》："西征千里旆悠悠，未及燕山已弊裘。家在东郊那可望，晓星岭上漫回头。""自笑吾行计谬悠，布衣脱却豹为裘。燕中壮士悲歌地，万一相迎坐上头。"金昌业《燕行壎篪录》

十八日（丁酉）。

晴，风寒。自嘉山行三十里，至纳清亭中火。又行四十里，至定州止宿。

日出发行，逾晓星岭，峻于洞仙，三行皆以舆越。至纳清亭，定州地也，亭在溪上，冷落不可坐，官人铺陈于亭傍【按："傍"亦作"旁"】小屋，牧使洪以度出待。遇义州陪持，言历行已以十七日渡江，而彼中废皇太子，令停方物，受礼部咨文以来云。到新安馆，屋宇极其宏敞，东隅有高楼颇颓落。馆门外有大莲池，中有亭，亦皆圮。此处闾井殷实，非他邑可比，而独馆宇不修，城池尽坏，深可惜也。三使臣相议修状启，定本府军官骑拨上送，盖告以留置方物，仍请改咨文下送也。作家书付之随厅妓谪仙台，即位高亲故所昵也，伯氏馈以酒，余亦馈之。牧使送言相问。夜设钱，张妓乐。金昌业《老稼斋燕行日记》

金昌集《晓星岭谨次先韵》："已自任行李，敢言多苦颜。魂迷京国远，病怯塞门寒。曲折云间磴，高低海上山。愁看叱驭处，朱汗溅银鞍。""三吹朝日晚，一岭晓星高。雪色过江遍，风威近塞饕。求诗髭欲折，借酒气方豪。王事惟须亟，驱驰敢告劳。"金昌集《燕行埙篪录》

金昌业《晓星岭谨次先韵》："昨日雪惊眼，今朝风刮颜。车登晓星峻，旆拂朔云寒。已递清南马，初看塞上山。前途今尚远，召仆戒征鞍。"金昌业《燕行埙篪录》

金昌集《谨次先集迎春堂韵》："孤烛分明夜照轩，炉烟迎客尚留熏。冰霜绝域兹行苦，卧念乡庐昔负暄。"金昌集《燕行埙篪录》

金昌业《同次大有》："新安晓月卧东轩，客被清凉不带熏。窗外晓寒问侍妓，拟凭官酒作阳暄。"金昌集《燕行埙篪录》【考证：金昌集诗题曰"谨次先集迎春堂韵"，昌业诗为其次韵。迎春堂位于定州地界，崔演有《定州迎春堂八咏》，金海一有《定州迎春堂对雨》。日记云十一月十八日"至定州止宿"，又昌业诗有"新安晓月卧东轩"语，新安馆为燕行使团在定州留宿处，故以上二诗作于十一月十八日夜宿定州时。】

十九日（戊辰）。

风寒如昨。自定州行三十里，至云兴馆中火。又行四十里，至宣川止宿。日出发行，至云兴馆，郭山地也，郡守韩范锡出待，中火乃行。向晚风寒甚烈，行中或有着土子者。至宣川，入倚剑亭，亭之西隅有楼曰观德，夕饭后陪伯氏乍登。夜观剑舞，至月出乃罢。是日天寒，月色益明，闭门鼓角声，悲壮可听。而每更打门鼓，亦他处所无也。与伯氏同宿。义州出身任善后来迎。府治东有金将军应河祠宇。金昌业《老稼斋燕行日记》

金昌集《郭山途中谨次先韵》："四牡翩翩去，长亭历历过。驱驰惟许国，

顾恋敢言家。衣觉边寒重，盘愁海味多。登亭回望日，何处是京华。"金昌集《燕行埙篪录》

金昌业《郭山途中谨次先韵》："客路纔千里【按："纔"亦作"才"】，三冬已半过。晨装常戒仆，暮馆却疑家。妓老人情熟，盘腥海味多。旅愁无处写，沿道赋皇华。""暂憩云兴馆，匆匆似梦过。驱驰愧邮卒，供给费官家。碧酿醺人易，红妆倚市多。还惭迟暮眼，到处阅繁华。"金昌集《燕行埙篪录》

金昌业《倚剑亭》："壮士凭轩意气雄，宣州铁剑利如风。他时洗血知何处，看取乌龙水尽红。"金昌业《燕行埙篪录》

金昌业《和伯氏看剑舞》："宣州妓乐作边声，舞剑佳人结束轻。曲罢华堂霜月白，卧听门鼓打三更。"金昌业《燕行埙篪录》

金昌业《金将军祠宇》："柳下劲弓不虚发，匈奴尚说左营军。毅魂未返遗祠在，陇上悲歌不可闻。"金昌业《燕行埙篪录》【按：金将军指朝鲜名将金应河。】

二十一日（庚子）。

晴，风寒如昨。自良策行四十五里，至所串馆中火，又行三十里抵义州。日出发行，至所串馆，府尹李君敏英病不出待，故佥使白云翼外孙李以支待监官来谒，以曾王考与王考仲父先考遗札一册示之。盖云翼外曾祖始受知于曾王考住湾之日，遂成世交也。自所串行二十里，胡山已见，烟气烛天，云是猎胡放火也。到箭门岭，望见府治，城池颇雄壮。统军亭在城北高处，望之耸如也。伯氏入凝香堂，余处其东廊，通引检同、得之两人待令。西邑皆妓生随厅，通引则罕有升堂之事，故衣服蓝缕【按："蓝缕"亦作"褴褛"】，举止村野，不似通引貌样。元建、善兴治装追至。金昌业《老稼斋燕行日记》

金昌集《所串途中》："良策投寒夜，征车启早朝。山连胡地近，水入海门遥。吹角临关咽，飞骖得路骄。留湾知几日，客意怯过辽。"金昌集《燕行埙篪录》

金昌业《次伯氏所串道中韵》："驱车如昨日，吹角又今朝。忽报胡山出，真知我里遥。仆夫愁欲哭，商译暗生骄。长啸看吾剑，相携可渡辽。"金昌业《燕行埙篪录》

金昌集《箭门路上次大有所串途中韵》："隔江遥望起风烟，霼叇胡山忽马前。明日此行何处宿，九连城下草连天。"金昌集《燕行埙篪录》

金昌业《原韵》："两行榆柳带寒烟，征盖翩翩角在前。千里龙湾行且尽，乱山低处是胡天。"金昌集《燕行埙篪录》【考证：以上诸诗约作于十一月二十一

日。】

金昌集《谨次到龙湾寄伯氏先韵寄子益》："鸰原最切远于情，满站台前别梦惊。鸭水过来为异域，雪峰何处看云生。""黄云隔水唤愁生，万里行装尺剑轻。此去山川如指掌，喜君诗里说分明。"金昌集《燕行埙篪录》

金昌业《次伯氏谨次到龙湾寄叔氏先韵》："蜩鸠讵识大鹏情，跃马西来举世惊。犹恨吾兄未联辔，壮游休说冠平生。""天寒绝涧一烟生，兄卧其间万事轻。时忆吾行应不寐，满山松月五更明。"金昌业《燕行埙篪录》【考证：龙湾位于义州地界，日记云十一月二十一日"自良策行四十五里，至所串馆中火，又行三十里抵义州"，以上题曰"到龙湾寄伯氏先韵"，约作于二十一日抵达龙湾后。】

二十二日（辛丑）。

晴寒，留义州。朝，府尹出见。晚从伯氏谒曾王考书院，院在城内西偏，本以乙公巴素祠宇，戊寅年间始以曾王考并享。按《胜览》【按：即《新增东国舆地胜览》】，乙巴素，高句丽人，故国川王时四部共举东里晏留王，委以国政。晏留辞曰："微臣庸愚，不足参大政。西鸭绿谷左勿村有乙巴素者性刚毅，智虑渊深，若欲理国非此人不可。"王厚礼聘之，拜中畏大夫，仍为国相。巴素明政教慎赏罚，人民乂安，内外无事。及卒，国人哭之恸云，盖有功而可祀者也。院儒四五人具巾服赞拜如仪，可喜。自书院转往寿星村旧墟，曾祖【按：指金尚宪】庚辰年被拘沈馆凡六年。辛巳冬，有病还此留一年，与徐相国景雨、李尚书显英适同住一村，相与酬唱，仍命其村曰"寿星"，盖曾祖与徐、李两公年耆艾也。曾王考诗曰："天涯邂逅接紫门，欢会依然似故园。他日龙湾舆地志，定知编入寿星村。"村在统军亭下，而今为废墟，立一碑识其处，刻"清阴先生碑"五字，作屋而庇之，即苏侯斗山为府尹时所为也。伯氏归凝香堂，余向统军亭，济侄亦随来。俗以赴燕人登此亭为忌，人或劝止，而竟登焉。鸭绿江自东北来，至亭下分为两峰，而中江从西北来，抹过马耳山，入于鸭绿，下流三水，纵横如织，而隔岸胡山矗矗，马耳最近如可揽，而特一小山耳。远望西北有石峰见者，谓是松鹘山，渡江翌日当过此山云。西南眼界尤莽阔，盖海门不远，遥山点点，间有尖峰，亦胡地云。江岸上下有草幕附地，累累相望，问之，乃把守卒所处云。彼地处处放火，数十里间烟焰涨天，视昨日尤多，而亦不见人矣。金昌业《老稼斋燕行日记》

金昌业《龙湾谨次先韵》："矗矗胡山鸭水西，登高一望使人迷。归书不必烦相报，闻此家人定欲啼。"金昌业《燕行埙篪录》【考证：据日记可知十一月二十二日，金昌业登统军亭，望见"鸭绿江自东北来，至亭下分为两峰，而中江从西北来，抹过马耳山，入于鸭绿，下流三水，纵横如织，而隔岸胡山矗矗，马耳最近如可揽，而特一小山耳"。诗云"矗矗胡山鸭水西，登高一望使人迷"，与日记中景致相类，约作于二十二日。】

金昌集《谨次龙湾感怀先韵》："皮币深羞尚可论，路穿榆塞暗伤魂。寿星遗迹今犹记，多愧儿孙过旧村。"金昌集《燕行埙箎录》

金昌业《谨次龙湾感怀先韵》："茫茫往事与谁论，来访残碑只断魂。北望深羞犹未雪，兹行又过寿星村。"金昌业《燕行埙箎录》【考证：据日记可知昌集、昌业二人于二十二日"自书院转往寿星村旧墟""村在统军亭下，而今为废墟，立一碑识其处，刻'清阴先生碑'五字"。以上二诗皆以"龙湾感怀"为题，诗云"寿星遗迹今犹记，多愧儿孙过旧村""来访残碑只断魂""兹行又过寿星村"，与日记所述一致，约作于二十二日。】

金昌业《龙湾杂咏和息庵》："龙湾城上统军亭，俯视胡山手可揽。鸭水滔滔东北来，九龙卧处色黝黮。""龙湾江北尽彼地，树木参天禽兽多。我人相戒不敢近，时有胡骑倏忽过。""龙湾书院在城中，俎豆吾祖与乙公。村从丽代流传远，碑在千秋仰止同。""龙湾圣祖昔巡狩，一水盈盈欲济辰。陪銮内附非难事，未觉鳌城异众人。""龙湾城池昔壮哉，丙丁之事宁不愧。安得炮手只一千，把截三江杀胡骑。"金昌业《燕行埙箎录》【考证：据日记可知金昌业于二十二日"晚从伯氏谒曾王考书院，院在城内西偏，本以乙公巴素祠宇，戊寅年间始以曾王考并享"，诗云"龙湾书院在城中，俎豆吾祖与乙公"，约作于二十二日。】

二十五日（甲辰）。

阴，朝洒雪。留义州。食后出江上，济俚亦从。妓四人、将校九人骑马在前，府尹定送也。妓皆戴毡笠，着战服从南门出，行四五里至江边，有草屋数十间，乃敕行时清马所喂处也。官人已于江岸高处设幕置席，遂下马而坐，遣妓辈与将校驰马冰上，立旗而拔之，其中一妓连拔三旗，余曰："此事不可以儒服临视。"乃去道袍，来时着戎服于里也，从者以毡笠进之。呼妓辈至前，馈以酒，皆问其名，善拔旗者时英，其次信礼，余不能记。又命妓奏歌斟酒，移时还穿道袍，以雪马往九龙亭，至是柳凤山追至。九龙亭在统军亭东北，江岸陡绝，鸭绿江到此为深潭，故名。其上有小亭，即洪侯璛为府尹时所构也。按《胜览》，龙渊在州北八里，渊南有土城基，谚传哈丹、指丹兄弟一居渊上土城，一居州城内。静州户长金裕干欲以计逐之，诈言我国于某夜欲歼尔等。至期于山上多设炬火，哈丹等遂举众渡江而逃。然江上无舟楫，裕干心异之，谛视之，于江北近岸沈铁牛，又以铁锁着南岸岩石间连亘于牛背，作浮桥以渡矣。裕干即令破桥，使不得复渡。永乐戊子筑州城时，令善泅者取锁铁为城门锁钥，其铁牛则沦没渊沙，无复寻矣。此即其地，而所谓土城基亦不可认矣。亭之景致与统军亭大同小异，盖似浮碧之于练光也。官壶犹有余酒，而府尹又送数器烧肉，遂分馈诸校，令能歌者歌之，与妓迭唱，各呈其技，极欢而归。金昌业《老稼斋燕行日记》

金昌业《寄信儿》："匹马轻裘意自闲，过江明日宿胡山。家人不必烦相念，何异东郊往又还。"金昌业《燕行埙篪录》【考证：日记言使团于二十六日"自义州行二十四里宿九连城"，诗云"过江明日宿胡山"，故约作于渡江前日即二十五日。】

二十六日（乙巳）。

晴。自义州行二十四里宿九连城。食后发行，诸军官皆戎服，余亦脱白袍，穿灰色棉布氅衣，腰系沉香色棉丝绦带，剑与囊仍前挂鞍。元建、善兴随后，妓十余人皆戎装骑马在前。出南门到江边幕次，书状与府尹先至，方搜检驮物。伯氏入幕，坐主席，副使随至，坐东席，书状坐其下，府尹坐西席，与书状相对，余坐幕外。一行渡江者，员役以下五百三十七人，马四百三十五匹，而本府军吏及刷马人家属送行者亦多。数里之间人马喧阗，酒肉淋漓，亦一壮观。府尹设饯动妓乐，要余入席。余以便服辞，而请不已，乃入坐于府尹之左，酒行数巡。日将晡，搜检尚未毕。伯氏先行，以雪马渡江，少坐岸上，观妓辈驰马拔旗。行过小西江，到中江，过江则彼地也。济侄至此落归，别怀一倍怅黯。前导亦尽落，只有军牢一双，军官一双，引路一双，日伞一柄耳。中江以后，芦苇夹路，其长过人。到此初行之人多堕泪，送者在江上望见青盖翩翩，须臾而灭，亦无不销魂云。地皆黑沙，间有沮洳处多柳林。过三江，水皆冻涸。路有车辙，盖市时往来之道也。至九连城，日已曛黑。湾上军官先到设幕。幕以毡为之，状如覆钟，使可张卷如伞。傍【按："傍"亦作"旁"】围帐前设板门，即所谓蒙古帐幕，盖穹庐之制也。其中可卧五六人，底布乱草，其上铺毛席及褥，乃设衾枕，爇烛入座，俨然一房屋也。厨人进夕饭，馔简洁可喜。副使、书状皆处狗皮帐幕，三幕相去十余步，而四围张网防虎，三行所属人马皆处网内，余各就便散处。所在燔柴，火光达夜，时时吹角，呐喊相警，响震山谷。夜和衣而卧，寒气透肌。今年不甚寒，而犹如此，极寒之时可想其苦。金中和昌晔、金德三同卧幕门经夜，遇阳宿于幕内。昏后,伏兵清人三人过去。自渡江后,三行各有护行枪军十余名在前,枪军外又有炮手,而自近年彼地禁鸟铳,故不得带行。在江上,以家书付渡江状启便。金昌业《老稼斋燕行日记》

金昌集《谨次先韵》:"荒碛寒云是去程,胡山遥认九连城。即知臣节均夷险,须报君恩判死生。一字抵金乡信少,五更鸣柝旅魂惊。门开鼓角仍悲壮,声度空江晓月明。"金昌集《燕行埙篪录》

金昌业《同次大有》:"三千方始到千程,鸭水滔滔界我城。冰上拔旗红妓队,楼头倚剑一书生。戍台列岸寒相望,猎火连天夜不惊。今夕未辞穷宴饮,过江行李候天明。"金昌集《燕行埙篪录》

金昌集《九连城谨次先韵》:"鸭水衣冠送我行,九连山下宿荒城。征夫扰扰谁能睡,放马萧萧但自鸣。弊幕处人愁雪色,疏罗防虎怯风声。长途跋涉浑艰险,此是初程最苦情。"金昌集《燕行埙篪录》

金昌业《九连城谨次先韵》:"枪军一队后先行,乱树高低是废城。雪满荒山披草宿,天寒饥马傍人鸣。虎豹交过朝看迹,徒旅相招夜有声。却幸大衾同卧起,埙篪免奏苦寒情。"金昌业《燕行埙篪录》

二十七日(丙午)。

晴,向晚日候甚温和。自九连城行三十三里,至金石山朝饭。又行三十里宿沙屯地。未明起程,初吹,一行皆起抹马。二吹,厨房进白粥。三吹,遂行。在路中望见松鹘山在西北,去路不远,峰峦历历可数。是山大如我国冠岳,而奇秀过之,所过有望隅者、音福碑、石隅、马转坡等地名,而树木极多,冰雪布路,往往有马骨,盖我人所弃。水边时有爇火之迹,此伏兵清人经夜处云。马转坡路缘崖,下临深涧,乱石槎牙,老林交横,几不可行。所谓金石山与众山无异,设幕溪边朝饭。一行人马各就薪水,处处屯聚若战然。清人三人来,即昨日过去者也。一人驱马从山坡间过去,两人步过幕前,到诸译坐处索烟吸之,衣帽敝恶,面目丑陋,始见不似人。李惟亮与之问答,首译朴东和在傍【按:"傍"亦作"旁"】不出一声,可异也。问皇太子事,对以不知,馈烧酒以送。至阳站,路傍【按:"傍"亦作"旁"】坏垣生连抱之树,老藤垂地。北有一崩城,不知何时所筑也。后有一石山,问其名,阳山云。行至葱秀,清流绝壁,仿佛我国之葱秀,而稍小耳,见之依然。葱秀之名亦似我国人所称也。自九连城以后,山回水湾,处处开野,土性膏沃皆可田,风水亦有极好处。所过往往有废址,远望若有人烟。至沙屯地止宿,去栅门十五里也。送清译一人往凤城通行次消息。见书状于幕次。下辈放火

于后山，为取明逐虎也。夜深寒，吹角呐喊如前夜。金昌业《老稼斋燕行日记》

金昌业《金石山朝饭》："征人冒霜起，朝饭亦荒山。指直遗鞭易，裘重上马艰。人烟望似有，瓯脱旷皆闲。道上逢三虏，皆言伏虏还。"金昌业《燕行埙篪录》

金昌业《汤站途中》："古垒今犹记，颓垣或有无。胡山寒自烧，碛树远如枯。苇密纔【按："纔"亦作"才"】通马，林空不见乌。未知栖宿处，去去问邮夫。"金昌业《燕行埙篪录》

金昌业《谨次汤站晓起先韵》："荒原来茇草，张幕复悬灯。为灶皆依岸，求泉或斧冰。胡霜厚似雪，塞月细生棱。耿耿谁能睡，披衣独屡兴。"金昌业《燕行埙篪录》

二十八日（丁未）。

以复废皇太子胤礽告庙，宣示天下。《清史稿卷八·本纪八·圣祖三》

晴，晓寒，日出却暄和。自沙屯地行十五里入栅。又行三十里，宿凤城。昧爽三吹发行，天明后，义州枪军皆落归。到穴岩，岩即路傍【按："傍"亦作"旁"】呀然小岩。自此至栅门皆平芜，一望无隔，凤凰山东面数峰妍秀可喜。未至凤凰山，又有所谓上龙山者，峰峦亦奇峻。穴岩及凤凰山皆有松，渡江后初见也，益令人开眼。所谓栅门在凤凰山南边，以大木列树十余里，中为门，其开闭凤凰城将主之。栅门旧在凤凰城东五里，距鸭绿江一百三十余里，而皆空其地不居，似古之瓯脱，盖防彼此奸民相通之路也。自数十年前移设于二十里外，此由于凤城人渐多，欲广其耕牧之地。然去鸭绿江益近，非当初设置之意。栅门作草屋庇之，门内有城将所坐屋及酒食店、民居共十余家，而皆覆以草。在数里外望见栅内有白物堆积如丘陵者，乃去核棉花，皆历行所买，其数无虑累十万斤，壮哉！三行设幕栅门外朝饭。是日，余亦戎服，同诸军官拜礼于伯氏，入关行色不宜有异同故也。作家书付湾人先归者。坐久，清人稍稍来集，与译辈隔栅而语，彼此有喜色，皆栏头也。栏头，凤城、辽东等处雇车人，有势力而专我国之利者，十二人自为一伙，以方物所载刷马有病者皆车运，干粮驮物以湾马载来者至此亦寄雇车，故此辈持车来待云。午后开栅门，数百清人一拥出来，乍见骇怕。其中身材雄壮，衣帽鲜华者居多，非初见三胡之比。衙译吴玉桂、徐正明两人使从胡持方席来谒于两使臣，使臣坐而见之。两胡退，与章京、麻贝、甫十口辈列坐于相望处。于是各给礼物，馈烧酒、药果、干雉等物。诸胡持杯不饮，译辈言使臣举杯，然后彼人方可饮云，不得已两使臣举空杯以示酬酢之意。衙译、麻贝各一人

85

随行次至北京往返同。所谓衙译，即次通官，为通语。麻贝称为迎送官，为护行也。今番随往衙译吴玉桂，麻贝姓黑，乃清人也。清将二人在栅内点人马以入，以清将坐路傍【按："傍"亦作"旁"】。三使臣引轿，从其屋后而行，余同译辈步过。自栅门至凤城三十里，而所过有一二人家，田畴绝少，时见牛马放荒草间。路转凤凰山，山之南北西三面皆可见。是山大如我国水落，而峰如插笔，石色苍润，东南四五峰尤奇秀，恐我国无可拟者。此处山大抵皆壁立，无余麓迤逦，与我国山形绝不同矣。山之南有古城，石筑宛然，世以此为安市城，而非也。或云东明旧城，其说近似。安市城，《一统志》谓在盖州东北七十里，去此盖远也。路中雇车，前后填塞，往往不可行，辟之不听，盖此处人心最恶，亦以阅我人多故也。至凤城，阎闾市肆颇盛，始见者亦多，亦足眩晃，观者夹路，群儿叫呼随马后。至察院前，前导为甲军所拦住不得行，问其故，欲驱入察院也。以察院新泥不堪处，湾上军官及马头辈晓谕而不听，皮鞭乱下，窘辱极矣。顾视译辈皆落后，无一人随来者，极可痛骇。诘难良久，始得晚入私寓，而驿卒辈多吃打，至有衣服被夺者。所寓家在大街西边巷中，屋颇大，南向者五间，中为堂，东西室，室有内外炕，炕埃也。东西向者各三间，中为堂，南北室皆有炕，门两重，而门傍【按："傍"亦作"旁"】各有廊屋亦皆有炕。屋皆五梁，而三面筑以墙，前一面中央为门，左右为窗。自此至北京，其制大抵皆同。自今日耳目所接，无非新异，令人惝恍无得言。金昌业《老稼斋燕行日记》

金昌业《孔岩途中》："早发沙川霜满颜，龙山红旭上三竿。邮人已报栅门近，野色烟光十里间。"金昌业《燕行埙篪录》【考证：孔岩即日记所谓"穴岩"。日记云"昧爽三吹发行，天明后，义州枪军皆落归。到穴岩，岩即路旁呀然小岩。自此至栅门皆平芜，一望无隔，凤凰山东面数峰妍秀可喜"，诗云"邮人已报栅门近"，约作于二十八日。】

金昌集《谨次栅门先韵》："坐待开门已夕阳，忽惊椎髻近人傍【按："傍"亦作"旁"】。凤山秀色真堪惜，天意如何属异方。"金昌集《燕行埙篪录》

金昌业《同次大有》："凤城宛似见汉阳，四五莲峰霄汉傍【按："傍"亦作"旁"】。休道鸭江天所限，全辽旧属我东方。"金昌集《燕行埙篪录》

金昌集《谨次栅门寄家书先韵》："沙屯川上不成眠，幕里悬灯夜抵年。倚栅匆匆逢驿使，家书欲寄意茫然。"金昌集《燕行埙篪录》

金昌集《同次大有》："思杀家人定不眠，嗟余行役判经年。一书临栅匆匆寄，想得开封亦怅然。"金昌集《燕行埙篪录》

三十日（己酉）。

晴，风稍寒。自松站行二十九里，至八渡河朝饭。又一行三十里，至通远堡宿。平明，归察院吃粥。遂行七八里，登一岭颇峻，是为小长岭，树木益密，橡槲之外杂树多不知名，间有白杨，我国所谓丹枫亦有之，踯躅杜鹃不得见。逾岭有大溪自西而来，是为瓮北河水，大几如我国猪滩。岸上阁一小船，即名马上也。北岸有草屋，酒店也，门前系骏马数匹，麻贝衙译辈来歇云。过此又有岭，即大长岭也，益峻。逾此则便为平畴，皆种蜀黍，可知其土沃也。又渡两水，皆瓮北上流，是为八渡河，以一水屡涉，故名。两岸皆有小店而陋甚。设幕河上朝饭。卖雉者益多，其价甚贱，而谓今年无雪，视前犹贵云。胡人有臂鹰来者，云方放猎，而不缀铃，可怪。亦有骑马臂鹰而过者，栏头骑白骡而善步，余以驿马换骑先行，步极快。元建、贵同数里内皆落，惟善兴随后。骡主之奴骑马并驰，瞬息间到通远堡。湾上军官候于路，言此处察院益冷落，故得私寓云。遂至其家，屋宇宏敞，伯氏入西室，室有南北二炕，余处其北炕。家主姓名教化民，栏头也，家计饶富。其弟家在间壁，尤大，一屋长可三丈，广可二丈，三面设炕，极其敞爽。炕上尽铺白毡，什物皆精侈。其中有玳瑁茶瓶，其高七八寸。壁上亦有书册，取视之，皆小说也。西边小室供佛桌上有念珠钟鼓之属，化民母崇佛，年八十，犹素食念佛云。主家男女皆忙乱，俄而盛备酒馔飨，诸译亦以两碟果子送余，其中有山查【按：即"楂"】正果，味最佳。化民自斟茶，连劝二钟，不得辞。有旧城，仅存形址，四面皆百步。自八渡河行一里有小岘曰獐项，獐项以后皆平野，纡回入两山间。所过有两村落，而皆草屋，不过数家。金昌业《老稼斋燕行日记》

金昌业《八渡河借骑胡骡，骡主辽东人》："腾上辽东雪色骡，扬鞭去似鸟飞过。胡儿并辔争相顾，颇怪衰翁意气多。"金昌业《燕行埙篪录》

十二月

初一日（庚戌）。

晴，朝寒。自通远堡行三十里，至沓洞朝饭，又行三十里，连山关宿。日出发行，过石隅，至沓洞入店舍，三行分入东西炕。朝饭临发，主胡嫌房钱少关其门不开。书状马头直山能汉语，争之不得，竟加一烟竹，然后始开。

自通远堡至此凡二十余里。行长谷中，再渡一水，两山交互，而略却坦易。过店地，稍开广，一望荒芜，无人家无田畴，地势平而沮洳，恰似水田之废者，解冻及潦雨时，泥淖难行云。沓洞之号似是我国所为也。十余里至分水岭，山气益麤壮，从顶至底，树木如簪，其色苍然，望之如烟，不知何树也。岭是平坡，西水入辽河，东水入中江，岭以此名。金复海盖辽东诸山，皆从此过脉，以轮图下方位，岭脉来自壬丑间矣。逾岭后，树木益丛杂，往往冒衣，皆野梨间有柳，而多寄生。二十里间，逾两小岭，至连山关。叠嶂四围，有三十余家夹大溪而居，皆劈大树为篱，极其坚壮，盖防虎也，自松站至狼山皆如此。宿汉人李桂枝家，自是甲军辈操纵渐缓。夜失所带丝绦，盖杂胡出入者偷之也，遂出革带带之。先君癸巳行到此入一家，即曾王考入沈时所宿处也。军官表廷俊以其时随行者言之如此云，而今不可识其处矣。村有小庙，夜微雪。昨日在通远堡望见一家立旗幡四五竿，元建言是丧家发引之具。来时过其门，则不见旗幡，门外爇一堆火，有四五素服女自外而来，皆振衣于火，然后入去，似是送葬后祓除之方也。金昌业《老稼斋燕行日记》

金昌集《草河谨次先韵》："往事悠悠逐逝波，愁看关岭迭嵯峨。烟尘尚暗神州路，风雨犹传圣祖歌。万里驱驰今未半，百年悲慨此偏多。天涯恋主危忧切，归梦难过八渡河。"金昌集《燕行埙篪录》【按：草河即沓洞之别称。】

金昌业《谨次草河先韵》："万岫奔腾若海波，镇夷形胜欝嵯峨。谁知铁壁为烟草，尽遣胡儿解汉歌。天下英雄终恨少，我东皮币尚须多。伤心圣祖经过地，今日无人识草河。"金昌业《燕行埙篪录》

初二日（辛亥）。

朝雪止而阴，晚见旸。自连山关行十五里逾会宁岭，又行二十五里，至甜水站宿。吾辈所处炕北壁供关帝像。朝，主家女出来，插香于炉，叩头入去。朝饭发行，过前溪，逾小冈，入长谷十余里，频渡水不记。山渐高，路益狭，溪上有草店数家。过店半里又有小庙，是为会宁岭底。自此树木极密，仰不见天，雪益多，岭高于洞仙数倍，而治路盘折，无陟陟之险。几尽岭，有三石离立路右，高十余丈，崚嶒戌削，状似怪石，其一石尤奇特，松生其上。自过凤城三百里间不见松，到此始见。登岭西北，望胡山重叠无际，意思顿觉不佳。下岭里许有小庙，似是山神庙。庙傍【按："傍"亦作"旁"】一家，乃看庙者。又数里有两家，乃木物店。又三里有两家，乃酒食店。下岭尽也，又三里有两家，又三里有两家在溪边，亦皆酒食店也。西南间有一石塔在山边，即所谓虎狼谷，由此行，亦可达狼子山。迂二十里而路易重车之避青石岭者，皆由此路云。至甜水店入察院，院在城外，与书状同入城中。有新造佛寺，一门一殿，规模虽小，金碧精丽。门内金甲神及殿上佛像皆有精神，壁画亦有可观者。桌上有经函，取视之，乃《法华经》，而楹外马屎堆积，了无洒扫之状。此地寺观之多如我国书院，徒务广设而不能守护，可笑。东边小寮即僧居，而开户视之，亦甚陋。书状定寓城中，遂同至其家。坐未定，副使至，乃出，从城角缺处归察院，因登城上四望。城东西百余步，南北如之，皆崩颓，独南门存耳。内外人家近数十百户，而多大家。自此而始有木花田。是日行四十里，而实不过三十余里。金昌业《老稼斋燕行日记》

金昌业《谨次会宁岭先韵》："大岭参天起，高高不见巅。谷虚增角响，树密碍旌悬。雪和胡云暮，人从虎穴穿。征车何处税，古镇有寒烟。"金昌业《燕行埙篪录》

金昌业《会宁岭》："万木参天不辨名，山边小庙半颓倾。胡云朔雪模糊里，铜角高低半日声。"金昌业《燕行埙篪录》

初四日（癸丑）。

晴，暄和如前。自狼子山山行三十八里，至冷井朝饭。又行三十里，至新辽东宿。未明发行十余里，凡渡五大水，是为三流河，水东北流入太子河云。所过路傍【按："傍"亦作"旁"】往往有小店，第四水边有一庙堂，庙傍【按："傍"亦作"旁"】村居数十家，谓之庙堂村。自凤城以后，有村必有神庙或佛寺，其土地庙，则虽数家村皆有之，小或累石为室，大如斗，中供画像，前置瓦炉焚香。关帝则无家不供，或画或塑，朝夕焚香顶礼，其崇信神佛之风盖如此。行十里逾王祥岭，又三里逾石门岭。岭不甚高，而石路益隘，仅通一车，到隘处逢牛车十余辆，艰得过。十里至冷井设幕朝饭。井在路傍【按："傍"亦作"旁"】，而泉脉甚大，涌出平地，余波所及数十步间皆不冻。泉傍【按："傍"亦作"旁"】多野芹，使行归时常采食云。三行欲过旧辽东观永安寺及白塔。饭后，余先行七八里出一谷，野色茫茫无际，此乃辽东野。自此白塔已见，塔在辽阳西门外相去三十里云。永安寺僧五人自冷井相逢，一路作行。其中年少者一人，眉目有清气。试问千山路，能知之。言自辽东南行五十余里至山，遂历数山中，寺名与月沙记相符。取清心元一丸从马上与之，受而熟视，似不知用处。近城半里所有一石桥，两傍【按："傍"亦作"旁"】设石栏干，城尽崩颓，至存土坯，砖则无一片留者。_{土坯即砖之未经烧者}。凡城皆用土坯为心，外面甃以砖也。奴反建州，杨镐、熊廷弼皆以经略守此城。至天启辛酉，奴竟陷之。其时经略袁应泰、巡抚张铨、监军崔儒秀、沈廷魁四人死之。由东门而入,初甚荒凉,行半里许始有市井,人物繁盛,又非凤城所比。街北有一大家,门墙整齐,问何人家,则本州岛官员所居云。门傍【按:"傍"亦作"旁"】铺子悬牌,书一"当"字,盖典当铺也。过此一里许,僧辈引入北边小巷百余步西一门,即永安寺也。入其门,多小屋,乃下马又度一门,有大楼,扁曰"藏经阁"。楼下有门,门内东西各有室。入东室,有老僧方在炕上自炒菜,见余至,延入内炕进茶,遂索纸笔书问千山路,老僧使一秀才对之,与路中僧言同。余曰:"明春,俺回自北京,欲见千山而不知路,贵寺有能指路者否?"答曰:"有。"余曰:"倘有指路者,当厚报。"仍告别曰:"明春再来。"老僧留之,进茶果。秀才曰:"老爷居何职?"答曰:"无官。"又问:"彼处以何取士?"答曰:"进士以诗,生员以经书义,及第以策论赋表及背讲经书。"问有几经,答曰:"三经《诗》《书》《易》,四书《庸》《学》《论》《孟》。"又问曰:"无礼春否?"答:"亦有,合前三经为五经矣。"曰:"多承见喻铭感。"又问清心元用法,仍言母有心痛病,愿得的当之药,遂与一清三苏称谢。问诸人名,即书示湛元、谛信、云来。云来,秀才自号。谛信,路中所遇少年僧。湛元,老僧名也。以纸扇与老僧,乃出。遍看诸殿,制度雄丽,副使、书状先来见之,已向白塔云。从前门而出,路上车马阗咽,而两边列肆,旗榜相映,百货堆积,无非初见之物,左顾右盻,应接不暇,有似我国乡客初到钟街中。自此以往,沈阳、通州、北京正阳门外所谓极繁华处,其规模则不过如此,特有大小之异耳。行一里许出西门,有一石桥,乃濠也。桥北有庙,门外有三坐牌楼,牌楼,两柱一栋,制如我国迎恩门。金碧辉煌。门内左右各有二层阁,左悬钟,扁曰"龙吟",右悬鼓,扁曰"虎鸣"。过此又有一门,土木之工,盖穷极侈丽。正殿供关帝塑像,东庑供张飞,前有二力士,背缚一人,其人仰面视飞,状甚壮,似是蜀将严颜也。始入殿门,守者谓当叩头,遂击钟,乃就桌前。拜佛必击钟,盖此处俗也。出东边角门,缘濠北行。路中遇伯氏,先观白塔,方向永安寺,副使、书状亦随来矣。至白塔,凡八面,而高十三层,下台亦三层,高不可测。层皆有檐,檐皆悬铎,上设相轮,以铜索维之。面面皆刻佛像,功费不可计。盖用砖灰而成,见之如白石。世传唐太宗征高丽,命尉迟敬德建此,未知然否。塔后有大寺,旧名广佑,尽破落。前有一重修碑,即正德年所立也。寺去关帝庙二三里,其间又有一大寺。塔东小刹亦无数,而不能遍观,遂还入城中至永安寺。伯氏方在藏经阁,与副使、书状同坐,与一老僧问答。僧福建人,姓陈,法名崇慧,号云生,容貌清癯,文笔辞气皆不俗。小顷罢出,湛元及其从弟见余再至,皆有喜色。自藏经阁出角门,西边月廊第一室，即云生所居也。案上多置经卷，庸学亦在其中。有一沙弥，年十五，名净宝，眉目清秀可爱，使读经，其声如贯珠，无少碍滞。遂行出北门，所过皆废墟，瓦砾堆积，间有佛寺菜圃。城门外又有庙堂，太子河一派到城底潴为濠，颇广，此熊廷弼所为也。至太子河，此水一名衍水，燕太子丹走死处有木桥，桥下阁小舟。河北岸村家颇盛，望见新城可数里，此老剌赤为攻辽阳而筑者。城小而完，无官舍仓库，人家亦少云。宿察院，自旧辽东至此仅八九里。金昌业《老稼斋燕行日记》

金昌业《辽东旧城》："晨发狼子山，夕至辽东城。兹城是雄镇，壮丽旧有名。崇墉不复存，濠堑荆棘生。借问何至此，往者酷被兵。疮痍犹未苏，间井少遗氓。新肆虽繁华，荒墟尚纵横。佛宇独完全，所至金碧明。中国尚浮靡，旧俗今不更。城外百尺塔，高哉谁所营。造此诚劳费，未救家国倾。仰视久叹息，感慨徒伤情。去投城北村，夜闻河水声。燕丹死此地，令我又沾缨。""千年城郭尽丘墟，白塔巍然百战余。若使令威今日见，不知悲恨复何如。"金昌业《燕行埙篪录》

金昌集《辽东谨次先韵》："一入辽沙眼界宽，遥看白塔出云间。丁威化鹤今无处，唐帝停銮旧有山。东土几年为汉郡，北庭千里是秦关。燕丹最有临河怨，壮士如何去不还。"金昌集《燕行埙篪录》

金昌业《谨次辽东先韵》："郁郁羁怀始欲宽，辽阳西望莽苍间。荒城独有千年塔，大野浑无一点山。皂帽高风知已远，仙歌今日恨相关。可怜安市差强意，不遣唐皇得志还。"金昌业《燕行埙篪录》

金昌集《又次先韵》："大野鸿蒙积气浮，行人举有望洋愁。苍苍但见天低处，杳杳难穷地尽头。谁向长空孤鹤化，翻疑巨浸一槎流。并观顿觉胸襟豁，万里宁叹作远游。"金昌集《燕行埙篪录》

金昌业《又次先韵》："华表西边大野浮，乍看堪喜又堪愁。漫漫周道真如砥，点点遥岑渐缩头。积气混沌初未判，巨量溟海竟无流。吾东小见争讥我，归日先须诒此游。"金昌业《燕行埙篪录》

金昌业《太子河》："太子河边寒日暮，三韩客子驻征车。千年感慨将何及，终恨荆卿剑术疏。"金昌业《燕行埙篪录》

金昌业《辽野》："大哉辽东野，浩浩复漫漫。不图宇宙间，乃有如是观。我行在其畔，初亦见遥山。及至入中央，四顾天团团。五日不遑出，孰能穷倪端。日月出其里，森弥溟渤宽。烟树时点缀，车马走茫茫。风沙忽而起，颓洞迷四方。常闻天寒日，蜃气出空中。楼台粲可数，五色何葱笼【按："葱笼"亦作"葱茏"】。物大诚可观，奇变乃无穷。其人定奇伟，气量不褊窄。

以此作事功，安得不磊落。区区生偏域，自视宁不悲。始知大河伯，望海惊且咨。东瀛与此野，天下有两奇。却思中国人，未必皆见斯。我生亦何幸，壮觌能兼之。"金昌业《燕行埙篪录》

初六日（乙卯）。

晴，天气暄和如昨日。自十里堡行四十五里，至白塔堡朝饭。又行二十里，至沈阳宿。数日来，一行皆减衣，或有脱耳掩者。过板桥，桥北有坟墓树木。过长盛店、沙河堡。河有桥而水大，如我国松溪。过火烧桥、毡匠铺至白塔堡。塔在村中，高可十数丈，其层为十三，面为八，每面八尺，每层开四圆门，而方位互换，入最下门仰视，中皆空，制度亦奇。此塔亦砖，而檐椽则木也。入一铺子，借其内房朝饭。主人皆汉人也，家计颇饶，厩多牛驴。庭前有两囷，一储粟，一储黑豆。其囷编木为之，涂以土，围可数十尺，长丈余，近上开两穴通风，以草覆之。自店行到一石桥，过一所台，路左有庙堂，下马欲见，门闭不得入。过红花铺一里，渡混河。河一名耶里江，水大如我国猪滩，而有木桥，小舟十余只亦在沙上。河水出胡地西南流，会太子河，入辽河。河去沈阳九里所，世传孝庙在沈馆时作亭于此云。曾见《侍讲院日记》，胡人以野板田授世子种菜，亦其地也。自辽东后，店肆相望，往来车马渐多。野中村居棋置，径路纵横，树林微望，皆柳树云。牛驴放牧者在在成群，蜀黍干堆积田中者无数，车载而去者亦络绎，是往卖于沈阳作薪云。所种五谷皆有，而蜀黍最多，旱稻亦间有之。见其地沙土相半，密而且膏，其所收计亦多矣。路中多逢女人乘车者及甲军带弓箭者。未至城外一里许，有一大寺，殿阁重复，围以粉墙，中有一大白塔，下方而上圆，高可四五丈。去路数百步，欲入见，未果。遇一少年，胡衣貂裘，带弓箭骑骡而过。前后从胡六七人，亦带弓箭，马皆骏，问之，即皇帝近族在沈阳者出猎云。近城有水，清旷如湖，即混河之泛滥者。其傍【按："傍"亦作"旁"】多人家，而坟墓累累满地，其中亦有围垣种树者。至土城外，三使臣皆下轿骑马而行。入土城二里许至内城，城高可四丈余，门楼雄壮，高入半空，在数十里外可见。城门外有瓮城，瓮城左右有门，门扇铁裹，门外有濠，石桥跨其上。度桥及两重门，然后方入城。自入土城，左右市廛已栉比，而内城尤繁盛，十倍辽东。入城数百步，东入小巷，密院在焉。有东西廊屋，而庭湫隘，闻译辈言通官金四杰之母曾居此屋。常言此乃丁丑后朝鲜质子人等所接之家，世子馆则今衙门是其地云。曾王考所拘之处即北馆，而今无知者矣。金昌业《老稼斋燕行日记》

金昌集《沈阳感怀次北溪韵》:"邦国遗羞尚忍论,长河欲挽洗乾坤。北庭持节怀先祖,西夏衔纶愧后孙。冰雪窖边遗迹昧,日星天下大名存。惊心皮币来输地,暗傍毡裘掩涕痕。"金昌集《燕行埙篪录》

金昌集《次北溪沈阳感怀韵》:"忍想吞旃雪窖时,寻常掩泪卷中诗。今来旧迹寻无处,惟有高各虏亦知。"金昌集《燕行埙篪录》

金昌集《谨次发牛庄先韵》:"王程有限日催装,底事遑遑入异乡。老境元惭丁岁使,闲情漫负午桥庄。崩隳汉堞纷惊眼,激烈燕歌暗断肠。莫向祖龙城上望,百年氛祲但迷茫。"金昌集《燕行埙篪录》

金昌集《同次大有》:"沈阳更戒进前装。已把归心断故乡。烛下裁书付回使。鸡前秣马向何庄。华音渐惯粗通语。水味初咸欲搅肠。最是新诗难觅得。但从辽野走茫茫。"金昌集《燕行埙篪录》

金昌业《和大有》:"古堞周遭不尽颓,当时设此亦雄哉。客来但见黄云满,城下群胡酒店开。"金昌集《燕行埙篪录》

金昌业《沈阳谨次牛庄先韵》:"征途又见月生西,天外乡山渺已低。跋涉惯来身却健,侏僾到处听全迷。果逢街上思群稚,鱼在盘中忆旧溪。遥想故园寒日夕,家人应复叹鸡栖。"金昌业《燕行埙篪录》

金昌业《沈阳感怀次雩沙韵》:"天道如今可复论,尚看腥秽满乾坤。长城虚绕蒙恬塞,椎髻无非李广孙。北海看羊地即是,秦关生角耻犹存。呜呼往事询何处,征袖空添抆血痕。"金昌业《燕行埙篪录》

金昌业《沈阳感怀》:"恨未蹈东海,慨尝咏下泉。短衣随使节,匹马入胡天。城郭悲歌里,旃裘冷眼边。应无再来日,谩自记山川。"金昌业《燕行埙篪录》

金昌业《谨次辽阳先韵》:"十里雄城带阔濠,八门飞阁入云高。金缯岁岁来填壑,难见阴山壮骑逃。"金昌业《燕行埙篪录》

初八日（丁巳）。

历双家子,至大房身,入店房朝饭。过磨刀桥,一名板桥。过边城有察院,此乃宿所,而越站,故不宿。神农店至孤家子,日没止宿。是日行八十里,而度其远近,实九十余里。金昌业《老稼斋燕行日记》

金昌业《孤家子途中谨次先韵》:"塞草茫茫翻夕辉,天长不见暮禽飞。故乡已去二千里,谁念征人载渴饥。"金昌业《燕行埙篪录》

金昌业《次伯氏孤家子述怀韵》:"随人渡辽水,携剑向燕云。侠窟悲无士,穷庐耻有君。百年犹左衽,四海尚同文。何日夷风变,中原脱鹿裙。"

"幽蓟黄尘外,朝鲜红日边。路长心已倦,目断梦犹牵。大野天如盖,孤家夜抵年。家人应念我,相与坐灯前。"金昌业《燕行埙篪录》

初九日（戊午）。

微雪作霏,至晚始霁,成木稼。自孤家子行四十二里,至小黄旗堡朝饭。又行四十六里,至白旗堡宿。昧爽发行,八里至周流河,以冰度,其广不能百步,水似不深,沙上阁二船,以地理考之,此为辽水,其源出胡地,入长城南流,会浑河及太子河入海。三水合处谓之三垒关,亦名三叉河,即顷年使行由牛庄所渡处也。过河二里所,又渡小水,此即周流河支流也。其西岸忽有小邱【按:"邱"亦作"丘"】隆然,自辽东行二百三十里而始见此矣,其上有一空城,而垛堞皆完,不知何时所筑也。人家在城下,负邱【按:"邱"亦作"丘"】临河,风水好。亦有店肆颇盛,其西一村,皆蒙古居之。元建言河中鱼极多,蒙古皆业捕鱼,在前使行多买之,而价甚贱云。行一里许,过一酒店,路傍【按:"傍"亦作"旁"】有三间小屋,其上平不加茅瓦,但涂以土数尺,始见殊骇。至此递轿马,有两僧设凳门前请诸人坐,因要入屋内,设一碟菜,进暖茶一杯,却不讨价。壁间供关帝塑像,而尘埃满桌。屋中只有一釜一厨,活计冷落,而能待客如此,可异。大抵沈阳以后人心淳厚,以阅我国人犹少也。过新民屯,副使、书状见郭朝瑞有问答,朝瑞以吴三桂部下人,三桂败后配于此。前后使行,多招见问事情。南相九万、崔相锡鼎特亲厚,问遗久不替。其人颇有文翰,而为人浮诞,言不实云。至小黄旗堡,有村四五十家,无店房。朝饭于佟姓清人家,屋新造,而三面为炕,甚敞豁,即其客堂也。炕下尽布砖,中央设土炉爇石炭。自晓冒雪,不用雨具,故衣笠尽湿,至此脱而挂之。壁有书画,桌上颇列器玩,而皆有村气,无可观。主胡兄弟皆身长貌俊,而其兄一目眇,自言是满州人。其兄方为凤城带子,带子即章京之小者。问其俸银,一年支六十两,章京支八十两,章京中又有号牛录者支一百两云。主胡皆不解文字,问答皆倩人书之,然为人皆良顺,暖茶进一盏于伯氏,以药果答之。过大黄旗堡、芦河沟、古城子,至白旗堡,宿察院。金昌业《老稼斋燕行日记》

金昌集《周流河望古城》:"去河无十里,雾里见荒城。百战今残堞,孤屯旧戍兵。绸缪当日计,感慨此时情。侧耳穿屠市,依俙击筑声。"金昌集《燕行埙篪录》

金昌集《辽野用松站先韵》:"一野浮天阔,孤槎沂汉疑【按:"沂"亦作"溯"】。大荒谁极目,遥岫但如眉。鹤远迷仙迹,雕盘有射儿。壮观还快

意，宁复叹支离。"金昌集《燕行埙篪录》

金昌业《同次大有》："荒城动凤驾，塞月晨光疑。远鸡常侧耳，晨粥每攒眉。书字询蛮子，联镳狎鞑儿。随身一短剑，造次不相离。清人呼汉人为蛮子。"金昌集《燕行埙篪录》

金昌集《历大小黄旗堡及白旗堡次北溪韵》："旗黄旗白列村遥，非雪非霜尽日飘。力尽邮骖难任驾，坐车轩轻似舟摇。"金昌集《燕行埙篪录》

金昌集《黄旗堡途中》："远氛初卷野，霁色忽看天。白草平如雪，黄尘涨似烟。病骸愁远撼，困马怯频颠。乍揭车帷望，旗亭落日悬。"金昌集《燕行埙篪录》

金昌业《次伯氏历大小黄旗堡及白旗堡次雩沙韵》："一夕天骄拔汉旗，烟台警报入关迟。当时不杀袁经略，纵失全辽讵至斯。""儿时壮志拟搴旗，来踏燕山恨却迟。莫讶渡辽增感慨，古来征战尽于斯。""过尽黄旗望白旗，茫茫大野日斜时。行人遥指青山出，天畔巫间一抹窥。"金昌业《燕行埙篪录》

金昌业《次伯氏黄旗堡途中韵》："已入辽西界，寒芜尚际天。野平迟落日，店远有孤烟。胡汉车相续，金缯马欲颠。可怜秦塞月，犹似古时悬。"金昌业《燕行埙篪录》

金昌业《次大有》："黄旗纔过白旗遥【按："纔"亦作"才"】，大漠阴云作雪飘。薄薄征车终日去，前旌正似客心摇。"金昌集《燕行埙篪录》

初十日（己未）。

晴，颇寒。自白旗堡行四十二里，至二道井朝饭。又行五十里，至小黑山宿。鸡三鸣发行，又将越站也，行二十里始明。路遇胡人五六骑掠轿而过，俄而一胡还来，与驿卒问答而去。问之，即其大胡，使问使臣轿名云。过白旗堡到一板门，有酒食店数十家。时日初上，买卖正热闹，店房人皆满，见吾行，无不出视。闻北道驿子劝马声，无不骇笑，或有效之者。至二道井，人家亘二百余步，而中间皆有酒台店。入店房朝饭，水味甚恶，咸涩又臭，不堪近口。主人家用二驴磨木麦，而见其筛面之具，其机便妙，顷刻可取数斛。有一胡儿持猿入来，以铁索系其颈而挥转之，使为筋斗，此外无他技，盖新驯者也。其状少于狗，额高面狭，眼深有赤光，两颊与尻皆红，而无毛，臂甚长，手能掘物。兽行人坐，乍见如老妪，瞻视数动，不能暂定。此处亦有察院，而越而不宿。行八里隐寂寺，寺前后遍种柳。又行二十里至旧家铺，亦有店三四十家，卸轿路傍【按："傍"亦作"旁"】少休。湾裨及厨房先到，作薏苡粥以进。马亦饲粥，以站远故也。辽野尽于此，余遂纵步登一阜，回望来路，百里间纡直之势尽入眼中，意益爽快，顿忘跋涉之劳。自此连有邱陵【按："邱"亦作"丘"】，望西北，连山高低，远者百余里，近或数十里。过土子井十五里始有烟台，烟台之制或方或圆，方者一面可三丈余，圆者其围十九把，高五丈以上，以砖夹灰筑之，四围如削，近上三分之二，开前后两门，仅容人，意其上下用云梯也。台上又有台一层，其高可半丈，是则将领所坐处也。上下台皆有垛，垛穿炮矢穴。台外又有围城穿濠之迹，而皆填夷。烟台自此至山海关，近则五里，远则十里，棋置相望，多不可数。一台以百人守之，有警则放炮相报，贼至城守。世传此戚继光所为，天下财力尽于此，而毕竟无益于防胡。清兵攻烟台多死，故毁之，而以坚亦不能尽毁云。路遇一屋车，大胡坐其中，衣帽鲜华，似有官者。从胡十余人，皆佩弓箭，散行草间搜兽也。使译辈问之，来自广宁云。从胡所骑者色马，绝大善步。昌晔使人问价，言一百两。至小黑山日欲落，入察院。院屋敞洁，炕铺新簟，可喜。金昌业《老稼斋燕行日记》

金昌集《晓发白旗堡》："梦罢胡鸡第一声，征车欲发角三鸣。寒天历落星犹烂，旷野熹微火独明。使事难徐千里近，君恩已重一身轻。风餐露宿元吾分，敢向傍人说旅情【按："傍"亦作"旁"】。"金昌集《燕行埙篪录》

金昌集《二道井有胡儿携猿而至》："怜尔如何落塞城，也应怀土似人情。客窗明月愁无寐，莫送巴江下泪声。"金昌集《燕行埙篪录》

金昌业《次大有》："远从巴峡到辽城，相失前林父子情。聪慧翻为胡竖捧，故山何处断肠声。"金昌集《燕行埙篪录》

金昌集《次大有小黑山韵》："投店先题马上诗，夜寒深炕设行帏。胡儿莫向窗边闹，故国方思梦里归。"金昌集《燕行埙篪录》

金昌业《原韵》："尽日驱驰又阅诗，更深困卧下虚帏。隔窗终夜闻喧闹，卖酒胡儿不肯归。"金昌集《燕行埙篪录》

十一日（庚申）。

晓大风，至朝少止，午后复大作，人不得开眼。自小黑山行三十里，至中安仅朝饭，又行三十七里至新广宁宿。平明发行十二里羊肠河，水颇大，而有木桥，东西人家共百余家，亦有店房。又十八里至中安堡，村落仅数十百家，入汉人王五家朝饭。主人年可五十许，言自辽东移居于此。因言："辽东即你们住的。"见余豹裘在炕上，即取而穿之曰："好，好。"余问："你见俺们冠服如何？"曰："好。"遂脱帽，指其头有所言。使申之淳问之，以为渠父亦曾着网巾戴笠云，初称满州人。诘问然后，始告以实。问前后之言何异，则以为先世虽汉人，既为今皇帝所属人，岂非满州。因言渠方属八高山，军兵云无得言。渠先到，则主人馈以烧酒及面，而不索价，房钱亦不争多少云，此亦不易也。自昨日见医巫闾山，至此已近，而会尘沙蔽天，不得详睹。历于家垈、旧店里、二台子、鞑子店、大旧家、新店，至新广宁。路中始见橐驼，其高仅一丈，身瘦头小，项细而下曲，行则随步伸缩，头如羊，足似牛，而蹄薄小在毛底。背有两肉峰，自成鞍，而前峰有毛散垂，如马之有缨。其峰肥则硬起，瘦则软伏，故胡人常饲盐，盖以食盐肥也。以索穿鼻而制之，缺则改其穴，其力任三马所载，其行似迟而疾快，马不能及。此物出沙漠，军行运辎重，莫利于此，故为蒙古重畜，其直多至一百七八十两银云。生人近则鼻喷黄水，臊臭不可近。见胡骑百余屯于野中，张两翼向前，有围绕之状，俄而疾驰合击，不知追何兽也。相去稍远，不能详见，可恨。未到察院一里许有川，大如我国松溪，似是闾山之水也。望见旧广宁城及北镇庙在前，使行皆由旧广宁而行。自癸丑年始改路，移察院于此云。宿驿丞崔姓人家。金昌业《老稼斋燕行日记》

金昌业《次伯氏自小黑山过羊肠河韵》："自问吾行有底忙，扶衰万里犯风霜。秦关汉月徒盈瞩，羌笛燕歌谩断肠。"金昌业《燕行埙篪录》

金昌业《宿新广宁》："始识巫闾面，纔违小黑山【按："纔"亦作"才"】。民居尚繁盛，城垒尽荒残。遍野知胡畜，逢人羡汉冠。广宁寒夜永，雄剑谩频看。"金昌业《燕行埙篪录》

金昌集《次大有宿新广宁韵》："秣马闾阳驿，十三何处山。荒台烟已断，废堞雪惟残。天意轻神器，人情想大冠。垅头夜夜色，欲向戍楼看。"金昌集《燕行埙篪录》

十二日（辛酉）。

晴。自新广宁行三十八里，至闾阳驿朝饭。又行四十里，至十三山宿。昧爽发行一里许渡一河，过兴隆店、双河堡，凡十余里，又渡两小川，似皆闾山之水也。到壮镇堡，城堞犹存，城外有佛寺，亦有人家，而极萧条。望见城上立数三儿童，意城内亦有人家也。是日天清，路上见日出，日轮倍大，光芒四出，荡漾如海，盖野旷而然也。驿卒辈言，在前所见尤奇，不止此云。过常兴店、三台子，至闾阳驿。人家极盛，而土屋居半，大屋或前檐覆瓦，而后皆土涂，或加石灰其土，尤可异者。上平如床，而绝不漏。问诸胡人，以为皆海土，故密而不漏云。过此以后，绝无草屋，非瓦则土也，至关内皆然。此处城堞，残异特甚，见人家墙壁，皆败砖也。路中遇四胡骑马，各臂一鹰过去，后有数胡领去。令申之淳言于麻贝辈，使鹰少住一见，以为到前站当令见之。到三台子，麻贝奴迎谓曰："鹰在此矣。"余遂入店内。四鹰列坐一架，而二白二黑，其大如鸢，悉以皮囊冒其头，其目皆黑。余曰："鹞也？"胡人曰："然。"次通官文二先与领鹰胡人同在一处，问曰："朝鲜地方亦有此乎？"曰："亦有。"二先曰："朝鲜虽有此，而必不解驯之之法也。此处则捉兔，而虽不获，亦还就于人，终不远逝云。韬其头者，不令见物妄翔，所以远来而不病也。"二先以其家属在凤城，故自北京来见而归，适遇行次同行。路傍【按："傍"亦作"旁"】有两儿驱羊百余首而来，齐首如一，无少参差，可异。闻市面美，使厨房买来，细而纫。此处面皆小麦粉，而其味殊胜于荞麦。朝饭遂行，过二子台、三子台、四子台、五子台、六子台，凡四十里，至十三山入察院。所谓十三山，在大路傍【按："傍"亦作"旁"】，去院数里而近。山不甚大，而拔出野中，四无村麓，如置怪石于庭，或谓闾山余麓，非也。其峰大小不一，数之亦不止十三，而石色欠秀润，此则似坐于无树，然大抵近见，不及远望之奇，比之凤山，不啻低数层矣。有两人各携一猿而来，二黑犬随其后。其犬如猫，遂招入，使呈其技。各出红衣穿其猿，一人敲锣叫声有所云。于是，两猿各自开椟出胡帽戴之，人立回旋。既已又喝声道辞，则两猿皆脱其帽，又于椟中，出假面着之。一双髫童子，一美须长者，童子持尘，长者伛偻扶笻，相与回旋。既已又皆脱去，更着女人面，一女有愁容，持巾时时作拭泪状。既已又脱女面，更着甲冑，跨木马持兵器，作击刺状，回旋数次而止。其行止以锣声为节，此似皆仿戏子，而不知其演何本也。胡人所道之语，亦似戏子唱曲矣。又使两犬驾车，车上作屋设帷，大与犬称，驰走庭中，回转中规。又以筛轮四个周回置地上，相去丈许。胡人敲锣，有所云云，其犬从轮外转一周而止。乃竖一轮为门，犬则从轮外转一周后，即从其门出。再竖一轮相对，犬又穿过两轮而一周。于是尽竖四轮，则犬悉穿四轮。又以四轮连排如串字样，犬则从四轮一直穿过。又以四轮相比如连环状，犬乃曲腰转折，东入西出，西入东出，尽轮而止。又以三轮相连，加一轮于其上如山字形。犬则先穿边轮，又穿中轮，而即又腾身跳入其上轮而出，其一边亦然。其回旋出入，悉如人意，而一不触动其轮，每回一次辄卧，闻锣响徐起而行，意甚闲暇，尤可异也。两胡各与扇纸烟竹以送。贵同自沈阳以后，无马步行，至是病脚，载雇车。有卖紫虾醢者，即我国所谓甘冬也，醢中所沉瓜绝大。察院炕小难容，余出宿村家。书状在私寓，遂历见。有一胡儿在其前，眉目可爱。书状言："此乃主人之子，而能解文字。"故招来，而所戴不好看，去之矣。余遂脱耳掩加于其头，使示其家人,其儿笑而入,俄而出来。余问:"你父母见之,以为如何?"曰:"以为好矣。"遂携归所寓。问你祖先衣冠:"其制如何?"答曰:"生在晚不知。"问俺们衣冠:"你见如何,好笑否?"答:"不敢笑。""实说无妨。"答曰:"衣冠乃是礼也,有何笑乎?"问:"你先世有官爵否?"答:"乃是贫贱人。"问:"你姓甚名谁,年纪多少?"答:"贱姓张,名奇谟,年纪十五岁。"问:"你父母俱存,兄弟几人?"答:"我父母俱存,兄弟三人。"问:"你读几本书?"答曰:"书俱完。"问:"你先生姓名?"答:"振先。"问:"剃头尔意乐乎?何不存发如我们?"答:"剃是风俗,不剃是礼。"问:"前年锦州地方有海贼,你曾闻否?"答:"听得。"问:"贼数多少?"答:"只听得,不知有多少。"问:"如今贼在何处?"答:"听得说在海岛上。"以一火铁与之,书示曰:"此物虽微,亦表吾情,别后见此无忘。"答:"不忘老爷送火镰之情。"问:"明春回还到此,你能来见否?"答:"千里送鹅毛,礼轻人义重,怎么不见?"问:"这句语出何书,是俗语否?"答:"是。"问:"你读书要做甚么?"答:"考相公。"问:"相公是秀才否?"答:"是。"问:"你父亲是秀才否?"答:"是。"问:"何讳?"遂书"文衡"二字。问:"此村亦有鞑子否?"答:"无有。"问:"你们与鞑子结亲否?"答:"夷狄之人怎么合我们中国结亲。"问:"我高丽亦是东夷,你看俺们亦与鞑子一样么?"答:"贵国乃上等之人,鞑子乃下流之人,怎么一样。"问:"你知中国与夷狄有异者,听谁说?"答:"在书,孔子之言'吾其披发左衽'矣。"问:"鞑子剃头,你们亦剃头,有何分别中国夷狄?"答:"虽我们剃头有礼,鞑子剃头无礼。"余曰:"说得有理,你年少能知夷狄中国有别,可贵可悲。高丽虽曰东夷,衣冠文物皆仿中国,故有'小中华'之称矣。今此问答,泄则不好,宜秘之。"夜深罢。余以清人为鞑子,而奇谟认以蒙古,故其答如此。问答时有一少年在傍【按:"傍"亦作"旁"】,闻剃头言,咄咄作慨恨声不已。问奇谟此为何人,答是主人家。问做何事,答庄家买卖人,俄闻之则乃甲军也,不以实告,其意可知。金昌业《老稼斋燕行日记》

  金昌业《次伯氏医巫闾次零沙韵》:"茫茫鹤野四无山,忽见巫闾广漠间。名列职方为北镇,雄盘辽右控秦关。驰神每阅前人记,归路思偷半日闲。贺老旧栖犹在否,高风缅邈恐难攀。"金昌业《燕行埙篪录》

  金昌业《次伯氏十三山又次先韵》:"身健犹加饭,炕寒更稳眠。驱驰敢居后,历览每思前。大漠圆胡月,荒城少汉烟。埙篪且慰意,安得废诗篇。"金昌业《燕行埙篪录》

十三日（壬戌）。

晓风作，雪下终日。自十三山行二十里，至大凌河站朝饭。又行二十五里，至小凌河站宿。平明发行，历三台子至大凌河，河水大如浑河，而不冰，有土桥。又三里至大凌河站，入汉人王姓家朝饭。主人兄俊公入来，自称秀才，以指书申之淳掌中。观其语势，似海贼事，故遂给纸笔书之。其人使闭门，而后方书，云高桥堡南十五里海岛中，有号平康王者作贼，烧劫客人船九只，皇帝送大人招安，不从。方其书也，频频回视外面，似恐人来者然。遂问其兵将数，则以为四五百人，兵器则藤牌、扁刀、火药罐云。索纸笔及扇，与之。其年可六十许，而瞻视不定，似有狂气。译辈言此人颇虚疏，所言不足信，曾前使行到此，每呈如此之言，因求某物而去。卖甘冬者益多，而味尤佳。冒雪行历四同碑、双沼站，至小凌河站，入驿丞家。内屋好，而以主人不在不许入。入廊屋，亦可过夜，而索房钱倍于他处。女人尤悍恶，触事生怒，啐骂不已。干粮马头大直以壮白纸及扇竹等物优数与之，而不肯受，其意无厌，可痛。译辈言此家自前如此，使行无不见辱而去云，遂议移入察院，而以湾裨不曾论定房钱曳入。车俊杰欲决棍，主胡出来，谓以不可开臀于庭内止之，不听，则反恳乞不已，遂不打。俊杰亦不从，自此遂帖然，房钱亦即受入，可笑。夜往见诸裨于外屋，见一册子在炕上，册面书"档"字，问其义，主胡答是文字之号也。到大凌河，厨房得重唇鱼，到此烹进，味殊佳，与我国鱼无异。到三台子店前，又逢兀喇进贡车十余两，皆载獐鹿山猪，而其笼盛者人参云。一车载生土狐，盛以木柜，一面开孔可见，状如豹而小。又橐驼四头，载杂物在店前，胡人喝声，则先跪前足，次跪后足而伏于地，又喝则复起，其跪其起皆吼，其声似牛而嘶。夜，首译入来告曰："即闻沈阳消息，团练使以初十日出去，而刷马驱人多买禁物，出栅时必生事。然则于行次，亦甚可虑。"此盖栏头之言，而首译来告使行者，意在恐动，情状可骇。李惟亮言曰："刷马驱人，设有所犯，此系行次离发后事，则有何累及之虑乎？"东和奋然作色，顾惟亮曰："何发不知之言乎？"惟亮不复言。余谓东和曰："如君言则事将如何，使臣以此革职乎？今行员译中买清马者亦有之，清马非禁物乎？此则君何不言，而独以刷马人事为虑乎？"盖东和奴及其侄女婿到沈阳皆买清马出送于团练使，故余发此言。于是东和遂沮，逡巡出去。团练使离发沈阳仅三日，而其消息追到于五百二十里之地，可谓神速。其后，凤城以刷马驱人从间道潜出事驰通义州，团练使拿囚被罪，而府尹亦至递罢，此盖栏头嗾城将所为也。夜深，两胡持马四五匹入来，乃骑铺马者也，宿外屋，诸裨遂见逐。朴东和来言："路逢沈阳章京赵三，则自北京回来，言皇帝以十月二十五日出猎于口外云。口外，即长城外也。"贵同舍车骑马入关，或雇驴，或骑干粮空马。金昌业《老稼斋燕行日记》

金昌集《大凌河感古》："停车一望动悲歌，百战山川掩泪过。党议元知终误国，虏鞭谁觉已投河。烟沈汉塞烽台废，月照胡沙战骨多。最是长城先自坏，至今遗恨咽寒波。"金昌集《燕行埙篪录》

金昌业《次大有》："行听汉语杂胡歌，败垒残台几处过。惨惨积阴蒙古界，茫茫飞雪大凌河。山围战地居人少，野遍寒芜放马多。前去更堪问往事，锦州城下血流波。"金昌集《燕行埙篪录》

金昌业《次伯氏大凌河风雪韵》："一领羊裘万里来，劲风打面雪如埃。去年东郭梅花发，深卧闲房户不开。"金昌业《燕行埙篪录》

金昌业《大凌河》："百战山河在，穷阴天地昏。冻云埋古堞，暮雪下平原。惨憯腥膻气，烦冤猿鹤魂。高丽腼面日，能过锦州门。"金昌业《燕行埙篪录》

金昌业《小凌河》："客子愁无寐，凌河曙月明。殊方身远到，战地意难平。报晓征笳咽，通宵虏马行。那堪松杏路，处处见颓城。"金昌业《燕行埙篪录》

金昌业《见猎胡》："凭凌百骑带雕弓，射兽平原白草中。合散疾徐皆有法，至今鸣镝尚余风。"金昌业《燕行埙篪录》

十四日（癸亥）。

晴。自晓风大作，日气亦寒。自小凌河站行二十里，至松山堡朝饭。又行四十三里，至高桥铺宿。平明发行，雪后山川倍觉有朔气。三里小凌河，桥水大几如浑河，亦不冰，而有桥。河边出玛瑙石，胡人拾其小者，以火石卖之。猎胡五六骑引两犬驰野中，乍近乍远，不知逐何兽也。至松山堡，城皆残夷，独北边一带犹存，而亦太半颓落。附城有一台，尚坚完，似是曾置敌楼处也。朝饭先行，登其上，城东西一里许，高可四丈。城外荒草遍地，时有放马。东北边山势周遭，而一里外山后即锦州卫，去此十四里云。南边亦有山而差远。曾见《沈阳日记》，辛巳八月十五日，世子及大君自沈阳发行，凡六日，至一横阜，望见锦州城。护行人言汉将祖大寿坚守此城，城外多埋大炮，清人不敢近。去城五里许，筑夹城围住，已过一年。柳琳在其东隅云。行过夹城，渡二川，清人与蒙古兵结阵山上，亘十余里。行过阵前，越瞻松山近七里，迤山而南，至汗阵住于阵后冈上。清人向松山城放大炮，城中亦对放，炮声如雷，炮丸大如鹅卵，屡落于世子幕次，筑土墙以蔽炮丸。后移幕次于松山西十里许拒城稍远炮丸不及处。盖汗伊移阵，故世子亦随而移也。今见地势，当日事如在眼中。小凌河西边一带，自山顶至平地皆掘堑，有若土城之状。此城西一里外亦有土城，皆清人筑围之迹也。祖大乐以总兵守此城，被围二年。至壬午二月，总兵王廷臣内应，城遂陷。城中人尽被屠杀，独廷臣亲切将官十三人不杀。大乐及军门洪承畴皆被执，祖即降，洪初不屈，后至沈阳亦降云。此地被兵已过七十年，而民物凋敝，至今未苏。烟台处处残破，瓦甓不留，当时屠戮之惨，犹可想矣，令人伤心。台上有小屋，坐一金佛，小鬼立左右。下有小虹门，门两傍【按："傍"亦作"旁"】筑垣属之城，而垣亦尽颓。虹门南立两碑，西碑嘉靖辛酉所立，是记修城也。东碑万历甲午所立，而字皆剥落，似琢之也。出西门，亦皆破，仅存其地。其外有一小庙，而佛身皆破坏，兵火之惨，亦及神佛，可悲又可笑。有两胡一路同行，忽有兔起路下，两胡抽矢欲逐之。兔截路而走，望之如飞。两胡度不可及，勒马而回。过杏山堡，堡在原上，人家仅百家，城郭残夷尤甚，只有西边一台，瓦砾中立一碑，见之，乃佛寺碑，而立于崇祯丙子也。堡后有烟台在峰上尚完，《沈馆日记》有杏山守将乞降之言，而未知竟如何也。自松山以后放马尤多，处处成群。有猎骑五人行草中，亦雪后求鹑者也。有二十辆连亘而去，所载皆獐鹿及猪。而其中四五车则以簟为套，其大可容数石，问其所盛，尽是干菌。言自沈阳来，皆大家奴进贡其主之物云。其中三车皆插小白旗，又一车槛载二豺，其状如大犬，而色黄黑。历十里河店，至高桥堡，人家亦萧条，旧城在村北二里许而尚完。三行入察院，余出宿私寓。主人姓刘，问其役，属真黄旗下军。问海贼事，与王俊公言大同小异。问此去海几里，答十余里。问锦州几里，答六十里。问我辈衣冠如何，曰："好看。如吾所着，其可谓衣冠乎？"金昌业《老稼斋燕行日记》

金昌集《次北溪松杏山韵》："古垒伤心芦荻秋，至今氛祲暗神州。两河战血寒波咽，双堡幽魂夜月愁。千古下泉偏起感，百年东土最含羞。金缯每岁徒输壑，深恨曾无自强谋。"金昌集《燕行埙篪录》

十五日（甲子）。

自高桥铺行十九里，至连山驿朝饭。又行二十里，至宁远卫宿。晓行，月甚明。行数里，忽见海水在路左西南，颇有岛屿，而东南云水，杳茫无际。至塔山后垄，三行皆停车观日出。天气清明，忽有一条气横隔日中，遂成两日，光芒相荡，诚奇观也。始焉两轮重累，引而渐长，为杵臼之状。上者渐高，下者渐消而灭。日下，我国也，望来不觉引领。南边有一抹青云横亘天际，问诸译辈，皆言是海气，余意是登莱一带地隐映如此，而未可知也。塔山民居颇盛，而城皆残破。城中有一佛寺，立两竿悬幡，以望日故也。城外店房极盛，亘一里余，名为塔山店。松杏之陷，此城守将知势不可支，率其麾下自投于炮火中，其节义凛然，而姓名不传，可惜。或云是卢象贤。自十三山以后间有冈垄，至此西北，山势渐近，其余麓散至海边，以此邱陵【按："邱"亦作"丘"】益多。过塔山，又开野，自西北至东南，几四五十里。过朱狮河、卓罗山店、二台子，至连山驿。此处亦开野，而东西山麓相环抱，其外海水也。城尽坏，只存西门，村落亘数百步皆土屋，中间一大家独覆瓦，乃皇子农庄也。朝饭于刘姓人家。酱瓮在屋里，求而尝之，味虽微酸，亦佳。主人妇女在内炕吃饭，其中一人有姿色，柳凤山见而悦之，引椅坐其门，同行指笑而亦不动。过五里河五里有一小石桥，桥上立榜，书"长春桥"三字。桥西有新造佛寺，一僧持木器立路傍【按："傍"亦作"旁"】募钱，见人辄鸣钟。过双石城，店房极盛，连亘四五百步，中有庙堂。自长春桥至此三里，而筑堤为路，两傍【按："傍"亦作"旁"】种柳，桥名似以此也。店西半里有旧城而尽颓。自双石城行十里间越两冈，至永宁寺，寺在大路傍【按："傍"亦作"旁"】。入第一门，有一金佛，过此又有门，左右累砖为墙，玲珑成文。门内设石屏，内外刻龙狮，极其精工。殿上佛像，乃观音也，佛殿后有一峰台。庭有两碑，一康熙甲子立，乡进士刘君德撰，乡进士耿生晚书。君德，即吴三桂部下配辽左者也。其文曰："宁远城东五里许，曰首山。山麓有寺，曰永宁。后依峰台，前临周道，故老传为明崇祯辛未年间，提督辽镇福宁祖公所建也。盖因其台名永宁，遂以名寺云。"一碑书重修檀越人姓名者也。中门左右各有一殿，东供关帝，西门锁。寺僧有两人在门内，请诸人坐凳，进胡椒茶，遍及从者。寺后有一峰，即所谓首山。其高数十丈，而其西又有峰对峙，其间为大路，两峰之顶皆设烟台。自双石城，冈垄重复，至此成一关隘，自此至宁远城六七里之近。在寺门望见西北远山多，其中一山特大，驿卒指为红罗山，即元顺帝走死处也。到宁远城，皆颓圮，门扇亦破。入外门一里许，又入内门，外门曰"宁安"，内门曰"东安"，皆刻于门上石面。入内门百余步，为十字街三层楼，一如沈阳之制。见祖大乐牌楼，在十字街南百步许。当街立四石柱，为三间门，高三丈余，左右差低。栋梁楣桷皆石，不假一木而成，结构雕镂之工，殆非人力所为。第一层刻"玉音"，第二层内刻"元勋初锡"，外刻"登坛俊烈"。下层列书四世职衔，左右柱刻俪句曰："松槚如新，庆善培于四世。琳琅有赫，贲永誉于千秋。"又其南数十步，有祖大寿牌楼，奇巧一如大乐之楼，而其高稍不及。第一层刻"玉音"，第二层内外刻"四世元戎少傅"，两傍【按："傍"亦作"旁"】刻"廓清之烈，忠贞胆智"八字。下层列书四世职衔，左右柱刻俪句曰："桓赳兴歌，国倚干城之重。丝纶锡宠，朝隆铭鼎之襃。"此外所书文字亦多，不可悉记，大抵皆颂美之辞也，计其功费，不啻千金。此楼一则立于辛未，一则立于戊寅。当其时，建房闯贼方充斥于东西，而大寿辈不以褁革为心，方事此役，竞奇务胜，其与古人何以家为者异矣。大寿曾祖镇，祖仁，父承训，即壬辰年与李提督救我国者也。大乐于大寿为同祖堂兄弟，父即承教也。大寿兄弟以三世将家子并守雄镇，与奴贼百战于凌河之间，功亦不少，而毕竟身为俘虏，坠其家声，惜哉。牌楼西巷中有大寿家，皆破坏，只有一屋，有老胡居之，屋后皆为种菜之地，荒凉甚矣。中门傍【按："傍"亦作"旁"】砖墙皆雕镂，当时侈丽犹可想。而曾见宋兄玉汝氏《丁丑燕行记》【按：宋相琦，字玉汝，康熙三十六年以奏请兼陈奏书状官赴燕，其燕行本事详见康熙三十六年闰三月二十九日条】，有所谓文锡亭杨嗣昌所书字大如股者，今亦无矣。门前有一牌楼，亦极环丽，而败塔殆尽，豪舍之不可久如此，可悲。此处人家市肆之盛虽不及沈阳，而城池之壮殆过之。明朝既失广宁之后，袁崇焕守此城。建奴来攻，屡见挫衂，乃行间于明朝，使毛文龙党构杀之，志士至今悲之。世传老酋来袭此城时，我国译官适到此，谒袁崇焕公，积万卷书，坐一室，城中寂然。夜深有一将入来有所告，袁公点头。俄闻城外炮声震天，见胡骑飘腾于烟焰中，或坠于城内。盖预埋红夷炮于城外，贼至而发也，虏之猛将精卒尽于此。翌朝，袁公登城临视，叹曰："杀人此多，噫！吾其不免乎！"老酋仅以身免，与数十骑走，袁公送羊酒慰之，谓曰："后勿更来。"老酋愤恚，遂呕血而死云。又李惟亮言，尝闻老译言水路朝天时，至觉华岛下陆。到此城，胡兵适至，祖大寿单骑出城，持一枪向东而去，见其勇气，虽三国时赵子龙何以加此，闻之亦令人发动。觉华岛在城南十余里，有小城在岸上，此我国人下陆处也。明末吴三桂守此城，及闯贼度居庸口。京师大震，遂趣三桂，退守山海关。三桂徒五十万众入关，遂尽弃关外。自此以西，城堡烽台少残毁者此也。金昌业《老稼斋燕行日记》

金昌业《高桥堡早发向连山途中谨次先韵》："出门霜雪皓盈衣，历历烟台月挂时。初角起人眠苦短，疏灯在店曙犹迟。征鞍句稳吟难罢，劝马声长听却悲。行念故园梅已发，天涯谁寄陇头枝。"金昌业《燕行埙篪录》

金昌业《访祖大寿牌楼》："屹屹层楼双入云，侈功嗟尔祖将军。当年不耐片时痛，今日难夸四世勋。李氏陵夷真可惜，工倕雕镂亦徒勤。凌河百战还他勇，一篑功亏竟负君。"金昌业《燕行埙篪录》

金昌业《宁远卫谨次先韵》："皇朝谬计彻重藩，坐见风尘百里昏。忍使

吾民举左衽，枉教胡马救中原。吴王部曲知谁在，祖氏牌楼见独存。悲愤填胸泄不得，仰看城郭谩伤魂。"金昌业《燕行埙篾录》

十六日（乙丑）。

晴。自宁远行三十三里，至沙河所朝饭。又行四十四里，至东关驿宿。未明发行，西门内有一彩阁在路左，制如丁字，驿卒言是戏子屋也。自是凡市镇热闹，去处多有此屋，而亦必在于寺观门前，雕甍画栋，照耀街路，中国侈靡之俗此亦可见。出城缘濠而南，城处处崩塌，濠亦湮塞。濠傍【按："傍"亦作"旁"】皆为平畴，而一处乔木森然，驿卒言此祖家坟墓也。围垣设门，门内外立三间石门者凡两重，皆不甚高大。去城半里许有水，其深过胫，而广不过数丈。至青墩台，此处去海近，观日出最好，故早发驰至，日轮方吐而为一山所遮，升数丈后方见，未能尽其奇。台后有一土屋，三行皆登其上，履之如地，而闻人在其下方睡云。台东数十步许又有一台，比烟台差小，使驿卒见之，则乃碑也。此处碑三面及顶，皆以砖筑之，只开前面，状如神主之在椟。古以碑为石阙，盖阙形如此也。来时作小札，使元建送于王宁藩，求当今文稿。元建受其答书追至，言其家似贫，而以茶果酒饼款待云。过曹庄驿有坏城，人家仅数十家而有小庙。路中西望，三峰出天际，驿卒曰："是两水河后山也，其名为三山云。"曹庄、青台之间有一石桥，水颇深。有牧马百余匹，两胡骑而随后，群马齐首而行，无小散乱，见之可异。野中牧马，到此尤多，大群多至数百匹。七里坡人家店房连亘者二里余，过此逾一冈，又见海水。无一里有盐户数户在路下，里余又有小河水尽涸。至沙河所，一名中前所也，城多颓落。城南有一重城，即所谓罗城也，无片砖，只存土筑。内城南北三百步，罗城又百余步，通为四百余步，店房在罗城内。远望内城西边有一屋特高，前立一旗竿，未知何屋也。朝饭行，历干沟台，至烟台河，水大如沙河而涸矣。人居不过数十家，而庙堂却宏丽。庙前有戏子屋半尺店，村居萧条。望海店在原上，见海尤阔。店房连亘几三百余步，旗榜颇侈，庙堂亦宏丽。曲尺河水尤浅狭，亦有小城尽颓，村店数十家在路傍【按："傍"亦作"旁"】。店南冈上有一烟台，四围有城有堑，其形稍完，遂至其下周览。三里桥亦在原上，路傍【按："傍"亦作"旁"】三十余家，檐楹整齐，东庙庙前亦有戏子屋。至东关驿，三行皆入城内私家。察院东有小寺，遂往见。寺前设短栅，入栅，钟鼓楼在左右，皆两檐，而金碧辉煌。过此始有正门，门有四天王，殿上佛像及十罗汉皆有精神，设彩精工，殆非前见之比。东西廊各有塑像，其中有关帝，又有一美少年僧，言是二郎神也。庭前有一碑，即康熙壬辰所立也，文即叶芳所撰，而以此处地名为三韩，未知何故也。后有一殿，而门锁，僧欲进茶，辞而归。所寓家在城隅僻静处，房埃亦新洁，过夜颇稳，是夜月色如昼。<small>金昌业《老稼斋燕行日记》</small>

金昌业《次伯氏东关驿韵》："客从东海向燕京，乡月随人处处明。卧箅关门明日入，戍楼南畔听涛声。"<small>金昌业《燕行埙篪录》</small>

十七日（丙寅）。

过叶家坟有桥，两傍【按："傍"亦作"旁"】种柳。桥东西村落店肆极盛，皆土屋，而前檐覆瓦者多。村北数百步外有古墓，前立三间石门，门外左右立华表，而去墓颇远，图局阔大，而环抱周密，风水颇佳，龙势穴法，亦似我国山。此似所谓叶家坟，而桥傍【按："傍"亦作"旁"】又有王家碑，未可知也。过口鱼河，水甚浅，但有一层冰布地耳。有小城皆颓，只存东西门，城外村店八九家。载谷车相续于道，盖今年关外大熟，而关内人多，谷价常贵，故商贾皆贩谷关外，卖于关内云。至两水河入私寓。自一台子路傍【按："傍"亦作"旁"】尽生酸枣树，至关门皆然。汉人黄得才，即宋兄所寓主人也，使译辈问其存否，为县丞往远方云。有卖牛黄者，而绝无真品。自中后所至前屯卫，无大野，近路皆土山，逶迤起伏，其址为平原广坂，及海而止。土山之外往往有青翠峰峦，见于数十百里之间矣。<small>金昌业《老稼斋燕行日记》</small>

金昌集《中后所途中》："深穿豺虎剑相携，倚向崆峒气欲齐。渤海缘边时近远，阴山绕漠互高低。客心靡薄摇旗脚，关路难穷信马蹄。恋阙每瞻羲驭出，蓬莱何处五云迷。"<small>金昌集《燕行埙篪录》</small>

金昌业《次伯氏中后所途中韵》："行记山川短管携，有时遐眺极青齐。峰高西北知关近，海映东南觉野低。壮志百年头满雪，浪游千里马穿蹄。吴王旧宅城中在，来问居人半已迷。"<small>金昌业《燕行埙篪录》</small>

十八日（丁卯）。

晴寒。自两水河行四十里，至中前所朝饭。又行三十一里，入山海关宿。鸡鸣发行，晓月甚明。过前屯卫，城池雄壮，一方几四五百步。从城外而过，人家颇盛，所过店房皆闭，时有灯火。过王家台有一水再渡，至高宁驿有石桥，店房皆悬灯，胡儿爇火路上，卖烧酒。半里许有古城，过松岭沟、小松岭，凡行三十三里，而天犹未明，至中前所。城颇完，一面可四百余步。城下有牛车十余辆，群胡屯聚爇火，乃蒙古也。闻蒙古虽大雪极寒，必露处，其俗然也，入域外人家。天始明晓，寒甚，须鬓霜雪皓然。朝饭行，路中望见西北山势，如万马奔腾，而长城随山转折，乍现乍隐，令人魄动。过大石桥，桥不甚大，水亦浅，两水河亦浅狭。过老君屯、王丫头店数里，取左边小路，约一里许，抵贞女庙。野中有小陇陡起，庙在其上，划石构屋。世传贞女姓许氏，名孟姜，其夫范郎以秦时筑城卒，久未归，贞女寻至此，闻其夫死，遂哭而死。后人即其地立庙，塑一女子，两童子侍立，左者持伞，右者持带。两童即贞女之子，而伞像行具，带像其夫所常服，而女持来也。庙门刻"圣之贞"三字，左右柱刻"秦皇安在哉，虚劳万里筑怨。姜女未亡也，尚留片石流芳。"傍【按："傍"亦作"旁"】书"宋文丞相天祥书"。庙内碑板，题咏甚多，不可尽记。后有小殿，供金佛，守庙者亦僧也。佛殿后有一层岩石，石有贞女足迹，傍【按："傍"亦作"旁"】刻"望夫石"三字。岩上旧有小亭，今颓，石扁在地，"振衣亭"三字宛然。登此见长城横张西北，而东则大野茫茫，亦非小观也。自庙西行一里许出大路，八里堡前也。路上两烟台东西相望，一方一圆，而方者特大。去关门益近，自此望见长城益壮，跨壑缘峰，万雉峥嵘。而城外冈麓高处，皆置烽台，多不可数。路中逢一女骑驴垂面纱而来，衣袖宽，裳褶细，而前三后四，是汉制也。到关门外，左右有市肆，车马骈阗，卖酒饼者甚多，亦有卖书画者。入路南人家，厨房进薏苡粥，余休于佛宇中。俄而，译辈来言可入关，遂入关。门有两重，门皆有楼，而内外门各有濠及瓮城。城高可四丈余，外门楼二檐，内门楼三檐，极其雄壮，而颓落殆尽，草生其上。内楼西边有扁曰"天下第一雄关"，世传李斯笔，而非也。瓮城内石面刻"威镇雄边"四字。至外城门，人马填塞，三行皆驻轿。盖我国私持马及刷马人辈皆先入，而门内有城将点阅人马，故内外填咽，出不得入不得者。移时衙译追至，以鞭乱打我国人马，尽驱出。于是使臣始得入，是为罗城也。门内车马塞路，仅以穿过。城将坐路傍【按："傍"亦作"旁"】，遂下马而过。车上有二女同载，衣裳之制，如门外所逢者。一女美而垂面纱，一行皆注目。自外门至内门数百步，而人家栉比。渡大石桥，乃内濠也，水深广如湖。岸有一家，粉墙雕窗临水，绝萧洒。入内门，又有城将坐路傍【按："傍"亦作"旁"】，点视人马。城中市肆之盛埒于沈阳，而士女都冶，衣服鲜华，则又非关外所见也。至十字街，街楼亦壮丽。从南门出去，副使书状皆随来，为见望海亭也。南门外连有人家，寺观亦多，路傍【按："傍"亦作"旁"】畦畛井井，皆是菜田，有已落种者。菜圃间时有土堆累累，皆坟墓也。村儿十余人，叫高丽而来，令善兴突前大叫，张两手为执捉之状，群儿皆惊走，其小者跌而复起，或有啼喊者，一行皆大噱，群儿始知为戏，或笑或骂。行六七里，已见望海亭出半空。又行数里入一城门，穿过小巷，登石梯数十级。亭在其上，长城尽头也。楼下洪涛舂撞，南面而视，水天相接，无一点岛屿，此乃渤海也。北则群峰重重矗立，其外盖大漠也。缥缈奇壮，不可名状。我国岭东亭观，如丛石、洛山者，眼界非不阔远，而犹无如此气像也。楼凡二层，下层曰"知圣楼"，傍书"康熙十年重修"。上层内外皆有匾额，内曰"望洋舒抱"，傍【按："傍"亦作"旁"】书"己未春西湖尚标题"，外曰"海岳朝宗"，傍【按："傍"亦作"旁"】书"己卯春闽中梁世懋"。楼中题咏甚多，有一诗曰："尝闻诗人长十丈，始知今日长十丈。若非诗人长十丈，何缘放屎此壁上。"盖讥拙诗题壁者，可为一噱。亭前有三碑，在东者大刻"海天一碧"四字，傍【按："傍"亦作"旁"】书"万历己丑监察御史吴逢春书"。在西者一刻"一勺之多"，一刻"瀚海奇观"，笔法皆不俗。亭西有一古碑立城上，即天顺七年癸未兵部主事杨琚《观海亭记》。观海，即亭之旧号也，《癸巳日录》所云。由前庭出小虹门，下石梯，梯下有碑阁，刻四大字，而石刓已甚，只卞"天开海"三字。自此垒石作台，台上穿二穴，下通于海，以为用兵运粮之道。过此又出虹门，下石梯，梯下筑台，一如上台，而不穿穴，即城尽处。盖亭在大海头，而自亭下筑石作台，截入于海台之左右，挟以城堞，若甬道状者，今悉依然。而其庭前虹门及碑阁皆坏，台上二穴亦不见，是则想已填塞也。台南小虹门今犹在，而其外城之若甬道状者，中间十余步崩塌断绝，其尽头不可复进也。"天开海"下一字细检之，似是"岳"字也。其楼中匾额，如"海天一览"及三韩朱国楫所书"彼岸先登"，"万历甲寅王致中所撰澄海楼重创碑"范志完所书，"扶桑幻象"等书亦旧有，而今无矣。楼重修已过四十年，楹桷窗槛多颓落，恐不能久，可惜。亭之东壁出一小虹门，其外有胡梯可登，而颇腐败，人皆危之。余遂先登，于是诸人皆上来，相与眺望称胜。楼中多游人题名，金德三诸人亦书姓名于其间。还下循堞徧行，俯视城根，颇有岩石错峙。筑城处似皆山脉，世传魏公镕铁灌海中，筑城其上，未必然也。自亭至关门十里，而从城上而去，城广三丈许，内外皆有堞而多坏。去亭五里有一城，附长城而筑，方百余步。南北两面有门，是名南翼城。翼城北城之坏断者数十步，世传吴三桂初引清兵入关，清兵疑其诈，令毁城为路，三桂遂役万人毁之，于是清兵乃从关门而入，此乃当时毁处云。是日无风，海面如镜。望西南间，时有远峰出烟霭间，百里外山也。欲少留观落日，而以早发远来，人马皆饥疲，遂还。复从南门入，南门亦有楼及瓮城及濠，以察院方修改寓于私家，房钱多至正银三两。以此处皆汉人，不肯借家，故自前如此云。夜来卖书画者极多，其人多是秀才。其中兰亭墨本颇佳，而索价过多。又有饮中八仙帖、花鸟帖、山水簇，皆是俗笔。唐白虎【按：即唐伯虎】水墨山水，范凤淡彩山水，米芾水墨山水，亦皆赝作，米芾画讨银三十两。余于粉帖上仿其笔意涂抹，书三十两三字于其上，群胡大笑。其中一人举止稍雅，年可四十余，自言是廪庠生，遂延坐炕上，问其姓，答姓郭，字廓庵。问："廓庵是表德是号？"答："讳如柏，号新甫。"以字为号，以号为字，有未可知也。问："先祖有官职否？""古明指挥同知。"问几代，答十世。问："俺们衣冠，你见可笑否？"答："各朝制度。"其人曰："邸中近体。"余问近体是何语，即书曰："体即作也。"余遂觉其求见所作，而一路吟咏，率多触讳之语，故遂以东关所作一绝书示，其诗曰："客从东海向燕京，乡月随人处处明。卧算关门明日入，戍楼南畔听涛声。"其人见诗，点头吟讽，又熟看。余曰："熟看何意？"答曰："意欲一和。"遂索纸，使傍【按："傍"亦作"旁"】立少年书之曰："文物衣冠莫如京，愿随骥尾启文明。未窥全豹偶相见，可忆当年弦诵声。"语虽生涩，而寓意似不偶然。少年即其子也，年方十九，而眉目清秀，笔法虽生，而却不俗。使人张纸，执笔柄之端，立而书之，亦不易也。以笔墨各一与之，固不受。欲与其子，亦不许。诸人再三言之，始许。余曰："今日卒卒未究，待过年回来，更欲请教，可乎？"答曰："明春，我皇上开万寿科，不日携子上京。"问："然则往北京相会如何？"无答。夜深遂别。金昌业《老稼斋燕行日记》【按：郭如柏（1657—1732），字新甫，康熙甲午举人。性孝友，习《易》工《诗》，制义尚清真，于王守溪、唐荆川为近。尝辟《颜氏家训·教子篇》云："须知孝从畏慎来。"又云："读《内》则尝疑骨肉之间其礼太烦，今读至'不可以简，简则慈孝不接'，始豁然。"其生平学问务实大率类此。积书数千卷，每闲居静坐，焚香瀹茗，评论古今如置周秦两汉间。读书不事寻章摘句，所挟皆古人精髓，每下笔语不惊人不止。考取内阁中书，未供职卒，著有《慎余堂时艺》。金昌业归国后曾寄书一首于郭如柏曰："榆关山气秀，其士复如何。易讲义文熟，诗凌鲍谢多。襟情寄高远，容鬓任蹉跎。试看传神处，飞鸿天际过。"（《榆关郭举人如柏以目送归鸿小像诗遣示求和，遂次其韵》）】

金昌业《自两水河向中前所行四十里始明》："鸡鸣两水河，月照前屯卫。驱车旁濠去，隐隐见睥睨。""明灭城下火，知是蒙古宿。投店天始曙，凝霜满面目。"金昌业《燕行埙篪录》

金昌业《到山海关关门扁曰"天下第一关"》："第一关开正向东，地形人力两夸雄。山如万夫从天下，城引危谯入海中。肩镬终归大盗有，杵锥闲费几年功。腥尘尽日胡车塞，默立濠桥忆魏公。"金昌业《燕行埙篪录》

金昌业《次伯氏山海关谨次先韵》："粉堞华谯草尽生，尚看夷夏擅雄名。枕来渤海为天堑，俯视阴山察虏情。秦政可言无远略，李陵终惜堕家声。潜身不敢悲歌放，恐遭胡儿识此行。"金昌业《燕行埙篪录》

金昌业《山海关》："历历山河在，悠悠男子征。驱车李广郡，秣马始皇城。带剑终何用，吟诗但不平。未知燕市士，能复记荆卿。"金昌业《燕行埙篪录》

金昌业《次伯氏望海亭韵》："雄城枕海嵘东偏，上置层楼势屹然。云映登莱知几里，山低鞑鞨见三边。腐儒始识乾坤大，胜览仍将感慨连。朱槛碧窗无守者，败碑惟认大明年。"金昌业《燕行埙篪录》

二十二日（辛未）。

晴。自沙河驿行四十九里，至榛子店朝饭。又行三十一里，至丰润县宿。晓发行，过三官庙、马铺营、七家岭。天始明，过新店堡，堡在山坡，有小城，城门石扁书"新店堡"三字。城内人家不过四五十户，西门外亦有村店数十家。干河草村店数十家，皆庄家，自沙河至此，凡二十六里，而皆冈陇，路多登降屈曲。过新平店，村落四五十家，亦皆庄家，粪堆益多，亦有车运者，皆路旁枯荄连土者也。见村中有俗名假中树，使元建问其名，答以椿木。过此又开野，榛子店烟树在望二十里也，野皆良畴，田间往往有坟墓，村落之盛可知也。过扛牛桥，桥高水深。未至榛子店一里，有石桥曰青龙桥，水颇大，桥方改造。桥旁有一庙，金碧耀耀，亦似新造也。店有城，东西约四百步余。东门有小楼，上供一塑像，未知何神也。城中央当街又有一虹门，凡小城皆有此，盖亦仿十字楼也。入客店朝饭，戊午岁，江右女子季文兰为胡人掠卖往沈阳，到此书一诗于店壁，诗曰："堆髻空怜昔日妆，征裙换尽越罗裳。爷娘生死知何处，痛杀春风上沈阳。"至癸亥冬，息庵过此见之，诗尚在，诗下又有小序云："奴江右虞尚卿秀才妻也。夫被戮，奴被掳，今为王章京所买。戊午正月廿一日，洒泪拂壁书此，唯望天下有心人见此，怜而见拯。"下又书"奴年二十有一，缺三字，秀才女也。母李氏，兄名缺数字，国府学秀才。"下缺，亦不可记。末书"季文兰书"。问主媪，具言五六年前沈阳王章京用白金七十买此女，过此悲楚黯惨之中，姿态尚娇艳动人，垂泪书此。右手稍倦，则以左手执笔疾书云。曾见此说于《息庵集》中，今来此处地，不觉依然，遂次其韵书壁上曰："江南女子洗红妆，远向燕云泪满裳。一落殊方何日返，定怜征雁每随阳。"下书"朝鲜人题"。金昌业《老稼斋燕行日记》

金昌业《榛子店次季文兰韵》息庵赴燕时到此店，见壁上有江右女子季文兰手书一绝曰："椎髻空怜昔日妆，征裙换尽越罗裳。爷娘生死知何处，痛杀春风上沈阳。"览之凄然，遂步其韵》："江南

女子洗红妆,远向边云泪满裳。一落殊方何日返,定怜征雁每随阳。"金昌业
《燕行埙篗录》

二十三日(壬申)。

过高丽堡,村前有水田数十亩,渡江后初见也。传言旧有我国人居此地,故以高丽名村,水田亦其所为云,但此不知何时事也。草里庄小店八九家卖酒饼,皆草屋也。自高丽堡至此,丘陇陂陁,过此复开野。四里许渡一水,水冻涸。过软鸡堡、茶棚庵,有数间小庙,庙旁有酒饼店数家。至沙流河,人家连亘二百余步。入一家朝饭,门左右店房内有三间屋,以板墙遮门,墙面以墨画松鹤,笔法不俗,问作者,乃此处画工云。壁间多书画,而皆陋拙无可观。有一绝句曰:"草阁散晴烟,柴门竹树边。门前有江水,常过打鱼船。"清新可咏,而笔甚拙,不知何人所作也。金昌业《老稼斋燕行日记》

金昌业《和伯氏高丽堡作》:"草屋柴篱烟火疏,门前稻亩水平渠。村名不必烦相问,景色依然是我居。"金昌业《燕行埙篗录》

二十四日(癸酉)。

过二里店,现桥、小桥坊,有河水颇大。自蜂山店至此路皆傍山,而山多石骨,往往丑怪,山麓及村落间庙极多,不可胜记。小桥坊四五里有一山,是为翠屏山,不甚高大,《水浒传》所谓杨雄杀潘巧云处也。山下有两石人,世传以为杨雄、石秀之像也,斯未必信然,而亦古物也,其制甚朴,像面目而已。山有松林,而山脚坡陁,路在其上者数里。自此至蓟州十里,而转一隅可望其城。城西北皆大山,峰峦重复,东有河水,即渔阳桥,南则大野也,形势极其雄伟。自过翠屏山,舍大路,迤西北行五里,至渔阳桥旧桥石,而因水道移,今在岸上。其下百余步有土桥,河水大于混河,小于滦河,而水色混浊不见底,莫测其深浅也。此水一名龙池河,一名渔水源,源出芦家岭口舍黎河,径玉田入白龙港。又三四里渡大石桥,亦古物也。又一里许至城,即南门也。门凡三重,第三重有楼,城高几比沈阳,而城中市肆不甚盛。入城数百步为十字街,楼有两榜,一书"古渔阳",一书"东京锁钥"。十字街西边跨路有牌楼三四重,而石础皆高壮,雕刻精巧,非他处可比。其中一楼刻"皇明大司成国子祭酒"九字,而其下漫灭,不可见考,《癸巳日记》以为成宪云。近西门有一虹门在路北,即独乐寺也,此处无察院。自前使行入此寺,虹门内又有门,门内有二层楼,榜曰"观音之阁",笔势飞动,世传李太白笔。下层榜曰"慈悲大士殿",殿内有立佛,高六七丈,即观音像也,金身

作被锦状，设色精工，垂左手持瓶，举右手当胸持数珠状，若生动。殿西复壁中有板梯，向北上数十级抵壁，复转而南上十余级始上楼。楼皆铺板，空其中央，傍【按："傍"亦作"旁"】设栏槛，佛身出其上肩，与槛齐而顶柱屋梁，头上四围，附有小佛十二面，眉目悉如大佛。观者循槛回转，在下仰视，未觉其高，至此见之，始尽其状。自肩以上犹二丈许，其长可推也，或云六十七尺。楼上又有挂佛一躯，长丈余，侧卧榻上，覆以锦被，见之悚然不可近。楼之南北皆设窗，窗外有栏可凭，一城皆俯临。城中人家不甚稠密，空墟几居三分之一。城周可八九里，而间有新筑处，盖关内城池，近年颇修缮云，未知其何意也。寺南数百步许有一塔正与楼对峙，其高可与白塔上下。站台有侧柏一树，亦古物也。有左右月廊，即十王殿。后有四角亭，亭后又有一殿，皆不暇入见。最后有一屋，即僧辈所居也，庭际颇旷，屋凡三间，中供佛，西边有室，室中什物皆华整。主僧顽甚，拒而不纳，久乃许之。然炕小不可并卧，余入庭下东边屋，乃厨房也，炕陋且过温。小沙弥方炊夕饭，以唐米入釜内，煮一滚取出，倾去其水，复以米安釜内，覆以陶器使不透气，釜上又加盖，盖即箅也，遂更爇火，少时开之，饭成矣，取饭尽盛于器。又于其釜煮豆腐羹，先以小甫儿盛饭及羹，托以一盘出去，此则进主僧者，然后分馈诸僧，饭随吃随加，多或至四五次，通计其数，几至七八合米也。厨房买酒来，其味颇佳，而犹不如沙河之酒。译辈自前到此，令初行者出银，盛设酒馔，谓之初行礼。一行尽欢，亦以三器馔送余处，一器鸡卵煮煎，一器鸡肉汤，一器红柿【按：即"红柿"】、葡萄、山查【按：即"山楂"】、柑、梨等果。柿【按：即"柿"】大于我国柿数倍，味亦佳。葡萄则我国所谓紫葡萄，而其味倍佳。○蓟州本秦汉渔阳郡，魏晋属幽州，隋初徙玄州于此，后复置渔阳郡。唐置蓟州，取古蓟门关以名，天宝初改渔阳郡。胡元初复为蓟辽，置尚武军。宋改广州郡，金属中都路，元仍为蓟州，大明因之。彭宠、安禄山之反皆在此地，盖恃渔阳突起，天下无敌也。金昌业《老稼斋燕行日记》

金昌业《次伯氏独乐寺韵佛前有彩花》："寺在唐时创，人从海外来。千年金佛卧，腊月彩花开。览古城池壮，凭高世界恢。前街多美酒，痛饮向燕台。"金昌业《燕行埙篪录》

金昌集《蓟酒》："曾闻蓟酒最清新，玉盌今倾竹叶春。莫向兰陵论色味，醉来均忘异乡身。"金昌集《燕行埙篪录》

金昌业《和大有》："归期知亦在明春，客里那堪见岁新。倒尽千钟蓟州酒，异乡宁作醉乡身。"金昌集《燕行埙篪录》

二十六日（乙亥）。

过邓家庄、习家庄，自此已望通州城外人家。过白河，河广可百余步，以冰渡，缘岸行。河中大小舸舰停泊者无数，上下十余里樯竿如簇。近岸有一舟，登之，船长八九丈，而上以板为屋，两旁设窗槛，屋凡八九间，而每间隔以板为房，底亦布板，为上下层，下层极深，用梯上下。邻舟之人见吾行，多出见，往往有妇人，似是全家在船者。曾闻南方商舶到此者，船中什物多精丽，至有书画花竹，见此不尔。元建言南舶皆归，此则似是此处商船云。船尾插风旗，如我国之制。白河源出塞外，经密云南，至牛栏山与潮河合流，至通州入直沽，一名白遂河。河抱城而流，城外人家皆临水，望之如画。自河岸至东门一里，而城内外街路皆铺石，市肆连亘，车马骈阗，大略如沈阳，而瑰丽倍之。路旁一家檐间坐鹦鹉，遂下马见之。其大如鹯，尾长嘴短，背绿胸黑，脚与嘴亦皆黑，其足两趾向前，两趾向后，主胡教以语曰"客来"及"拿茶来"两句，语颇分明，每语时必缘架腾跃，以嘴数数咬架，然后发语，甚有努力之状。其架以铁为之，如镫子状，左右柱附小器，一盛绿豆，盖鹦鹉性嗜绿豆也。鹦鹉坐两器之间，左右饮啄，其态甚躁。又以小笼畜野鸟者往往而有。又有一人在街上，手书坐椅读之，众人环听，所读似是小说。又于路旁设榻展红纸书字者，相望皆为人受价而书春帖，笔法不俗。入城内，路左有画器铺，遂下马见之。三间大屋，各样器皿充栋盈架，形色种种奇异，不可名状。其中有大器，经数尺，高亦如之，厚寸许，外面所施彩画极其精丽，问其价，一双讨四十金，申之淳、遇阳两人随来，见是器，皆艳叹不已。小香炉二只，制雅而价廉，遂买之。画器铺比屋者凡六七家，而纱窗画屏，极其绮丽。有街上持杂物旗麾者相属于途，凡椅桌帷帐器皿等东西，或担或挈，其数无虑数十对。俄有一少年乘彩轿，其后一老妇人乘轿随之，问市人，以为新婚者往妇家，而老妇人即媒婆云。至察院，在城东北隅，而馆宇敞豁，三行同入。次通官文二先入，送鹦鹉，其状亦似街上所见者，而不能语，盖是雏之新长者，未及学语云。胡人持书画杂物来卖者颇多，其中紫檀笔筒及紫檀香盒最佳，而其价亦多。香盒，其制方如小柜，中分两格，藏烧香诸具，上有耳可提。所谓紫檀，非我国之紫檀，乃白檀之紫者，出于南方，而尤贵于白檀。伯氏入正堂东炕，余宿西边月廊，而窗无纸，以纸帒遮之。夜中大风作，甚寒，仅仅经夜。通州，秦属渔阳郡，汉置潞县，至隋、唐废入涿县，复为潞县，五代及辽因之，金升为通州，取漕运通济之义，大明因之云。金昌业《老稼斋燕行日记》

金昌集《通州》："密迩王畿扼远陲。百年形胜壮城池。千樯贾舶通吴楚。万户人烟杂汉夷。日出市楼分锦绮。风轻街陌扬帘旗。繁华不减当时盛。独有山河举目悲。"金昌集《燕行埙篪录》

金昌业《和伯氏通州作》："通州三面带长河，天下舟车辐凑多【按："辐凑"亦作"辐辏"】。锦缆亘堤停越舶，朱楼夹路倚胡娥。雕笼处处调鹦鹉，金市垂垂系橐驼。独有东人穿葛屦，顾瞻周道叹频过。"金昌业《燕行埙篪录》

二十七日（丙子）。

自庙行一里，入朝阳门，即北京城东门也。门楼凡三檐，皆覆以青瓦。瓮城上亦有楼，二檐覆青瓦，而四围不作栏槛，以砖筑堵，中开炮穴，此所以蔽内楼者，所谓敌楼也。曾闻使行到城门，常为车马所塞，半日始得入，今来却不然，盖以远近贡献商贩趁岁时入京者，尽于廿六日前入去故也。城内大路广仅七八十步，比我国钟街加三分之一，左右市肆却不甚华丽。入门三里许有十字街，东西南北皆有牌楼，是为四牌楼，楼傍【按："傍"亦作"旁"】书以履仁街。入东牌楼，出南牌楼，行数里望见城门，是为崇文门，即都城东南门也。未至门数百步许，折而西行一里有石桥，即玉河桥也。路傍【按："傍"亦作"旁"】有三间大门，谓是皇子家门，有三四胡佩剑踞长凳，以枪槊插于架，弓俗矢服皆挂门旁。过玉河桥数百步许至馆。馆在路旁北边，通官辈皆在大门内以迎，使臣举手为礼而过。入中门，门内有东西廊屋，皆崩塌，此员译辈所处也。又入一小门，始有正堂及左右月廊，而庭宇荒凉，尘土满屋。向夕，风不止，日极寒，一行无依着，栖遑靡定，愁痛可知。伯氏入正堂东偏室，室有南北二炕，伯氏处南炕，余处北炕，窗无片纸，外面遮以纸俗及黍干，后用纸涂之，糊冻不粘，风辄振之，旋付旋坠，艰难弥缝，仅仅经夜。副使入中，有一老僧迎坐炕上，点茶以待，问其年，七十二云。余率元建、善兴、贵同先行观东岳庙。庙在路正门前，东西跨大街有两座牌楼，极其壮丽。两楼内外俱有榜，一曰"太虚洞天"，一曰"三清上界"，一曰"永镇国祚"，其一不记。南边又有牌楼与门对峙，是则用白石构成如金碧，尤极瑰奇。正门内左右有二层钟鼓楼，过此又有三间大门，左右有夹门，入此有大殿，其檐两重，皆覆以青瓦，扁曰"岱岳之殿"。殿中塑像具衮冕，泰山之神也，左右侍卫仙官共有十余人。殿内麾幢掩映，所供器玩皆奇异。殿中夹悬一琉璃灯火，桌前有铁釜，可受数十斗油满其中，以此燃灯，昼夜不灭云。正殿左右附以翼屋，状如鸟之垂翼，属于左右月廊。其下门也，月廊，东西各四十三间。其北头折而属于正殿旁翼屋者各十余间，南头折而属于门之两旁者又各十数间,一间可十二尺,前皆有楹,人在东西廊相望,仅下【按:当为"辨"】面目,度其远近,可八十余步。正殿及四面月廊皆石砌,高与肩齐。殿前站台,长广可数十步,其南端置一香炉,高三尺许。月廊亦每间各置一炉,皆插香,烟气满庭,庭中碑碣多不可胜。见皇帝所书碑,在左右庭,覆以黄瓦屋,赵孟俯【按:即赵孟頫】书在东庭云。从翼屋下,入去其内,又有大殿,扁曰"育德之殿"。殿内两塑像并坐,一丈夫,一妇人,或云是泰山神之爷娘也。自前正堂西边室中堂,积置方物。书状入东边月廊,厨房入西边月廊,军官入于内门外西边廊屋,与员译同处。金昌业《老稼斋燕行日记》

金昌业《次伯氏东岳庙次雩沙作》:"礼秩尊为五岳宗,普天香火竞移东。清高帝座珪璋特,拱卫神官剑佩同。炉气洞门深瑞雾,麾幢上界满泠风。修廊复阁行难遍,半日停车若梦中。"金昌业《燕行埙篪录》

二十九日（戊寅）。

晴,朝极寒,晚少弛,留北京。通官文凤先送切饼一盘,我国所谓造岳亦在其中,见之依然。金应瀗入送葡萄、乳柑、山查【按:即"山楂"】、梨、柹【按:即"柿"】,皆如新摘。乳柑似柑子,其味甘酸适中而水多,以乍冻味稍减,而犹非我国柑橘之比。梨大如拳,小如鸡卵,色黄,皮薄肌脆,嚼之无滓,味殊佳,但近淡。柹【按:即"柿"】,其形高而大,如我国柹【按:即"柿"】皮厚,而味却好。山查【按:即"楂"】大如李,多肉而少蠹。朴东和、崔寿昌亦以各色果子次第入送。其中有甘橘【按:即"柑橘"】,而味皆别。申之淳入送连皮炒栗,其味绝妙,盖我国皮赤栗之类。以各色果子积于左右,令人倍忆儿辈。食后,通官引一行往鸿胪寺习仪。寺在礼部东边门内,有八面阁,阁中设御榻,榻上立一牌,金书"皇帝万岁万万岁"。胪唱官二人分立左右,三使臣立西庭北向立,军官、译官二十七人分三行立于使臣后,于是胪唱,清语也。通官立于使臣之左,以我音传之。凡三跪,而每跪三叩头,是谓三拜九叩头也,若少参差,则令更为之,如仪乃已。夕,往见书状。夜入岁馔,三使臣率员译下庭行跪叩礼。岁馔例自光禄寺备送,而至深夜不来,提督使通官迭往催促,然后始来。馔品恶,器数亦减于前,通官辈亦有不平底语。三使臣各一桌,桌四十五器,器锡,而其大倍常碟。其馔皆糖果之属,其中有五花糖,以炒豆糁粉,染五色为之,全无甘味,他物大抵类此,肉则只有熟鹅一头而已。员译许共送二桌,亦追后而入。领来官员例有礼单,遂给之。通官辈言明晓当入阙,可早起整齐,再三申饬而去。自昏后城中发纸炮,彻夜不绝。玉河馆三面皆高墙,南边是大路,而又有人家隔之,举头无所见,但闻往来车马声而已。东墙外有一小庙堂,立一竿悬红灯,自是日始然,至二月乃止。一行员译入来,行过岁问安出去,意思倍悄然。自是日给一行粮馔柴草有差,上副使同,次书状官,次大通官三人,首译一人,上通事各一人。次押物官二十四人,军官员译是谓正官三十员,其从人三十员皆有所给。此外人马粮草亦皆计口而给,人米一升,马豆四升,草二束,每五日粮馔,大通官领来,而干粮军官、译官同首译受而分之。下辈人马料,皆湾上军官次知分给。而此处斗斛倍大于我国,故给以我升,取其赢余,与行中一二人分之,自前如此,而事殊无据,故今番则令尽给,下辈皆悦。金昌业《老稼斋燕行日记》

金昌业《除夕》:"燕馆投来岁亦穷,夜深孤坐烛花红。同来火伴相劳苦,共说家乡若梦中。"金昌业《燕行埙箎录》

金昌业《次伯氏除夕韵》:"门外车声隐隐然,坐知行乐异方偏。联床玉馆怜今夜,秉烛青轩忆去年。椒盘寂寂谁相颂,枥马萧萧总不眠。半夜鸿胪来致宴,谩教群仆饫腥膻。"金昌业《燕行埙箎录》

康熙五十二年（1713/癸巳）

正月

初一日（己卯）。

朝鲜国王李焞遣陪臣金昌集等表贺冬至、元旦、万寿节，及进岁贡礼物。宴赉如例【按：参见康熙五十一年十一月初三日条】。《清圣祖实录》卷二五三

五更，衙门入呼军牢促入阙。余烹饭方食，译官又入，告以时晚。伯氏即出，余着衣而出，则门已闭矣，通官尽随使行而去，但留甲军，从门隙招甲军开之，甲军不听。适译官李惟亮老病未赴阙，来门底谕甲军，甲军欲得面皮，许以一扇，始开门。使元建守房，只率善兴、贵同出大路。路中人往来不绝，间有乘轿者，轿后皆悬灯，赴阙官也。善兴持烛笼前导，错过了东长安门路口，至礼部前始觉之。乃循宫墙而行，灯忽灭，夜黑不知所向。适前有持烛笼而行者，从其后出大路，是东长安门也。门外人马轿子充塞，而门内持烛笼往来者不可数矣。余下马随善兴入，行百余步，路折而北，五石桥并列，桥南左右立石柱，此所谓擎天柱也，夜暗未详其制度，其高可四丈也。过桥入一城门，是天安门也。门如桥数，而门深几三十步，马头俊元以伯氏命来迎门内。行百余步又有一城门，其制如天安，此端门也。入门百余步，三使臣列坐于西庭，余就坐伯氏后。东西庭文武官列坐者不知其数，烛笼或来或去，而笼上各书官名，班列严肃，不闻喧哗之声。通官辈坐于使臣不远处，使译官进清茶于三使臣，继送驼酪茶一大壶，使臣不肯进，余曾知其味佳，连啜二钟。坐久，东方始晰。钟声出于午门内，而声甚数，众官齐起整班，皇帝为焚香出庙堂也。殿庭人除官员外，甲军皆驱出西门外，余遂出坐地上。群胡环立侏儸，莫晓其言，而时闻"甚么官"三字，或以灯照面而视，尤可苦。有间皇帝出而门开，余乃入。问皇帝出时威仪，言黑暗中，与诸骑俱过前，有灯笼一双而已，余无所见云。译辈谓皇帝入时不必出，可

117

以黑衣混众观之，通官言盖如此也。余乃脱裘坐伯氏背后，独遇阳将见逐，上通事张远翼遂脱其帽掩加于毡笠上，以此得免，可笑。持鼓角挟御路而立者，东西各三十余人，皆身着朱衣，其文黄，头帽状如毡笠，而覆以红丝，丝上插黄羽。鼓十二，角十二，太平箫五六。天明，仪仗自端门入，其数不多，先过曲柄黄雨伞，又过交龙旗十余，而持旗者皆骑一旗，似领一队兵，而远莫能数。旗至左右，鼓角一时齐鸣，鼓甚壮动地，乐声乍高乍低，乍缓乍急，有曲调，而与我国军乐异，闻之甚怕。辇至，百官皆起，进数步而坐。辇后骑者百余人，而无行伍次第。辇入午门，百官退入东西月廊，通官辈引使臣亦退入于西月廊。午门外左右各立黄屋车二两，而轮辕赤，屋制圆大可一间，四面周以栏干，容人环行，皆以金玉珠翠饰之。辕后欹插黄旗，旗上绣十二龙，以真红丝为緅，其大一围系于轴，如船缆垂其端于辕，所以引者也。皇帝乘是车，则侍臣立左右，御者在前，象以驾之云。俄而，五象自端门入，望如丘山，皆着金鞍，覆以黄帕，鞍上竖金柱，高可数尺，所以系緅者也。每象人坐其项，以挠钩钩而制之，所谓象奴也。胡人云象顶被钩血出，而见星则疮合，盖谓经夜辄瘳也。象至午门外，分立东西庭，左三右二。其中两象最大，高可一丈许，长视高加尺余，鼻长至地，左右牙五尺余，眼小仅如牛目，唇在鼻底，尖如鸟喙，耳大如箕垂向前，行则动，浑身灰色，毛浅尾秃若鼠然，耳与尾皆裹以青布。数人抬一大横，置象前开之，有羁靮之属，以柘黄丝织成组，缕金为饰，嵌以青红珠，珠大如枾【按：即"柿"】，以此遍络象身，人上下其背而不动。将刍束投其前，象以鼻取而内卷，渐上入口。象奴禁人不得近，问其故，言象恶，生人近辄挥鼻击杀之云。军官、译官皆具冠带，余服色与奴辈无别，而以着豹裘，且有从者，胡人多目之，遂脱豹裘，却从者，混下辈周玩。有问者，对以帮子。帮子，此地人奴称也。有一胡书金德三掌，问三使臣齿爵，又及余。余目德三，德三答以不知，而再三诘问，德三乃以话不懂塞之。德三问其官，对以小官。胡人常时所服皆黑色，贵贱无别。至是日，皆具冠带。所谓冠带，有被肩、接袖、马踢胸【按：即"马蹄袖"】等名。其帽顶带版、坐席、补服各以品级不同。盖帽顶以衔红石为贵，其次蓝石，其次小蓝石，其次水晶，其次无衔为下。带版，玉为贵，其次起花金，其次素金，其次羊角为下。坐席，有头爪虎皮为贵，其次无头爪虎皮，其次狼，其次獾，其次貉，其次野羊，其次狍，其次白毡为下。夏则三品以上红毡，四品以下皆白毡云。补服，文禽武兽，悉遵明制。里衣，其长及踝，狭袖而阔。裾表衣，其长至腰，两袖及肘，是谓接袖。圆裁锦幅，贯项加肩，前后蔽领，是谓披肩。披肩及表里衣皆黑，而其绣以四爪蟒为贵。补服在表，束带在里。文武四品以上，方许挂数珠拴马蹋胸。马蹋胸，未详其制。此等服色虽非华制，其贵贱品级亦章章不紊矣。我国自谓冠带之国，而贵贱品级之别，不过在带与贯子，至于补服，不曾分文武贵贱，副使亦用仙鹤，与伯氏同其文，紊乱可笑。此处人身材长大，姿貌丰伟者居多，而顾视我国人，本自矮细，又道路风尘之余，三使臣外率皆黧黑。所穿衣帽，又多来此而贳者，袍则长短不中，纱帽宽或至眼，望之不似人，尤可叹也。午门外西庭有一砖台，即观日影处也。日在辰，百官出自左右月廊，至午门外东庭跪而叩头，盖先贺皇太后云。礼罢，引百官入左右掖门，门在午门东西，东班从左掖，西班从右掖，使臣亦从西班而入，余随至门而止，不知门内何如，而午门洞开，直见太和门，太和殿前楹亦隐映可见。太和殿即皇极殿也，百官入，鼓吹手甲军佩剑者又挟御路排立，甲军又驱人，余又出西门，此地盖社稷后也。西南有墙，墙内侧柏如织，中有黄瓦屋云，此斋室也。北有一带城接午门，东西头皆有三层十字阁，城高五六丈，壕阔三十步，两傍【按："傍"亦作"旁"】皆甃石，凿冰而汲，可知其水深。城濠之间有大路，人多往来。余步至城西隅向北而望，百余步有门，即西华门。城西濠外皆人家，其外又有一重宫墙云。在濠上徘徊，有一胡自城隅小屋出，请余入。屋中又有二胡，要余上炕，向火劝茶与南草，意颇款曲。问余何官，以帮子答之。壁上挂十余人所佩弓剑，此似军堡也。少顷，还初坐处，门尚未开，卖酒面者多集。良久开门，余复入，诸胡分东西庭次第出来，帽顶多红珠，而谛其面貌无特异者。三使臣未及出，余先出端门外，西月廊开一小门，向内视之，多种侧柏，即社稷前庭也。门扁书社，左又以清书题其傍【按："傍"亦作"旁"】，内外诸门皆此例也。天安门内亦有擎天柱一双，其石类我国忠州石，而色纯白如玉，上下刻盘龙，甚奇巧。桥左右又有一对石狮子如活，桥下水不动色黑，不知深浅，而泛舟可达通州云。甲申李自成入西长安门，至承天门左右，眄指其扁曰："吾射天字，占得天下。"射之，乃中天字下，愕然失色。其相牛金星进曰："中天字下，即中分之象也。"自成投弓而喜。承天，天安之旧名也。两象各驾黄屋车自天安门出，向东长安门，又二车皆驾六马，众人引其緪而靡及象行，可知象力大也。少焉，三使臣始出，伯氏少休于擎天柱下。余问朝仪于褊裨辈，曰由右掖门而入，其中黑暗，西入北，折而出。门内有五桥，左右月廊各有门，西曰协和，东曰雍和。度桥又有一门曰贞度，此太和门西挟门。门内即太和殿庭，南端对立曲柄黄凉伞一双，阶上竖黄盖三双，阶下立金鞍马六匹，其次竖红黑盖，其次列各色烛笼，其次竖黄红黑白旗八十，或以金织成龙，或画日月星辰，或书门字,皆朱竿画龙。其次竖金椎金钺之属,鼓声出而鸣鞭三,所谓跸也,声振阙庭。传言皇帝升榻,东西班皆跪,殿内立庭诸王立阶上。俄而,胪唱一声,东西班皆跪,殿上一人高声读文,乃陈贺表也。读毕,乐动太和门楼上,其声仿佛我国乐,而音节少促。东西班随胪唱,三拜九叩头,起伏齐整,无少参差。礼罢退仗外,通官始引我一行立西庭八品前,行礼而退。跸声又三发,皇帝入,殿深未能睹皇帝出入状云。前闻朝参后例行茶礼宴礼。癸巳、癸丑两年,先君子日记有参茶宴礼之语,而癸丑则使礼部尚书引先君坐太和殿内赐酒,此固别举。然若宴礼乃例行之事,而近来废之。曾于太和殿前十二炉烧沉香,今亦无此事,意皇帝尚俭,惜费而然也。盖论宫阙制度,太和殿前有五重门,第一太和门,第二午门,或名五凤门。第三端门,第四天安门,第五大清门。门外数百步有正阳门,此城门也。自太和至正阳,其直如绳,辟则内外洞然,无所回曲。大清门内左右月廊各百余间,天安门内左右月廊各二十二间,中间各有门,左通宗庙,名曰庙街门,右通社稷,名曰社街门。端门内左右月廊各四十余间,而北头有两门,左阙左门,右阙右门,阙右即驱出我辈之门也。南头有两门,右曰社左门,左曰神厨门也。北京宫阙,永乐所创,而甲申经李自成火烧后颇重修,而制度皆旧也,壮丽整齐,真帝王居也。午门制度,城高可四丈,东西六十步,中有三虹门,门楼凡两层九间。门左右城折而南出,各六十步,其折处止处皆有三层十字阁对峙,即阙也。门楼与十字阁之间有阁相连,皆黄瓦。十字阁加金顶其上,色特烂然。曾闻此非金,乃风磨铜,即外国产,贵于金,磨风益光故云。阁制奇巧,乃如画中,丹青少渝。端门天安门楼,亦皆二层九间。大清门独一层,而三门皆闭,惟皇帝出入。天安大清之间左右有西长安、东长安两门,此百官通行之门也。东长安槛与栏皆以砖为之,译辈云:"此门照火星屡灾,故不用木。"阙庭自大清以内尽铺砖,而砖皆侧竖,胡人驰马其上,故砖皆缺而凸凹,极难行。自长安至午门三百余步,年老使臣难于步入,今行副使亦休息而出。曾有一名官以书状至,蹒跚不能步,通官督入,译官解以病,则通官怒曰:"汝国岂无无病人,而送此犬雏耶?"其人素以多气称,到此颜赤,译辈传咲至今。出东长安门还馆,日几午矣。吃朝饭困睡,至晡而起。承文院书员姜遇文来言,西墙外蒙古方吞虱,余往墙底,累鞍为梯,据而视外,即空地也。蒙古共有数十幕,而一幕八十余人,其人皆广颡,异于清人。衣裘弊污,不似人形。一胡方脱衣扪虱,得辄吞之,尤可丑也。然吞虱,非但蒙古,汉人亦然也。橐驼百余头,又多骏马,今番蒙古四十八家尽来,住于他处者亦多。女人又有来者而适不见,闻其衣制如胡女,头髻类我国,但便旋

不避人，盖去禽兽无远矣。厨房进岁馔汤饼，味恶不堪吃，盖因水恶，亦无案而然也。金昌业《老稼斋燕行日记》

金昌集《太和殿》："苍茫禁树尚栖鸦，五凤门前烛影多。警跸三声舆已度，贺班千部剑相磨。金羁驾辂悲唐象，玉柱擎天泣晋驼。莫向寿山回首望，朔云边雪暗嵯峨。"金昌集《燕行埙箎录》

金昌集《元朝志感癸巳》："元朝玉河馆，何事倍凄然。小弟初生岁，先君远役年。衔纶吾最感，周甲尔堪怜。当日思归咏，心摧第四篇。诗中有'三儿在抱提'之语。"金昌集《燕行埙箎录》

金昌业《次伯氏元朝志感韵癸巳》："先君曾此役，往迹尚森然。岂意燕山馆，重逢癸巳年。天时谩回复，行色自伤怜。独有埙箎咏，相将和旧篇。"金昌业《燕行埙箎录》

金昌业《元朝》："玄帝烧香晓出宫，钟声先动午门中。云随骑去晨光黑，尘逐旗回旭日红。纵戒重瞳毋妄语，宁忘北地树奇功。可怜天下无豪杰，万国终然拜跪同。""毡车银烛织通衢，五凤门前起晓乌。画鼓动天旗入阙，金鞍立仗象随奴。殊惭季札来观乐，谩忆荆卿奉献图。宫殿连云增感慨，擎天柱下独踟蹰。"金昌业《燕行埙箎录》

金昌集《次大有元朝韵》："岿然曾是大明宫，天子旌旗满眼中。讵复衮衣瞻八彩，但见胡帽散千红。笙镛迭奏非周乐，城阙犹全总汉功。玉帛旧庭腥秽遍，却惭周币亦来同。"金昌集《燕行埙箎录》【考证：以上诸诗以"元朝"为题，皆述太和殿上朝拜康熙皇帝时情景，约作于正月初一日。】

初七日（乙酉）。

食后，罗延人来画像，彩色断手，全不近似。此本乃正面，故令更写视面，则请持归其家，设彩而来。然观其画法太妍，少生动底意，似非高手也。赠我一书帖，即清朝节妇曹孺人墓志，而翰林学士胡希恩撰，兵部侍郎宋俊业篆。翰林院待诏曹曰瑛书。孺人辽东人，年十七，为马尔吉图之妻。吉图死，孺人年才二十九，子女三人，皆未去怀。无敛葬之具，卖家与田产，以尽送终之事。忍耐十九年饥寒，务治女红，长子女毕婚娶，邻里以其节操闻于朝。旌门，孺人父以宝坻县屯长卒于任所，从俗火化，权厝于廨舍之侧。未久孺人母亦死，葬于都城之东，将移父骨合窆。数年，其兄又死，孺人泣曰："父母生我四人，一兄一姊早卒，一姊虽生，贫且老，父母合窆之事，其谁诿乎？"遂即日与其姊往宝坻廨舍，皆鞠为茂草，而葬时不封不树，又几六十年，无路可寻，孺人悲号吁天，祷于鬼神，周行察视。漫占一地曰："掘此。"未数锸，骨瓶在焉，归而将与母合窆。孺人转念曰："马氏墓在城北，葬我父母于城东，则不久鬼其馁。"而乃得新阡，与马氏山相望。合窆曰："吾子孙祭吾时，当不忘吾父母。"孺人于其家作一精舍，朝夕焚香于佛像。将死，以平生衣服遍赐婢妾，呼子孙亲戚作诀，而言语了了，不少异于常时。孺人生于顺治丙戌，卒于康熙辛卯，享年六十六岁云。罗延言曹曰瑛即己之亲党，故得此书以来，书晋体，篆亦善，其意似欲传孺人行迹于外国，而亦夸其文与笔也。书状见伯氏来，坐余炕而去。金昌业《老稼斋燕行日记》

金昌业《次伯氏谨次人日先韵》："家在东郊掩草扉，玉河深锁对斜晖。羁怀悄悄鸦皆度，乡信茫茫雁未归。错料英豪隐屠肆，慢教儿女泣闺闱。应知邻曲皆相待，春动桑田戴胜飞。"金昌业《燕行埙篪录》【考证：诗题曰"次伯氏谨次人日先韵"，约作于正月初七日。】

初十日（戊子）。

东行百余步，路左有高门屋，覆以鸳鸯瓦，此中之法，公家寺观及诸王驸马家外不得用雄瓦，意此必非常家，而未及问。过其门数十步，有一胡追到，称家主请来，问家主何如人，其人言官人，见之可疑，而彼既相请，亦欲一见其家。回马到其门，有小丫鬟见余来，即入去。俄有一小胡出中门迎入，庭颇宽屋大，见东边小门有三四女人立观，向者丫鬟亦在其中矣。至中堂而无迎之者，小胡揖余入东室。其中有人面貌俊秀，年可三十，揖余坐炕上方席，而自踞炕沿而坐。余危坐，其人屡劝平坐。又一少年自内持笔墨出来，引椅坐炕下，年可二十五六，面黳麻而瘦，眉目少有清气，出红纸写字，先问余姓名。两人皆前，揭见余内外衣服，皆木棉，问："贵国布好，有可卖者否？"余答："无持来者。"又问："以我笔墨纸，欲换贵国笔墨纸，何如？"答："笔墨不必换，当觅送。"少年闻之有喜色，又问："贵职何衙门？"答："我无官闲人。"余问姓名，写李字。问何衙门，言《一统志》纂修官。又问余解作诗否，答粗解做句。少年闻之，即入内，出黄红两色笺置余前，令写近来所作，余辞以不好露拙。少年曰："不妨。"余写除夜所作一绝曰："燕馆投来岁亦穷，夜深孤坐烛华红。同来火伴相劳苦，共说家乡若梦中。"少年见之有喜色，书曰："似唐人语。"因言："君与我为友何如？"余笑曰："不敢仰攀。"少年曰："不必过谦。"唤丫鬟进茶，即外门所见者。少年复入内，持来木瓜一个置余前，示七绝一首，其诗曰："嘉品从教不耐春，旧时香气尚清新。怜他投赠非容易，莫把琼琚别报人。"又出律绝数十首，印纸共二丈，称己所作。诗精工，两纸皆有跋，亦当今名流所作也。一丈书"高阳李元英作"，一丈书"诵芬斋李元英作"。元英即少年名，高阳姓贯，诵芬斋其号也。余有所携酒欲饮，遂索杯，主人出二瓷杯，色黑若漆，画以金，制造奇异。斟烧酒于杯，色鲜可爱，自引一酌后劝主人。主人问何酒，书示"烧酒"二字，乃饮，因请送于内，令从者尽倾榼与之，可一大杯。余又与大药果二个，问其名，书示"油蜜面"所作，则少尝之，并与烧酒入送，又与江瑶柱干鳆各少许，皆不识，问其名。房东北隅有小户，少年由此出入，开户时，见黑裘映户傍【按："傍"亦作"旁"】，似人窥。东壁挂一画障，障下置桌，桌上置书十余匣及水仙花一盆。余书问："贵府有兰花否？"少年答："有一二盆。""其价几何？"答："此花只好在此，不可取去。"问："何言不可取？"答："风气不同，恐不活也。"余云："曾亦取去矣！"少年问："能活否？"答："花亦着矣。"少年出示桌上书一匣，题以《佩文斋广群芳谱》，是乃皇帝新编之书，凡花药菜果草木之属，靡不录栽培之法，古今人诗亦合载，皇帝诗亦在其中，序亦皇帝所作。后见畅春苑所出给之书，皆书"佩文斋"，盖皇帝斋号也。是书凡四匣，合二十卷，而卷厚字细。又有一书求见，抽示之，是《左传》也，册样亦如群芳谱，而粉纸点朱衣以黄纸，此亦皇帝所纂也。要借群芳谱，遂与一匣，云待看了即还，当以次送之。金昌业《老稼斋燕行日记》

　　金昌集《立春日》："旅馆居然见立春，思归转觉客愁新。频招译舌探消息，几日应为上马人。"金昌集《燕行埙篪录》

　　金昌业《次大有》："客里光阴已立春，东风归思不禁新。遥怜儿女青门外，挑得蒿芽忆远人。"金昌集《燕行埙篪录》

　　金昌业《次伯氏立春日杂咏韵》："我生孤露几逢春，瞻彼蒿芽岁岁新。今日远游肠更断，倚闾谁念未归人。"金昌业《燕行埙篪录》【考证：昌集诗题曰"立春日"，昌业诗为其次韵，诗云"旅馆居然见立春""客里光阴已立春"，故以上诸诗作于是年立春日即正月初十日。】

　　金昌业《次李元英韵》："霜园老果见方春，落在樽前色渐新。造次相投休望报，琼琚元不在他人。""玉河东畔去游春，邂逅诗朋结社新。窃比波斯能识宝，莫言明月暗投人。"其于言愿为朋友云。"海外狂歌五十春，交游常恨白头新。谁知今日金台畔，邂逅输肝剖胆人。"金昌业《燕行埙篪录》

　　金昌业《感怀》："来见秦皇万里城，九原回首忆吾兄。壮游历历归谁语，一曲渼湖舟自横。"三洲亡兄送人赴燕诗曾有'不见秦皇万里城，渼湖一曲渔舟小'之语。"吾弟平生慕荆轲，青霞奇气鬱难磨。今来击筑悲歌地，头白愚兄忆尔多。""万里携来百句诗，天涯展看倍依依。遥知雪岳千峰夜，板屋寒灯梦我时。"金昌业《燕行埙篪录》

金昌业《次伯氏偶吟韵》:"头白无端入异乡,玉河馆里送年光。盆花黯黯看将谢,盘菜青青见渐长。雨露松楸违万里,陂池竹树忆东冈。归期远近凭谁问,分付邮人且进觞。"金昌业《燕行埙篪录》

金昌业《访三忠祠》:"行至一古庙,乃是三忠祠。愀然起我感,下马为踟蹰。庙中纶巾神,知是汉丞相。右有袍笏人,左有披甲将。两人问为谁,含笑尽如生。是则南宋臣,信国与鄂王。三人同其志,旷世相与邻。祠傍【按:"傍"亦作"旁"】一老人,为余指而云。嗟神所遭世,千秋犹裂肝。庙貌却夷然,仰望益敬叹。始知大英雄,气象皆安闲。伟哉宇宙间,乃有此等人。成败与利钝,陋矣不足论。胡尘塞天地,三光久无色。香火遂寥寥,古殿皆颓落。庭中万历碑,剥落无人读。而我是远客,偶来涕横落。无物荐微诚,抚剑空踯躅。"金昌业《燕行埙篪录》

金昌集《大有访三忠祠而余独不得往寻感而赋之》:"谁开庙宇古燕城,遗像宗臣最肃清。涅背精忠嗟枉死,捐躯义烈耻全生。英雄异代皆衰运,香火同祠并大名。天地即令氛祲暗,三光独向此间明。"金昌集《燕行埙篪录》

金昌业《次伯氏谨次暮景先韵》:"落日古时城,愁云满眼生。无人侠士窟,何处望诸茔。霸业今难问,悲歌空复情。胡儿他自得,道上鼓箫声。"金昌业《燕行埙篪录》

金昌集《玉河馆感怀》:"东来冠盖入燕都,触事那堪感慨俱。三世使星前后继,百年文物古今殊。敢言专对追先武,但把遗篇验旧途。不肖纵惭多忝坠,橐中应复越金无。"金昌集《燕行埙篪录》

金昌集《谨次旅味先韵》:"古馆何荒落,淹留视似家。床容老奴鼾,背忆小孙爬。水味终难近,尘容不复华。偏憎胡译慢,有乞辄称爷。"金昌集《燕行埙篪录》

金昌业《同次大有》:"异域虽云乐,何缘似我家。饭生沙共咽,衣久虱盈爬。照镜颜皆皱,梳头发尽华。归看小儿女,定不识渠爷。"金昌集《燕行埙篪录》

金昌集《谨次月夜即事先韵》:"墙头风色市帘斜,墙里愁人费独哦。深瓮检方初酿酒,小钟循俗漫呼茶。羁心夜向燕山月,归梦春过鸭水波。屈指东还寒食后,故园松菊问生涯。"金昌集《燕行埙篪录》

金昌业《同次大有》:"玉河馆里日西斜,独把羁怀寄苦哦。同伴时来投异果,前街乍出遇清茶。金台草遍无遗址,易水天寒不起波。满目山川徒感慨,我行还悔到天涯。"金昌集《燕行埙篪录》【考证:金昌集下诗题曰"上元谨次先韵",以上诸诗约作于正月初十日至十五日间。】

十五日（癸巳）。

朝，厨房设盘果以进，药饭能成样，可喜。朴得仁入送各色果子造果饼饵之类，中有我国干钉。其果有所谓文丹者二枚，盖柚柑之类，而其大如碗，以绳围而度之，为布尺九寸五分，其味甘酸适中，水极多，诚珍果，但比柑子瓤甚厚。又入送鹿尾，炙之，少味，似是经久而变也。食后，书状来见而去。○曾闻中国上元，灯火极盛，视墙外人家，无悬灯处，或云如我国灯，皆悬于屋内，自外不可见。各色火炮，家家皆放，此亦名灯，而人物、禽兽、草木等各样物逐焰成像，其价多者数百金，皇帝所赏直【按："直"亦作"值"】千金云。在墙内望见，时有火焰直上空中，若神机箭，此即火炮也。夜深，鼓乐车马之响，纸炮之声如昨，而无由出见，令人极郁郁。皇帝在畅春苑与诸王设宴观灯，蒙古王亦参云。副使军官崔德中因汲水出游正阳门而归，所带驿卒有所买，为甲军所捉，告衙门，行中告使行杖其人，然自是汲路复梗。
金昌业《老稼斋燕行日记》

金昌集《上元谨次先韵》："南冠病客骨棱棱，面壁真如入定僧。四海今宵同见月，中原旧俗又观灯。窗间烛影偏岑寂，门外车声自沸腾。故国纸鸢能带信，东风关岭度千层。"金昌集《燕行埙篪录》

金昌业《同次 大有》："深居不复下床棱，牢落情怀似病僧。岁后人家皆放炮，墙东佛宇每悬灯。愁听门钥关偏早，闷见薪刍价苦腾。闻说城南有古塔，望乡思上最高层。"金昌集《燕行埙篪录》【考证：昌集诗题曰"上元谨次先韵"，昌业诗亦为次韵，二诗有"四海今宵同见月，中原旧俗又观灯""岁后人家皆放炮，墙东佛宇每悬灯"语，约作于正月十五日。】

十九日（丁酉）。

余行从西门出，市肆繁华倍于通州，百货充溢不可胜记。行数百步，有石栏大虹桥，是濠桥也。过桥，五间牌楼跨桥而立，碧瓦丹柱，极其侈丽，匾以金字，书"正阳门"三字，右傍【按："傍"亦作"旁"】有清书。牌楼内外数里之间皆是锦彩铺，过此则杂货与饮食之肆也。大街左右亦多歧路，纵横相通。街上车马塞路，难于穿去。刷马人赶载桶马在前游目，不防马蹄触市上，饼饵尽散，其人只收其器，不发一言，令人愧服，欲杖驱人，一市人皆挽止。当街设簟屋，用红纸为牓【按：即"榜"】，或书神相，或书子平，或书占筮，据桌而坐者十余人，桌上皆置书册笔砚，盖卖术之徒也。众人围拥，中有踞凳读书者，似通州所见，是收直于听者也。又有无匣弊书堆在路上,皆小说,是则似为取直于读者而置也,就视之,皆名未曾闻者。市肆既尽路,东西皆有朱垣,东天坛、西先农坛也。天坛垣外,尽树黍秆篱,问其由,则以此地多西风,故路中沙土随风来积,以至埋垣,设此所以障也。篱高几二丈,而沙积其外者半焉。先农坛不受风,故不设篱,地势然也。天坛门以砖筑成,覆黄瓦,门扇红漆,兽环鼓丁皆镀金。凡三门皆闭,傍【按:"傍"亦作"旁"】有夹门,人颇出入,余遂请于守者入去。门内皆空旷之地,向东行三百余步又有门,制如外门而亦闭,守者在门傍【按:"傍"亦作"旁"】小屋中,外门守者入来言之,有一老胡出而揖曰:"此乃禁地,外人不可入。"而立门内远望,却不妨,遂引余辈,从夹门入数步而止曰:"可立此一看也。"东望百余步外有柏林,周围数百步,中有三层圆阁,金顶彩瓦,高入云霄,第一层瓦似紫,而迥不可辨。柏林南有一黄瓦殿,而三面环长廊,此皇帝斋宿之处,既睹还出。老胡要余入其屋,点茶劝之,谢以一火铁,遂起,老胡出屋外,举手为别曰:"就此骑马可矣。"西南隅有一庙,遂入见。前后小屋重重,而多空废,正殿门亦锁。元建偶入一屋中,有道士,而曾未见我国人,见元建问何处人,对以高丽,即馈茶饭云。出外门,群胡聚路上习骑射,置一球于地,大如帽,驰马射之,衣马皆鲜华,盖城中富贵子弟习武艺者也。其中一少年最善射,屡中,又有小胡亦能射,问其年,十二云。自天坛南去数百步许,当路有两井,水极多,持桶而来者相属,或驮驴,或扁担,用辘轳而汲之。井旁小屋有守者,一桶收三钱,而于我国人不取直【按:即"值"】,屡汲,方酬以扇把云。留善兴同刷马人汲水,遂出永定门,此外城南边中央门也。自井至此一里许,而左右人家相接,间有庙堂,城外亦有人家市肆而不多。渡濠桥数十步而止,还入城,见城上车马往来,遂登焉。门楼锁,不可开,循堞徘徊,皇城内宫阙及万岁山皆见。是日风埃漫空,未能了了。而自此望正阳门太和殿,直如引绳。宫城西有白塔撑空,是太液池边所立云。城外则人家不多,皆冢墓,而间有白杨,远望大野杳茫,此走南方路也。西有大山横亘,一少年在傍【按:"傍"亦作"旁"】曰:"此西山也。"曾闻西山去燕都四十里,今看甚迩,似不过十数里地。山之前面皆土山,而后有峰峦之隐映者,燕都八景中西山霁雪即是也。乃出酒肴馔饥,问少年曰:"药王庙、金鱼池在何处?"答曰:"俱在天坛北。"药王庙、金鱼池皆见载于《大兴志》,故问也。申之淳曰:"此地我人所未到处,登城尤可怕,不如遄归。"多发恐恸之言。余虽不挠,而意思亦欠从容。自门楼从城上东行百余步,天坛悉在俯视中,其东边又有柏林圆阁,其制一如在西者,而两阁相距百余步,其南又有黄瓦殿在柏林中,一墙之内,三柏林峙若鼎足,未知为何制。外垣周可七八里，其大几倍于我国景福宫矣。先农墙内亦有两殿，其瓦一青一黄，其制异于天坛，规模亦小焉。城下小屋，守门者居之。城上往往置军铺，亦有守者，而见余辈无所禁，但见群胡来集，围匝数重。余等衣冠及所持壶筒之属，件件着眼。余以药果与一小儿，争相传玩，亦令甲军送药果于守门者。遂还到天坛前，射者犹未散。李廷基亦来，元建前年入来时识其面，与致款。使申译问其来由，对以观射而来，因问习艺之意，答曰："将以应试也。"问善射少年是何如人，答曰："是汉人，余之友也。"询其姓名，只言姓李而不言名，盖此地人不辄言名，莫晓其意也。余坐道上看射，不觉日晚，良久始归。才过先农坛，望见西边有一庙，幡竿特鲜明，忽记崔德中言天坛近处有皇帝新建庙堂可观，而未能访云，意此即其处，遂去。未至门百余步，已有香气触鼻，庙门外东西南三面，牌楼金碧辉煌，南楼内书"与天同寿"，外书"万寿无疆"，东楼内书"东华注算"，外书"蓬莱深处"，西楼内书"天竺延祥"，外书"仙境长春"。牌楼内有一小池，甃以礐，其南边剥石面曰"龟蛇池"，池东西障以垣，南北则皆树朱木栅。池上置一木炉，长六七尺，高广称之，黑漆而金画八卦，覆以簟。池北列置纸灯三座，形如圆盖，高可七八尺，灯面各标其名，有鳌山仙鹤等号。左右两头各有一盆中植纸花，其梢缚四五条卷纸，其大如指，此则花炮也，皆祷神时所烧，其火焰成各样物像云。庙门锁，而有守者，余请入见，即开挟门，门少劣容人，而既入，金碧耀眼，不可定视。此来前后所见寺观多矣，论土木之工，无如蓟州香火庵，而此则又不啻倍之。庙名斗姥宫，盖供北斗神也。殿宇凡四重，而左右各有月廊，第一殿榜曰北极殿，内安一塑像，是称斗姥君也。两壁及左右廊皆画神仙，极有生气。从殿后入一门，为第二殿，北壁以五彩画龙，守者揭之，即板也。板里有壁，缘壁为梯，守者引而上屋，梁悬彩幡无数，其端皆缀小铃，乍触皆鸣，中有塑像，而不知为何神。楼下东西有小室而皆锁，过此有三间屋，是为第三重也。左右壁皆画仙，大如四五岁儿，笔法尤奇，又挂草书二障，皆书"蔡璟"二字，未知何代人也。壁下置桌，数种器玩在其上，两傍【按："傍"亦作"旁"】列置四五交椅，最后殿供佛，左右夹室架插伞盖之属，用黄裸裹之，是为第四重也。遍看内外，还至第二殿，守者开西偏室，入其中，南窗下有一榻，上铺锦褥，其厚数寸，其上靠窗，又置小椅，亦以锦衬背。东头置小几，上有古铜炉匙箸瓶，壁间挂小瓷瓶，是插花者也。西壁挂画障，下置小桌，上有琥珀瓶一，琉璃碟一，古铜香炉一，白玉匙箸瓶一。琥珀瓶高四五寸，插纸花，玉瓶高数寸。其北壁亦画龙，守者揭之，亦板也。板里有壁，就壁设厨，上下凡四五层，上书

"长生乐"三字。其中皆藏奇玩之物,玉盒、玉瓶、玉杯、睡鸭、古铜炉、沉香、棋奁、花榈、笔筒、星星石、螺壳、海沤石,凡种种珍怪之物,多不可记,书画亦在其中。厨窗皆涂以纱,使里面所置之物尽见。而窗大小方圆只各不同,阖之,纵横成文,又使可揭。守者取出沉香、棋奁、花榈、笔筒、螺壳、海沤石、星星石示之。笔筒不加砻劚,天然可爱。螺壳光彩黯然,其大可受数合。星星石状如琅玕石而大,仅数寸,触手如冰,谓是暑月所用。海沤石仿佛我国皮工之石,不知何用,然似是稀贵之物也。又出书画。画,《山精木魅图》一轴,《清明上河图》一轴。书,赵子昂笔一轴,米芾《天马歌》一轴也。此皆御物,以皇帝所尝来往,故位置如此也。守者使其从者进茶,以一扇酬之。出烧酒药果饘饥,亦分与守者。守者又引余入东室,室中有一椅,亦皇帝所坐也。桌上置笔砚之属,而书镇削竹为之,不雕不漆。东壁下置一桌,桌上有一水晶研山,高三四寸。北壁挂吕纯阳像,以右手捻其须,须长至腹,笔法似孟永光,画上有题跋数百字,而未暇尽见,盖康熙辛未王仲盛所画云。庙左右庭各立一碑,左康熙乙酉所立,翰林侍读学士查升撰。右康熙乙亥所立,翰林侍读高士奇撰。其文概曰:"太监顾文行为太皇太后祈寿,捐私财造此宫云。"甲军以日晚催归,遂行。金昌业《老稼斋燕行日记》

金昌业《出正阳门观天坛,至安定门外而归。安定即外城城门名,去正阳六七里记沿道所见》:"白马雕弓聚如云,猿臂少年独出群。不必从人勤问姓,渠家应是故将军。天坛外,群胡习骑射,李如梴之曾孙廷基亦来其中。一少年胡人善射,问其姓名于廷基,则但言其姓为李而不言名。"金昌业《燕行埙篪录》【考证:据《老稼斋燕行日记》可知正月十九日金昌业、李廷基等在天坛外观胡儿射箭,此诗约作于十九日。李廷基为明将李成梁之后,李如梴曾孙,曾任河南信阳知州。《重修信阳县志》载:"李廷基,字慕园,奉天正黄旗人。天资颖悟,幼入胶庠。康熙六十一年,以诗文百篇进呈,蒙旨嘉奖,特授信阳牧。心切爱民,折狱明允,舆情悦服。"】

金昌业《登安定门次高适蓟北韵》:"春风满千里,登高意自哀。山河四望豁,宫阙九重开。渺渺风沙起,纷纷车马回。徘徊日已暮,怅望待谁来。"金昌业《燕行埙篪录》【考证:金昌业上诗题曰"出正阳门观天坛,至安定门外而归。安定即外城城门名,去正阳六七里记沿道所见",此诗题曰"登安定门次高适蓟北韵",亦约作于正月十九日。】

金昌集《七歌》:"有客有客东土使,樗散元非廊庙器。清时伴食竟无补,饮冰夷然任行李。长河漫漫辽野阔,远仗王灵涉千里。呜呼一歌兮歌始发,东望汉京何处是。""有弟有弟各老苍,死别生离增感伤。东郊病弟为我起,急难千里相扶将。圃阴箪瓢今安否,百渊丛桂攀援长。呜呼二歌兮歌始放,愿言思汝劳心肠。""有妻有妻头已皓,与子成言遂偕老。频年忧我病在床,一夕送行向远道。征衣盈箧手自缝,知我行迈涉寒燠。呜呼三歌兮歌三发,鹿门携隐苦不早。""有子有子何顾顾,日夕彩衣趋庭闱。天涯父子忽相别,鸭江掺袂不忍归。关山日远可奈何,登车不顾亦依依。呜呼四歌兮歌四奏,陟岵何处白云飞。""有女有女婉娈姿,信是吾家所娇儿。长女清瘦小女病,两地如何勿相思。小孙玉雪亦可念,我有琼佩将以遗。呜呼五歌兮歌正长,杏花开时是归期。""岁岁金缯输北庭,燕山十月遣使星。倭迟遵彼旧周道,我车辚辚不暂停。皇极殿前心欲碎,擎天柱下泪暗零。呜呼六歌兮歌激烈,天寿愁云但冥冥。""行人久滞乌蛮馆,思归未归归心断。东风一夜吹边柳,玉河流水冰欲泮。狐裘蒙茸谁与同,四壁愁吟嗟我伴。呜呼七歌兮悄终曲,身欲奋飞无羽翰。"金昌集《燕行埙篪录》

金昌业《和伯氏七歌》:"有客有客东郊老,十年卖瓜青门道。一朝短衣随使车,举世皆笑头已皓。卖牛已买一蒯缑,携来却挂银鞍好。呜呼一歌兮歌始发,长路漫漫暗风雪。""有妻有妻今已亡,结发恩爱何时忘。白云山中同辛苦,至今井臼留麦庄。我今头白有远游,万里谁复念衣裳。呜呼二歌兮歌嘘唏,百岁之后归其居。""有子有子凡三人,长子已死委荆榛。其余二人亦皆病,十年丧忧伤心神。东郊有田且戮力,杜门相守甘贱贫。呜呼三歌兮歌思深,归软苍苔满洞阴。""有女有女在泉台,四年不见何时回。荒榛无路积雪深,嗟汝至斯良可哀。辛勤成屋处几日,两儿婉娈俱稚孩。呜呼四歌兮歌最苦,来时泪湿长湍土。""有兄有兄隐百渊,桂树枝樛荒涂绵。出山别我何所赠,衮衮悲歌五十篇。松都秉烛至明发,嗟我此别非壮年。呜呼五歌兮歌激楚,陟冈欲望云雪阻。""有弟有弟号圃阴,陋巷栖止古人心。环堵萧然床有书,一生抱病闭门深。鸿雁于飞鹡鸰急,送我坡州逾惠阴。呜呼六歌兮歌自悲,我悔与汝生别离。""我辰何在二月二,哀哀蓼莪伊菁莪。此身无复游方恋,万里随兄入异地。天涯怵惕履雨露,节序冉冉清明至。呜呼七歌兮双泪流,渺渺平丘望松楸。"金昌业《燕行埙篪录》

金昌业《不寐》:"燕人多不寐,夜中动鼓乐。轰轰过门前,惊我远来客。音节倏悲壮,侧耳疑羽声。心动不复睡,喔喔远鸡鸣。"金昌业《燕行埙篪录》

金昌集《次大有晓吟韵》:"夜夜关鸡向客鸣,殷勤似欲促吾行。车声门外知多少,归牵何时亦出城。"金昌集《燕行埙篪录》

金昌业《原韵》:"窗前喔喔一鸡鸣,门外胡车早已行。我梦不知春夜短,五更犹在汉阳城。"金昌集《燕行埙篪录》【考证:据《老稼斋燕行日记》可知金昌业下诗《琉璃瓶小鱼》作于正月二十日,故以上诸诗约作于正月十九日至二十日

间。】

二十日（戊戌）。

甲军王四以琉璃瓶贮金鱼三头入送，余受而挂诸壁。金昌业《老稼斋燕行日记》卷一

金昌业《琉璃瓶小鱼》："鱼在小瓶里，江湖久已忘。何事玉河客，思归漫断肠。"金昌业《燕行埙篪录》

三十日（戊申）。

作书李元英，并雪花纸三丈使善兴送之，元英答之以《咏兰》一律寄来，闻余将往药王庙，言欲同往。金昌业《老稼斋燕行日记》

金昌业《次伯氏正月晦日书怀韵》："日夕归心忆汉阳，我庐东郭更苍茫。淹留但赋庞丘葛，卧起常看北海羊。瓮酿未成知水恶，河鲂已饫想芹长。还家定落春风后，会见蔷薇满架黄。"金昌业《燕行埙篪录》【考证：诗题曰"次伯氏正月晦日书怀韵"，约作于正月三十日。】

二月

初二日（庚戌）。

阴，乍雪。留北京。约李元英往观观象台太学府学，作书使元建传之，有答而诺。观象台即元耶律楚材所造，太学在安定门内，周宣王时石鼓在焉。府学在太学南，文文山庙在其傍【按："傍"亦作"旁"】，欲往观者此也。午后出前阶，柳凤山、申之淳入来少话。提督奴守门者入来，与八面烟竹，喜而去。夕，饭后见书状，遂往西庭见调驿马。首译来言皇帝将有霸州之行，霸州去北京二百里，皇帝为观鱼每年一往云。皇帝侍卫官谓之吓，而我国误称虾。是日，金应灂来言，通官见书虾字，大笑曰："满音称侍卫为吓，何可作虾字云？"今日即余之生日，作一律，伯氏和之。金昌业《老稼斋燕行日记》

金昌集《看调马》："牵出霜蹄个个轻，萧稍挼向北风鸣。邮人叱驭声俱发，忽若归车已启行。"金昌集《燕行埙篪录》

金昌业《次大有》："东风吹入四蹄轻，顾影徘徊尽日鸣。试向庭前骋逸足，何由遂作北关行。"金昌集《燕行埙篪录》【考证：《老稼斋燕行日记》言二月初二日金昌业"夕饭后见书状，遂往西庭见调驿马"，故以上二诗作于初二日。】

金昌集《次大有二月二日韵》:"吾曾见尔悬弧日,尔适随吾奉使时。孤露相看嗟老矣,昊天罔极念恩斯。虽非异域元虚度,已识兹辰自倍悲。喜报朝来惟可贺,愿同徒旅一含巵。是日闻归期似在望间,故及之。"金昌集《燕行埙箎录》

金昌业《原韵》:"五十六回初度日,四千里外远游时。斑衣戏侧思如昨,白发满头顽至斯。垂老纵成弧矢愿,逢春倍切蓼莪悲。同行且莫伤虚度,孤露从来不举巵。'纵',一作'偶'"金昌集《燕行埙箎录》【考证:金元行《从祖老稼斋公行状》云:"妣安定罗氏贞敬夫人,刑曹参议赠领议政讳万甲之孙,海州牧使讳星斗之女,以孝宗戊戌二月二日生公。"可知金昌业生辰为二月二日。昌集诗题曰"次大有二月二日韵,诗云"吾曾见尔悬弧日,尔适随吾奉使时",昌业诗云"五十六回初度日,四千里外远游时",故以上二诗作于二月初二日金昌业生辰。】

初三日(辛亥)。

余要元英同往观象台,元英曰:"观象台即我国观天象的所在关系,足下独自往看无妨,我则不便同去。虽相亲,却有外国之分,恐有傍人是非。"余曰:"既如此,固当独去,而但其地既关系重,如我外国人往看,未知如何?"元英曰:"足下独往却无妨矣。"余问曰:"太学石鼓可往见乎?"元英曰:"太学非禁地,往见无害。"余问:"即今大国能诗者称何人?"元英曰:"共有十三人,我国宰相宋卓所选《十三才子诗》今行于世,其中第一人姓名王端,江南省扬州人,癸未科状元。此人即仆受业先生,前月奉圣旨归乡矣。"余问曰:"因何事归乡?"元英曰:"同仆在内殿校书,因行步怠缓,皇上降旨罢归。"余求见其所著,其后送一卷诗赋,见之却平常【按:"王端"当为"王式丹","宋卓所选《十三才子诗》"即宋荦《江左十五子诗选》,疑为笔谈整理时有误。王式丹(1645—1718),字方若,号楼村。清宝应人。积学嗜古,有盛名。康熙四十二年(1703)状元,授修撰。参与编修《明史》《大清一统志》《皇舆图表》《渊鉴类函》,分校二十一史诸书。因其耳聋,不为康熙所喜。康熙五十二年罢官归。后侨居扬州,与乡士大夫论文为乐,士多从之游。式丹工诗,田雯、王士禛皆推许之,宋荦刻《江左十五子诗选》,以式丹为首。著有《楼村集》二十五卷、《四书直音》一卷及《灵豆录》。】

初四日(壬子)。

阴。留北京。提督人来促行,歠白粥而行,厨房随去。出馆门,通官辈已在前,三使臣以次行,军官员译若干人随其后。过大清门不下马,向西行屡折，出西长安门外，石筑御路，与东长安门外同路。北即宫墙，墙内多树林，此则太液之南也。过一牌楼，西出于通衢，路口又有牌楼，此宣武门大路云。且北行数百步，有四座牌楼，此所谓西四牌楼街也，西通阜成门，东通西安门，过此四五里，始折而西。路北有二甓塔，一九级，一七级，而其制皆古矣。度一大石桥，出西门，北西直门，畅春苑归路所由也。自西牌楼至此，可五里而近。度濠一里许，又度一桥，桥下水自西来向东北而去，深若不流，鹅鸭泛其中。是水发源于玉泉山，而内外城濠及太液池、玉河水皆此水也。路北有大寺，门上以金字书"敕建光明寺"，此前夜悬灯处也。过此则店房渐稀少，路傍【按："傍"亦作"旁"】多坟墓，往往亦有人家，小寺皆为守墓而置者也。桧、柏、白杨之属，处处成林，而白杨尤多，其直如矢。到畅春苑，日初上，栅门外数百步间，轿与车马塞路，左右店房，人肩相磨。通官引三使臣到宫墙东边入一寺，大小官员填咽内外，初坐东月廊阶上，观者无数。通官又引入第二门，得一炕而坐之，亦东月廊也。册名录纸及唐律、陆宣公奏议二册授通官入送，俄而还其册，而通官宣皇旨曰："这书俱是这里有的，或伊等地方做作，或旧书虽朽烂破坏，无论着拿来，朕欲览云。"通官洪二哥入来三使臣前，语曰："皇帝必欲见朝鲜之文，虽一二句书于扇面者，若得入览，则好矣。"三使臣相议，欲以我国诗随所记书进。首译以通官辈言来告曰："今若书进诗文，必有往复之节，不如以无持来者为对。"渠辈仍以其意，书示所对之辞，此与二哥言相左，殊可讶也。然渠辈之言既如此，且依其所书，书与首译，授通官奏之。寺凡有两殿，而前殿扁书"清梵寺"，皇帝笔云。殿后有门，门内又有殿，庭左右有二树，其高丈余，其枝干似梨，亦似木瓜树，询其名，即西府海棠，花色粉红云。西廊缁徒所居，室中有二盆，皆植石榴，又一盆所植状如蔓菁芽，即药王庙中所见者。药王庙人谓是蓝兰，而今问于北，则乃曰："此兰蔓菁而谓可食，似亦蔓菁之类也。"日午，四僧衣袈裟入第二殿，撞小钟后烧香，列桌子前读经。四僧之前各开一册，首座僧右手击木鱼，左手翻经读，甚疾不可追看。经则金刚经、药师经、琉璃光如来功德经。木鱼形如覆瓢，上刻螭虎矣。桌前置一绣墩，僧言皇帝拜佛之席也。畅春苑不设官府，故百官皆到是寺，改服而入，朝又退食于此。午后，首译来言曰："其书对之纸，授诸常尊，言今日已晏，明日当奏，使臣且可还馆。"遂归，路逢皇子，三使臣避匿，而余辈下马视之。其状貌与前日万岁山东墙外相遇者相似，亦不雄伟。路南百余步许，有屋出墙上，左右前后皆有太湖石，其南又有一大殿，制度壮丽，言于通官要入见，通官谓明日来时可见云。念书对后，既令退去，明日似不当更来，而通官之言如此，可怪也。入西直门，向西安门数百步，南见紫瓦圆屋耸出半空，问其名，译官辈亦不识也。入金鳌门，出玉蛛门，从小城北边路，又度桥，南北皆有牌楼，南西积翠，北书堆云，制如金鳌、玉蛛。过桥则琼岛之东也，岛傍人家，高下临水，宛一江村也。其东又有虹桥跨小港，过此又有虹门，盖以青瓦。出其门，路右又一带黄瓦墙，墙内有两檐阁，黄瓦金顶，上圆而下方，其制甚奇，此墙南则前日下马处也。墙尽而路有二条，三使臣由南路向万岁山前，余欲观万岁山西北，从西路而行，柳凤山亦随来。万山西墙外，闾阎及店肆栉比，北墙外尽空地。墙内有圆屋，四隅垂檐，其制与东边同。循墙而转到东南隅，与伯氏行会。出东安门，遵玉河西岸到馆，日已申矣，既下马。首译告曰："笔贴式常尊来言，今日所对文字未及入奏，三使臣明日又当诣畅春苑奏之云。"通官辈中路所云明日复来者，盖渠辈消详之言也。译官辈亦必与闻，而在畅春苑时不曾提说，到馆始告，事甚可骇。设令此言出于礼部，渠辈若通旋于通官，则不无弥缝之路，而了不致意，使使臣将不免再行，其情状绝可惋也。且此事，虽以昨日皇旨观之，只令问于通事而已，未有召使臣之语。而译官厌其往来答对，令使臣当之，亦虑言语往复，纰缪生事，遂令使臣书对也。余往书状所，招金兴濂言其情状，切责之，令周旋于常尊，而事机已误，不可为矣。余于伯氏前责首译，出坐阶上，诸译皆会，责张远翼，渠亦无辞自明。柳凤山曰："事已至此，追责何益。"盖此事一行无不骇愤，而柳言如此者，余言太峻，虑为译辈所疾也。余更思之，畅春苑书对文字，以无为辞者，虽从通官之指挥，终欠诚实，以若干诗书示似不妨。故余发其议，书状之意与余同，副使亦以为然，遂定其议，会副使行中。有《国朝诗删》，遂抄律绝并三十五首，夜，令写字官缮写作册。所对文字，亦商议改书，而索还前纸。是日，通官之往畅春苑者，朴得仁、洪二哥、文凤先三人也。金昌业《老稼斋燕行日记》

金昌集《过五龙亭》："万岁山前一路通，珠宫贝阙去来中。千层塔涌承金露，百尺桥横跨玉虹。凝碧已非唐世地，昆明每忆汉时功。伤心春日潜行处，谁识吞声有此翁。"金昌集《燕行埙篪录》

金昌业《次伯氏过五龙亭韵》："玉泉流水掖垣通，百顷清波禁籞中。彩阁浮空嘘万厦，画桥跨港饮双虹。亦知灵沼成民力，终惜雕墙近鬼功。岂意先皇游幸地，百年终属老胡翁。"金昌业《燕行埙篪录》【考证：洪大容《湛轩燕记·五龙亭》云："宫城之北曰神武门，门外为大路，路北距万岁山数百步，西行里许有石桥，驾太液下流，两头有牌楼曰金鳌、玉蛛，桥上行人车骑甚盛。北望万岁山为五峰，中有紫瓦三檐阁，下四峰各有两檐阁，环山翠柏蔚然。自山下西距太液里许,其间楼台塔庙,雕栏画甍,重重灿灿。太液池中亭有五,曰五龙亭。"可知五龙亭位于万岁山太液池。《老稼斋燕行日记》言二月初四日"三使臣以次行,军官员译若干人随其后。过大清门不下马,向西行屡折,出西长安门外,石筑御路,与东长安门外同路。北即宫墙,墙内多树林,此则太液之南也。……三使臣由南路向万岁山前",又昌集、昌业诗云"万岁山前一路通""玉泉流水掖垣通",约作于二月初四日。】

初八日(丙辰)。

晴,留北京。书五绝一首于僧头扇,使元建送马维屏。维屏即至坐东边月廊见之,前日执笔少年亦来。……余问少年曰:"贵姓?"少年答曰:"贱姓王。"余曰:"贵贯何处,今住何处?"少年曰:"同马老爷一家住。"余曰:"贵庚少年?"答曰:"二十八岁,丙寅生。"余曰:"与俺第二儿同庚,一倍亲爱。"少年曰:"岂敢。"余曰:"文笔赡敏,曾读几本书?"少年答曰:"一字不识,见笑大方大矣。若论读过之书,纳有数十箧。"余曰:"一字不识,过谦,不敢动问高名?"少年曰:"贱讳之启,字学山。"余曰:"于马老爷为亲戚不?"少年答曰:"相与朋友。"少年即书五言律诗一首曰:"贵国交情薄,惟君迥异人。话言从肺腑,举动尽天真。皎月同君度,高山合我心。何须金石谱,友道本彝伦。"余见诗,书曰:"高作绝佳,但称奖太过,愧不敢当。"少年曰:"道其实耳,安敢过誉。绝佳之称,万不敢当。"金昌业《老稼斋燕行日记》【按:据《老稼斋燕行日记》,王之启自言其"浙江绍兴府山阴县人也。""羲之,乃二十四代祖也。"真伪无考。】

十二日(庚申)。

赵华屡请见之,而前日虾来问行中作诗人,华又皇帝之近人也。恐有意外苦境,故不往见矣。皇帝既往霸州,行期又近,今则见亦无妨,而欲知其欲见之意,兼欲见其文笔,遂作书使王四传于华。其书曰:"疏逖之踪,猥蒙不外。累辱伻速,适有薪忧,未克趋命。今行期迫矣,忽卒无暇,终负一谢,但有罪恨而已。第念欲相见者,必有意指。如有所欲问,当随所知而对之。或有所求,亦当随所有而副之。可幸书示,不能躬进门屏,辄敢书禀,乞恕简慢。"金昌业《老稼斋燕行日记》

十三日(辛酉)。

庭前有四碑,东一碑正院九年三月初一日新建太学时所树,文御制也。

其一康熙二十五年所树，书"至圣先师孔子"。赞皇帝所撰，而文不记。西一碑书颜、曾、思、孟赞，亦皇帝撰。颜子赞曰："圣道早闻，天资独粹。约礼博文，不迁不二。一善服膺，万德来萃。能化而齐，其乐一致。礼乐四代，治法兼备。用行舍藏，王佐之器。"曾子赞曰："洙泗之传，鲁以得之。一贯曰唯，圣学在兹。明德新民，至善为期。格致诚正，均平以推。至德要道，百行所基。恭承统绪，修明训辞。"子思赞曰："于穆天命，道之大原。静养动察，庸德庸言。以育万物，以赞乾坤。九经三章，大法是存。笃恭慎独，成德之门。卷之藏密，扩之无垠。"孟子赞曰："哲人既萎，杨墨昌炽。子舆辟之，曰仁曰义。性善独阐，知言养气。道称尧舜，学屏功利。煌煌七篇，并垂六艺。孔学攸传，禹功作配。"康熙二十八年闰三月所树也。又一碑平阿鲁德献馘于太学之碑，文皇帝亲制也，康熙四十三年三月二十一日树。〇过马市半里，王四云："赵华家在路傍【按："傍"亦作"旁"】，请暂过。"……王四先通于赵华，累次促之。至则赵华已在门内，揖余先之。入中门，坐于西偏客堂，先设一桌，置笔墨其上。我先书曰："累蒙辱速，以有贱疾久违尊令，今则病稍愈矣。行期虽迫，拨忙暂来谢罪。"赵华答曰："昨见华翰【按：参见是年二月十二日条】，方欲作答，蒙此枉屈，喜出望外。"其书见在桌上，书曰："窃慕大雅，思欲望见颜色，未遂鄙怀。昨承翰教，方知使君归鞭已促，兼有新忧，仆亦不敢再强也。执事工于诗文书法，如果见爱乞求椽笔，以当纻缟，伏承尊命。拙字呈丑，不过抛砖引玉之意，万勿见哂，并祈原谅。"我见书答曰："仆之笔已呈拙矣，无可论者。至于诗文尤为空疏，无可仰答大人之辱问，甚愧甚愧。"赵华之笔以半草书七言四韵，晋体也。赵华又问曰："愿见足下所作诗。"答曰："我不能作诗，但能记友人所作诗，无已则当书示之。"遂书示前所作律绝数首。赵华又出所作文草，示之，《代岳飞遗秦桧请勿返师书》也，不特文精耳，辞甚激昂，中有逆虏等文字。此处讳胡虏字，书册中皆去之，而此文则逆虏二字之外，此等文字多不择，可怪。问赵华曰："满人耶？汉人耶？"对曰："满州人也。"华请改正其文，余曰："不敢，愿归示东国文人。"遂纳于袖中。赵华貌黑酸而麻，一目眇，以外貌则不知其为文人。桌头坐一老人，年五十余，间代赵华书字，与我问答。归后寄赵华书问其人，言姓杨，讳澄，字宁水，号二橙，浙江绍兴府余姚人，大雅君子也。少有隐志，年三十，历试二次未捷，心不平，即绝迹仕进，但以文章诗酒自娱云，盖华之师也。金昌业《老稼斋燕行日记》【按：金昌业归国后曾作《寄杨澄》二首曰："短褐余姚客，栖栖燕市间。虞翻懒就辟，严子忆归山。竹箭东南美，烟波岁月闲。千岩与万壑，何处掩荆关。""萍水同浮迹，风尘偶识颜。

135

赠衣惭季札，弄斧遇输般。禹穴苍山古，箕封碧海环。婆娑二橙树，长入梦中攀。"又有《酬杨澄》二首曰："凤抱烟霞疾，死生久任天。惟求免形累，安敢慕神仙。灰冷丹灶败，霜添白发鲜。高人有秘授，庶可驻余年。""鱼雁书时见，峨洋琴独张。同生老天地，各抱热心肠。伏枥衰骐骥，翻风欝豫章。燕都一邂逅，六载耿难忘。"杨澄曾为金氏兄弟的《金氏联芳集》作序。】

十四日（壬戌）。
晚后赵华送自笔三丈、绣囊一副，余以纸一卷、僧头扇一、南草一封回礼。来人与火铁一个，书三忠祠所作五古及律绝数首，与王四送于赵华。……昏后，往军官房，金德三在炕上，明烛结骕，一边与胡人筹计。德三出示红纸，书五言律诗一首，云是问病胡人所赠。诗曰："杨柳未堪折，君行何可留。语言相渐熟，离别忽深愁。袖拂春风里，巾欹紫陌头。一鞭果下马，东海路悠悠。"金昌业《老稼斋燕行日记》

十五日（癸亥）。
晴，极暄。自北京离发，至通州宿。○行过八里桥，入通州外西门，路右仓屋，连亘数百步，有门封署，来时过此，而未能睹也。南方漕运米尽到此，一半入北京，一半储此云。入城一里许，折而北百余步，渡一石桥，桥下水声甚壮，驻马见之，水自西城入，向东城而出，至桥下澎湃喷射，桥底似是设闸处也。桥上下百余步各有木桥，人行其上。渠两畔皆甃石，岸上重楼迭屋，左右相映，亦一胜观。过桥百余步，为十字楼。又百余步，当街有三层楼，扁曰"司空分署街"。至其下，伯氏与副使、书状亦自察院出来，盖欲登此也。门关有守者，与一扇始得上。四面设窗槛，缥缈如在半空，城中间井街巷及城外数十里外林树川渠道路悉在眼底，亦快观也。楼最上层供一小鬼，右手持笔，左手擎斗，乃魁星也。城中北边有砖塔十三级，其高可十余丈，塔下有大寺，欲见而馁甚不能往。余先下坐一钱铺，见纱屏画猫，笔法极妙，试令元建问卖否，以不卖对之。又闻此处有彩花市可观，而亦因困乏未果寻。入馆，日仅晡，持书画及杂物入来者颇多，前日紫檀笔筒及香盒又来，其外种种器玩亦多，而无佳者。有一墨画山水簇，笔法颇佳，劝书状买之。宿西边廊屋，即来时所宿处也，译辈落后者未暮皆至。来时西门路傍【按："傍"亦作"旁"】见一小铺，颇列器玩，其中有一鸟，尾长四五尺，文如雉尾，而其点纯赤，不知其鸟何状，而出于何处也。去冬，元建以厨房价买一笔筒，仍寄其铺，至是推来，昌晔为买雄黄借元建，许之。路傍【按：

"傍"亦作"旁"】有耕者，或用驴，或三人挽之，牛固不贵，乃如是，未可知。使奴辈见其所种，即小麦也。是日行四十里。入城时，马夫一人以日热脱上半截衣服，赤身而行，见者莫不指笑。此处人似以行路脱衣为骇举也。金昌业《老稼斋燕行日记》

金昌集《通州谨次先韵》："归马走如飞，人情喜可知。雁方回阵日，鹄已脱笼时。柳送依依色，河消片片澌。妻儿应苦待，遥算出关期。"金昌集《燕行埙篪录》

金昌业《同次大有》："回盖出关飞，长程马自知。月盈潞州夜，柳嫩蓟门时。归橐清如洗，羁愁涣若澌。瓮醅恰告熟，也似识行期。"金昌集《燕行埙篪录》

金昌集《次大有通州途中韵》："竣事初回使者车，猥膺专对亦何愚。残年报效今无地，复命仍寻野外庐。"金昌集《燕行埙篪录》

金昌业《原韵》："万里无端逐使车，此行吾亦笑狂愚。遍游燕市终无遇，投剑东归卧弊庐。"金昌集《燕行埙篪录》

十六日（甲子）。

晴，暄暖。自通州行至烟郊堡朝饭，至三河县宿。质明发行出北门，自馆至北门，一里而近，北门外市肆夹路者几数百步。市肆两畔皆河水，盖市肆挟河斗入也。市肆中间有大石桥，其高可通舟，而水不甚深，河之东岸人家亦栉比，架一木桥通往来。市肆尽，即沙岸也，积材木无数，皆以大小长短曲直分类，井井不乱。河上联舟为梁，车马通如平地，自城至此仅二里许，水自西北来。过此半里又有河，视初渡者稍大，亦以舟为梁，此河自北来，似是白河正派也。时日犹未出，船上有一渔者设罾而立，一如画中所见。载新藁入城者相续，亦有以荆笼盛鸡、鹅，驮驴而去者，盖趁早市也。始过河，地皆沙，一望荒芜，路傍【按："傍"亦作"旁"】有草店数处，买酒饼及瓷器，此乃荒僻之处，而亦卖瓷器，与城中无异，其贱可知也。行十余里，渐有田亩人家，路南树林中六面阁，阁之南又有大殿，似是寺刹也，寺傍【按："傍"亦作"旁"】村落名常家屯云。金昌业《老稼斋燕行日记》

金昌集《潞河谨次先韵》："自出通州日，羁愁顿欲消。曙烟穿列市，春水度浮桥。关路还看熟，家乡未觉遥。悠然诗兴动，更耐景偏饶。"金昌集《燕行埙篪录》【考证：诗云"自出通州日，羁愁顿欲消"，约作于二月十六日自通州发往三河县途中。】

十七日（乙丑）。

朝饭发行，自店向蓟州有南北二路，南直北迂，初入直路，因泥淖陷马，遂取田间小径，出北边迂路，路傍【按："傍"亦作"旁"】有新造庙堂及店房数间，使元建问其名，即南营庄。自均店至此可十八里。又二里有村店四五家，村前立小牌，门书"贾家庄"三字。过此五里至五里桥，见所谓杨妃庙。庙中有塑像，果是美女，而甚荒凉，背后立一碑，即《通济桥修治记》，万历年间所立也。所谓通济桥即五里桥也。从西门而入，门楼扁书"西控神京"四字。入独乐寺，日在未矣，登楼上循槛四望，令人疏畅，城外烟树，春意蔼然，益可喜也。城北山曰府君山，一名空同山，旧传黄帝问道于广成子，即此处也。山坡间有庙，曰玉皇庙。在州西者鱼山，在正西二里许者曰五名山，一名五龙山，上有庙，即圣母娘娘庙云。在路中望见盘山上有寺缥缈，到此问其名，云照也。盘山，曾见袁宏道游记，称其松石之奇，其去路不远，日势足以往返，顿然忘却，遂差过，悔恨无及。后考《一统志》，云山数峰陡绝，一名盘龙山，绝顶有大石，摇之辄动，上有二龙潭，下有潮井，又有泽钵泉云。见观音阁阶上左碑，即万历四十年所立重修记，有曰："寺不知创自何代，曾于统和年重修，则去今六七百年，碑文云：'阁大士像，即因大树刻成云。'甚可奇也。"右碑康熙乙巳所立，文尚书王弘所撰，而其文有曰："余于辛巳年间守此城，其后又过此地，则风景不殊，而人古，庙貌犹存，而城郭颓圮云云。"盖大明人仕于清朝者也，其辞殊悲惋，见之可慨然，语涉忌讳，而乃显刻，未可知也。堂中有一短碑，即辽干统七年所立，节度使王观所撰，宋兄记中亦言之，而不知此碑在何处也。入来时所宿屋，前日沙弥又方炊粟饭分吃，余取尝少许，香味殊佳。晚后率善兴步往酒店，金德三亦随来。店在寺东数十步，店屋凡三重，外屋买酒者填满。第二重三间屋，左右两边置桌及椅凳，中央一间为出入之门，最后屋是作酒之所。余始至第二屋，一行无来者，椅桌皆空，遂经至后屋，见两人方作酒，乃以黍米置于案板上，打作大片，如我国引黏米作酒，天下所无也。蓟酒亦清烈，而多饮，终有泥膈之意，以黍性黏故也。东边有三间屋，入其中，四壁下周遭置瓮数十，中间置酒槽，其制略如我国，而特大。令掌库的取上色酒来尝味，其人即开坛，满斟一钟进之。吃后，又令取他好品，又进一钟，其味无甚异同。西边亦有屋，皆藏酒，酒味亦与相等云，遂买二瓶出坐第二屋。金中和、柳凤山及崔德重诸人来，继而译官朴东和、金万喜、张远翼、申之淳、金商铉、金应瀗、刘再昌等皆至，各占凳围坐共饮，猪肉汤及猪肉熟片、鸡卵煎、粉汤等物，所谓掌库的随求辄出，酒则盛以锡瓶出置桌上，尽则又出它瓶，尽饮后数其空瓶收直。余与金中和、柳凤山、崔德中、朴东和、张远翼、金万喜共桌七人所饮共十二瓶，一瓶不过三大杯。余通初尝二杯，共饮十余杯，颇醉。余于去年春间作一绝句曰："鸭江西畔是辽城，匹马榆关半月程。买取蓟州数斗酒，燕京市上觅荆卿。"到今其诗皆验，始知世事皆有前定，乃于座上诵其诗，诸人闻皆嗟异。遂先归吃夕饭，乃大醉，和衣而寝，夜深始觉。金昌业《老稼斋燕行日记》

金昌业《蓟州途中》："万里高丽客，东归柳可鞭。燕鸿已满野，蓟树自生烟。累却除诗卷，狂应费酒钱。山川与店舍，所过亦依然。"金昌业《燕行埙篪录》

十八日（丙寅）。

晴，暄暖加于昨日。自蓟州行至蜂山店朝饭，至玉田县宿。四更，酒醒，觅水漱口，善兴坐炕下犹未睡，预煮荞米水，以进半椀，颇觉清爽，而虚乏甚。盖两日来，饭生吃不得，只吃薏苡粥，以此酒不过量，而经醉困惫，又如此也。遂令浆水同荞米作粥，吃二合许，便觉腹中不平，浑身微缩，俄而吐出，少得镇定。善兴言三吹在未明，宜先发缓行，遂烹饭强进，而不能吃。出城，晓月垂野，烟树葱笼【按："葱笼"亦作"葱茏"】。过渔阳桥，景色如梦中。至翠屏山下，日始升，下马小立，观西北诸山及渔阳河转折之势。路傍【按："傍"亦作"旁"】有石碑，字皆灭，碑东数十步有两石人，一大一小，或传以为杨雄、石秀之像也，斯未必然。而其制拙朴，亦古物也。待行次同行，大路泥泞，遂取北边小路而行。过一村，问其名，三间房，去州十三里云。又二里至一村前递马，问村名，曰"现桥"。问村后山名，书"胡帽山"。问其东北山名，书"凤凰山云"。索水于村人，出参糜，和雪糖吃之，味殊爽。初发蓟州，馁乏几不能支，腰佾中适有大枣数十枚，遂于马上吃之，又出人参嚼小许，仅以扶接，至此颇苏。自入小路，去山或一里或半里而近。四里出二里店，始与大路会。自此望宋家城，在西南间，两敌楼高入半空。自凤凰山下，土阜累累绝大路，连峙野中，其高皆数丈，明是人功所为，似是宋家店，为接其主山来脉而作也。书状自在北京，约同观宋家城，而到此忘之，又与书状异路不得见，书状颇以为恨。至蜂山店朝饭，亦去时所入之家也。至彩亭桥，桥下春水涣然，多浮凫鸭。过店一里许，路右有一庙堂，门侧有大白杨树，树下有井，水味极清冷，井以西所无也，适递马其傍【按："傍"亦作"旁"】，一行上下争饮称爽。路北有草店数家，庙与村名未能问。西八里堡村中有一大屋，内外屋及门悉以簟覆之，盖丧家也，有白衣人十余在门前观光。至玉田入察院，日仅未矣，城中十字街，有两层楼，亦华丽，所遇人家牌榜之盛如抚宁，而皆未能记。金昌业《老稼斋燕行日记》

金昌集《玉田途中谨次先韵》:"偃盖河桥外,悬帘野店边。天低树浮海,日暖玉生田。使节初归汉,宾鸿已入燕。山川殊气色,一路自依然。"金昌集《燕行埙篪录》

金昌业《同次大有》:"悠悠春过半,漠漠野无边。客子初旋驾,居人已种田。一鞭还过蓟,三朝浪游燕。定被乡儿笑,归家发皓然。"金昌集《燕行埙篪录》

金昌业《玉田途中用齐梁律》:"玉田烟树远,沿路亦青山。雁声初到蓟,草色未过关。村喧粪车出,堡迥戍旗闲。遥想春关柳,应复待人还。"金昌业《燕行埙篪录》

二十日(戊辰)。

晴。自丰润县行至榛子店朝饭,至沙河驿宿。朝,主人小儿与其叔出来,问其姓周,名炳文,父母皆亡。问:"然则靠何人过活?"答曰:"我叔姨娘。"问:"姨娘是甚么亲?"曰:"母亲。"问:"尔爷之后娶的妻否?"曰:"然。"问:"兄弟几人?"曰:"有弟焕文、熠文。"问:"你及两弟年几何?"曰:"炳文年十四岁,焕文九岁,熠文七岁。"问:"你祖先有官职否?"曰:"周家庠生员。"问:"尔从何人学书?"曰:"先生。"问:"读过几本书?"曰:"《易经》文章六部,四书一部。焕文《大学》一本,《中庸》《论语》《孟子》二本。熠文《大学》一本,《中庸》一本,《论语》二本。"以墨一丁、火铁一个与之,房钱另给纸一束。归察院,朝饭后发行,晓雨止仍阴,至巳后始清朗,风寒颇紧,一行皆袭裘。至榛子店,日正午,入去时所入家,余所题诗下有一次韵诗,其诗曰:"面扑风埃未解装,逢人泣泪满衣裳。道傍【按:"傍"亦作"旁"】阅到伮离色,那禁敲诗下夕阳。"诗傍【按:"傍"亦作"旁"】书曰:"旅店见朝鲜客题壁,因以次之,滦州刺史。"笔如诗拙,问于店主,则以为十余日前滦州知府过去云。打午饭行,东城外立牌榜书曰"永平府迁安县榛子店交界"。过五里桥石上,数人方治栏石。六里有村落数十家,路过村间,问村名,一人画地书之曰"莲花池"。又五里有村落数十家,名蒋家店。八里许出新平庄,观光村女最多,间有涂抹脂粉者。自莲花池以后,非去时所经之处,以大路泥泞,故遂入此路,而泥泞难行亦多,至此始与前会。至马铺营,营路傍【按:"傍"亦作"旁"】店舍皆破,只存一家,路南百余步许有村落。过三家庙,庙傍【按:"傍"亦作"旁"】店房数十家,庙西百余步有一带村落,负山临路,山底松林苍蒨,中亦有人家,颇似家国村落,令人开眼。马铺营至此,来时未明经过,故皆所未睹也。自榛子店后,路傍【按:"傍"亦作"旁"】多牧羊,一群多至数百,少不下四五十。未至沙河驿数里有一独山，羊数百头食其巅，有两人持鞭坐山下，乃牧者也。沙河村楼台烟树隐映落照中，望来如画图。入来时所宿主人又出酒馔、龙眼、荔枝、大枣、西瓜子、橙丁、姜沙、猪肉、熟豆豉、糟鲤鱼、虾菜。其糟鲤鱼味最佳，以鲤鱼和酒糟淹成，如我国食醢。虾菜，以米虾和醋酱，味亦佳。豆豉即大豆所造，似我国青豆佐饭矣。干粮以壮纸、青妆刀、清心元、长烟竹等物酬之，余亦赠清心元二丸、苏合元五丸、紫金丁二锭求探春、荼蘼二花，待明春使行寄送许诺。主人见余所服木棉布，问价于元建，请于明年送二疋，许之。副使、书状宿三皇庙。金昌业《老稼斋燕行日记》

金昌集《次大有沙河驿韵》："骈骈驷马带春回，雪后归程荡荡开。天下雄关容易出，数封书状付先来。"金昌集《燕行埙篪录》

金昌业《原韵》："河草青青我马回，依然古驿夕阳开。持鞭两竖田间坐，羊在山巅未下来。"金昌集《燕行埙篪录》

金昌集《沙河驿谨次先韵》："今我来斯路，长吟杨柳诗。韶华方满眼，黄气亦浮眉。绝塞鸿归远，长亭马度迟。沿途新物色，觅句愧无奇。"金昌集《燕行埙篪录》

二十一日（己巳）。
晴。自沙河驿行，至永平府宿。平明发行，复从西门而出，转而东。东门外河水视前冬不啻倍增，其深至膝。不但此水，凡来时冻涸之水，无不滋涨。至野鸡坨，人家极盛，东西可数百步，而店居三分之二，自沙河驿至此二十里也。初，伯氏拟于归时复见夷齐庙，与副使、书状相约，以修先行状启，遂变计，将直往永平府，余亦不敢为独行之计。朝饭后行八九里，望见首阳山，兴发不可止，善兴告以过路口已远，不听，直取北边小路。行田垄间三四里，出一村，前即去时所经之处也。遇一老人，驻马问村名，其人呼一拾粪者曰："有商量。"其人即至，年六十余矣，画地曰"赤峰铺"，前头两村名并书之。三里许仓官营，五里许刘家庄，四五里高家庄，一里王官营，八里至夷齐庙。正门闭，遂入西边僧屋，到门外，忽闻朝鲜人语音，入去则医官玄夏谊，译官玄翊夏，金世泓子寿长三人方朝饭，相惊喜，问何以来，诸人曰："欲游赏而来，主僧不开门，故不得入见。"余遂呼主僧开之。直造清风台，松阴覆墙，庭院阒然。适有渔舟六只泛在江中，迭相投网，取出大鲤鱼，拨剌船板上，顷刻所捉无虑数十头，壮哉！曾所未见也，诸人皆吐舌称奇。开东角门，出去坐松林，望见孤竹庙下亦有六七渔舟傍岸系缆，试呼渔者，问鱼可买否，数人持鱼而至。鲤鱼长皆数尺，鲋与重唇之类亦有之。

诸人皆不带价，不得买，可叹。风日清和，江山倍觉明丽，白鸥数群在水面往来飞鸣，尤可喜也。见江中往往聚树枝为鱼巢，《尔雅》："积柴木水中养鱼曰槮。"杜诗注曰："襄阳俗谓鱼槮为槎头，言所积柴木槎枒然也。"然则此术其来亦久矣，又编黍秆防下流，使水停畜，所以取鱼益多也。徜徉移时，以去时所作五七言两律题于台之西壁，遂行，令人怅然有余意。由首阳山东边缘江南下，即前冬所行之路也。路中遇车载来粔者，驻马见之，大略如我国之器，而但耕铁之尖不仰而反向下，若覆锸者然，可异。至永平府城外，有大庙在路左，殿上塑像被金甲，榜曰"四大龙王"。又有一神状如牛头鬼，亦被金甲，与龙王并桌而坐，榜曰"平浪王"，未知何神也。盖城址为青龙河所冲，西北隅几尽落，故建龙王庙于此，以祈其护持也。龙王庙东又有一殿，供关帝塑像，仪物皆极华盛，皆康熙年中所建也。庙门旁多立丰碑，是则皆去思碑也。城南里许有冈陟起，其上有大庙堂，丹甍朱垣，规模雄丽，问之，即观音所供之寺云。城门有两人着白衣白巾，烧纸屋于路上，伏而哭已，拜而起，哭声甚哀。善兴言纸屋即初丧所用之物，而葬后烧化者云。城中街巷广阔，路傍【按："傍"亦作"旁"】往往有高门大屋，市肆繁华虽不及通州，而各种物货亦无不有。街西石塔，其高三丈许，而石理莹腻，周回皆刻佛像，细入毫发，今行见塔多，而大抵皆砖造，石塔之精巧者始见于此。我国擎天塔及大寺塔，世传中国工匠所造，今见此塔，雕镂之工,如出一手矣。金昌业《老稼斋燕行日记》

金昌业《永平府途中》："春光遍原隰，四牡缓归程。柳色无终县，川晖孤竹城。人家尽男织，田野有驴耕。所遇存咨度，诗篇关物情。"金昌业《燕行埙篪录》

金昌业《永平途中》："幽燕不得意，匹马复归来。纵酒渔阳市，题诗孤竹台。山河眼孔大，宇宙老怀开。毕竟东郊外，携鉏理草莱。"金昌业《燕行埙篪录》

金昌业《夷齐庙》："再到夷齐庙，古城春草生。江光绕墙碧，松籁满台清。移日渔舟泛，亲人渚鸟鸣。谁为后来者，空壁漫题名。"金昌业《燕行埙篪录》

二十二日（庚午）。

雪。自永平府行，至背阴堡朝饭，至榆关宿。昧爽，三行皆发，余为买剑落后，与金译有约也，遂寻至孟家。其家在大街西边，金译已先至，而日早门尚闭，叫敲良久始开。遂直入客堂，坐椅上，堂极宏敞，有老少两胡揩睡眼自内出来，皆昨日持剑出者也，言其主尚未起。以来意言之，老胡入去，持剑出来，遂出大门外使渠试斫铁，其胡就店房借一铁叉略削之，遂留善兴买来，遂先行，出城数里下马，登小阜，望见西北群山环匝，极有生气，但云阴四合，不能快眺，可恨。少顷，善兴追至，言其剑以三两买取，天明视之，刃微卷，故还退而来云。遂行驴槽，路西有一家，门前立小牌榜，题曰"柏舟完节"。《雳沙记》曰："永平府五里许有所谓万柳庄，多载前辈题咏。"《中东岳行禄》有曰："庄乃故光禄寺监事李浣之别墅也，在永平东肥水北，门前有柳万株，故名焉。其妻韩氏，于监事之没，庐居三年，执丧尽礼。庄后建一堂，堂设监事及其祖父三代画像，朝夕荐香，祭以四时，以节孝称世。乡人状于府，旌其门，又树碑，碑即翰林院庶吉士白榆。"金昌业《老稼斋燕行日记》

金昌业《榆关途中》："榆关指百里，隐隐见长城。雨雪卢龙塞，风云古北平。荒山通驿路，小店带柴荆。关阨今犹在，令人想用兵。"金昌业《燕行埙篪录》

二十四日（壬申）。

大风，甚寒。自角山行出山海关，至老君屯朝饭，至两水河宿。晓于枕上用碑上韵作七律一首，又作七绝一首，呼烛起坐，使元建求笔砚于少年。少年即自至，遂书两诗以赠。少年见诗，书曰："辞句工雅，无愧其为名家进士，但我素未学诗，不解诗中之妙，请问先生何为'如玉其人独闭门'？"余书曰："《诗》云：'其人如玉'，指足下而言也。"曰："'其人如玉'，我亦知其意，但颠倒过来，恐文法不顺也。"余曰："这等文法，古诗中多有之，造次不暇援证出处，第于后日阅古诗，自可知也。"少年又曰："敢问诗亦有层次乎？"曰："这层次，指诗格高下而问乎？抑指一篇中辞意层次乎？"曰："指一篇中先后次第而问也。"曰："所谓先后第次，乃是辞理也。其辞理，文与诗岂曾有异也。但诗固亦辞理为主，而辞理亦有雅俗之分。辞理之外，又有声调清浊，其妙境，自非天才高者不可勉而至，此所以难于文也。"少年又曰："请问二作之辞理，其先后次第安在？"余曰："才所说乃泛论诗法。如我所作，安有所谓辞理次第乎？忘拙呈丑者，不过欲质于大方之家，君乃以不解为嫌，请试转示于能诗君子，或者有所评论也。"夜，少年言当今皇上崇文教，天下皆以八股文章图进取，父以是导其子，先生以是教其弟子，所以不暇学诗云。余问："足下高姓大名？"对曰："程洪。"问曰："年几何？"书曰："二十三。"曰："具庆否？兄弟几人？"对曰："父母双全，兄弟三人，我居长。"少年曰："先生何去之太早也，恐虎伤人，不如晚去些为妙。"余曰："归路有程限，早晚自由不得，果有虎患，则少迟待日出尔。"曰："虎亦间有，少迟待日出亦可。"余问曰："身边有伏侍【按："伏侍"亦作"服侍"】僮仆否？"曰："未也。"曰："我欲以笔墨奉赠，已令路中来迎者并房钱拿来，欲使贵仆同寺僧随我下去取来，所以有是问也。足下既无僮仆，笔墨付寺僧，何如？"少年曰："我有何德，能敢受先生之礼物，谨辞。"余曰："今日邂逅，缘分似不偶然，聊以薄物相赠，以效古人纻缟之义耳，何足固辞也。"少年曰："尊者赐少者，不敢辞，我欲亦略以微物相送，以表寸心，不知肯纳否？"余曰："中心藏之可矣，何必言报乎。君亦客耳，有何物可赠人乎。"少年曰："先生之言是也，但我无故而烦先生之大笔相奖，受先生之笔墨厚礼，寔不能自安。"余曰："鄙邦每年有进贡使，自此通书信如何？果有此意，君所住坊名请详细书示，以便相访，若仆则我国使臣以下无不知者矣。"于是出烧酒及鲍鱼参糜分吃。少年指鲍鱼问曰："此是甚物？"余曰："鲍鱼。"此处人吃烧酒不过一小钟，亦不能顿饮，而此人则连倾两杯不辞。俄而南炕老僧至，少年起立，迎坐炕上。余问其年，答曰："七十四。"少年书曰："此僧不可轻视，亦曾经三品之职。"余问曰："何以托迹空门？"答："罢职之后，老而无局，故托寄于此。"想是汉人之有志者，不早知如此，不能问话，可叹。余更问曰："所住何不明示？"少年书曰："北门内城隍庙胡同立扁者便是。""扁书何文字？"曰："中间一扁是'松柏清操'，此是贞节扁也。"余曰："此纸乃君笔迹，我欲拿去，作别后颜面。"盖昨夜则少年出纸书之，仍留其处，此问答则因行中无纸，遂书于日记册中故也。以携来别扇赠寺僧，别少年出门外，日已高矣。俯视关城，炊烟满地，亦一奇观。促步下山，至八角亭小休，壁上颇有游人题咏。至山下，人马无形影，使善兴呼业立，而久无所应，深以为怪。善兴走到一墓傍【按："傍"亦作"旁"】搜出，盖因早起困倦，就睡于僻处也，元建辈高声责其迷劣。问昨日事，则答以初昏到察院，朝饭备待事，言于厨房，而白纸二束，笔墨各一得来云，遂以纸笔墨并付寺僧归之。遂从山海关北门以入，城门亦有两重，内城有二层楼，濠深如西城，亦有桥。入城至察院，院在十字街西小巷中，门庭极其广阔，贾胡出入者纷沓，倍于他处。院屋新修，涂墍方完，窗户未具，以间舍索房钱多，故三使臣皆入于此，天气适值极寒，艰以经夜云。余以留宿角山，独免此苦，亦一幸也。伯氏与副使、书状同坐一炕，遂问游事，余悉对，皆嗟赏不已。伯氏购得一画，乃是花鸟帖也，似是近作，而笔法可爱。金昌业《老稼斋燕行日记》【按：金昌业归国后寄书程洪，信中赋诗一首赠杨文成曰："角山寺中八十僧，少日铁枪人无敌。玉关青海几横行，战功始授将军职。一见不平毁愤去，怀远告身视弊舄。姚平直入大面山，寒岩常乞国清食。豪杰往往逃禅释，此僧行藏谁复识。家在西河不思归,凝坐蒲团发皓白。窗间夜闻渤海涛,忽疑铁马行沙碛。起登长城放悲歌,胸中慷慨何曾释。寒岩即寒山子。"(《寄角山寺僧》)序曰:"癸巳二月,余自燕京归,历访角山寺。寺有读书少年,见余欣然若旧识,解榻斟茗,以笔问答。夜处余于寺之东廊间,壁有一老僧凝坐。翌朝与少年别,出囊中酒共饮,僧遂来就坐。少年起而致敬,仍告余曰:'此僧不可轻视,亦曾经三品之职。'余问:'何以托迹空门?'曰:'老而无局,时年盖七十四云。'余于是意其有志君子,而行忙未及叩。既归三年,寄少年书,始问其人姓名来历。少年具以报曰:'僧西河平遥人也,姓杨,名文成,字名海。初为幕下马军,性豪爽,善骑射,尤精枪法。副总赵良根奇之,拔授千总曰:"是人魁梧奇伟,自是异日良将。"从讨贼屡战有功,遂迁怀远将军之职。在任廉谨,抚兵恤民,有古人风。未几,赵副总以不善承奉上官,为制台所诬连坐。属员二十四人,皆拟党锢问罪。会有特旨,止拟降调。同列诸人或赴职,或待用,而杨独夷然不屑,或劝之,则曰:"五斗折腰,彭泽不屑,丈夫进退自有时,区区鸡肋,复安能系余身为!"遂入山削发被缁,谢绝尘缘者今且二十年。年纪已迈,而意气愈豪壮。悲歌慷慨,不减燕赵遗风。尝语人曰:"人生世上,其来也旅寓,其去也旅归,客途劳攘,枉自奔波耳。"遂自号弘寓。山名宽缘,盖志其以缘寓形也。噫!古人谓忠臣义士为将及柄兵者,不得志而往往逃于禅师,岂其人也欤?然余见师,状貌雄伟,气度沉毅,可知其为将不止一枪之勇。而又尝见知于赵副总,职至将军,则不可谓不得志,使究其用,万户侯岂足道哉!而一见不平,遂自弃于缁髡之中,何哉?不可知也。余闻燕蓟间古多奇伟豪杰之士,庶几今亦有之,而向日之游,未遇其人。惜乎!吾师又当面差过,未能问其少日从军之事,与夫所以弃世入山之由而相与扼腕慷慨,余甚恨之。少年以余为犹知师也,乃告之曰:"倘怜斯人,赐以题咏,或亦显微阐幽之一道也。"呜呼!以天下之大,岂无知师者,而少年之言如此乎!可异又可悲也,遂作一诗寄之。顾此何足以轻重师也,且师以浮云视身世,不知今犹在角山而能见余诗否。少年榆关人,姓名程洪,亦奇士也。"】

金昌集《归路拟访角山寺阻雪未果独送大有》:"角山孤寺占危巅,俯视茫茫世界千。灵鹫峰头楼见日,祖龙城外海连天。雪中未试孤筇去,云际空瞻一径悬。济胜季方能独往,青骡乘兴着鞭先。"金昌集《燕行埙篪录》

金昌业《角山寺次碑上韵》:"骑骡百折到禅庐,迥出人寰地势孤。绕塔雪峰连北漠,度窗云帆自东吴。偶看古碣惊前刦,远抚长城叹壮图。俯视向来争战处,茫茫落日满春芜。"金昌业《燕行埙篪录》【按:角山寺又名栖贤寺。《临榆县志》:"栖贤寺在角山巅,正中为观音大士殿,殿西有龙井,上建'龙神祠',为祈雨求水处。东厢为明肖显读书处。西院旧有'角山精舍',明尚书詹荣、中

书郭如柏均读书其中,后为游宴之地。】

二十六日(甲戌)。

阴寒风暄,欲雪而止。自东关行,至沙河所朝饭,至宁远卫宿。平明发行,过望海店,道中遇二车,各载黑漆木木柜四五只,人随其后,问之,即戏子具也。过烟台河,去时此水尽涸,今其深至胫,沙岸之广亦五六十步矣。至沙河所朝饭。过五里桥,居人以此桥为五里,而其远几八里。至七里坡,村后有一烟台独完,遂驻马见之。台四围筑方城,一面可二十余步,城外皆穿堑,城高二丈,而四隅有方台,前面开红门,门扇裹以铁片,门上石扁横书"七里坡台"四字。台南虹门上亦有石扁,书"七里坡"三字。至宁远卫,从西门入,日仅申初。送元建于王宁藩家,宁藩适出外,其侄来见。余问曰:"尊叔何往?"其人答曰:"去山中。"问:"其地去此多少路,可送人请来否?"答曰:"去此五十里多路,要去请他,只得明午纔【按:"纔"亦作"才"】到。"问:"去山中何干?这山是西是北,地名云何?"答曰:"山在北,地名蜂蜜沟,往亲戚家去。"问曰:"俺去冬过此,与尊叔相会,一见便如旧识,半夜问答,未究深抱,拟于回时,更对青眼,不期缘浅,有此纬繡,怅恨不可言。就有一事,尊叔曾以《春秋》一部要送宋老爷,君亦闻此事否?"答曰:"我家叔未曾得此文稿。"余曰:"然则这文稿不妨俟明年使行寄来。"答曰:"即是如此,便耳。"问:"贵庚,贵讳?"答曰:"我名眉祝,年十八岁。"问曰:"经书想已读完?"答曰:"已读完。"问曰:"尊叔曾闻武技精熟,今加科,想已考过,得失如何?"答曰:"我家叔习武,要考得到今年四月初八时候。"问曰:"此城内亦有饱学秀才否?"答曰:"大要,关东虽有秀才,亦不过平淡。"问:"君师何人?"答曰:"是副榜。"问:"这副榜何等名号?"答曰:"乃是举人下一等的举人。"王眉祝起去,顷之复来,以一套书示之曰:"此书我家祖叫拿来送老爷。"见之,非前日所见《春秋》也,即今人诗文类抄之书,而无足可观。眉祝又曰:"此书也,是我家叔有言,要拿送宋公。"余答曰:"当带去送宋公。"问:"尊王父高寿几何?"答曰:"年七十二矣。去岁送我家叔的药,有何用?"答曰:"曾与尊叔说过。"曰:"若有治症毒的药,再求几丸。"余遂以紫金六丁并苏合元七丸,九味清三丸与之。又曰:"有贵府拿来的高扇,相求一把。"即与别扇一把。问:"这里有书铺否?"答:"这里书都从京内来的。"向晚云阴,乍开见日,风益甚,尘埃涨天。此处城有内外两重,而其制与他处有异,欲周览,终日冒风,困倦特甚,未果为,又闻温井在南门外十里许,而亦不得往见。是日入察院,伯氏宿东

边内炕，余宿外炕，书状入西边炕，副使宿私寓。金昌业《老稼斋燕行日记》

金昌集《次大有向宁远卫韵》："边日晴常少，凝阴苦未开。始疑将雨雪，终困是风埃。客梦烦难记，乡书浩莫裁。云涛限吾域，试欲陟层台。"金昌集《燕行埙篪录》

金昌业《原韵》："原隰行将尽，茫茫野欲开。风云欲暮雪，人马尽黄埃。剑术嗟无试，诗篇懒更裁。惟将无限感，驻马览烟台。"金昌集《燕行埙篪录》

二十七日（乙亥）。

风，午后，先雨后雪。自宁远卫行，至连山县朝饭，至高桥宿。平明发行，至双石城店，庙堂前作簟屋，置椅桌之属，将设戏也。至长春桥，寺僧立路傍【按："傍"亦作"旁"】鸣钟乞钱，一如去时。至连山驿朝饭，即去时所入之家也。前日女人见柳凤山，迎谓曰："好耶。"好耶者，即此处人人之言也，柳得此言，极以为幸，可笑。至塔山店遇雨，被油衣。路遇蒙古车载唐黍向关内，去者前后三四十两。又逢两载车枢而行，以一白雄鸡置枢上，且行且鸣，孝石言曾见枢车必置白鸡，似是禳法云。至高桥宿。金昌业《老稼斋燕行日记》

金昌业《高桥堡谨次塔山先韵》："东瞻故国小如萍，惆怅归人去不停。旷野闻鸿行近塞，荒城秣马起侵星。战场春草迷前后，仙洞桃花问杳冥。回首蓟门如有失，盘山已入暮云青。"金昌业《燕行埙篪录》

二十八日（丙子）。

晴，风寒，向晚风止，天气亦和。自高桥铺行，至锦州卫朝饭，至小凌河宿。昧爽先行，欲见锦州卫也，马头孝石从，御医金德三，译官申之淳、崔寿昌亦皆从。过十里河店，河水深过胫，旷数丈，其源则百余里之水也，桥傍【按："傍"亦作"旁"】共有村店十余家，又十里过杏山店。又十余里路有歧，一松山大路，一西北走，问于胡人，谓当从西北路。凡行十里许，始折而东北行，路旁有烟台数座，皆夷之。远望一塔出半空，乃锦州城中所立也。未至城五里所有河水，以桥渡，即小凌河上流也。又数里有一河水，比凌河可三分之一，路傍【按："傍"亦作"旁"】有两人烧棺。过河半里，至锦州西门城外，市肆稠列，蒙古车塞路。金德三，崔、申两译为卖鹿茸麝香请小住，遂下马坐路上，观者环拥。从者皆就店中买面饼疗饥，坐良久入城，城中市肆益殷盛。行百余步，路北有小门在市肆间，即观音寺也。下马入门，门内又有中门正殿，榜曰"莲台上品"，金碧极鲜丽，楹栋间以木刻龙，作挐攫状，加以金彩。西庭有碑，顺治年中所立，而其文以为寺建于成化，重修于万历与天启年云。寺后数十步有塔，此乃路中望见者也，檐桷悉腐坏，塔后有大寺云，寺僧邀入西偏屋中，坐于椅，劝茶。茶后出裹饭，浇热汤吃之。金医两译孝石皆出就店肆，盖为买卖也。庭中石盆植一物，高尺许，一本百枝槎枒，色如枯骨，即所谓琅玕石也，乃海沤所成，我国南海中亦有之。又有一鸟大如鹭，色苍似青鹤，而顶无红，有长毛，如鹭丝，眼正红如朱砂，问之，乃仙鹤云。俄而金商铉追至，谓余曰："见东屋中花草乎？"盖渠曾到此，故知之也。僧不能讳，遂取匙开其锁门，入其室，西窗内置长桌，上置一盆，梅一树，海棠二树，迎春二树，北壁下置兰草一盆，壁间倚一竹杖，取视之，有节而中实无孔，使金译问可买否，僧曰："此乃官员所赠，而其人常常来见，不可卖云。"室之南为卧炕，帐垂其门，椅桌器玩极其精丽，而案上有一卷书，取视之，乃《四才子传》也。日已向午，而尚未饲马，盖寺中无蒭料故也。遂出寺门，东行二百余步，有十字街，街有两层楼，而门锁不可登，两译立路傍【按："傍"亦作"旁"】，为群胡所环，盖买驴也，遂招孝石求秣马处，逦迤行出东门。余早起甚疲困，思得一僻静处休息，而终不得，益东行，又出城门，是为外东门。出门百余步，路右有新造佛寺在市肆间，入门视之，佛殿侧露置一棺，西边小屋中有群胡五六人，方睹【按：即"赌"】钱，要余坐炕上而观，观其面目，似非善类，即还出。复入城，过观音寺，从北边小巷而入，遂绕出塔后，寻至大寺门外，系数匹鞍马。遂下马，步入西庭，有古碑，即大明嘉靖所立，见其文，以为寺名广济，契丹时始建重，修于弘治十七年云。金昌业《老稼斋燕行日记》

金昌集《杏山谨次晓发先韵》："早发高桥日出前，松山店下驻征鞭。殊方物色临三月，故国音书隔一年。房幕未疏寻废院，囊钱已涩问清泉。驱驰万里身仍倦，诗兴逢春亦索然。"金昌集《燕行埙篪录》

金昌业《同次大有》："凌晨驰到杏山河，问路胡儿屡驻鞭。河上战场犹有堠，城中佛塔讵知年。兴亡衮衮迷前劫，行迈悠悠咏下泉。却恨书生无用处，未将椽笔勒燕然。"金昌集《燕行埙篪录》

二十九日（丁丑）。

晴，风寒。自小凌河行，至大陵河朝饭，至十三山宿。日出发行，至双河沿，望见十三山，一峰相去四十里也。至四同碑，自前先来，列书过去月日于此碑，故到碑下，三行皆卸车见之，则碑面有新书曰："癸巳三月二十六日巳时过去。"盖"三"字，"二"字之误也，书则金尚铉之笔云。以此计程，当于开月初七间入京云。四同碑文字，即明朝指挥同知王平，都督府金事王盛宗两人敕谕之文也。左两碑，即王盛宗万历三年、五年、十八年拜辽东前屯卫游击将军敕书也。右两碑，即王平万历二十年及二十一年拜游击将军敕书也。盖两人曾为金复海，盖铁岭、锦州等卫守将，屡立边功者也。碑文中"奴酋"二字皆琢去，然只去其字，不去其碑，亦宽矣。碑后有坟，而茔域皆夷，不可下。至大凌河，路上卖甘同者比去时更多，中国未尝闻有此物，而独此处多而贱如此，其法必出于我国被虏人所传也。入前冬所入家朝饭，王俊公又来见，呈一片小红纸，书曰："冠紫荆，衣红罗，系吕洪，乘亮马，两龙河边玩景。"余问此何语，书曰："锦州东有紫荆山，西有红罗山，南有吕洪山，北有亮马山，此是四大名山。"余问曰："这龙河在何处？"答曰："是大小两河。"问："这河在何处？"答："过小凌河至大凌河。"余问曰："龙河便是凌河否？"曰："是。"冠紫荆云云，指锦州形胜而言，盖此处所传俗语也。金昌业《老稼斋燕行日记》

金昌业《过大凌河》："客路仲春尽，韶光沙塞间。河冰今始泮，关柳未堪攀。海鲜偏登市，村羊远上山。计应辽水上，胡月见重弯。"金昌业《燕行埙篪录》

金昌集《次大有过大凌河韵》："马在玄黄际，河过大小间。川原犹未极，关岭若为攀。日落丁仙野，云归贺老山。胡姬争睹客，颠倒绣鞋弯。"金昌集《燕行埙篪录》

金昌集《次大有大凌河途中韵》："昨日尘生路，今朝却少风。物华来去别，夷俗见闻同。野阔愁羸马，天晴喜远鸿。何须叹形役，身世自萍蓬。"金昌集《燕行埙篪录》

金昌业《原韵》："马首长东北，终朝遡朔风。庙堂多莫记，店舍尽相同。关内方播麦，辽西后到鸿。始知兹役苦，双鬓尽成蓬。"金昌集《燕行埙篪录》

三月

初一日（戊寅）。

晴，大风。自十三山行至间阳驿朝饭，行四十里宿医巫间山。○行数十里，有一坏墩台，旁有数十家，下马入一家，即村酒店也，甚荒落，有四五闲汉在炕上赌钱，遂坐凳少歇，买酒馈从者，问村名，十里堡，盖去旧广宁十里也。问观音阁远近，店人所言亦与壮镇堡女人同。遂行，视日将晡矣，自此舍大路，从村北小路而行二里许，有一村落，亦数十家。从村中穿过，篱落间散植桃柳，放驴多如犬。三里间又有一村，景色如前，而村后有果园十余亩，四面筑土垣，中央置一间草亭，编黍干为帘，制甚古朴，望之有幽意，意主人必不俗，而行忙不得入见，村名亦未问。有一人自村中出来，与吾辈后先行，问观音阁，言："不远，第向北去。"言已鞭马先行。行三四里，路左有瓦屋数家，种梨成林，女人有出观者，詹胡入去问路。自此望山益近，峭峰奇石层现迭出，令人意思飞动，但观音阁不知在何处，而村路多歧，莫知所从。乱行田间约二里许，又逢一村，詹胡往问路，仍驰马先去，盖觅村问路也。于是余行别寻路，东涉一溪，水清沙白，即闾山之水也。过溪又迷路，登一冈望见东北间，有一带朱墙，即北镇庙也，殿阁隐映于落照中，望之如画。度冈，过一草屋，问路，詹胡亦从他路来会。又逾一冈，树林间有二庙堂，庙傍【按："傍"亦作"旁"】数十家，门临小溪，有持车者自村中出来，遂驻马问路，村人颇集，有一老僧解书字，余问圣水盆、柳花洞所在，皆不知。又问贺钦旧居，亦不知。贺钦，字尧恭，辽东广宁人。成化丙戌进士，闻陈白沙讲论，即日抗疏解官，执弟子礼，肖白沙像悬于别墅，日瞻企之。正德初，乡寇暴发，戒勿犯先生家，乡人谢之，请往抚之，贼遂退。潜心理学，清修笃行，乡人化之，称曰医闾先生云。问村名，则观音庄云。此村在山趾，而以观音名，计观音阁不远，而日亦未暮，可幸。遂逾一冈，望见山上有小屋着岩，如蚝甲然，意是观音阁也，相与指点喜跃，促鞭而前。行半里，背后忽有叫者，顾视之，观音店人立冈上，以手指之。令詹胡往问，则以为圣水盆乃在西边峰顶云。盖初以不知为对，追问其处而告之，其意亦可谓勤矣。至山下，有数间庙堂，左右前后皆种桃，有两道士在门前劈柴，柴亦桃也。自渡至此约七八里，而自此至观音阁不过数里。余谓詹胡曰："寺已近矣，我辈亦可独往，汝则不必更劳，可在此歇息。吾辈宿山上，明朝下来。"詹胡对曰："我亦要见名山，到此，何可独落乎？"遂随来。此胡骑快马在前，遇迷路处，辄驰往问之，数里之间，往来如飞，终日驰骤，少无倦意，其忠勤已难得，又能要见名山，意尤不俗，不可视以夷虏也。过庙堂，沿溪而上，自此路皆累石为级，势颇峻急，而犹可骑。溪中乱石堆栈，时旱水涸，而间有潴处，清澈可爱。溪北有石砌，数三浮屠在其上，似是古寺地也。践石磴数里至观音阁下，仰见绝壁横张，高广可十余丈，石色皓然，如张素幕。上有小城，虹门呀然，门左傍【按："傍"亦作"旁"】有小寺临绝壁，即大观音也。后有一小阁，奇绝如画，诸人不觉同声喝彩，欲经造其处。绝壁下又有一寺曰甘露庵，诸僧立墙头，见余行过其下，遮马固要少歇，遂被挽入一虹门。寺三楹，中供金像，其左右为僧室，庭廛数丈，三面围短墙，种柳三四株，枝柯相交，猕猴桃蔓络其上，遍覆一庭，以两铁钟，悬于柳枝，其一万历年所造也。又以竹笕引泉，从檐际落庭中，涓涓仅续，溢于小槽，味亦清淡，胜于他水，庵名以此也。庭南近墙置一椅一桌，桌上置瓦炉石砚，位置潇洒，了无俗气。余就坐椅上，主僧出茶果以进，笑容可掬。中庭设蒲团，请诸人坐，旋具夕饭。饭是大米，菜酱数器亦皆可吃，从者皆饱，余则有所裹饭，求热水浇吃。僧进米浆一碗，味如我国熟冷，啜来能定胃气，可喜。两驿曰："如此胜地，我辈实初见，到此顿无归去之意。"申之淳曰："月沙后百年间无来此者，今日我辈之游，岂不奇哉！"又谓崔曰："我辈今番买卖必失利矣。"崔曰："何谓也？"申曰："享此清福，又安有得利之理哉？"金昌业《老稼斋燕行日记》

金昌集《广宁谨次深河先韵》："王事关心鬓已凋，眷言归路更迢迢。节旄未向燕中尽，髀肉宁叹马上消。旷野风多愁卷盖，长河水涨怯登桥。经过此地偏生感，欹枕悲吟度一宵。"金昌集《燕行埙篪录》

金昌业《谨次广宁先韵》："未说全辽锁钥雄，诸郎个个气摩空。沙漠威声专阃外，辕门韬略半闱中。空传墟落留遗址，尚看街楼诡伟功。却恨当年纵黠虏，至今氛祲浩无穷。"金昌业《燕行埙篪录》

金昌业《甘露庵》："名山不可负，策马赴烟霞。洞释初看客，岩桃早结花。林中扫地净，檐际引泉斜。两译能随至，皆言愿弃家。"金昌业《燕行埙篪录》

初三日（庚辰）。

晴，终日大风，沙尘涨天，人不得开眼。自小黑山至二道井朝饭，至白旗堡宿。○鸡鸣发行，将越站也，天暗路多歧，往往与前导相失，至土子亭始明，已发十五里也。过旧家铺，出筑路，自此始无山矣。至二道井，入私家朝饭，水味既恶，馔物味皆变，吃饭之难倍于来时。余分筒中炒酱送于柳凤山，则食而甘之，谢曰："非酱也，乃清心元也。"其后每言此酱事，尝称清心元，此时经过之状可想。此处地势洼下，水无归处，小雨则泥淖难行，元建言不记何行次，而书状所乘车陷泥中不得出。上使入站后，送驾轿载来，夜已深，其车翌日始拔出云。朴东和亦言曾到此间，泥深及腰，员役辈皆赤脚着草鞋而行云。今行入来，日暖无前，皆以为异事，而犹以归时泥淖为虑，今幸久旱，得免此苦，一行相贺。金昌业《老稼斋燕行日记》

金昌集《二道井途中谨次深河先韵》："身因晨起倦，梦续夜来残。朝食多差晚，春衣尚薄寒。山从新店少，野入古城宽。困顿嗟余马，何时始脱鞍。"金昌集《燕行埙篪录》

初四日（辛巳）。

晴，晓风始止，而日候暄暖。自白旗堡行至黄旗堡朝饭，至孤家子宿。○至周流河，河有两舟，舟形如我国津船之制，而上皆铺板，以车子推以上之。麻贝、衙驿先到，指挥渡人，使行卸车岸上，待人马尽渡，后时渡以篙，试水深处，仅丈余，水色浊而味清。时日已平西，临河徘徊，沙边极目，自然有感慨之思。至孤家子，申之淳、金应瀗与郭垣来，伯氏使余问之，余书曰："平康王今在何处？"答曰："闻已退去。"问："初在何处，今乃退去耶？"答曰："闻在海岛，或向登莱，见彼有备，又来东北，昨闻退去，不知所之。"问曰："或言已就招安，此说有苗脉否？"答曰："招安是实，闻有一船被风飘去，至今未见踪迹，昨岁腊月京中差官来查过。"问："《四书异同条辨》所著人李霈霖是何处人，现今生存否？"闻此人今已作故，南人，问曰："这人或说是都梁人，都梁系是何处地方？"答曰："大梁。"问曰："近时文章道学，为世所推者几人？"答曰："王础生、吕晚村，浙江人，皆有《四书汇通解》行世。癸丑年状元韩菼，号元少，又有许元。"问曰："这韩、许两人文稿有行世者否？"答："有。"垣书曰："承命来此，倾盖而谈，但姓字未通，寒温未叙，老先生官居何职？识面之后，便通闻问。"答曰："大老爷姓金，现居阁老。贱姓亦金，名某，无官。"曰："贵国诸大人俱识，愚父子亦尝道及否？"答曰："惯闻盛名。"仍问曰："尊爷爷在王幕下，下居何职？"答曰："初任刑部郎中，转鸿胪正卿，三任大理正卿，转通政使。"问曰："贵贯何处？"答曰："祖籍江西南昌府，闻系汾阳之裔，因家谱失散，迁移不常，故世系莫考。"问曰："吴王勇略如何，身材大小如何，髯须多少如何，必有庭闻，愿闻一二。"答曰："魁伟俊材人也，自幼在戎马行中，军略超众，髯须长大，乃贵人相也。"问曰："吴王举兵后僭号云，然否？"答："称大周昭武年号。"问曰："何岁生？"答："亡时七十，今已三十五年。"仍书曰："所书之事，不合人见。"答曰："会得。"问曰："兄弟几人？"答曰："四人，愚居长。"问曰："尊讳已闻过，贤季请各示其名？"答曰："二坤，三埔，四坊。"问曰："巨流河上旧城是谁筑的？"答曰："本朝屯粮小城，请太祖的。"其言多不的确，何也？海贼，初云退去，后因吾问，却以为招安是实。李霈霖，初以为都梁人，以为都梁者，其疏又甚矣，但其文笔不至短拙耳。乃以纸、扇、笔、墨、烟竹等物与而送之。金昌业《老稼斋燕行日记》

金昌集《周流河谨次三叉河先韵》："河流深莫揭，日暮唤舟喧。小楫微风送，轻波返照翻。归心如此水，行色向谁门。隐约春天树，思寻旧宿村。"

金昌集《燕行埙篪录》

金昌业《同次大有》："落日辽河水，行人两岸喧。来时冰可渡，归日浪颇翻。舟楫要冲地，风沙古塞门。停车欲有访，城下尽蒙村。"金昌集《燕行埙篪录》

初五日（壬午）。

晴，朝日气颇冷。自孤家子，至大方身朝饭，至沈阳夕饭，进红花堡宿。○平明发行，路中观日出。是日又大风，沙尘昼晦，过神农店边城磨刀桥，至大方身朝饭，伯氏书绝句示之曰："万里同宾雁，惟宜莫少违。岂知临鹤野，不肯一行归。"盖余行事，已因申译而闻之也。余即次曰："已涉万里远，何嗟数日违。联翩渡鸭水，殊道竟同归。"伯氏见诗不复言。过双家子、永安桥，由南边捷路至愿堂，从墙北而行，问其故，马头辈言此寺前例下马，故避而行，或云此寺有汗伊画像，故下马，未知然否也。向晚风益大，人马欲飞，尘沙眯眼，汉匈奴不相见者，非虚语也。至土城外，三使臣皆下轿，骑马而行。内城门外北边有一佛寺，门前以簟为牌楼，又于左右跨大路各起一楼，亦以簟为之，皆五彩画龙，其东数十步又作戏屋于街上，使驿卒问之，以为今月十八日乃皇帝生日，故各寺将设水陆祈福，牌楼戏屋皆为此而设云。至察院，群胡持杂货出入者视来时益多，一行皆若狂，不胜纷沓，盖北京所无之物，皆到此买去故也。善兴则为余治行，亦未免奔忙，殊可笑也。伯氏所坐处，观光胡人排门而入，腥臊逼人，从者不能禁。喇嘛僧一人亦入来，余目过，两卷其衣辄走，盖下无所着故也，观者皆笑，渠亦笑，仍褰而示之，膝以下则有所缠，如我国行缠之制，其上皆赤脱也。金昌业《老稼斋燕行日记》卷一

金昌集《沈阳感怀》："沈阳城郭自逶迤，往迹依俙欲问谁。汉雁中郎留泽日，秦乌太子出关时。百年苌血冤难沫，千古吴薪恨永违。河上旧亭犹有址，停车回首一於戏。孝庙留沈时就混河上作亭，尚传其址。"金昌集《燕行埙篪录》

初六日（癸未）。

晴，风。自红花堡行，至沙河堡点心，至烂泥铺吃烹饭，至辽阳永安寺宿。○晓起，善兴煮饭以进，自此水味胜，烹亦善，此日始知饭味。行十余里乃明，至沙河堡，自宿处至此四十里也。西边有新造店房，遂系马入坐，窗槛明净，凳桌整齐，新煮猪肉置几上，釜中方压面而煮之，客无先至者，店中闲静，尤可喜也。使从者买饼面肉，随意饱吃，余只吃粉汤一甫儿，汤汁清淡，似是煮猪水，而味甚佳，亦能使腹中平安。店门相对家有新壁，遂

153

就其处书之曰："初六日辰时，四人二马过去。"其家主出见，谓之曰："何不书年月？"余笑而不应。其人固请书之，不咎其污壁，而反请加书年月，亦意外事也。到十里堡，歇马路傍【按："傍"亦作"旁"】，觅水啜糜，题壁如前。又行，所过村店多问行次消息，盖为买卖等待者也，间有问何以独行。是日虽风，晚来天气颇暄，野有春意，东边青山渐近，善兴告以辽阳塔已见，归兴益浩然。至烂泥堡，余烹饭而吃，从者买面疗饥，驿马饲粥，不给水草。此家即来时所入家也，店人皆相识，有一老人，余问千山去此多少路，其人书曰："一百一十五里。"而自此至辽东则三十五里，以此言计之，千山距辽东为八十里也，较于前所闻益远。余问曰："老人何以知千山远近？"曰："俺少时以雇车为业，故熟谙其路也。"曰："然则自千山至甜水站多少路？"答曰："七十里。"出药果少许与老者，以晓来所作五律一篇书付站人，待行次传。遂行过太子河，有一胡骑马自辽阳城中出来，遇我行，问行次消息，盖欲买米于湾枰者也。言行次以明日当到，遂回辔，与吾同行入城，千山远近，亦能言之。至辽阳城，日正申矣。从北门入去，望南边远山中有青翠秀峰出天际，来时在狼子山途中亦见此山，意是千山也，度其远近，不过五十里，以日力则可至，而从者皆疲，遂向永安寺。迷路于阛阓，久乃寻至，直造藏经阁。一沙弥在窗间见余至，跳出阶下，迎笑曰："来也，来也。"仍要入内炕，老僧方昼寝，沙弥叫起，僧开眼视之，亦跃然而起，待之甚款曲，人马即皆区处，优给其食。余问来时路上所遇僧，则皆出去。余遂请老僧曰："俺明日自此欲往千山，可有同去者否？"前冬到此，曾以此事相告，想亦可得矣。老僧曰："寺中适有事，诸僧皆出，无人可行矣。"余遂往见崇慧于西廊，揭帷而入，崇慧方凭几写字，见余至，即彻去延坐，亦有喜色。余索纸书曰："前冬过此相见，可记得否？"僧曰："如何不记。"余问所写何文，僧曰："今月十八日乃皇上生日也。天下寺刹皆为七昼夜功德祈福，今月十四直至二十日方止，此寺亦依他处为之，所书乃其时所用疏文也。"余曰："然则不妨仍书。"僧曰："不如。"遂出茶果以待之。坐有一胡，能为我国语，问之，乃凤城人。待此胡去，余问曰："不瞒师父说，俺自此欲往千山，而不知其路，寺中可有持引者，当厚谢，以此来议。"僧曰："老爷来得不凑巧，寺僧以十八日佛事，皆奔忙没工夫，恐难得人。"又曰："老爷既欲游山，老僧宜同往，而奈身上有病，势难随往何。"余曰："不敢屈老师，若难到头同往者，只要出城门五六里地，指示去路，亦可矣。"僧曰："这却容易，当为周旋。"余问曰："禅师曾游千山否？"曰："曾见过。"问曰："山中共有几座寺？"曰："六寺。"问："要见这六寺，费几日工夫？"曰："费三四日。"已而一僧来到炕前，崇慧与此僧问了数句语，谓余曰："此僧有脚力，且知路，要同去。"余曰："多感老师周旋，但俺所骑骡，快不可步，赶欲以雇骑之价相送。"僧曰："这个自有道理，不烦老爷费念。"仍问曰："老爷要见千山，可有几日功夫？"余答曰："行色甚忙，要趁再明至狼子山，其入山，多不过一昼夜矣。"僧曰："然则不过看得三两寺矣。"仍与其僧自相问答，所说虽不可晓，而似议入山之路也，遂谓余曰："老爷明日至龙泉寺宿，再明日到天安寺。"余出所赍疗饥之物吃之，其中有蒸昆布，遂取一条与小沙弥，沙弥即受而吃之，崇慧峻责不已，沙弥面红不敢对，余揣其意，似责其不辨荤素，率尔入口也，遂更以数条与崇慧，对曰："贫道持戒甚严。"余笑曰："此乃海菜也，若是荤血之属，何敢累清律。"于是，僧收之。遂回至藏经阁，崇慧目送，至阁而归。余吃烹饭，招明日同行僧，与别扇一把，又以壮纸一束，笔墨各一送崇慧。俄而崇慧使其侍者送闽姜橘饼各一封，遂以一火铁赏其人。夜出西边角门外净手，复到崇慧房，僧方病，困卧床上，见余至，遂起坐。余曰："适蒙赐珍果，感谢。"崇慧曰："僧见老爷犹如故旧，思忆多时，无有可献之物，只的遮羞而已。"余曰："我以外国之人，得遇老师于此，若非前缘，岂有此事，只缘行忙，未克从容请教，不胜怅恨，所以再来告辞。"崇慧曰："人有内外，佛性一等，岂有异哉？"余问曰："驻跸山在何处？"崇慧曰："就是首山。"问："去此几里？"答曰："十五里，西南出城望见。"余问曰："这山是唐太宗驻跸处否？"崇慧书曰："唐太宗鞍山下马，驻跸山，按一把古人说的。"崇慧使小沙弥进茶，其味似酪茶，余问何物，对曰："芝麻。"余使小沙弥念经已，余亦以我音念一遍。夜深，遂辞归，僧出庭相送。此处人送人，必就前执手，致其殷勤之意，而此僧则不为此态矣。归藏经阁，湛元在内炕，而掩门而睡，余遂宿外炕，与一老僧联枕，善兴诸人宿东廊。金昌业《老稼斋燕行日记》

　　金昌集《发沈阳谨次杏山先韵》："昨夜沈阳馆，今朝辽右途。渐看乡土近，顿觉宿疴苏。河带长桥阔，村依古塔孤。揭帷时一望，野色已春芜。"金昌集《燕行埙篪录》【考证：《老稼斋燕行日记》言使团于三月初五日"至沈阳夕饭"，初六日"至辽阳永安寺宿"，诗云"昨夜沈阳馆，今朝辽右途"，约作于初六日自沈阳离发时。】

初七日（甲申）。

　　阴，晚微雨。自永安寺行，至千山下朝饭，至龙泉寺宿。○自过土冈行谷中，谷尽而转一隅，为平川广畴，自此向东行，望中山气重重隐见，若云霞兴蔚，僧曰："此千山之俗传此山共有九百九十九峰，山之得名盖以此云。"从者皆喜曰："今日得见千山矣。"自辽阳至此，约三十余里矣。路左有一屋，立马其门，使从者求水，仍问路，有腰镰者出来，言此去祖越寺，可二十里云。时天色阴晦，雨欲坠，山翠益浓，望之若近，神兴飞往，却怪马之迟也。又行七八里渡一溪，溪自东行，盖千山之水也，溪上有庙堂人家，自此十数里间，皆清旷可居，景色与大路异，所过多蓝田，其土肥亦可见矣。山下有一大路，此则东八站，雇车直出十三山之快捷方式，先来亦从此而行云。截大路而南及山趾，连逢耕者，问路而前，始入一谷，路有往来之辙，而夹路皆梨树，树下往往累石培其根。然深入四五里，不见人居，又不似寺观所在，余疑而屡住。僧曰："第随来。"从者皆咎误入，僧辩其不然，至于颈赤，而莫晓其语，彼此俱极泄泄，可叹亦可笑。……时微雨作，遂冒而行，涉一溪，折而北行，自此始舍溪矣。路右多浮屠，其中三坐围墙设门，多植树木。自山口至此，涧谷间森立者都是梨，更无他树，六七里间无所间断，闻花时遍山如雪云。自过溪而后，山势却开豁，亦无树木，但荒茅靡然而已。少前路有歧，右则龙泉之路，左者上西岭，到此见之，则向来始入之路，与此只隔一岭，方知引路僧不错，而我辈却错计，其枉走不下二十里也。自路歧以后，左右奇岩竞出，叠嶂回合，寺在其间，至百步内，亦不可见。路凡三转，右折而入，两岩间始有一虹门，扁曰"敕建龙泉寺"，傍【按："傍"亦作"旁"】书万历年号。入门数十步，又有一重门，两门之间绝壁夹路，如甬道然，右壁间刻"嗽琼"二字。过第二门，始有平地，有屋五六间，皆廪舍，颇有车马，乃烧香人持来者也。此上又有一层石砌，高数仞，佛殿僧寮，皆在其上。善兴已设席于东边室，敞洁可喜。主僧精进盛设茶果以进，油粉所造果及各样实果及橘饼闽姜之属无不备。善兴言始来入门，诸僧望见，竞走来阶下迎，问何来，对以游山而来。又问曰："你独自一介来？"对曰："随老爷来，老爷方在祖越寺，今且至。"诸僧闻言益喜曰："我谓你不独来，果然云。"开南窗而坐，烟雨涳蒙中，三四峰在望，兴寄悠然。茶后观佛殿，殿在三层阶上，结构虽不雄杰，而庄严精丽，数十秀峰罗列于前，左冈环抱，自东至南为内案，不高不低，而以石浑成，内外壁立，其上置小屋曰罗汉殿，相去仅百余步，风水极其紧固。殿西壁外，题诗甚多，皆是近人所作。其中七律一首，五律一首稍可观。七律曰："迹滞辽西匆复东，偶然凭眺意无穷。幽奇莫怪居龙尾，雄杰应教起沛风。寺在画图如□胜，人游诗句直凌空。此行共领林泉趣，不让庐陵老醉翁。"五律曰："岩壑闻争胜，山阴有万千。何图辽海地，别具蔚蓝天。龙卧藏丹壑，峰高压浅泉。寻幽恣登眺，跌望兴悠然。"下书

"康熙戊午八月昆陵龚君书"。金昌业《老稼斋燕行日记》

金昌集《入辽东谨次冒雨入辽东先韵》："使华归路遍韶华，冉冉佳辰塞上过。异趣宾鸿还背客，同情仙鹤亦怀家。河从太子奔来咽，山入唐皇驻处多。野气茫茫云泼墨，东风应遣雨催花。是日有雨意"金昌集《燕行埙篪录》

金昌业《入辽东谨次冒雨入辽东先韵》："辽阳休说尚繁华，城郭伤心不可过。荆棘旧墟余佛宇，旗帘新肆半胡家。丘原漠漠春芜遍，石塔亭亭夕照多。来访高僧难问此，夜阑相对落灯花。"金昌业《燕行埙篪录》

初八日（乙酉）。

晓乍风，殿铎有声。睡觉起出房外，月已落，天色可五更，而上下佛殿尚有灯，四围群峰阴阴，仰视天宇却清朗，星光错落可摘，殊可喜也。呼起善兴，与马刍，还卧少顷，呼烛起坐，作云生书一纸，书曰："全仗道力，遍践灵境。宝筏登岸，不足喻喜。唯师大德，何以为报。唯有东归，瞻云顶礼。癸巳三月初八日海东人某。"以书与朗然归传，朗然即引路僧，是日始问其名。又书五绝一首与朗然曰："无人指觉路，尔独在吾前。共宿龙泉寺，应知有宿缘。"又次殿西壁上韵作二首，书赠精进，一诗曰："踏遍山东北，来经路四千。风沙涉若海，烟雨到诸天。晚饭供榆蕈，新茶瀹石泉。何妨未通语，默坐更翛然。"一诗曰："石扇启初地，中藏界大千。龙潜峰有水，僧老洞为天。壁色含春雨，松声挟夜泉。明朝下萝径，回首但苍然。"饭后往登白袍石，石在寺之东冈，去寺百余步有大岩，高四五丈，有纵罅可受趾，然落叶积其间，滑而易跌，使一僧试上下，然后余乃去上衣而上，善兴劝止，而余竟登焉。望东北间乱山如波浪，缘壁南出者又数十步，亦颇危，壁尽有小平处，此即白袍庵址也。其东又有三四丈大岩，缘隙可登其顶，而疲倦乃已。此处不但岩石奇伟，石间多老松，尤难得也，以白纸一束，烟竹一介，火铁一个与寺僧。遂看佛殿前庭碑，万历二十二年甲午所立也，其记略曰："故老传闻唐太宗贞观十九年伐高丽，驻跸于山，命郑国公尉迟敬德建造。"又曰："僧明月好施舍，万历十七年云居此寺，见殿宇倾颓，构大殿五间，前殿四间，始于万历庚寅，成于甲午。值北虏屡犯，边尘数惊，及今大兵，远征倭寇，将士对敌临锋，释子深为可闷，将本寺千日禅，二次建水陆大会，凡三昼夜祝圣寿无疆之福，下利幽冥，若类群生，郡人千峰月川佟奎所撰云。"一碑敕赐千山大安寺，建立正佛禅堂，续后碑记，万历二十七年仲夏建立。一碑记施主名曰："钦差中路协守辽东等处地方总兵官都督指挥使郎忠，钦差巡抚辽东等处地方兼理军务粮饷都察院右副都御使杨镐，原任辽东中路协守副总兵官都指挥使佟鹤年，万历年壬子仲冬所立也。"大雄殿东庭有一重修碑，即康熙癸未所立也。西庭有一碑，刻古人诗律九首，其中一诗曰："杖屦游山涧，驰驱石磴间。入天千嶂合，回首片云闲。喜结青莲社，愁过黄柏湾。短衣来射虎，不梦玉门关。"稍不俗，下书"壤平高大恩"，未知何时人也。〇余之游初从西北，转而东，又转而南，山之内外几尽领略，所未见者只四寺，则虽谓遍踏可矣，但恨卒卒涉历，无优游玩赏之趣耳。仍下岭可三里，有一人骑驴在前，善兴问路，其人回顾，便不答疾驰去，莫晓其故。行三四里，有一村四五家，其人下驴坐村前，意其在深山中，忽逢异国人，惊惧而走，逢人家始歇也，可笑。遂从村人问路，虎狼谷去此可四十余里云。村南有大山，盖千山之后脉也，树木极多，群峰峭拔苍蒨，但不能如千山之明丽也。自此田野夷然，左右夹以上，或阔或狭，沿路间有村落，而一村不过四五家，皆是草屋，篱落萧条，亦不见庙堂。路旁连有耕者，多停牛而看，或释耒走来，观从者吸烟，此处人不曾见我国人，而殊无惊怪之意，乃反厚待如此，与始料大异也。惟过一村，有十余岁女见我行过，惊匿稼堆中，可笑。自问路处约行二十里，有大川自南而来，是千山随龙木也，水颇清广，深处可泛舟。自此沿流北行，溪上时有村居，村前木桥随水势曲折架之，恰似画中所见。路西有村负山，山多松，前有平畴数百亩，颇似我国村落，令人开眼。有一鲜衣女人乘车而来，遇余行，引车立田中，似避之也。过此路，盖北行十数里间更无人家，行人亦少，但随车辙而行。然向北行已多，恐已过了狼山，颇怀惶惑，踟蹰再三，有三胡驰马而来，见其在后者年老，遂问之。答曰："狼子山、虎狼谷去此皆二十里。"行未几，有一大路自西而东，乃先来所过之路，两路口有草店一家，无人，于是始知非误，顾从者而喜，遂下马坐溪边出糜吃之，善兴于大连中出各色面果，其数伙然，盖自永安寺至大安寺收贮者也，与业立、毛疾分吃后，以其余还入大连曰："一行人见吾辈向千山，视若往死地，当持此归诋之。"盖得意之言也。视日不至暮，遂疾驱，拟达狼山。善兴指东北间一山曰："此似是狼子山云。"至一村前，有数人方毁屋，其中一人忽走来执马鞍，始颇惊讶而视，其色却欣然。其人问京中买卖何如，善兴答曰："价高。"其人曰："俺旧以雇车为生，自拦头出，遂失业，今将彻家移住他处云。"辞色愀然。问拦头讼胜负，却不知云。过此村，东逾一小岘，涉一溪，自此乱山回合，路益狭，而犹有往来之辙。逢一收马而归者，问狼子山，尚十余里云。此处素多虎，日且落，遂入一村舍，向收马者即家主也。其藩篱坚固，门庭广阔，内有两屋，在北者五间，在西者三间。西屋对面又有屋，牛马所入处也。西屋置织机，有一男子方织布，余入其炕。

隔壁有女人，以绩车引丝，入夜不止。金昌业《老稼斋燕行日记》

金昌业《龙泉寺次壁上韵书赠主僧精进，寺在千山》："踏遍山东北，来经路四千。风沙涉苦海，烟雨到诸天。晚饭供榆薹，新茶瀹石泉。何妨未通语，默坐更翛然。"金昌业《燕行埙篪录》

金昌业《向虎狼谷宿村家》："百里随一辙，逶迤长谷间。村烟隔小陇，春日下荒山。客向渔梁过，人收牧马还。主胡治酒待，却似旧知颜。"金昌业《燕行埙篪录》

初九日（丙戌）

晚阴，乍雨，雨止而风。自黄岭子行四十余里，至甜水站朝饭，至连山关宿。日出发行数里，与狼子山路相会，逢直山将坐车在前行，盖书状以马逾岭，而车独来也。余行从后追蹑，而直山以车响不能觉，令善兴推其背惊之，直山惊得几跌，转头见余，仍纳拜，遂相与大笑。时朝旭始升，群雉飞鸣遍山野，入山口十余里间亦往往有人家，而不过数三草屋萧然耳。在马上望见，叠嶂间有数峰亦奇，此乃青岭之南，而乍见旋隐，未能睹其全体，可恨。道逢两胡，其一人即辽东北门外所遇者，言其家在黄岭子，与刘仲升邻居云，遂一路作行，言刘仲升祖先即朝鲜人云，始知昨日款待者亦以此也。凡行三十余里过一岭，即青石岭之后脉，而路坦易，不可与石岭之险同年语，其迂亦不过十余里，而一行卜驮，舍此不由，必越石岭，虽此易见之利害，而昧其取舍如此，良可痛叹。自岭至甜水站，十里而近，一塔在山边，此乃来时在甜水站上望见者，到此始觉眼明。塔下有草店数家卖酒食，望见朝饭处已设幕，川边一行人马方陆续，而贵同先到，望见吾行，迎拜马首，其喜可知。下马未几，行次亦至，柳凤山、昌晔为前陪，见余已来，滚下马来相劳曰："今日相遇于此，若从天降，实为万幸，喜不可言。"既谒伯氏，见书状。一行员译驿卒皆来贺无事往返。书状谓余曰："君诚难矣。"余笑而答曰："君不闻有志者事竟成乎？"书状曰："吾行亦观永寿寺。"仍述其胜概曰："寺在太子河东岸，凿岩构二层楼，楼上有数百小金佛云。"申之淳言随首译往高天禄家，到太子河上流，见水磨，其制如大车轮置水上，以石磨置其上，使上静下动，水激其轮，磨自回转，见其所磨，皆木札也，盖取屑造柄香云。申译以其屑来示，嗅之微有香，似是榆木之类也。而岭间溪水皆北流，盖岭脉自南故也。朝饭遂行，至岭底，伯氏舍轿骑马而行。涧谷间冰未尽释，岭上尚有雪，逾岭至小庙少休，伯氏自此复乘轿。庙中无塑像，只有画，而主壁者乃三眼，左右侍立者皆具冠袍，不知是何神也。自庙行半里始有小店，

159

自此至连山关二十里，而山谷高深，更无人家。连山关水亦北流，察院疏冷，不堪经夜，出宿私寓。金昌业《老稼斋燕行日记》

金昌集《连山关》："迭岭征车越，连山旅馆投。溪冰春度怯，峡雨夜闻愁。虎穴多经栅，龙湾久舣舟。殊方饱辛苦，行矣可迟留。"金昌集《燕行埙篪录》

金昌业《次宿虎狼口》："欲从何处宿，林鸟亦归投。已后狼山约，遥穿虎穴愁。山深犹有辙，溪旷可容舟。易失仙源路，非缘攀桂留。"金昌集《燕行埙篪录》

金昌业《次伯氏自连山发行途中韵》："未说三江近，先欣两岭过。孤村皆有庙，小水亦名河。石路逢车少，泥涂陷马多。栅门余数站，乡信定如何。"金昌业《燕行埙篪录》

十一日（戊子）。

夜，雪已数寸，已朝犹不止，至巳时方霁，大风旋作。自通远堡行，至八渡河朝饭，至松店宿。日出后发行，至八渡河北边，入店舍朝饭。主胡卖雉多，皆预畜而待者也。渡瓮北河，水仅至膝，驿卒辈言前此此水深至腹，未有如今年之浅云。此水向东流入中江，畓洞以下之水皆入于此云。至松店，察院冷落不可处，遂入村家，与伯氏宿一炕，风彻夜大吹。首译及上通事、行中掌务，先往凤城，盖出栅，城将以下例有赆遗之物故也。是日为清明，此地人皆上冢，来时所宿主人要致元建、善兴，馈以酒饼云。金昌业《老稼斋燕行日记》

金昌业《八渡河又用前韵》："八站行将尽，龙湾指日过。归心正似水，朝饭每临河。故国清明近，殊方雨雪多。身疲诗转拙，其奈壮游何。"金昌业《燕行埙篪录》

金昌集《次大有八渡河途中韵》："不道方行日，能成式遄归。驱驰车薄薄，来往梦依依。庑葛何曾诞，湘鸿亦未稀。还家抚幼少，应遣自忘饥。"金昌集《燕行埙篪录》

金昌业《原韵》："一路穿长谷，行人万里归。惟逢雪漠漠，未见柳依依。石恶河频渡，山深店益稀。间关最我仆，沾湿忍朝饥。"金昌集《燕行埙篪录》

十三日（庚寅）。

阴，晚后雨作，少顷而止。自凤凰城行，至栅门朝饭，至马转坡中火，夜渡江，至义州宿。昧爽发行，转过凤凰山，仰见东南四五峰，素华浮空，真如初日芙蓉再睹，愈觉清新。未至栅门四五里，由东边小路而入，欲见古城也。路傍【按："傍"亦作"旁"】有草屋数家，一胡在门前指路，言深入有庙堂云。行二里许至谷口，乱石堆栈，水皆涸，东西皆有坏城，此即古之设门处也。度此深入，其中平旷可田，亦有屋址，四围石峰环立，缘山脊为城，皆石筑也。有一山麓，自西南落下蜿蜒，入平处陡断为石台，登其上，城中形势一览可尽，而西北奇峰尤多，皆路上未见者也。《一统志》所谓凤凰山，在都司城东三百六十里，上有垒石古城，可容十万众，唐太宗征高丽，尝驻跸于此者是也。然见其制，似是我国之筑也，南边有将台尚存。闻北门外有三寺，盖苏文、薛仁贵塑像皆在其中，向者一胡所言庙堂即此也，行忙未及见。后闻译辈言，自凤城来者由北门而入，甚近云。还出谷口，到栅门，三行皆设幕，坐川上。京书已到，伯氏柝书待余，闻家国俱幸无事。吾家书则乃二月十五日所发也，闻堂弟仲习丧室，极可惊惋。清学上通事金世泓闻其母讣，其子扶护出去，惨然也。旧湾尹人送将校问候，伯氏、护行将官、枪军及驾轿马皆来待栅门外，任善后亦入来云。朝饭已，城将出来，开栅出一行人马，而不搜检卜物，只计其驮而出，无少滞碍。麻贝奴詹二及将车者来到幕外告别，各与火铁一个，致谢而去。行次将发，余先行立门内，麻贝自城将所坐处来就余前，举手为别，使金万喜通言曰："远来苦劳，游赏处不多，可恨云。"余答曰："数千里同行，凡事多蒙周全，曾求清心元，而奈所赍乏尽，不得仰副，待归本国，有便即当奉寄。"金译以此传之，麻贝称谢。既出栅，人马如飞，至汤站下马，看古城。过柳田、细浦至温井，湾人已于此处刈草设网，以待止宿。而日势尚早，遂前进，历观温井，井在路右百步许，甃以石，泉脉极大，旁皆沮洳。未至马转坡数里，设幕川边，欲止宿，俄而雨作，一行将露屯沾湿，皆欲前进渡江。自此至义州，可四十五里，而日已晚矣，遂促饭。三行一时发行，卜刷马已有先发在前者，马之疲顿者，至此无不生气，长鸣奋迈，似亦知故土之已近也。过马转坡，路缘绝岸，岸下溪水成平潭数百步，深若不流，其清见石，来时则潭皆冰雪积其上，故不知有此也。行十余里，雨止而日亦没，至九连城曛黑，东望一点火光出杳茫中，善兴谓是统军亭也。将近三江，副使使申之淳送言于伯氏，请停宿待明过江。再三往复，三行遂卸车路中，而帐幕落后，势将经夜于轿内，吾辈则拟坐而待。朝，下辈言此处无薪水，难过夜，乃稍进数里，复卸车。义州官人颇越来，以为中江及鸭绿江皆整船，府尹亦出待江边，且在前亦有夜深后，乃越江之时。书状亦言到此中止，经夜轿内，不但贻弊不少，亦损事体，虽犯夜不可不渡江，一行皆以书状言为是，遂过中江。至鸭绿江，一府官吏及前导威仪妓生皆来待船上，进茶啖，命停之，至府吃饭，鸡已鸣矣。是日行

百十。柳田、细浦之间为松鹘过脉,凤栅之水过汤站来行入于中江,细浦以东之水南流入鸭绿下流。金昌业《老稼斋燕行日记》

金昌集《寒食》:"寒食谁从马上传,回思京国自茫然。暮烟第宅分榆火,春草丘原遍纸钱。汉岸曾看花似雾,塞门今见雪迷天。凤山鸭水无多地,人事他乡感一年。"金昌集《燕行埙篪录》

金昌业《次伯氏寒食又吟》:"分付朝餐傍水传,栅门将出意飘然。橐无长物惟留剑,路有闲诗讵直钱。千迭苍山尽胡地,数竿红旭是东天。忽闻今日为寒食,惆怅吾行已半年。"金昌业《燕行埙篪录》【考证:据《老稼斋燕行日记》可知使团于三月十三日"自凤凰城行,至栅门朝饭,至马转坡中火,夜渡江,至义州宿",以上二诗皆以"寒食"为题,又有"分付朝餐傍水传,栅门将出意飘然""忽闻今日为寒食,惆怅吾行已半年"语,约作于三月十三日(寒食日)。】

金昌集《谨次待乡信先韵》:"春事方阑客始回,倦骖疲卒亦能催。已知乡信应先到,不许偷过凤栅来。近来使行,每取栅外书封,传到松站之间,而今行则不然。"金昌集《燕行埙篪录》

金昌业《同次大有》:"谁能出栅复迟回,归马如飞不待催。尽说此行偏迅速,家书或未渡江来。"金昌集《燕行埙篪录》

金昌业《次伯氏出栅韵》:"流水趋东地,归人出栅时。家书来年见,我域望山知。塞柳多难尽,胡云远欲随。今行备苦乐,一一记须宜。"金昌业《燕行埙篪录》【考证:以上诸诗有"已知乡信应先到,不许偷过凤栅来""谁能出栅复迟回,归马如飞不待催""流水趋东地,归人出栅时"语,亦作于十三日。】

金昌业《凤凰山》:"亭亭凤凰山,秀色春更润。东南四五峰,特立如进笋。我行虽甚忙,揽辔屡回眄。晨光尚蒙眬,石角递隐现。置此衡庐列,未知孰后先。惜哉在遐域,古人多未见。"金昌业《燕行埙篪录》【考证:《老稼斋燕行日记》云"昧爽发行,转过凤凰山",故此诗亦作于十三日。】

金昌业《过沙芚川》:"指点君知否,来时宿此丘。残蒭犹满地,旧灶尚临流。汲处冰皆尽,痕荻已抽。人情恋桑下,那免一回头。"金昌业《燕行埙篪录》

金昌业《记渡江》:"黄曛始到九连城,微雨忽收生月星。一点云间明灭火,邮人指是统军亭。""东临喜见大江横,数里仍穿芦荻行。知是后徒今始到,柳林无数马铃声。""两岸喧呼到二更,中流咿轧舻摇声。独立岸沙高处望,乱山千迭是来程。"金昌业《燕行埙篪录》【考证:诗题曰"记渡江",诗云"黄曛始到九连城,微雨忽收生月星""两岸喧呼到二更,中流咿轧舻摇声",约作于十三日渡鸭绿江后。】

十七日（甲午）。

晴。自良策行至车辇馆中火，至宣川宿。日出朝饭发行，至车辇馆。月出光以其子万春来见，彻床以与之。过清江桥，至宣川，访金将军祠宇，西浦金公并享，遂谒。历憩乡校，入倚剑亭，与柳凤山、昌晔同宿东房。拨便见信儿十三日书，府使张鹏翼罢去，李汝迪来代云。金昌业《老稼斋燕行日记》

金昌业《金将军祠宇》："壮士去不返，遗民悲至今。荒沙柳已老，战地水犹深。胡虏传神勇，天王悼腹心。新从北庭返，感愤倍沾襟。"金昌业《燕行埙篪录》

二十三日（庚子）。

晴，晚后阴风。自肃川至顺安中火，至平壤宿。○善兴来谒，仍随至平壤，历谒箕子墓。旧碑拆于壬辰兵火，只余其半，附于新碑后，以铁钉钉之。龙脉自卯来，翻身作午向，穴法殊怪异。丁字阁上有倪谦、龚用卿、姜希孟三天使诗。从七星门入城中，杏花盛开，栽松亭榆叶亦皆生矣。伯氏入练光亭，余馆于亭下，与庶尹黄君、甑山朴君、江西洪君在亭上相见。向夕有雨意，江中渔舟避风，尽泊亭下，倚栏四望，暮色奇绝，遂得七绝两首。仍思庚辰年过登此楼。赵定而自江西来，同宿。时十月望间，晓起，落月垂江，至今不能忘其奇，今来事景虽异，其兴怀则殆无不同。归下处，甑山、江西又来见。金昌业《老稼斋燕行日记》

金昌业《次练光亭韵》："江南江北暝烟多，坐听中流欸乃歌。钓艇尽移亭下泊，绫罗十里起春波。"金昌业《燕行埙篪录》

金昌业《练光亭》："普通门外草青青，浮碧楼前春水生。谁道吾行归未晚，杏花如雪满江城。"金昌业《燕行埙篪录》

二十七日（甲辰）。

判府事金昌集使燕京，还到黄州，以科查后诸考官皆坐罢而独免为不安，上辞疏，上降优批。《朝鲜肃宗实录》卷五三

二十九日（丙午）。

微雨。自松都行，至长湍朝饭，至坡州宿。平明发行，至长湍朝饭。至临津，济谦来迎。至坡州中火，伯氏与副使、书状前进高阳，余以落伤处作痛落后。见书状，牧使李君征海在座，三行既发，余乃出宿私家，主守来见，

以有同年谊也。彦、信两儿,昌远亦落后同宿。金昌业《老稼斋燕行日记》

金昌业《高阳途中》:"青春作伴意扬扬,草碧花红满路光。却忆去时风雪里,二更炬火入高阳。"金昌业《燕行埙篪录》

金昌集《和大有高阳途中韵》:"碧蹄官路雨新晴,紫禁烟花隔一城。千丈华山先入眼,归槎喜气与峥嵘。"金昌集《燕行埙篪录》

三十日(丁未)。

谢恩兼冬至使金昌集、尹趾仁、书状官卢世夏复命【按:参见康熙五十一年十一月初三日条】。上引见慰谕之,问彼中事,昌集等对以清皇节俭惜财,取民有制,不事土木,民皆按堵,自无愁怨。又言书册出送事固可谢恩,而所求诗文亦不可不副,宜送别使于节使之前,必使文衡主其抄选,事易就矣。《朝鲜肃宗实录》卷五三

晴。自坡州行,至高阳中火,入京。晓蓐食,行六七里始明,至高阳客舍,韩硕昌来待矣,索官饭吃。行至新院方,时振来迎。至昌陵,奴辈来迎。至延曙,卑谦来迎。至弘济院,使行入城已久,从彰义门路,至佛岩,圃阴与养谦、致谦、厚谦坐溪上而待,仲平、闵监役圣源亦同在,遂下马相见,偕行至遮日岩。雨后水石清壮可赏,遂坐石上,李水使寿民与弟逸民、圣征来见,东郊下人尽来谒,彦、信朝饭碧蹄追至。至城外,李生廷烨、廷煐、赵生明斗来迎,又下马,班荆少坐,午饭,亦自心台至矣,直往伯氏宅,谒祠堂。夕始还家,拜家庙。往返五朔,共一百四十六日,去来路程,共六千二十八里。在燕京出入及在道迁行者,又六百七十五里。得诗四百二篇。金昌业《老稼斋燕行日记》

金昌集《慕华馆途中次大有佛岩韵》:"西逾沙岭尚重闉,迎候纷纷问几人。替坐肩舆华馆外,雨余驰道不生尘。"金昌集《燕行埙篪录》

金昌业《原韵》:"疲骖瘖瘖近城闉,弘济桥边已散人。行到佛岩日犹早,临流且濯满衣尘。"金昌集《燕行埙篪录》【考证:据《老稼斋燕行日记》可知金昌集等于三月三十日"自坡州行,至高阳中火,入京""至弘济院",以上二诗约作于三十日。】

金昌集《用老杜秦州杂诗韵追记燕行》:"弧矢男儿志,平居慕壮游。差池当暮景,潦倒任闲愁。枥马思千里,鞴鹰病一秋。悠然出疆命,行矣敢迟留。""夜饮亲朋饯,朝辞庆德宫。人瞻前席近,沾醉上樽空。帽暖貂凌雪,车轻马溯风。迟徊度沙岭,回首五云东。""弘济桥边路,遥连万里沙。依依惟恋阙,戚戚敢怀家。征旆风频掣,离筵日已斜。幽燕观览壮,归向故人

夸。""照车前后火，夜到碧蹄时。邑小杯盘窘，山寒鼓角悲。亲知辞稍稍，行迈发迟迟。官酒能余否，愁思一中之。""身病半年剩，王程千里强。龙湾犹道远，鹤野可堪长。去去穿豺虎，行行骋骕骦。惟当怀靡及，肯叹鬓全苍。""受命殊方远，应知隔岁归。何曾择夷险，不敢见几微。客梦还家少，乡书出塞稀。饯筵随处设，红粉动成围。""兀然松鹘山，指点隔江间。白草迷前路，黄云护古关。使车从此去，猎骑有时还。吾祖留名地，衔纶自厚颜。""积雪边山合，寒波陇水回。林中经夜宿，栅外拂晨来。守将相携出，关门始许开。乡音从此断，顿觉马鸣哀。""凤栅以来站，长亭连短亭。河流八渡阔，岭石一山青。夜馆多无月，晨程每有星。劳哉此行役，倍忆我林坰。""众岳祖昆仑，儿孙远更繁。峰传驻跸所，河接泛槎源。古迹犹留郭，遗民亦有村。斜阳立马处，塔影下沙门。""朔风吹塞急，寒日傍城低。野色愁荒碛，村名㤀烂泥。千家迷表里，列肆眩东西。富盛经营久，于焉起鼓鼙。""巫闾何旁礴，中有圣盆泉。胜迹沙翁记，高名贺老传。千峰长路畔，一径白云边。仙赏输吾弟，停车独怅然。""彩榜纷开市，雕甍竞起家。爨薪常用秫，农地尽耕沙。何术扰禽兽，非时护果瓜。弓鞾多汉女，髻上总簪花。""莫过松杏堡，杀气尚浮天。在在荒城废，时时往事传。谁能焚虎穴，但自抚龙泉。羞见祖家路，石牌犹市边。""今古经营力，虚老万里间。孤亭临瀚海，百雉截阴山。自可凭天险，谁曾引虏还。身边雄剑在，堪惜绣苔斑。""瞻彼西山色，超然自不群。荒城千古月，遗庙一江云。异代清风洒，同堂涧酌分。犹传采薇曲，凄断不堪闻。""久客浑尘面，相看不复光。毡裘严护馆，簟屋㧑依墙。帘出知廛市，钟来认庙堂。归期谁报的，苦况欲言长。""潞上冰初泮，行人始许归。寒烟郊堡色，春日市门辉。快意凫同决，欢情马亦飞。重过华表柱，更欲问丁威。""燕行多说苦，来往独无难。风日三冬暖，关河一路干。驱驰宁患滞，暴露免呼寒。可忘吾同伴，交期指越坛。""万里归来好，吾曾不自知。威颜瞻咫尺，喜色动妻儿。便欲寻鸥社，何须恋凤池。田园僮仆在，勉护傲霜枝。"金昌集《燕行埙篪录》【考证：诗题曰"追记燕行"，详诗意，尽述燕行途中事，当为三月三十日复命后作。】

金昌集《伏奉燕行时御制二绝不胜感泣，谨用其韵庸伸追赉之忱》："尚记衔纶出汉都，承恩咫尺醉宫壶。遗篇忽奉乘云后，感泣从前圣眷殊。""释耒田间李也偕，共辞京阙向天涯。九重耿耿尊周义，特轸山河感慨怀。"金昌集《燕行埙篪录》

金昌业《同次》："饮冰行色向幽都，前席同时醉御壶。谁想九重珍剂降，布衣亦被圣恩殊。""远役燕都与伯偕，山河风景恨无涯。宸情特轸行人事，追睹奎章倍怆怀。"金昌集《燕行壎篪录》【考证：以上诸诗有"遗篇忽奉乘云后，感泣从前圣眷殊""宸情特轸行人事，追睹奎章倍怆怀"语，又据诗题，当为昌集、昌业归国复命后追次肃宗李焞《燕行时肃宗大王御制赆章》之作，当系于三月三十日或其后。】

七月

二十八日（癸酉）。
谢恩使临昌君焜、副使权尚游、书状官韩重熙如清国。《朝鲜肃宗实录》卷五四

八月

十五日（庚寅）。
因谢恩使状启，赍去《东文选》所载戊戌奏文中，祖宗字或以谥号，或陵号，或以先王字改之，而他文中胡越、胡僧、夷鞑等字易以他字，使之急送铸字，使于使行渡江前改补，盖虑其有碍于彼人故也。《朝鲜肃宗实录》卷五四

十月

二十九日（癸卯）。
谕大学士等："朕览朝鲜人所作文章，佳者甚少。彼所用者，皆中国方域之名，即如称道路之至险者，或井陉，或栈道，现今疏治，悉成坦途，何险之有？彼但据旧时书籍所记，未经身历，宜其不能工也。朝鲜国甚恭顺知礼，即我朝所遣使臣，亦皆守分，一切馈遗，未尝需索。明代遣一使至彼国，费用动至数万，此尚可为抚远之道乎？"《清圣祖实录》卷二五六
冬至使赵泰采、金相稷、韩祉赴清国。《朝鲜肃宗实录》卷五四
赵泰采《箕城漫吟 癸巳〇燕行时作》："发轫邮程奄浃旬，箕城此夕始停轮。三千里外乘槎客，十四年前按节人。钗髻已多新面目，江山宛带旧精神。追思一路观风日，化蒇甘棠愧写真。"赵泰采《癸巳燕行录》【按：《纪年便考》卷二十八：赵泰采（1660—1722），显宗庚子生，字幼亮，号二忧堂，又牛坡。肃宗丙

寅，登庭试，历三司、铨郎、箕伯，判六曹。丁酉，拜右相。脑襟恢疏，识虑渊深，喜谐谑，善谈论，风流荫映。与泰耇、泰亿为从兄弟，而断以义理，之死不挠，是其尤难也。景宗辛丑，与金昌集、李颐命、李健命建大策册封世弟，为镜贼辈所诬荐，棘于珍岛。壬寅，受后命于谪所，年六十三。初赴谪也，子侄欲往见，泰耇图缓祸，泰采曰："死生天也，顺命而已，何可苟免。"禁不遣。及泰耇来见，泰采曰："储君国本也，若未尽分，青史可畏。"辞气泰然。泰耇色变而去。在谪，闻三大臣构祸，作诗曰"冤泪先朝三老相，悲歌中夜一孤身"之句，流入都下，凶徒益怒之。一镜将制教文，以未勘律将拔之，泰亿以四凶三手不可不对密言于一镜。至是临命，徐曰："今得一死，真是快事！"晴画云暝，风雷并作，长虹起屋后，及葬时亦然。泰亿闻讣，扬扬出仕。英祖乙巳，复官，赐谥忠翼。丁未，只收其谥。戊甲，并削其爵。己酉，复官。丙辰，复谥。】

赵泰采《忆诸兄诸侄》："西郊落日别愁萦，驿路迢迢接塞城。旅枕未成千里梦，他乡政遇一阳生。雪中征役偏怜病，关外音书但寄情。干事东还知不远，须将樽酒好相迎。"赵泰采《癸巳燕行录》【考证：据《肃宗实录》卷五四可知赵泰采等于十月二十九日辞朝，又据韩祉《燕行日录》可知下诗《九连城》作于十一月二十六日，故以上二诗作于十月二十九日至十一月二十六日间。】

十一月

二十六日（庚午）。
晴。冰渡鸭绿江、中江、三江，宿九连城西五里许野次，是日行三十里。韩祉《燕行日录》

赵泰采《九连城》："燕山万里道途赊，征役劳人发尽华。每说龙湾同异域，到今回望似吾家。"赵泰采《癸巳燕行录》

十二月

初二日（乙亥）。
阴。早发，过石隅，朝饭沓洞野次，逾高家岭、柳家岭、分水岭，夕抵连山关宿闾家。是日行六十里。韩祉《燕行日录》

赵泰采《连山关》："杳杳燕山路，萧萧驷马行。冰过三大水，露宿九连

城。左衽惊殊俗，同文忆大明。天心犹未厌，那复见河清。"赵泰采《癸巳燕行录》

初四日（丁丑）。

晴。仍朝饭启行，逾青石岭，夕抵狼子山，宿间家。是日行三十里。韩祉《燕行日录》

赵泰采《青石岭》："崎岖岭路过逶迤，雪里胡风冷逼肌。怅望草河何处是，圣君歌曲小臣悲。"赵泰采《癸巳燕行录》

初五日（戊寅）。

晴。未明启行，渡三流河，逾王祥、石门二岭，朝饭冷井野次。过阿弥庄，访见旧辽东，冰到太子河，宿新辽东间家。是日行七十里。韩祉《燕行日录》

赵泰采《辽东途中》："一旬驱传度全辽，大野茫茫极目遥。燕塞方冬愁去路，鸭江何日返征轺。侏儺绝类言难晓，操纵由他愤莫消。弱国寒妻真善喻，空看尺剑坐长宵。""辽塞驱驰八渡河，客中东店几回过。江山不逐兴亡变，堞垒曾经战伐多。往迹云空心自感，羁愁日集鬓全皤。今行事事皆辛苦，唯幸长程日气和。"赵泰采《癸巳燕行录》

赵泰采《广佑寺》："辽城落日驻征轺，白塔依然鹤影遥。往迹试看碑上记，不知年代是何朝。""辽阳此夕甍经过，城郭依然鹤影遐。野外单于新筑垒，村前太子旧奔河。冲霄白塔知何代，耀日朱甍认佛家。欲向遗民征往事，悠悠传说总归讹。"赵泰采《癸巳燕行录》【考证：广佑寺位于辽东地界，又诗有"辽城落日驻征轺，白塔依然鹤影遥""辽阳此夕甍经过，城郭依然鹤影遐"语，亦约作于初五日。】

初六日（己卯）。

晴。早发，过官厅、三道把、防虚所，朝饭烂泥堡，□十里堡宿间家。是日行六十里。韩祉《燕行日录》

赵泰采《烂泥堡途中》："平生不信堪舆说，今到辽燕益验知。郊野尽埋卿相骨，子孙犹得继裘箕。"赵泰采《癸巳燕行录》

初九日（壬午）。

晴。早发，历宾胜寺，朝饭于永安桥，渡柳安□、□家子、磨刀桥、大房身，到边城宿间家。是日行六十里。韩祉《燕行日录》

赵泰采《次俞台宁叔边城韵》："蓟北关山道路遥，征车轧轧马萧萧。卢

龙往迹怀前代，化鹤遗踪访旧辽。未向汉庭输岁贡，谩将豳币聘天骄。何当干事离兹土，鸭水春风好返轺。"赵泰采《癸巳燕行录》

十三日（丙戌）。

晴。早发，过兴隆店、双河铺、壮镇堡，朝饭于闾阳驿，过多少台子，到十三山宿间家。是日行七十五里。韩祉《燕行日录》

赵泰采《寄回还谢恩副使权台有道》："十三日到十三山，此去何时干事还。闻道故人先复路，定知今夜宿东关。"赵泰采《癸巳燕行录》【考证：据韩祉《燕行日录》可知使臣于十二月十三日"到十三山宿间家"，又诗云"十三日到十三山"，约作于十三日。】

十四日（丁亥）。

晴。鸡鸣离发，过山太子、三台子，冰渡大凌河，朝饭站村。过双阳站、四同碑村，冰渡小凌河，到松山堡秣马，过杏山堡，乘月到高桥堡宿间家。是日行一百十里。韩祉《燕行日录》

赵泰采《又次俞台松杏堡韵》："闻说关东古战场，败城残垒接辽阳。朝天旧路输金币，倚壁中宵抚剑铓。宜把险夷看素守，可将忠信服殊乡。排愁强欲题诗句，久废吟哦愧拙荒。"赵泰采《癸巳燕行录》

十五日（戊子）。

晴。早发，过塔山堡，渡七里河，朝饭连山驿，过双石城、永宁寺，到宁远，逢着谢恩使回还之行，宿间家。是日行七十里。韩祉《燕行日录》

赵泰采《宁远卫赠权台》："久作殊乡客，堪怜弱国臣。汉仪怀旧日，豳币痛今辰。子已回征旆，吾方促去轮。相逢仍即别，愁绪益纷缤。"赵泰采《癸巳燕行录》

赵泰采《祖大寿大乐牌楼》："四世登坛古亦无，皇恩偏向尔家殊。当年不与城俱破，衅罪千秋可胜诛。"赵泰采《癸巳燕行录》

十八日（辛卯）。

晴。早发，过前屯卫、高灵驿，朝饭中前所。过八里堡，西北望长城，历见贞女祠，抵山海关宿间家。是日行八十里。韩祉《燕行日录》

赵泰采《贞女祠》："贞女千秋有古祠，至今遗像带深悲。应知化作顽然石，不识人间远别离。"赵泰采《癸巳燕行录》

二十一日（甲午）。

晴。早发，历访清节祠，因朝饭，夕抵沙河驿宿察院，是日行六十里。〇桥渡滦河，行二十里到清节祠，即孤竹旧国也。_{韩祉《燕行日录》}

赵泰采《永平途中》："何年虏骑入关门，往事伤心不忍言。大地即今殊内服，外夷从古乱中原。衣冠尽化毡裘俗，堡垒浑成羯狗村。天寿山空香火冷，小邦无复答皇恩。"赵泰采《癸巳燕行录》

赵泰采《孤竹城》："千秋孤竹国，双节采薇人。谏伐争扶义，辞封各得仁。庙前风飒飒，台下水潾潾。远客来瞻拜，清芬挹更新。"赵泰采《癸巳燕行录》

二十九日（壬寅）。

赵泰采《除夕》："一入乌蛮馆，流光欲发春。残年除此夕，远日值今晨。罔极恩难报，无涯痛莫伸。遥知齐会夜，倍忆远游人。"赵泰采《癸巳燕行录》【按：句诗题，约作于是年除夕即十二月二十九日。】

康熙五十三年（1714/甲午）

正月

初一日（癸卯）。

朝鲜国王李焞遣陪臣赵泰来【按：当为"赵泰采"，参见康熙五十二年十月二十九日条】等表贺冬至、元旦、万寿节，及进岁贡礼物。宴赉如例。《清圣祖实录》卷二五八

赵泰采《次从兄韵》："遥忆元朝趁鹭班，独怜今夕滞燕关。蛮庭拜叩凭殊俗，越客吟哦恋故山。可耐衰年经远役，定从归日丐长闲。行装只许携书轴，犹愧曹公干事还。"赵泰采《癸巳燕行录》

赵泰采《漫吟》："蛮馆深深锁月余，客中愁绪未曾舒。年徂异域身全老，路隔乡山梦亦疏。腊后音书今始得，日边消息更何如。归期早晚犹难卜，倘趁来旬返使车。"赵泰采《癸巳燕行录》

赵泰采《次俞宁叔燕京发行韵》："幽系三旬饱苦辛，漫劳魂梦近枫宸。来时塞上经残腊，归日途中值暮春。政喜朝阳初出郭，何妨滦水更停轮。行厨莫说无兼味，东店犹甘野菜陈。"赵泰采《癸巳燕行录》

赵泰采《恋阙》："龙楼旰食近何如，异域无缘候起居。遥想鸭江归渡日，百忧应解一封书。"赵泰采《癸巳燕行录》【考证：赵泰采《次从兄韵》云"遥忆元朝趁鹭班，独怜今夕滞燕关"，下诗云"客里逢春仍二月""蛮馆深深锁月余"，故以上诸诗约作于正月初一日至二月间。】

二月

赵泰采《漫吟》："提将金币入幽州，征役酸辛白尽头。客里逢春仍二月，愁中度日若三秋。拘囚不异南冠楚，礼乐难瞻上国周。辽塞几时驰辖去，免

教腥浸染衣裘。"赵泰采《癸巳燕行录》

赵泰采《燕京》:"燕都全盛忆前朝,乱后繁华尚未凋。宝马香车连大道,丹楼翠阁接层霄。人多北产咸称健,市积南珍亦擅饶。可惜皇王兴挩地,百年腥运属天骄。"赵泰采《癸巳燕行录》【考证:据韩祉《燕行日录》可知使团于二月十四日自北京离发,赵泰采《漫吟》云"客里逢春仍二月,愁中度日若三秋",故以上二诗约作于二月初一日至十四日间。】

十四日(丙戌)。

晴,温。发行,宿通州。韩祉《燕行日录》

赵泰采《出朝阳门》:"燕城春日客初归,东出朝阳快若飞。遥想此行临鸭水,岸花汀草正芳菲。"赵泰采《癸巳燕行录》【考证:诗题曰"出朝阳门",诗云"燕城春日客初归,东出朝阳快若飞",约作于二月十四日自北京离发归国时。】

赵泰采《通州》:"繁华自古说通州,百队旗亭万轴舟。鬻宝商胡喧满路,簪花汉女笑凭楼。环城置廪堆红腐,列柁成桥驾碧流。朝日东门驰辖去,远郊烟柳绿将柔。"赵泰采《癸巳燕行录》【考证:据《燕行日录》可知此诗作于十四日夜宿通州时。】

十五日(丁亥)。

晴,温。早发,桥渡潞河,过烟郊铺,朝饭夏店,过白浮图,到三河县宿察院。是日行七十里。北京章京以下到此替还。韩祉《燕行日录》

赵泰采《次烟郊铺壁上韵》:"朝日三河路,东风吹客衣。蓟门知不远,烟树望依微。"赵泰采《癸巳燕行录》

十六日(戊子)。

晴,温。早发,过公乐店、白涧店,朝饭邦均店,到蓟州宿察院。是日行七十里。韩祉《燕行日录》

赵泰采《蓟州》:"近陲雄镇说渔阳,塞上无如此镇强。西挹帝京为翰蔽,北邻戎敌作关防。谁知永乐兴龙地,久作完颜牧马场。秽德由来天所厌,域中何日扫搀抢。"赵泰采《癸巳燕行录》

三月

初十日（辛亥）。

冬至使赵泰采等入关后，探问海贼情形，因序班得登州总督李雄题奏誊本以送。其文概言，海贼陈尚勇身长九尺，黑面金髯，称黑虎天王靖虏将军，号崇明元年。率部下将雷泽清万人敌乘鸟船三千只，从海洋直围登莱城二十余日，赖飞兵救援势少抑，而泽清由蓬莱破福山，潜入海中，若不及时堤防，恐贼势愈炽矣。题曰："事情甚属紧要，况逼近朝鲜，贡道攸系，著内大人驰檄至江南，调全省兵马，速速会同云云。"泰采又闻有德琳狱，探问以启曰："德琳以太子之虾，多智善谋，善结党羽。复废太子之后，命发德琳于关东，则擅自出入，偷挖积银人参，皇帝以密旨拿来，使其父处。杀其父，假敛焚化，将德琳改易姓名，潜自出海，哄诱海贼，往来山东。皇帝密旨将德琳送刑部处死云云。"后龙川府使以海贼事情凭问漂到胡人陈代时等，代时言："出没渔猎，已五六年，尝闻海贼往来山东，而未闻有陈尚勇，但贼薮则乃南湾子云。"《朝鲜肃宗实录》卷五五

十一日（壬子）。

上闻湖南赈谷装载船利泊济州，喜甚，下御制诗于海昌尉吴泰周曰："千里南溟利涉难，风高移粟亦间关。报来船泊皆无恙，天意分明济寡鳏。"又闻济州贡人来到，命招致差备门外，问其赈政头绪及岛中形势。盖济州在海外，王化不及，今年饥荒尤甚，故上特加忧恤，慰接如此，一世咸颂其盛德。《朝鲜肃宗实录》卷五五

二十七日（戊辰）。

冬至使赵泰采等自清国还【按：参见康熙五十二年十月二十九日条】。上引见，问胡皇太子事，泰采曰："皇帝当初防禁甚严，而近来少宽之，且以放太甲于桐宫出试题，故彼人亦谓终当复位，而但太子不良，虽十年废囚，断无改过之望，缔结不逞之徒，专事牟利，财产可埒一国，德琳之狱亦由于此。然皇长孙颇贤，难于废立云。且闻三月十八日乃皇帝诞日，太子当献寿，故其时似当变通复建，而今年为皇帝周甲，必有再度敕使云矣。皇帝虽喜盘游，而独无虐民之事，专尚文华，若朱子升祔事可见矣。又自作《皇清会典》，而

郊祀祭天皆以三代典礼为准则，盖多读古书，明习国家事者也。然荒淫日甚，四月辄往畅春院，转至海边。盖其所为，虽若难保久安，而若以其排置气势观之，姑无危忧之端。近来海贼频发，关内烟台之久废者，别为修缮。且闻海贼之窟，朝廷亦不能测，故尚未剿捕，而有时乘夜刦掠，出没无常云。又问以荒唐船前已移咨礼部请禁，而尚多往来云尔，则通官辈以为礼部不过因咨申敕而已，若直为奏闻，则必有禁断之效云矣。"《朝鲜肃宗实录》卷五五

六月

初四日（甲戌）。

上候一样清胜，命药房退直于本院。是夜宣酝于药房，都提调李颐命作《志喜》诗示儒川君濬，禁中人皆和之。《朝鲜肃宗实录》卷五五

李颐命《进宴日志喜录呈与宴诸公》："天锡吾王翼日祥，五年重进万年觞。隆名宝历今同庆，汾水镐京讵可方。秋烂禁林裁锦绣，风微殿阁引箫簧。小臣喜极还疑梦，蹈舞仍吟蟋蟀章。"李颐命《疏斋集》卷二

十一月

初二日（庚子）。

谢恩兼冬至正使晋平君泽，副使权愭，书状官俞崇出去。《承政院日记》

十二月

初十日（戊寅）。

晴。将为越站，未明，引炬登途，朝饭于二道井，此是宿站也。闻村居蒋寅字东伯者明于术家，与副使、书状鼎坐一炕，招东伯馈以酒果，使占吾辈行，则不掷钱，不揲蓍，列书干支及白虎、青龙、朱雀等名目，书解曰："贵神当头，百事偕吉。"诗曰："笑我寒松色不佳，独占深山不如花。"又书解曰："白虎居午，途中谨慎风寒，可也。中年平平老吉祥，此数六合发传。若占回期，多应去速来迟，大约三月前后，内有暗昧事，故迟不妨，凶中藏

吉之占故耳，贵人解之，勿虑。"问其占法，则曰"大六壬占法"云。晋平君李泽《两世疏草》

二十九日（丁酉）。

晴。北京井泉甚恶，正阳门外井稍优而亦不好。闻安定门高庙里井水最美，送李柱泰汲来，虽不甘洌，比之他井则优矣。安定门即燕城北门也，高庙井在安定门外五里，自玉河馆相距十五里云。今日即除夕也，万里异域，心绪悄然，古人诗所谓"旅馆寒灯独不眠，霜鬓明朝又一年"，真善形容也。晋平君李泽《两世疏草》【按：文中言"今日即除夕也"，故作于是年除夕即十二月二十九日。】

175

康熙五十四年（1715/乙未）

正月

初一日（戊戌）。

朝鲜国王李焞遣陪臣李泽等表贺冬至、元旦、万寿节，及进岁贡礼物。宴赉如例【按：参见康熙五十三年十一月初二日条】。《清圣祖实录》卷二六二

四月

十八日（癸未）。

初，朝廷命观象监官员许远从节使赴燕，见五官司历，贸来其《历法补遗方书》及推算器械。远见司历，仍得其《日食补遗》《交食证补》《历草骈枝》等合九册及测算器械六种，而又得西洋自鸣钟而来，其制极奇妙。备局并进之，仍请以自鸣钟依样造置于本监，许之。《朝鲜肃宗实录》卷五六

十一月

初二日（甲午）。

谢恩陈奏兼冬至正使东平尉郑载仑，副使李光佐，书状官尹阳来出去。《承政院日记》

崔锡鼎《送李参判光佐赴燕二首》："送子幽燕道，北风天正寒。贤劳出疆外，才望冠朝端。即事荆优拙，前修赵璧完。中天犹可卜，明岁又浿滩。""昔我衔王命，十年再赴燕。衣冠今变夏，槎路旧朝天。椒桂余辛在，风沙客梦悬。劫灰磨不尽，书肆访陈编。"崔锡鼎《青郊录》

李颐命《送李光佐赴燕》："君家文忠公，观乐延州季。我家文贞公，啮雪汉天使。迩来五十年，荣辱一何异。况今君及我，奈彼天方醉。但愿追两祖，夷险期无贰。危疑诬枉日，惴栗生死地。忠肝与义胆，竟获艰贞利。北风辽野阔，徒御冰成泪。犹胜风尘际，存亡竞造次。行矣勿踟蹰，默察天下事。"李颐命《疏斋集》卷二

宋相琦《送书状官尹季亨_{阳来}》："每岁燕山此别频，厌将诗句送行人。辽阳华表传徒妄，易水悲歌语亦陈。使事只应深着念，游观不必太劳神。一言唯有堪相赠，珍重加餐意较真。"宋相琦《玉吾斋集》卷四

李縡《赆尹书状季亨_{阳来}》："慷慨三千字，如君志概稀。风泉悲国势，剥复渺天机。适越衣冠独，怀周礼乐非。壮游吾不羡，虚踏虏尘归。"李縡《陶庵集》卷一【按：《纪年便考》卷二十八：李縡（1680—1746），肃宗庚申生，字煕卿，号陶庵，又寒泉，牛峰人。五岁而孤，外而叔父晚成，内而母闵氏，教导甚严，遂成大儒。八岁作诗曰："游鱼思碧海，眠鹤梦沧洲。"恬退之意已见于幼时。壬午，登谒圣，历翰林。丁亥，以司书登重试，选湖堂，历铨郎、舍人、副学、参赞、辅养官，拜文衡，不行公。景宗壬寅后，尽室入麟蹄，讲道林泉，凡除拜，并不就。英祖戊申，被凶贼李之时之诬。早以诗名勇退后，沈潜性理之学，学问纯正，出处之正，近世无比。所著有《宙衡》《四礼便览》《检身录》《近思寻源》。戊辰卒，年六十九，谥文正。哲宗庚申，施以不祧之典。】

俞拓基《送尹仆正_{阳来}以书状赴燕》："岁暮北风急，天寒霰雪多。云凝九连山，冰结三叉河。修涂望未极，游子意如何。""弃捐勿复道，王事未可盬。努力尚自爱，毋使狄人侮。忠信与笃敬，圣训昭千古。""三复匪风诗，北望声暗吞。皇矣大明恩，呜呼不可谖。长夜渐漫漫，兹义向谁论。""燕市古多侠，荆卿此其尤。烈气犹昨日，英风死不休。此去试相问，于今亦有不。"俞拓基《知守斋集》卷一【考证：据《同文汇考补编·使行录》，谢恩陈奏兼冬至正使郑载仑、副使李光佐、书状官尹阳来于十一月初二日辞朝，以上诸诗约作于十一月初二日或其后。《国朝人物志》卷三：俞拓基（1691—1767），字展甫，号知守斋，杞溪人。肃宗甲午文科、检阅、副提学。景宗壬寅，罹祸，配海岛。英祖初，宥还，以户曹判书为右相，至领议政，入耆社，致仕，谥文翼。】

康熙五十五年（1716/丙申）

正月

初一日（壬辰）。

朝鲜国王李焞遣陪臣郑载伦【按：亦作"郑载仑"，参见康熙五十四年十一月初二日条】等表贺冬至、元旦、万寿节，及进岁贡礼物。宴赉如例。《清圣祖实录》卷六七

三月

二十一日（壬子）。

贺节使军官张文翼进献皇明神宗皇帝御笔印本，上下教曰："曾前屡求不得，毕竟得此至宝，喜感交集。"特命加资。《朝鲜肃宗实录》卷五七

八月

二十四日（辛亥）。

清国移咨，以我国弓角犯禁人严立贵先等边界充军，责四十板，译官金有基革职，责四十板，上副使、书状官并革职勘论。备局请以依此勘处之意回咨清国，上可之。《朝鲜肃宗实录》卷五八

十月

三十日（丙辰）。

谢恩兼冬至使砺山君枋，副使李大成，书状权熀出去。《承政院日记》

金时敏《冬至书状官权明仲熀别语》："痛矣神州久陆沉，金缯此去又崩心。燕家侠客无消息，秦帝长城自古今。柴市低回云不散，滦祠再拜月孤临。壮游未足令人快，惟有开怀李沛霖。"金时敏《东圃集》卷二【考证：据《同文汇考补编·使行录》，谢恩冬至正使砺山君李枋、副使李大成、书状官权熀于十月三十日启程赴清，故此诗作于十月三十日或其后。赵明履《墓碣铭》：金时敏（1681—1747），字士修，号东圃居士，安东人，肃宗辛酉生。历司议、狼川县监、珍山郡守。英祖丁卯卒，年六十七。所攻诗律，博搜旁稽，工积力久，才思颖发，词韵圆融，而所造既深，各体俱备，尝为农岩三渊所赏。与程序作，亦多名篇，举儒往往传诵。有集凡十四卷，而所刊殆过三之二，槎川之峻抄可知也已。铭曰："行源之敦，众美攸焯。诗以著名，志维问学。寔命多畸，戚疏同惜。形则短少，气有盘郁。酒阑雅谑，风流横逸。敛而埋之，呜呼东圃。铭以昭之，千岁在后。"】

康熙五十六年（1717/丁酉）

正月

初一日（丙辰）。

朝鲜国王李焞遣陪臣郑载仑等表贺冬至、元旦、万寿节，及进岁贡礼物。宴赉如例。《清圣祖实录》卷二七一【考证：据《同文汇考补编·使行录》《承政院日记》可知谢恩冬至正使砺山君李枋、副使李大成、书状官权熀于康熙五十五年十月三十日启程赴清，此处疑有误，当为"陪臣李枋"。】

四月

初一日（乙酉）。

谢恩兼冬至使砺山君枋、李大成、书状官权熀等归【按：参见康熙五十五年十月三十日条】，复命于水原。上引见，问清国事情。《朝鲜肃宗实录》卷五九

五月

初五日（戊午）。

砺山君枋上疏略曰："臣奉使还到辽东，得接驿丞谈韫瑜家，夕间，韫瑜出见臣，语次自言西鞑讲和表文有誊书过此者，偶然誊置，亲自出示臣等，意以为此与要价来卖者有异，相议添入于别单中矣。臣复命后，得闻传者之言，此是皇明末年琉球国讲和表文云。取考其书，则乃唐板印本，册名则《燕居笔记》也。其中虽不无字句之添删变改处，全篇大体尽从此文中誊出

者，其为虚妄之迹，到此益著。朝家虽许虚实间随事状闻，而缘臣不审，致令谬妄之说，上尘天听，惶蹙惭恧，无所容措。"上答以"偶然不审，何至深嫌"。《朝鲜肃宗实录》卷五九

九月

十八日（己巳）。

礼部题："朝鲜国王李焞因目眚甚剧，遣人来购空青，应准其采买。"上谕翰林院侍读学士阿克敦、銮仪卫治仪正张廷枚曰："朝鲜国王李焞安静奉法，人民爱戴，四十余年伊国中享太平之福，未有如此之久者，朕甚嘉之。览礼部奏请，王因病目来购空青。朕闻王疾，深为轸念，即于行在特简尔等赍空青往赐。此系格外之恩，凡一应礼节，尔等到时，令王不必拘于成例，随处可以相见。并传谕之。"《清圣祖实录》卷二七四

十月

十三日（癸巳）。

清遣使日讲官起居注翰林院侍读学士阿克敦、副使銮仪卫治仪正兼佐领张廷枚来，牌文先至，义州守臣平安道臣以闻。盖我国赍咨官李枢等既至燕京，礼部以我咨因上候未宁，需空青，专差请贸。闻奏，清主即遣阿克敦等赍御府所有空青一枚来致也。克敦等一行，本月己亥渡鸭绿江【按：参见是年九月十八日条】。○以闵镇远为远接使，宋相琦为馆伴。《朝鲜肃宗实录》卷六〇

二十七日（丁未）。

上接见敕使于熙政堂。领议政金昌集、右议政赵泰采、都承旨赵道彬、右承旨沈宅贤等入侍。上御房内离席，沈宅贤读旨意，言皇帝驻跸行宫，召翰林学士阿克敦、治仪正张廷枚入，谕曰："朝鲜王安静奉法，人民爱戴，四十余年国中享太平之福，未有如此之久者。朕甚嘉之。览礼部奏称，王因病吁请代题，购买空青。朕闻王之疾，深为轸念。空青朕处有之，仍即于行在特简尔等赍赐。此系格外之恩，凡一应礼节，尔等到时，令王不必拘于成例，随处可以相见，可传谕之。'"读讫，上行礼，与敕使行茶而罢。敕使既出，

药房提调闵镇厚亦入侍。上命招工人取空青其形团圆，大如银杏，钻穴似有湿气，而全无浆汁，试点眼部，只得微润睫毛。是日诸臣莫不缺望矣。《朝鲜肃宗实录》卷六〇

十一月

初三日（癸丑）。

冬至使俞命雄、南就明、书状官李重协赴清国。清使上、副使出其沿途所制诗五篇，使镌揭所经各处。《朝鲜肃宗实录》卷六〇

宋相琦《追寄冬至使俞仲英命雄》："满空风雪扑寒窗，遥想行旌过浿江。诗思正妨王事急，酒杯聊遣客愁降。莫嫌身踏腥尘窟，要使人知礼义邦。天下异书看未遍，待君归橐费烧釭。"宋相琦《玉吾斋集》卷四【考证：据《肃宗实录》卷六〇可知俞命雄等于十一月初三日启程赴清，诗题曰"追寄冬至使俞仲英命雄"，故此诗作于十一月初三日后。】

十二月

初六日（丙戌）。

皇太后崩，颁遗诰，上服衰割辫，移居别宫。《清史稿卷八·本纪八·圣祖三》

二十六日（丙午）。

谢恩正使朴弼成、副使李观命、书状官李挺周赴清国。《朝鲜肃宗实录》卷六〇

二十七日（丁未）。

清国皇太后殂。清遣使阿克敦、张廷枚来告讣。克敦等还燕京三日复东使，牌文先至，义州守臣、平安道臣以闻【按：参见是年十二月初六日条】。《朝鲜肃宗实录》卷六〇

阿克敦《出都》："帝城阴霭绝轻埃，欲赋皇华愧乏才。此去海东关塞外，身携雨露自天来。"阿克敦《东游集》【按：《清史稿·列传九十》：阿克敦，字仲和，章佳氏，满洲正蓝旗人。康熙四十八年进士，改庶吉士，授编修。五十二年，充河南乡试考官。五十三年，上以阿克敦学问优，典试有声名，特擢侍讲学士。五

十五年，转侍读学士。五十六年，朝鲜国王李焞病目，使求空青，命阿克敦赍赐之。迁詹事。五十七年，擢内阁学士。六十一年，朝鲜国王李昀请立其弟昑为世弟，命阿克敦偕侍卫佛伦充使册封。擢兵部侍郎。世宗即位，兼翰林院掌院学士，充圣祖实录副总裁。雍正元年，命专管翰林院掌院学士，充国史、会典副总裁。复偕散秩大臣舒鲁册封朝鲜国王李昑。三年，授礼部侍郎，兼兵部。四年，调兵部，兼国子监祭酒。五年，调吏部，署广东巡抚。九年，上命抚远大将军马尔赛率师讨准噶尔，授阿克敦内阁额外学士，协办军务。十一年，命驻扎克拜达里克督饷。乾隆三年，复使准噶尔，授工部侍郎。五年，调刑部，复调吏部。八年，授镶蓝旗满洲都统。十年，兼翰林院掌院学士。十一年，授刑部尚书。十三年，命协办大学士。四月，翰林院进孝贤皇后册文，清文译"皇妣"为"先太后"，上以为大误，召阿克敦询之。阿克敦未候旨已退，上怒，谓阿克敦以解协办大学士故怨望，夺官，下刑部，当大不敬律，拟斩监候。六月，命在内阁学士上行走，署工部侍郎。七月，擢署刑部尚书，授镶白旗汉军都统。十月，兼翰林院掌院学士。十二月，复命协办大学士。十四年，金川平，加太子少保。连岁上幸木兰、幸河南、幸盛京，皆命留京办事，迭署左都御史、步军统领。二十年，以目疾乞假，上遣医视疾。屡乞休，命致仕。二十一年卒，赐祭葬，谥文勤。】

　　阿克敦《凤凰城》："凤凰山外马行东，野宿全非内地同。张布作帷纔蔽日【按："纔"亦作"才"】，结茅成屋不禁风。"阿克敦《东游集》

　　阿克敦《渡鸭绿江二首》："路入朝鲜第一程，万山残照带边城。杯盘饷客多难识，风雨还深故国情。""古渡依城郭，寒江空复明。近通沧海阔，远出白山清。浪迭微风起，光摇浅碧生。漫劳天堑固，今日少边情。"阿克敦《东游集》

　　阿克敦《途中即事》："一车两马踏飞尘，景物朝朝触目新。怪底殊音来入耳，高张帘幕进茶人。""黄笠可通关尹意，白衣也诵梵王经。东方二氏原非重，文是尼山武寿亭。黄笠、白衣，僧道之冠服也。朝鲜好鬼而不重二氏，春秋祀者惟孔子、关帝而已。""羽毛插帽步相从，按队前驱有几重。蹊转双旌无仰视，路人伏地意尤恭。护兵居前，从者皆戴羽毛，路人见使者过则伏地为敬。""遮道欢呼听未真，倩人传译更情深。祝言天子多仁寿，今日承恩到海滨。沿途白叟黄童莫不感戴皇恩，望尘环拜。""田亩亦知营水利，人家大半近山居。松枝折得添篱落，苍翠萧疏映草庐。""几番杂戏道前来，箫鼓声中响似雷。忽到马前还暂立，一人舞蹈笑颜开。"阿克敦《东游集》

　　阿克敦《临津江》："千尺危岩倚碧涛，晨凌古渡一登临。岸沙带湿潮初退，江树经烟绿更深。广陌风和吹麦浪，平畴水浅露秧针。此间旧有幽栖者，花石亭名直到今。前代有隐者构亭于此，名曰花石，土人美之。"阿克敦《东游集》

阿克敦《行馆即事》:"粗通言语效中华,官是鸿胪古大加。人意未能全解释,有时书代数行斜。朝鲜旧以鸿胪主宾客,即大加也,俗名差备,朝夕侍奉左右,以通言语。""见人蹲踞浑闲事,趋走庭前礼数繁。革履风巾仍是旧,异乡留此暂盘桓。以蹲踞为常,以趋走为敬,习俗然也。黄革履,折风巾则仍古制矣。"阿克敦《东游集》

阿克敦《题葱秀驿玉溜泉》:"绝壁名泉落,寻幽过小村。清泠珠影碎,飒沓雨声繁。阴覆虬松盖,寒生碧藓痕。莫愁征路晚,且复涤尘烦。"阿克敦《东游集》

阿克敦《都城》:"都城繁盛异寻常,此日争看士女忙。行到街头庐舍畔,瓶供清水案焚香。""暂见裙衫亦骇然,盘旋云髻近前边。丰姿原不同中夏,浓淡妆来却可怜。"阿克敦《东游集》

阿克敦《途次凤山雨中见山杏山梨杜鹃》:"野杏溪边气正融,枝头烂漫晓蒙蒙。四围松老连香雪,点染春光三月中。""阴云覆地草含芳,压树繁华艳粉妆。开向东风朝带雨,玉人何事断柔肠。""片片峰前罩绮霞,红铺满地杜鹃花。海东旧少刘郎种,留取娇姿伴柳斜。"阿克敦《东游集》

阿克敦《登平壤练光亭明时使人题额曰"第一江山"》:"独倚危栏俯大同,江天无际思无穷。万家烟火依长岸,一带峰岚入远空。野静人耕芳草外,波恬帆挂夕阳中。旧封尚有遗征在,不愧标题压海东。"阿克敦《东游集》

阿克敦《紫树吟》:"大同江上紫树林,交加枝干成浓阴。车行十里不见日,清风匝路飘衣襟。影涵一水隔城市,云翳四面开遥岑。沙堤几曲迷芳草,上有能鸣之好禽。闻说手栽自箕子,历年千百独萧森。岁荒民多食其业,拯灾尤见先哲心。我来到此不忍去,晚风吹客衣长吟。"阿克敦《东游集》

阿克敦《即事》:"宏济院边催晓发,慕华馆外驻征镳。驽班排立虔瞻拜,五色天书下绛霄。慕华馆距城十里,国王出城至此行迎敕礼。""丽人武事自称雄,短剑宽衣衬小弓。驰骤凭他执鞭者,空传果下是朱蒙。朝鲜称三尺马为朱蒙,所乘果下种,驰骤一随步从。弓箭最小,武事下矣。""结彩高悬崇礼门,肩舆云拥一城喧。避人清道迎天使,引入藩宫礼更尊。""早设重茵便殿中,升阶就位列西东。向臣频问天颜喜,心感皇恩异数隆。"阿克敦《东游集》

阿克敦《馆舍偶吟》:"东藩赐土位诸侯,素简书名内使投。自是主人情最笃,不关文绮与精镠。别时国王用素简书名,遣内使至馆馈赆。"阿克敦《东游集》

阿克敦《宴歘》:"海珍山果敞华筵,面面屏开簇簇鲜。酒上一杯花一献,吏人纔退乐人前【按:"纔"亦作"才"】。""悠扬几曲度夷歌,舞袖双双按节和。可惜筵前空一醉,不知音处负人多。"阿克敦《东游集》

阿克敦《义州马尾山》:"峾然高耸郡城楼,烟火人家隔岸浮。最爱郁葱

西北望，悬崖直入大江流。"阿克敦《东游集》

　　阿克敦《归渡鸭绿江》："风雨长途动客颜，马蹄行过万重山。相看却有殷勤意，鸭绿江边共送还。"阿克敦《东游集》【按：阿克敦曾于康熙五十六年（1717）、康熙五十七年（1718）、康熙六十一年（1722）、雍正三年（1725）四次以敕使赴朝鲜。《德荫堂集》卷六《东游集》后附跋文三篇，落款分别为"隆川王兆符跋""冬十月既望□潭老布衣蒋恒跋""雍正三年正月廿有一日良常馆后学王澍书"。蒋恒文曰："自重九，隆川来寓公所，遂日夕还往，频止宿焉。公量宽容洪，我疏放掀髯饮酒，醉则狂笑，作擘窠大字。公出所藏前代内库纸属书，又以奉使三至朝鲜，其国王李氏父子通问兰纸，厚润坚白，属临晋魏各体书，既而欲以所著《东游草》中录杂记诗二十首作一册，隆川为之跋。"王澍文曰："冲和学士以华国之才三使高句丽，熟观其风土习俗，则为短句纪之。"相关学者亦指出《东游集》中作品为阿克敦前三次使朝诗稿之选录，然各诗具体时间尚难以确定，故系于此。】

康熙五十七年（1718/戊戌）

正月

初一日（庚戌）。
朝鲜国王李焞遣陪臣俞命雄等表贺冬至、元旦、万寿节，及进岁贡礼物。宴赉如例【按：参见康熙五十六年十一月初三日条】。《清圣祖实录》卷二七七

初二日（辛亥）。
上下教曰："今番出来上副敕，乃是前日出来之敕，再次出来，必有曲折，而前后状闻，尚无探问驰达之事，殊甚疏漏。分付远接使，急速详探驰达。"后日远接使李健命使译舌探问其由，则盖清主以克敦等往还朝鲜属耳，必知本国物情，差送他人，虑有弊端，故仍命克敦等来云。健命以此驰闻。《朝鲜肃宗实录》卷六一

初四日（癸丑）。
上御熙政堂，接见清使。右议政赵泰采与承旨、史官等入侍。礼毕，清使出，药房入诊。泰采曰："陈慰兼进香使今当差送矣。取考誊录，则或以大君、大臣，或以宗班、正卿差送，癸卯以后，则连以亚卿假衔差送矣。即今正卿乏人，亚卿亦苟简，臣意以宗班从一品、正二品中差送，似为合宜。"上可之。《朝鲜肃宗实录》卷六一

二月

二十七日（丙午）。
陈慰兼进香正使砺原君柱，副使吕必容，书状官金砺出去【按：参见是年

186

正月初四日条】。《承政院日记》

三月

十七日（丙寅）。
冬至正使俞命雄等一行离发燕京至山海关，遣先来译官至状言："臣等未到北京，闻皇太后之丧，而到彼之后，别无变服之节。礼部使通官传言，且以小纸书示仪节，入城及领赏之时，不用公服，而只着黑笠青袍。至于呈表咨则事体自别，故臣等屡次坚执，只袪胸褙，具公服行礼，而正朝日不行朝参，上下马宴亦不设行矣。"《朝鲜肃宗实录》卷六一

二十七日（丙子）。
礼部题："朝鲜国王李焞遣陪臣朴弼成等表谢赐空青恩，进贡礼物【按：参见康熙五十六年十二月二十六日条】。应照例收受。"得旨："朝鲜国王谢恩，进贡礼物，不必收受此项。贡物带回，路远艰难，著留抵下次常贡。"《清圣祖实录》卷二七八

四月

初三日（辛巳）。
冬至正使俞命雄、副使南就明、书状官李重协还自清国，上引见【按：参见康熙五十六年十一月初三日条】。上曰："皇帝诏书辞旨荒杂无归宿，而太子无复位之理矣。"就明曰："归时得见皇帝所制歌词，语甚凄凉，其志气之衰耗可见矣。"命雄曰："臣来时闻太后葬后，当有建储之举云，及到沈阳闻之，则有建储会议之举云。"重协曰："命九卿会议，则以请复太子为请云矣。"命雄曰："臣等到玉河馆看审方物，则多有伤损处，而外封则宛然无损。此必封裹时不能精择之致，请自今申饬，各别择捧。"上曰："若此不已，则前头之生事必矣。各别择捧之意，申饬各司。"《朝鲜肃宗实录》卷六一

五月

二十六日（甲戌）。

朝鲜国王李焞以孝惠章皇后丧遣使进香，宴赍如例【按：参见是年二月二十七日条】。《清圣祖实录》卷二七九

十二月

十六日（己未）。

孝惠章皇后升祔太庙，位于孝康章皇后之左，颁诏天下。《清史稿卷八·本纪八·圣祖三》

康熙五十八年（1719/己亥）

正月

初一日（甲戌）。

朝鲜国王李焞遣陪臣俞集等表贺冬至、元旦、万寿节，及进岁贡礼物。宴赉如例。《清圣祖实录》卷二八三【按："俞集"当为"俞集一"之讹。据《同文汇考补编·使行录》，三节年贡正使俞集一、副使李世瑾、书状官郑锡三于康熙五十七年十一月初一日启程赴清。】

二十六日（己亥）。

清遣使内阁学士兼礼部侍郎德音，副使治仪正、张正枚来，以皇太后祔庙颁赦也。起马牌文先至，义州守臣、平安道臣以闻【按：参见康熙五十七年十二月十六日条】。《朝鲜肃宗实录》卷六三

二月

二十八日（辛未）。

上御兴政堂，接见清使。右议政李健命、判中枢府事赵泰采与药房三提调入侍。清使将入，先以上有疾不能起动之意言于清使，清使答曰："国王病患，俺等知之，何可起动乎？"于是清使入，上扶掖离座，问皇帝起居，行茶而罢。《朝鲜肃宗实录》卷六三

二十九日（壬申）。

因清赦太后祔太庙颁赦也，遵旧例颁教国中赦。《朝鲜肃宗实录》卷六三

三月

二十二日（乙未）。

冬至正使俞集一、副使李世瑾、书状官郑锡三等还自燕京【按：参见是年正月初一日条】，世子召见。集一言："彼国形势日蹙，纪纲解弛，莫可收拾，而以西鞑作梗之故，兵连祸结，财力荡然。皇后及太子虚位已久，至今无建立之意，日以佃猎征伐为事。皇帝生存之时仅仅支撑，而其人死后则必有变乱矣。"世子领之。《朝鲜肃宗实录》卷六三

八月

初八日（戊申）。

南有容《奉别外舅小司徒俞公命弘使燕己亥》："钟山王气漠然收，二叶单于已白头。弊邑衣冠空似汉，中朝礼乐久无周。浮云郁郁金台古，寒雨萧萧易水秋。袖里青蛇作雷吼，燕歌一曲使人愁。"南有容《雷渊集》卷一【按：南公辙《先府君言行录》：南有容（1698—1773），字德哉，少号少华山人，晚号雷渊，宜宁人。肃宗戊寅生，景宗辛丑，擢进士。历成均馆司成、辅德、礼曹参判、艺文提学。七十上疏乞休，除奉朝贺。英祖癸巳，卒，年七十六。喜为文酒山水之游，晚年益闭户，以书史自娱。为文章本之六经，参以诸子百家。尝言文章有道有术，道不可以不正，术不可以不慎。其辞婉，其气醇，其立论简而明，其取法古而雅。力追韩欧之正音，一洗罗丽之陋俗。诗亦敦厚渊博，尤长于古体。书法自成一家。】

宋相琦《送俞侍郎季毅赴燕》："此路吾能记，君行倍觉愁。关河万里别，宇宙百年羞。鹤野风霜暮，燕台草树秋。沧桑倘再变，留眼见神州。"宋相琦《玉吾斋集》卷四【考证：俞命弘，字季毅。据《同文汇考补编·使行录》，进贺谢恩正使砺山君李枋、副使俞命弘、书状官宋必恒于八月初八日启程赴清，以上二诗作于八月初八日或其后。】

十一月

初四日（壬申）。

冬至使赵道彬、副使赵荣福、书状官申晢等入清国。《朝鲜肃宗实录》卷六四

李观命《送冬至副使赵承旨荣福》："骞衣独上望洋亭，脚下云烟九点青。河北男儿今几个，山西战血尚余腥。怒鲸掣海波涛黑，飞霾铺空日月冥。汉节归来留感慨，送君此去说丁宁。"李观命《屏山集》卷二

赵泰亿《送赵参议荣福赴燕》："城南出饯送扶桑，厚意殷勤尚不忘。此日闻为冬至使，当时屈在地曹郎。六年宦业登霄汉，万里王程犯雪霜。知子衔恩轻远役，愧吾淹病负于将。"赵泰亿《谦斋集》卷十五

赵观彬《送赵承旨荣福赴燕》："岁暮纯阴霜雪天，悲歌远送赵承宣。于身莫睹一千运，有口应羞三百篇。苦节伯夷遗庙在，深恩乐毅旧台传。中州闻说名儒出，讲否春秋鲁十年。"赵观彬《悔轩集》卷一【按：赵观彬（1691—1757），字国甫，号晦轩，肃宗辛未生，历检阅、修撰、持平、弘文馆提学，官至判书。英祖丙寅，以冬至正使赴清。著有《悔轩集》。】

金民泽《赠赵副使锡五荣福燕行》："西塞频年劳远师，东城增筑更何为。八观不待夷吾术，天下纷纷早已知。""天机聊且验君行，正是微阳地底生。白发腐儒增起色，黄河昨夜梦中清。"金民泽《竹轩集》卷一【按：《纪年便考》卷三十：金民泽（1678—1722），字致仲，号竹轩。肃宗戊午生，壬午生员。戊戌，以户曹佐郎登节制，官止校理。景宗壬寅，凶党构诬，被酷刑，卒于狱中，年四十五。临殁，制家袂作书诀家人处置家事，字画无错。遗季书曰："国且乱矣，我死何妨，愿兄弟安身焉，宁昌九远，魂亦难往，悲哉悲哉！此言誉以送览可也。"宁边，兄云泽所谪；昌城，弟祖泽所谪也。赠副学。】

申昉《送冬至副使赵参判锡五荣福》："防胡万里壮关门，输与谁家作蔽藩。君去试看湖上气，几时重豁旧乾坤。"申昉《屯庵集》卷二【按：申曍《伯氏参判公家状》：申昉（1685—1736），字明远，号屯庵，肃宗丙寅生。丁酉，魁生员试。己亥，擢别试文科。历检阅、持平、大司谏，官止吏曹参判。英祖丙辰，卒，年五十一。后十年，追赠平津君。为文章体裁典雅，风调简洁，精悍而祛浮冗，完粹而绝瑕玷，论者至谓钞删不得。著有《屯庵集》。】

宋相琦《送冬至副使赵令锡五荣福》："莫说乌蛮馆，生憎鸭水船。北来唯古月，西去岂朝天。往迹空辽蓟，悲歌尚赵燕。那堪沙岘路，此别在年年。"

宋相琦《玉吾斋集》卷四

宋相琦《送书状官申正郎圣与晳》:"使节燕京路,星郎粉署仙。已无周礼乐,空有汉山川。别恨三冬暮,吾行廿载前。向来留物色,输子入新篇。"

宋相琦《玉吾斋集》卷四

金昌业《赵参议锡五以冬至副使赴燕,乃述一路山川事景为绝句赠之,凡三十六首》:"燕役悠悠半载间,许多酸味又雄观。如今总向诗中说,寄与行人次第看。""关西千里路无尘,几处笙歌闹锦茵。行到箭门冈上望,胡山万迭始愁人。""弘济桥边别袂分,匆匆祖席日将曛。登车不觉重回顾,一带苍山是弼云。""纷纷导从至江停,马首唯留一盖青。行入芦林迷咫尺,回头不见统军亭。""北风号怒雪凌兢,露宿荒原两夜仍。金石山前指欲堕,锅中热饭旋成冰。""栅门百里莽苍然,往往空林马骨捐。知是猎胡来放火,望中时有烛天烟。""龙山秀色凤山连,四五峰峦特可怜。上有石城何代筑,世称安市是讹传。""护行麻贝是官员,骏马凭陵忽后先。操纵去留元恶习,近闻征索更加前。""荒凉察院四围墙,破簟铺炕未有床。人马满庭同扰扰,买柴买水彻宵忙。""草河何在乱山多,此地曾经圣祖过。阴雨冷风歌曲在,至今悲愤满山河。""历尽连天两岭高,茫茫辽野望来豪。谁能胸次恢如此,多少崎岖觉自劳。""辽阳城郭尽荒残,白塔亭亭独自闲。欲访千山路远近,有僧深巷一门关。_{城中有闽僧云生居永安寺,知千山路。}""沈阳形胜一何雄,百雉峥嵘大野中。市肆繁华宫阙壮,汉车胡马八门通。_{沈阳城在十里外,望见城中有汗伊所居宫阙。}""文山柴市西门外,属国羝羊北馆中。往事惊心那可问,悲风朔雪古今同。_{沈阳西门外三学士死处,北馆清阴先祖被拘处,文山死柴市日大风昼晦。}""边城北望朔云高,当面胡风利似刀。归日泥途更此地,马瘏车陷仆夫嗷。_{边城,地名。}""周流河是古辽水,极目边沙塞草凋。尽日驱车何处宿,黄旗过了白旗遥。_{黄旗、白旗,地名。}""贡车皆从兀剌至,日夜辚辚向北京。驼峰高垒知蒙古,一阵臊风过后生。""板门道店愁朝餐,臭水如涎近口难。大抵燕中无好井,有金何处觅甘寒。_{一板门、二道井皆店名。}""一座烟台费万金,星罗棋布互相临。只今颓废皆生树,戚老堪悲枉用心。""征鞭遥指六重山,马首烟霞万古间。一路桃花须记取,春流不隔白云关。_{间山一名六重,谓其掩抱六重也。山中有桃花洞、白云关。}""惨憯松山杀气停,天兵十万死斯城。行人莫饮凌河水,犹带当年战血腥。_{凌河在松山东十里许,世传汗攻松山日,孝庙在其阵中,当夜求水,从者进之,孝庙不御,命覆之,翌朝视其笼血也。}""镕铁为城渤澥回,魏公设置亦雄哉。谁知恃险非长策,昔日华谯尽草莱。_{魏公大明徐达用铁汁灌海,筑城其上。}""万雉奔腾势莫停,危亭突兀入沧溟。凭栏一望舒长啸,大漠群峰不尽青。""千年孤竹有遗城,一派滦河见底清。坦荡何人敢侮圣,清高庙貌俨如生。""万顷宏波忽眼前，蓟门烟树古来传。重重野树浑成盖，却□能眠定怅然。""三盘秀色蓟城西，松石表节有品题。望里云梯空缥缈，到今遗恨失攀跻。山有上盘、中盘、下盘之名。""白河一道贯城流，桥下皆通万斛舟。两岸高楼居百货，金陵贾客尽淹留。""毂击肩磨岳庙前，朝阳大路玉河连。伤心今日华人少，见我衣冠尽骇然。""异方除夕若为情，红炮城中彻夜轰。独坐毡房愁不寐，但听门外过车声。""五凤门开烛影深，肆然御座老胡临。回看东海何由蹈，万岁呼来欲碎心。""荆棘铜驼不足悲，大明文物尽为夷。龙兴宫阙胡尘暗，蹴破彤庭马竞驰。""燕市悲歌旧俗非，荆卿名字少人知。昭王骏骨归何处，乔木荒台指点疑。""玉馆羁怀不可论，五旬块垒面高垣。群胡日晚相呼出，愁绝军牢告锁门。""谩说通官征索多，囊金垂尽欲如何。伙然纸扇归何处，大率皆无但咄嗟。""出门燕柳已依依，归雁争如我马飞。行近凤城乡信得，向来饥渴尽忘之。""鸭绿春波汉水如，龙湾何异返吾庐。于马更展斯诗读，方识篇篇不浪书。"《燕行别章》【考证：据《肃宗实录》卷六四可知赵荣福等于十一月初四日启程赴清，以上诸诗约作于十一月初四日前后。】

康熙五十九年（1720/庚子）

正月

初一日（戊辰）。
朝鲜国王李焞遣陪臣赵道彬等表贺冬至、元旦、万寿节，及进岁贡礼物。宴赉如例【按：参见康熙五十八年十一月初四日条】。《清圣祖实录》卷二八七

六月

初八日（癸卯）。
上升遐。《朝鲜肃宗实录》卷六五

十三日（戊申）。
是日巳时，王世子嗣位于崇政门。○以李颐命为告讣请谥承袭上使，李肇为副使，朴圣辂为书状官。《朝鲜景宗实录》卷一【按：《朝鲜景宗实录·附录》：景宗大王李昀（1688—1724），字辉瑞，肃宗大王长子。始，肃宗久无嗣为忧，后宫张氏以戊辰十月二十八日诞王，定号元子。三岁，封王世子。四岁，始学周兴嗣《千字文》，肃宗亲制序以勉。八岁行入学礼，是岁行冠礼，仍谒太庙。庚子夏，肃宗疾大渐，王既践位。甲辰八月二十五日，薨于昌庆宫之别殿，春秋三十有七，在位四年。】

十五日（庚戌）。
大臣二品以上会于宾厅，议上谥号曰"章文宪武敬明元孝"，谥法：法度大明曰章，道德博闻曰文，赏善罚恶曰宪，刚强以顺曰武，夙夜儆戒曰敬，照临四方曰明，立义行德曰元，大虑行节曰孝。庙号曰肃宗，谥法：刚德克

就曰肃。殿号曰孝宁,陵号仍称明陵。盖仁显王后先葬明陵,至是遵遗命葬同茔域。《朝鲜肃宗实录》卷六五

金昌集《肃宗大王挽词》:"五十年间致小康,百王谁出我先王。诚存对越天惟畏,政在忧勤日未遑。唐室分朋思欲破,周黎靡孑视如伤。含恩禽兽犹知感,没世臣民矧敢忘。""天遗丕责一人躬,厥位惟艰慎始终。岁再园陵霜露感,日三筵席缉熙功。孝思偎偎羹墙际,圣学优优礼乐中。缅彼方丧隆古制,断然行冼汉唐风。""于赫宁陵志胆薪,神孙继述庶追伸。坛开紫禁能忘旧,宝铸黄金若受新。三月荐裸诚已格,万年传嗣命惟申。尊周大义昭星日,鲁史端应续泣麟。""转圜从古以为难,日月之更竞仰看。大泽龙亡恩更涣,中天蟾缺影旋团。是非已定谁能夺,名义斯严罔或干。八字尊崇宁尽德,也应鸿烈永无刊。""明时群枉总伸冤,尚有重泉未瞑魂。越峡哀鹃号鲁墓,衿阳宿草翳姜原。分明圣祖存微意,恻怆宸情悟一言。前后缛仪真盛德,百年光复位仍尊。""寻常旰食又宵衣,一日孜孜理万机。精力未闻曾告倦,聪明咸仰不遗微。周王疾病勤为祟,夏嗣讴歌喜有归。鹤禁代劳诚至计,四方延颈日重晖。""圣算骎骎六十年,阁开灵寿仰轮焉。光添烈祖西楼牒,荣溢耆臣北阙筵。只拟尧樽长挹斗,谁知舜驾遽宾天。人间独有银杯赐,泣想栏花但渺然。""颠倒诸臣上殿忙,天崩咫尺剧苍黄。金縢未获先灵佑,玉几终承末命扬。龙衮敛来偏掩泪,乌号抱去但摧肠。帑银留作因山费,哀痛慈音泣八方。""元知周祔礼宜然,虚右当时占吉阡。霭霭云烟京阙近,苍苍松柏翼陵连。辱舆宛转迷寒月,鸾扆凄凉掩晓天。雨泣千官临穴痛,若为先蚁蕞黄泉。""贱臣奚取本无才,猥藉家声又上台。两世渥恩同岳海,百年酬报乏涓埃。精诚梦寐追伤切,形像丹青遣画催。感激幽明思陨结,后先奎藻烂昭回。"金昌集《梦窝集》卷二

七月

初五日(庚午)。

以宋相琦为冬至正使,李乔岳为副使,赵荣世为书状官。《朝鲜景宗实录》卷一

二十七日(壬辰)。

金昌集《奉别疏斋李相公告讣之行》:"此别最堪恨,销魂而已哉。十年尝药久,万里饮冰催。龙驭追何及,燕台滞独哀。须知王事重,努力早归

195

来。"金昌集《梦窝集》卷二【考证：据《同文汇考补编·使行录》，告讣兼奏请正使李颐命、副使李肇、书状官朴圣辂于七月二十七日启程赴清，此诗约作于二十七日或其后。】

八月

二十二日（丙辰）。

晴。自松站行三十里，八渡河朝饭，又行三十里，通远堡宿。……申时，到通远堡，山川风水甚好，使行例入栏头赵夏明家。十余日前，夏明身死未葬，故入卢家。家新造，颇净敞。主胡乃假鞑卢进第。主人之子来传其师之言于大人，且传一小纸，书欲来见之意，使之夕来，上炕而踞坐，马头德万使之跪坐，强而跪坐，而生疏可咲。书问姓名、年岁、居位、所业，答姓名徐成纹，辽东人，虚度三十二岁，侥幸忝泮水，仍书一诗曰："玉貌尘中不易逢，彬彬卓越位三公。国分中外东西界，道贯天人古今同。遂复岂惌文武则，衣冠疑是夏商风。识荆一念镂心肺，宜吐珠玑化儗蒙。"余问："'遂复'二字何意？"答："遂生复性，即教养也。"大人书："俺持方丧，未可歌咏古诗云，边头词客古来稀，既入太学，何为落拓边城？"其人又书二句云曰："自揣文章惭半豹，谁推学业副全牛。"李器之《一庵燕记》【按：是年七月，李器之随其父告讣兼奏请正使李颐命赴清，《一庵燕记》即燕行时作。】

九月

初九日（癸酉）。

朝，微雨，自两水河行四十五里，至中前所朝饭，又行三十五里至山海关宿，是日行八十里。……过大石桥、两水湖、老君屯、王家店，取左边小路一里许入贞女祠。塑像左右立两童子，一捧带，一担雨伞，似皆姜女之儿，而伞即其行具，带即其夫之物也。又有一碑大刻一诗，题《同萧馥亭都护出塞一律》，诗曰："出塞将军汗马劳，偶来风雨袭征袍。声传徼外奔封豕，羽入云中看落雕。鸭绿晚溯通属国，鹅黄新酒醉诗豪。行营列炬归来晚，城上乌啼月正高。"下书"万历壬子菊月五关海若王致中题"。其诗不衬于姜女事，而立碑庙中，未可晓。壁上题咏颇多，而多不成说。其中二诗最胜，石刻壁上:"防边远虏筑长城,讵料翻成贞女名。血泪欲枯心未死,便令顽石尚如生。"又曰:"筑城当日知多少,千载惟传一范郎。若使藁砧无远戍,纵然偕老只寻常。康熙己卯毗陵龚眉望题。"李器之《一庵燕记》

十三日(丁丑)。

告讣使李颐命等抵沈阳,以沿路所闻驰启曰:"清主尚在热河,太子事依旧无他闻。燕中地震,屋宇颓陷,人多压死。西征之兵屯戍多年,西鞑远遁,不得交战,病死相续云。"【按:参见是年六月十三日条】《朝鲜景宗实录》卷二

二十五日(己丑)。

法藏寺僧璧行来见,盖践昨日之约也,邀坐打话。此处寺僧一人亦相识,前来共话,出药果待之。余曰:"昨见清标,归而难忘,杖锡远访,深荷厚意。"答:"蒙老先生远辱,安敢辞劳乎?"问:"此地人否?"答:"是。"问:"法号?"答:"孚苍。"余书:"若有佳作,书示。"其僧书一绝曰:"室静闲焚柏子香,摊书欹枕卧经床。困魔不禁擎书手,掷卷悠然到上皇。"余书曰:"贵诗好好,但既曰'掷卷',则'不禁'二字不相照应,改以'欲禁'则尤佳。"其僧称善。李器之《一庵燕记》

二十七日(辛卯)。

晴。杨澄有往见之约,而久不践,遂与王四往赵华家。家在路边南巷口,距法华不远,王四先入通之,出言:"日尚早,未及盥,请坐中堂。"引入坐椅子,中堂华丽,上有匾额,而以黄帕□之,乃皇帝笔云。左右列椅子二十余,皆以帕覆之。坐顷,杨澄出来,面黑多发,老丑而眼有精华。从人已出,文房四具列于桌上,彼先书曰:"可是李先生么?"余答:"姓某名某字某,以字行,故序文及书皆书字。"彼即首肯。余又书:"久闻盛名,今对清标,实是奇幸,缘何至今栖京洛,未归故山?"答:"数年连有身病,方事医药,久未还乡。"寒暄后彼问:"稼斋金先生今得安否?"答:"安在。"彼问:"往年及今春付两度书,至今未见答,可怪。"余答以未知其故【按:"稼斋金先生"指金昌业,金昌业与赵华、杨澄交往本事详见《老稼斋燕行日记》】。谈间赵华出来,坐旁边椅子,面麻,瘦小,右眼有瞽,外见寒薄,无富贵相,与余书字寒暄后出茶饮之。余书问:"方为何官?"答:"藩部郎中。"归考官案,终无其名,可怪。问:"皇帝何时回来?"答:"今日离热河来,初七八日当抵畅春苑。"问:"四百余里怎费许多日?"答:"一日不过行三四十里,到处流

连，自当如此。"余书示杨："愿见近作佳句。"即《示忆稼斋金公》七律，且书待余一绝句末书求和，余即次书之曰："燕馆秋风□往来，缘何怀抱对君开。日斜又听传鱼钥，愁对寒鸦啄晚苔。"赵华问我国科举之法，略书示之。〇夕，见寺僧与小沙弥三人入西边屋封外门，书"康熙五十九年九月二十七日封"，以钉钉门，但开饭盂出入之孔，盖在其中将读《法华经》，限三年始出云。沙弥一人年七岁，极可怜，而渠欣然无苦色，亦可怪也。永清作偈与诗书纸立墙外，读而使听之，盖封门之时亦有说戒之例故也。其诗曰："秋光弹指又逢冬，惊叹浮生闪电中。多谢林中诸学侣，休教错过主人翁。"又曰"个中只有无心法，说介无心已是多"云。_{李器之《一庵燕记》}

李器之《北京赠杨澄》："青丘浙水各天涯，中有沧溟万里奇。一见燕云如旧识，曾从雁字读新诗。居庸秋色当楼满，屠市歌声和筑悲。重叹奇才成白发，黄金台上草离离。_{杨以浙江人漂泊北京，曾因稼斋金丈见其文集，为序文而送之。至北京相与通问，仍赠以诗。}"_{李器之《一庵集》卷一}

李器之《又赠杨澄》："秋入燕云雁渡辽，梦中频听浙江潮。青丘客子来相问，为说家乡路更遥。""曙色欲开清漏残，满城珂马响珊珊。西山爽气无人爱，输与先生尽日看。"_{李器之《一庵集》卷一}【考证：据《一庵燕记》可知九月二十七日李器之与杨澄相见于北京，以上二诗题曰"赠杨澄"，有"一见燕云如旧识，曾从雁字读新诗""秋入燕云雁渡辽，梦中频听浙江潮"语，约作于九月二十七日后。】

十月

初九日（壬寅）。

晴而风，雪后颇寒凛。朝见庭槐黄叶始落，可见此处风气之暄和矣。王四入来，传杨澄书，次余诗及《咏雪》二绝、歌词十首送来矣。_{李器之《一庵燕记》}

十一日（甲辰）。

朝鲜国王李焞薨，世子李昀遣使奏闻，兼贡方物【按：参见是年七月二十七日条】。得旨："朝鲜国王李焞袭封将五十载，自来伊国，从未有似此历爵年久者。且袭封以来，奉藩至为敬谨，进献方物极尽诚款，未尝稍懈。又防御伊国，边疆安静，克享太平。伊举国老幼，靡不感戴，具见事上恭顺，抚民慈爱，深为可嘉。忽闻患病溘逝，朕心不胜痛恻。除遣大臣往唁外，其所贡礼物，著即交使臣带回，以示轸念之意。应得恤典，该部察例具奏。"《清圣祖实录》卷二八九

路中望见天宁寺塔高出云霄，遂入其寺，直造塔下。……从大士殿西边入一门，穿数屋，迂回入小中门，门内有侧柏数株，日午树荫满地，寂无一人。东边僧房桌上置古铜香炉，壁上书二句诗曰："竹月松风传道趣，花香鸟语逗禅机。"李器之《一庵燕记》

十七日（庚戌）。

午，作书于赵华，且书《翠轩七律》，又以四纸各书"柔桑翳日鸠鸣远，高抑缲风絮度颠湖阴""春阴欲雨鸟相语，老树无情风自哀""壁仄风帆当槛过，竹疏江日漾檐多挹翠""碧海浑无云一点，长风独与月俱来北轩"四联，兼送各色扇子、纸、砚石、笔、扇、菱花、镊子之属，以报昨日之贶也。李器之《一庵燕记》

十一月

初四日（丁卯）。

李宜显《坡州庚子燕行》："朔北经年役，京西一日程。坡原最标绝，谷老此精英。叔世怀贤意，危途叱驭情。余芬花石在，一为驻吟旌。州是栗谷世居之地，花石亭即其先构，栗谷常往来留住。"李宜显《庚子燕行诗》【考证：据《同文汇考补编·使行录》，冬至正使李宜显、副使李乔岳、书状官赵荣世于十一月初三日启程赴清，依例于当晚宿高阳碧蹄馆。高阳至坡州四十里约一日程，故此诗作于十一月初四日。《国朝人物志》卷三：李宜显（1669—1745），字德哉，号陶谷，龙仁人。肃宗甲戌，文科检阅，历副提学，典文衡。辛丑入对，请早建储以慰国望。壬寅，罹祸被谪。英祖丁未，拜右相至领议政致仕。谥文简。】

李宜显《金川映水楼次先集韵》："楼下长波绕碧川，楼前晴影映栏边。皇华旧迹空留笔，许魏风流杳百年。楼下有石屏，华使许国魏时亮名以回澜石，且有诗。""兹区谁识有清川，何幸天人自日边。寂寞如今余旧胜，重来仙鹤定何年。"李宜显《庚子燕行诗》

李宜显《葱秀山》："海西曾历遍，逋债只葱山。奉使当今日，停骖适此间。岩峦耸擢玉，泉溜泻鸣环。抚迹还增感，皇华已绝攀。岩有华使朱之蕃、刘鸿训

199

笔迹。"李宜显《庚子燕行诗》

李宜显《调元追送中路，袖三律以示，次韵叙别》："此身何意向穹庐，半世行藏鬓已疏。客路三千仍几许，流年五十又添余。悠悠独与长云去，郁郁安能一日居。鹢首至今天久醉，停车随处足欹歔。"李宜显《庚子燕行诗》

李宜显《中和生阳馆》："时序方将临至日，馆名先又兆生阳。吾行已识有前定，世事多端空自忙。拓户山容呈偃蹇，终朝雪意浩微茫。栽松十里长堤路，从此西州始启装。栽松院在中和平壤之境。"李宜显《庚子燕行诗》

李宜显《安州》："安陵形胜问如何，千里关防一带河。罨野寒云迷玉帐，夹城朝日绚金戈。王公设险楼谯壮，辽蓟交疆冰雪多。好是行人留赏地，樽前意气付微酡。"李宜显《庚子燕行诗》

李宜显《定州》："新安古号亦云奇，晦老遗风倘可追。传语一州人士道，百年无废卧龙规。新安书院，州号新安，故仿朱子立卧龙祠遗意，创院祀朱子。""孤竹清风复我东，后前芳躅俨新宫。麟经大义昭星日，西土尤宜此道崇。凤鸣书院，是院享仙源、清阴两先生。"李宜显《庚子燕行诗》

李宜显《次西浦忠烈祠韵哀金将军》："邹圣有至言，舍生能取义。纷纷读书人，允蹈乃武士。惟知赴前死，讵肯顾后利。我来宣州府，抚迹一洒泪。额额大道会，英风凛昔苍。蕉荔缅遗烈，云水杳古事。千载睢阳庙，崇报谅同指。未暇瞻礼过，奈此征马驶。玄冬气惨栗，飞雪连千里。幽愤郁未吐，鸣咽寒江水。"李宜显《庚子燕行诗》

李宜显《义州途中漫述十二韵只记轿中物》："轿屋深如奥，邮骖驾后前。下铺玄羖席，座席是山羊皮。傍【按："傍"亦作"旁"】设素绒毡。轿内左右遮以白毡。位置长兀整，书案置所坐之前。平分两箧联。二小箧列置于书案底左右边。中鍮备溲溺，二箧中间置鍮溺器。上匣弄泓玄。书案之上置砚匣。随意仍开卷，书案穴盒及二箧中有若干书秩。陶情几咏篇。览新常兀坐，疲极或欹眠。畏冷纱前掩，轿内设纱幔，值风冷则垂之。供爬角左悬。搔痒子以角为之，悬于轿内之左，以备爬搔。冠交厚薄着，常着鼠皮浩然巾，而日暖则只着冠。袜迭短长穿。日寒则加穿长袜。纪路笃书历，竹篦书历路道里，置在轿内。充饥葚作圆。桑葚丸亦置轿内，小饥则嚼之。颜熏毛扇暖，面冷则以毛扇遮掩。背贴布囊便。布袱盛札牍杂纸，置之背后，以便凭倚。每苦尘沙眯，偏愁雨雪溅。行行长不息，何日始停鞭。"李宜显《庚子燕行诗》【考证：李宜显下诗题为"龙湾逢至日"，以上诸诗约作于十一月初四日至二十三日间。】

初八日（辛未）。

遣散秩大臣渣克亶、礼部右侍郎罗瞻致祭故朝鲜国王李焞，谥僖顺，兼册封世子李昀为朝鲜国王。敕谕曰:"尔父王焞薨逝,朕心恻然。据王妃金氏奏称,尔自幼岐嶷,且有长人之德,为国人所爱戴,请册封承袭。朕俯顺舆情,特允所请。兹遣官赍诏,诞告尔国,封尔为朝鲜国王,继理国政。封尔继妻鱼氏为国王妃,佐理内治。并赐尔及妃诰命、彩币等物。尔宜永矢靖共,懋缵承于侯服,迪宣忠顺,作屏翰于天家。尔其钦哉,毋替朕命!"《清圣祖实录》卷二九○【按:《纪年便考》卷三:景宗德文翼武纯仁宣孝大王讳昀(1688—1717),字辉瑞。肃宗十四年戊辰十月二十八日诞降。庚午,册封王世子。丁酉,代理。庚子,即位。甲辰八月二十五日,升遐。在位四年,春秋三十。】

初十日(癸酉)。

清史内阁学士额和纳、副使一等侍卫宜都额、真德禄以吊祭事出来,义州府尹驰闻,以俞命雄为远接使。各站迎慰使李挺周、安重弼等称病终不进,政院启禀并命罢职。纲纪之颓弛无余,于此可见矣。《朝鲜景宗实录》卷二

十四日(丁丑)。

告讣使李颐命等在燕京以谚书附奏敕行,言:"封典表咨呈礼部,则郎中以堂上意来问,世子未及奉旨封王,追封与邀封何以一并举请。答以前例皆然,则其后久无声息矣。会同馆提督尚崇坦自初颇示殷勤之色,密示侍郎庆一陈所撰覆奏结语,有'王妃册封,俟其声名奏请之日,再了议封'等语。崇坦仍言,此人作事不良,我方宣力,以回其心,显有索赂之意,译辈繡缝而答之。甲寅年使行时,亦有此执颃之事,至于呈文礼部辨争,特旨准请,而不无他径周旋之事矣。其所执为衅端,极涉痛骇,而事势如此,不可不参用甲寅之例云。"《朝鲜景宗实录》卷二

二十二日(乙酉)。

杨澄送书,且寄诗一篇,夜次韵,朝使王三传之。李器之《一庵燕记》

李宜显《龙湾逢至日》:"岁暮湾河滞去轮,忽惊南至又今辰。葭灰动处初阳嫩,豆粥尝来旧俗新。节序滔滔如逝水,衣冠冉冉入腥尘。遥怜故国寒梅早,月色罗浮已报春。"李宜显《庚子燕行诗》【考证:诗题曰"龙湾逢至日",诗云"忽惊南至又今辰""豆粥尝来旧俗新",约作于是年冬至日即十一月二十二日。】

李宜显《留滞无聊再迭途中韵》:"行役燕山外,羁愁朔雪前。羞将殷世冔,归对漠南毡。几日龙河滞,遥天雁影联。风摇衰草白,寒重乱云玄。北

阙膺专命，东槎和古篇。行穷三路界，心恸九连眠。塞土魂空断，乡园梦自悬。桑蓬夙志壮，辽蓟险途穿。鸭水仍长在，蟾辉屡见圆。王程犹未已，臣节敢图便。岁暮衣裳薄，时危涕泪溅。天涯知旧绝，谁赠绕朝鞭。"李宜显《庚子燕行诗》

李宜显《安市城》："旧迹依俙拜帝年，颓陴长卧客程边。休言万乘扬威壮，尚有孤军抗节坚。白羽已知嫌讳甚，青编终靳姓名传。伤心鲁削今如许，缅挹英风涕自涟。"李宜显《庚子燕行诗》

李宜显《麻姑岭次副使韵》："已任经年役，宁辞一月驱。危岩又履栈，荒野几缘芦。地既坏浑别，山仍气势麤。请君看世路，即此是平途。"李宜显《庚子燕行诗》【考证：李宜显下诗题曰"腊月朔日"，故以上诸诗约作于十一月二十二日至十二月初一日间。】

二十六日（己丑）。

清使入城，上出迎于慕华馆。○清使奉香币，入置于魂殿内卓【按：即"桌"】上。上立于殿庭，清使请上同参奠酌，金昌集争以非礼，清使始三上香哭拜，上亦率诸臣哭行四拜礼。上升自西阶，入殿内东向立，清使奉皇旨致上前，上跪受。李健命展读其辞曰："为朝鲜国王薨逝缘由，奏闻亦表请旨。奉旨：朝鲜国王袭封将五十载，伊国从未有似此历爵年久者。且国王甚是谨慎，进贡无不以诚心将之，供职五十有年，从无疏忽处。防守伊国边界，太平岁久，毫无事故，伊国无不感激者。忽闻患病薨逝，朕心不胜痛恻。除遣臣致祭之处，著该部照例仪奏外，朕于闻时，遂遣大臣驰驿往唁。这表章传于朝鲜国王妻子侄均谕。"读毕，上使通事传致谢恩之意。清使又以欲见国王弟侄为言，承旨李正臣请更据理防塞。健命请上接见清使于便殿，清使辞而出。《朝鲜景宗实录》卷二

邦均店家壁上书一诗曰："风歊乌帽送轻寒，雨点春衫作细斑。小吏知人当着句，先排笔砚对溪山。"乃放翁诗也。《稼斋日记》云"凤凰山下野中土阜累累，似为宋家城来脉云"，而宋城后数里无土墩，乃战场埋骨处也。李器之《一庵燕记》

二十七日（庚寅）。

微雪而雾。自二里店至枯树店朝饭，玉田县宿。平明发行，雪未止，已覆路上尘，极可喜。北边蓟州，山上云雾鬤起，大野皓然，林木微茫，行人车马来往其间，远者如鼠，而却分明，依然一幅平远山水画也。李器之《一庵燕

记》

李器之《蓟州路上望盘山》:"少林白塔盘之中,盘下盘川三百重。崖石万头蹲虎豹,云松千岁化虬龙。中郎跻险缒垂壁,仙老斩魔剑插峰。再到山前风雪暗,几时禅榻记微钟。"李器之《一庵集》卷一

二十八日(辛卯)。

自玉田至沙流河朝饭,至丰润县宿,是日行八十里。至沙流河,入来时所入舍,来时余书壁上一诗曰:"世上无人识俊才,黄金何日筑高台。边霜染尽青青鬓,匹马阴山十往来。"笔迹依旧,如见故人。李器之《一庵燕记》

李器之《丰润县期陈秀才不遇》:"美人消息隔河洲,怊怅佳期古驿楼。万里相逢一宵话,百年回首几时休。蓟门寒日烟光渺,辽海长云雁影悠。地角天涯从此别,北风低草莽生愁。陈名浩,字圣泉,贵州安平县人。为人清明端雅,随其父丰润任所,相逢于蓟州渔阳河上,约回时相寻于丰润馆次。适值其他出,怅而有作,使其县节级往传矣。其后陈以诗答之曰:'市楼何处觅君房,词翰无因附末行。我向燕台仍寂寞,君过瀚海总凄凉。边城漠漠云垂树,山馆萧萧月满床。未把离樽相送得,空余别泪洒青裳。'"李器之《一庵集》卷一

二十九日(壬辰)。

以赵泰采为谢恩正使,李德英为副使,梁圣揆为书状官。《朝鲜景宗实录》卷二

十二月

初一日(癸巳)。

李宜显《松站》:"风雪三冬暮,关门一路初。山河燕塞近,民物冀州余。万里要冲地,千秋战伐墟。从来多古意,溯想独长歔。"李宜显《庚子燕行诗》

李宜显《腊月朔日副使迭前韵志感又次》:"鼎水号弓后,燕山发轫初。翻惊新朔届,长痛此生余。梦断箕王国,愁连召伯墟。微忱泻无地,回望只欷歔。"李宜显《庚子燕行诗》【考证:诗题曰"腊月朔日",且为《松站》之次韵,故以上二诗作于十二月初一日。】

李宜显《通远堡》:"卢家堂炕暖宜人,一室熏熏别有春。殊类未妨宵听咏,小儿聊许味分珍。看嫌混妇差知礼,见示荤茵不作嗔。惆怅驿程犹万里,可能终始得纯民。主胡姓卢,颇良善。余夜吟诗,主胡来听,十岁儿在前,余馈饴糖。下卒劝主胡入宿,以诸妇女同宿,不听。此中以手荤茵,余欲观之,即荤以示之。"李宜显《庚子燕行诗》

李宜显《连山关次书状韵》："辽阳风物近吾邦，回首东云独倚窗。空有雄心频抚剑，可无幽兴细开缸。衰容驲路身余几，往迹鸿泥泪欲双。魂梦不知关塞隔，夜来飞度抱州江。抱州，义州号。"李宜显《庚子燕行诗》

青石岭岩涂横张，万木权枒，殆不可容辖，道路峻隘，乱石层叠，冰雪塞路，处处凝冻。此岭多有青石，故名，而积雪封山，岩谷同皓，不见石色。又过小石岭，青石岭之余脉也，傍【按："傍"亦作"旁"】有虎狼谷，地势稍平易，可柱十里云。太子河旧传燕太子丹所匿处，而或云非也，是塔子河，而讹称太子云。约与副使往见白塔，而日短行忙，未免中止，可叹。路中望见驻跸山，在西六七十里，唐文皇征辽时驻跸处也。所谓白塔，亦文皇征辽时命尉迟敬德筑成者，而其高不知几层，制作奇巧云。到白塔堡民人李管家，有三四人来观，问其姓名，汪子宁、汪丽文、罗文山、吴振远也，俱汉人，而居苏州业商云。问苏州景致，以虎丘山、玄墓、梅花观、音山法路为最。李宜显《庚子燕行杂识》

李宜显《辽东杂咏》："辽阳古号精兵处，控制山河表里雄。自是关防天设险，如何全局畀西戎。旧辽东""睥睨参差霄汉矗，楼台隐映海云重。金汤百二新关扼，剑戟三千旧国容。新辽东""阿弥庄下日西晡，四牡初腾喜坦途。出塞已期王事了，厌从陁佛问南无。阿弥庄""玄花白羽不胜嘲，壮略雄图一举抛。堪笑唐皇千古业，只今留得小山崤。驻跸山""千寻戍削见神功，突兀晴空势自雄。安得御风凌绝顶，俯看溟海浩无穷。白塔""华表千年鹤影微，尚留遗迹梦依俙。人民城郭当时恨，为问如今是也非。华表柱""一带悠悠水浩漫，行人来去几回看。奔流日夜声呜咽，遗怨犹传太子丹。太子河""腊日芳椒汉火衰，纶纲已斁尚何为。逢公一着谁能及，投阁当年笑彼其。逢萌""缅挹堂堂皂帽人，至今风烈与谁邻。挥锄穿榻浑闲事，却爱危邦勇退身。管宁""烟树空蒙一望迷，长绳织路接平堤。如今始识中州大，说着沧桑意自凄。辽野"李宜显《庚子燕行诗》

到沈阳城门外，乘马去伞盖，此有宫阙，与燕都比并，自前例不许乘轿，故也。未时，入处察院，此处号称盛京，城方可二里，而每方各二门，共八门，门路纵横贯城中如井字状。南北两门路与东西门交界处，皆有十字楼，闾舍栉比，市肆丰侈，人物繁众，顿令人异观。此是丙丁后，昭显世子、孝宗大王来质，清阴及三学士被拘之地，问馆寓事实，并无知者，可叹。○宝胜寺即汗之愿堂也。殿宇中间，多排佛像，左右廊舍，俱极奢丽。雕阑曲槛，金碧炫煌。屋瓦盖以黄碧，而守直清僧皆着黄衣。阶下东西设碑阁，西碑则胡书，东碑则楷书，前面题以"莲花净土宝胜寺，崇德三年立云云"。庭有苍松七株，杂植丁香海棠侧柏之属，凤城以后不见一株松，而今乃见之，殊可爱。李宜显《庚子燕行杂识》

李宜显《沈阳行》："沈阳城外阴霭繁，沈阳城中寒日昏。金汤千古壮关防，只今颓堞增悲凉。中华天子昔临边，不许胡马来陆梁。如何一朝事反复，往迹空余华表鹤。况复吾东万世羞，忆著丁岁泪横落。咸阳布衣几思归，北海中郎空握节。年年皮币燕京道，客来今日遗愤切。中宵浩歌抚孟劳，万里寒风吹壮发。"李宜显《庚子燕行诗》

李宜显《宝胜寺汗之愿堂》："宝殿沉沉塔刢雄，层楼高入彩云中。莲华静土连真界，栢树黄甍映半空。纪迹尚看崇德字，祝厘长颂可汗功。皇王旧域宁堪涴，一面红螺是尔宫。红螺，山名，即元顺帝走死处。"李宜显《庚子燕行诗》

到永安桥军人常玉琨家。桥之左右设石栏两头，作狮子对蹲状，刻镂颇工。常也自言明朝国公维春之裔，余问："维春与鄂国公遇春为何人？"答："兄弟也。"问："你是明朝人子孙，独无思旧之心耶？"答："已顺他人也。"李宜显《庚子燕行杂识》

李宜显《永安桥次副使韵》："虏运那能永，虹桥莫揭安。空依古店雪，长送客程寒。鹤影云俱迥，天机节已阑。壮年题柱志，堪愧此骖鞍。"李宜显《庚子燕行诗》

李宜显《永安桥旁小店主人常玉琨，自言是常遇春之傍孙，而今为驿舍军卒》："圣祖涤腥氛，鄂公功最闻。傍枝今幸遘，远派尚能分。循发悲胡服，低颜愧驲军。重阴终必廓，倘更佐风云。"李宜显《庚子燕行诗》

李宜显《孤家子》："暝霭孤村迥，长程我马烦。忙投暖熏垓，强进夜深飧。倦仆偏憎鼾，麤胡苦厌喧。鸡鸣又催发，何日玉河门。"李宜显《庚子燕行诗》

李宜显《白旗堡》："小黄旗，大黄旗，里堡萧然当路达。斜阳又入白旗堡，次第三堡名者谁。可汗昔日窥中土，方色为号明部伍。于今海宇尽版图，城郭人民已非故。村名亦复换前后，染污腥膻良可丑。安得真人奋起挥天戈，廓开燕云荡九有。更将佳称冠此铺，三旗之名一洗去。已矣鹑首天醉久，书生空言有何补。噫吁嚱，书生空言有何补。"李宜显《庚子燕行诗》

李宜显《二道井》："店舍谁穿井，醎腥半带淤。客行今到此，旅味果何如。路亘辽疆尽，山开蓟野初。云端露遥髻，隐隐见微间。辽野尽于此，自此始有山，故五六云。"李宜显《庚子燕行诗》

自冷井出辽东后四五百里间，逐日经行，无非平原广陆，天与野接，一望无际，无一点山形隐映于远近者。到此始见远山，眼目为新，山在北边，乃是蒙古地方云。医巫闾山亦隐见于云霭之际。医巫闾山，渐觉近眼，山势盘亘，峰峦秀拔，洞壑之南有北镇庙，每年降香以祭。上有仙人岩、桃花洞、圣水悬泉，多有游览之胜。先辈如月沙，近年金大有叔皆登览，而恨余行忙，不得躡前人踪也。李宜显《庚子燕行杂识》

李宜显《次副使咏医巫闾山韵》："宇宙苍茫一望宽，忽瞻西北此何山。化工故擲长空外，淑气潜钟旷野间。高拱蓟燕区绝漠，迥包溟渤作重关。千秋漫咏灵均赋，今日经途恨未攀。"李宜显《庚子燕行诗》

李宜显《中安堡》："河水羊肠曲，征人马足疲。地偏关月近，天迥塞云迟。岁律杯中晚，容华镜里疑。此行犹未半，何日是归期。羊肠，河名"李宜显《庚子燕行诗》

李宜显《新广宁次副使韵》："邮馆清寥月色佳，与君赢得客愁排。东西枕障如联座，取次谈谐半咏怀。千古金汤评地理，五更河汉淡天街。何妨跋烛消时景，最喜征途日日偕。"李宜显《庚子燕行诗》

李宜显《十三山次副使韵》："十迭屏风更折三，紫云黛色翠均含。依微远野平吞北，突兀中天半露南。巫峡形符胡剩数，医间势敌可相参。看渠特立千秋屹，撏撏尘沙我却惭。"李宜显《庚子燕行诗》

李宜显《大凌河次副使韵》："胡风猎猎卷尘沙，冻笔拈来手觉麻。从古行人无好绪，即今何处觅中华。殊方事干空输币，晚岁头颅尚着纱。秣马河边衰草暗，午烟寥落汉商家。"李宜显《庚子燕行诗》

四同碑在大路边百步许，税轿往见，即皇明神宗朝王盛宗、王平父子为辽东指挥签事经略金州宁远锦州等卫，多有勋绩，神皇降敕谕敕命。王盛宗两碑以楷篆大书"敕命""敕谕"各二字，前面镌其立功事迹敕命辞说，王平碑亦然。碑文中二字有琢去处，似是"奴酋"等字，而为今时讳之也。父子四碑罗立，而事迹亦同，故名以四同云。李宜显《庚子燕行杂识》

李宜显《四同碑》："青冥斧钺镇戎边，桥梓功名片石联。任重关防烦诰谕，恩同前后费镌镂。荒原尚照中华月，过客深悲万历年。可惜门庭终纳寇，千秋长愧勒燕然。"李宜显《庚子燕行诗》

李宜显《小凌河次副使韵》："半世悲欢历已多，鬓毛萧飒早成皤。流年北海书中感，行色辽河雪里过。故国云烟迷远梦，异方风物入长哦。尘沙漠漠寒威薄，村酒何妨借一酡。"李宜显《庚子燕行诗》

李宜显《松山次副使韵》："尚想狂胡射月初，孤城麏尽遂长驱。当时战

骨埋何处，阴碛茫茫塞草枯。"李宜显《庚子燕行诗》

过杏山堡，松杏即崇祯末败衂之地也，汗得松杏之后，仍长驱席卷，天下之势遂至于不可支。至今八十年余，民物未苏，闾里萧条，崩城破垒，处处皆是，令人伤心。过塔山所，曾于松杏之陷，此城守将自投炮火而死，节义凛然，而姓名不传，可惜。路中望见沧海浩淼，红轮涌出，日光海色，相与荡射，诚奇观也。李宜显《庚子燕行杂识》

李宜显《高桥堡次副使韵》："尽日行经百战墟，当时堞垒已无余。李华笔力难摸处，吊古悲怀讵少摅。"李宜显《庚子燕行诗》

李宜显《塔山吊古松杏之陷此城，守将自投炮火而死，节义凛然，而姓名不传，可惜》："月晕孤城夜，风霾万灶寒。将军死最烈，过客涕频弹。壮气晴空碧，忠心赫焰丹。何妨姓字泯，竹策永无刊。"李宜显《庚子燕行诗》

永宁寺在大路傍【按："傍"亦作"旁"】，以金字大书"永宁禅林"四字于门上。门内立一金佛，过此又有门，门内设石屏，内外刻龙狮，精工无比。左右累砖为墙，交互相衔，中成洼穴，有若大桌排果之形，远望玲珑成文，可异也。庭之东西有两碑，一碑书"康熙甲子立，乡进士中州刘君德撰，乡进士山西耿生悦书"，一碑书重修檀越人姓名者也。居僧只有一二人，寺将废而不守矣。寺后有一峰，即所谓首山，高可数十丈，其西有峰对立，传言汗驻军于此，望见宁远城内，觇其虚实，仍筑将台云。而西北远山中，有一山特高大，俗称红螺山，即元顺帝走死处也。到宁远卫，城皆颓圮，门扇亦破落，还入内门，由十字街三层楼见祖大乐牌楼，立四石柱，为三间门，高可四丈，左右差低，楣桷栋梁皆以石，不假一木，雕镂极其奇巧。第一层当中大书"刻玉音"二字，第二层内刻"元勋初锡"四字，外刻"登坛骏烈"四字，下层列书四世职名，东西石柱刻联句口："松槚如新庆，善培于四世。琳琅有赫贲，永誉于千秋。"又其南为祖大寿牌楼，结构制样一如大乐之楼。第一层亦刻"玉音"，第二层内外刻"四世元戎少傅"，左右两旁刻"廓清之烈忠贞胆智"八字，下层又列书四世职名。左右石柱刻"桓赳腾歌，国倚干城之重。丝纶锡宠，朝隆铭鼎之褒"一联。此外所书，多不尽记，一则辛未立，一则戊寅立。其时建房方肆，而大寿等身居戎阃，不以国事为念，争巧竞胜，以夸耀一世，何哉？况其曾祖镇、祖仁、父承训俱为名将，而承训壬辰救我国有功，大寿、大乐以同堂兄弟力战凌河，功亦不细，而末乃屈膝虏庭，陨其家声，惜哉！申时，到城内驿丞宋文英家，炕甚广而精，壁上贴一诗，诗曰："临流亭馆静无尘，落涧泉声处处闻。半湿半干花上露，飞来飞去岭头云。翠迷洞口松千个，白占林梢鹤一群。此地清幽人不到，惟留日月与平分。"下书"丹山阎毅"，又印阎毅之印。蕴仁两图书，诗笔俱可观。到北京，见《明诗归》，此诗载于其中，即大明宣宗御制也。"李宜显《庚子燕行杂识》

李宜显《祖家牌楼次副使韵》："身作降俘忝将门，斫成何物屹然存。圣朝谬奖承先代，名祖应羞有是孙。可笑奢华侉藻帨，即知夸靓负师垣。经途剩博人争骂，四世铭勋忍背恩。"李宜显《庚子燕行诗》

李宜显《宁远卫次副使韵》："睥睨千年堑，田原十里郊。北来山作镇，南去海为包。嘘欲云常逗，于喁夜竞敲。有兹形胜好，何事等闲抛。此处城堞颓圮不修，故云。"李宜显《庚子燕行诗》

李宜显《两水河晓起次副使韵》："驱驰渐觉病侵寻，晓枕欹危感自深。客路独挥夫日泪，天机重激老年心。东关节物将穷腊，北地雾昏直至今。愁极本凭诗遣兴，诗成强半是悲吟。"李宜显《庚子燕行诗》

李宜显《次副使韵》："燕城万里接秦咸，近海严风扑弊衫。燠室张屏颇觉稳，晚飧当夜莫须馋。关河气色天容黯，客路愁心井味醎。最是乡园云外隔，谁将雁足系书缄。"李宜显《庚子燕行诗》

李宜显《再迭咏行事》："同行要得一心咸，愧我疏慵着使衫。每饬邮人防滥越，痛绳商译戒贪馋。轸饥时使沾涓沥，均惠尤宜共苦醎。异俗由来多觇察，也须言语慎金缄。"李宜显《庚子燕行诗》

抵贞女庙。野中有小垄突起为山，山上有岩，北有大山横亘十余里，南临大海，四面通望，划石构庙。世传贞女姓许，名孟姜，其夫范郎以秦时筑城卒久不归，贞女寻至此，闻其夫死，遂哭而死，后人即其地立祠云。庙中安孟姜塑像，两童子侍立其前，左者持伞，右者持带，皆贞女之子也，貌甚端肃，伞像行具，带像其夫所常服，而俱女所持来者也。塑像之前板刻俪语曰："要知一片烈女心，试看千秋望夫石。甲申张延记。"又有万历壬子，王致中所书二律，笔法可观，欲搨取，而日寒未果。又有康熙丁亥，翰林修撰李蟠所撰《重建祠记》，其他扁额俪句碑版题识甚多，不能尽记。概在先君子日记中，此不著。北有小屋数间，略施丹雘，安金佛，为守庙僧设置也。屋后有一层岩，岩罅处处成洼，称为贞女望夫时足迹，上刻"望夫石"三字，又有"振衣亭"三字刻在石面而颓圮，于岩间旧有小亭，而今坏云。其下砻石，刻"作如是观"四字，康熙戊戌贺姓朝士所题也。登石上，遥见沧海渺莽于天际，又望见长城粉堞，跨壑缘厓，蜿蜒盘亘于数百里间，奇怪难状。每数里最高处辄列烟台，其东大野茫茫，不见涯际。又出小门外，倚墙角望见大海，尤阔远，目力难穷，真所谓吞云梦八九，曾不足以蒂芥者也。李宜显《庚子燕行杂识》

李宜显《登望夫石望大海，览长城远势，甚壮观也，仍感贞女事迹，次月沙韵以吊之》："望夫石上骋远眸，沧溟万里连青昊。八九平吞云梦阔，茫茫浩浩无涯隩。因穷遥堞缭绕势，认是嬴筑镇富媪。紫云匝雾何壮哉，一时失计千秋宝。却忆当时筑城苦，范郎幽魂托烟岛。空闺几年守孤灯，恨结庭阶迹如扫。寻君茧足不惮险，未死重逢惟默祷。自拟精诚能感天，不悟真宰理颠倒。长号向天天不言，玉碎珠陨那忍道。携持鞬伞两孤儿，往迹悠悠不可考。只今遗祠屹山头，好事何人荐苹藻。山头石留跂立痕，望远尚想泻忧恼。三韩使者燕京路，紫气关门心便浩。停车一访吊贞魄，却恨兹游曾未早。愁容惨憯如欲诉，土塑依然类神造。祠中碑表兼诗章，赞揭芳名述幽抱。湘江竹泪武昌石，异迹远符辽阳堡。也知哀怨长不灭，一气灵明接太灏。回看一面开宝坊，老释相迎眉发皓。兹构盖为护守专，照眼丹青更觉好。踟蹰斜日未肯归，感慨悲吟天欲老。春来回斾约重寻，小酒一酹祠前草。"李宜显《庚子燕行诗》

税官常明率诸衙官出坐门廊，点检卜物，无遗入送后，税官使译官送言曰："吾本义州金姓人之子孙也，来此已过百余年，今闻本国使行人来，切愿一望颜色，愿暂住轿。"吾等许之。税官望见轿至，即下椅步出，立于轿前，开轿扉，以面就之曰："吾祖先乃是本国人也，吾虽仕宦于此，何可忘本乎？今逢诸老爷，不觉欣喜，使臣若来见我则恐致劳苦，敢此来候于路次耳。"辞语极其殷勤，礼貌亦颇恭谨。至副使书状轿前，亦如之。吾等举手以谢，且使译舌替传谢意，遂揖而去。山海关属于永平府，距海只十里许，处地雄伟，闾阎富丽，士女都冶，市肆丰侈，又非沈阳之比矣。此是中山王徐达所筑，其庙旧在城中，未知今亦在否也。关有两重门，皆像虹蜺，以铁加板，而自外门至内门数百步，内外各有濠，濠深如湖。瓮城高可四丈许，外门楼二檐，内门楼三檐，俱极雄壮，高可十六七丈许，而殆尽颓落，且外门左右长城处处颓圮者，或三四间，或五六间，砖壁落在路边者往往有之。内楼西边最高层扁以"天下第一雄关"，字形颇大，世传李斯笔而非也。李宜显《庚子燕行杂识》

李宜显《山海关二十韵》："天下雄都第一关，地形高压斗牛间。遥连岱岳群峦拥，直接扶桑巨海环。自是隩区分世界，元知伟观出人寰。始皇骋略严

209

防扼,名将俾功发秘悭。岛甓层澜仍气势,城绵万里极回弯。西京锁钥因前制,北塞旌旄辍重班。扫荡昏氛生圣祖,拣抡贤俊镇戎蛮。重闉屹屹看增设,列堞峨峨迥绝攀。望海亭高穷大漠,临洮势远护平湾。梯航万国来金帛,烟火千家列阓阛。昔是氐羌争战地,今同虎豹在深山。瑶图御极规模远,绣衮登坛桊戟闲。跨塞奇形回禹贡,舞干神化格苗顽。平陂往复难回运,衰季陵夷孰济艰。辽蓟重围师屡挫,杏松残垒血空殷。中华自此毡裘混,志士如今涕泪潸。杀气关山迷古月,提封天地入完颜。始挥妙筭终威掣,欲雪深羞奈力孱。惨惨荒城云影暗,茫茫往迹鸟飞还。金汤百二成虚掷,抚剑中宵恨未删。"李宜显《庚子燕行诗》

李宜显《大里营》:"山海关头大里营,此村无亦古军城。那堪盛代防胡地,遗迹凄凉只有名。"李宜显《庚子燕行诗》

李宜显《背阴堡》:"背阴孤店郝斌家,壁堑纔完未墁沙【按:"纔"亦作"才"】。云自祖先中土住,业兼农贾度年华。"李宜显《庚子燕行诗》

李宜显《次副使射虎石韵》:"直穿山骨迸流云,从古凝神在不分。休恨才多还命薄,至今谁数霍将军。"李宜显《庚子燕行诗》

到榛子店汉民陈琪家。曾见《息庵集》,此地有江右女子季文兰壁上所题诗,而寻觅不得,意秀才辈或可知之,使主胡招一秀才至,名马倬,问之不知,仍酬酢数语。问吾辈衣冠,显有愧屈之色,即书示曰:"我们未尝不羡,但我们遵时耳。"有一人在傍【按:"傍"亦作"旁"】言其女子诗,曾果有之,而五六年前,改墁其壁,仍致泯灭云。过板桥。李宜显《庚子燕行杂识》

李宜显《榛子店追次季文兰诗韵》:"掩抑娇姿泪裹妆,不堪燕雪扑征裳。名花已被狂风乱,羞向东君诧艳阳。"李宜显《庚子燕行诗》

未时,到丰润谷碕家。碕是应泰之侄孙,应泰撰《明史本末》,以文著名,而此人则不文无识。炕室极其精丽,内贴"耐轩"二字,满壁书画多可观。先君子赴燕时,副价洪参判受畴宿此家,闻其除去炕制,作房垗,一如我国房样,今来见之不然,怪而问之,答云:"其房日久坏了。"仍进果饼九器,且进酒茶。有人携一年少者,持一帖以示。所谓年少者,即宋曹彬后孙,携来者,乃其中表而姓鲁云。见其帖,首帖大书"曹氏遗谱之宝",胡安国书。第二帖,大书"文章华国,翰苑名家",孙觌书。第三帖,以八分大书"平阳侯裔武惠流芳",周必大书。第四帖,即下曹彬之敕,开宝七年五月三日,印御宝。第五帖,下曹玮之敕,天禧四年正月十二日,印御宝。第六帖,曹氏族谱叙，绍兴二十九年三月下浣，陈康伯撰。第七帖，王素撰赞。第八帖，曹魏公像。第九帖，太末里人赵抃撰赞。第十帖，曹武惠公传，皇佑元年十月下浣之吉，胡瑗书。第十一帖，武惠公像。第十二帖，程洵撰赞。第十三帖，曹武懿公像。第十四帖，汪大猷撰赞。第十五帖，曹武穆公像。第十六帖，族谱跋，干道三年正月吉日，虞允文撰。第十七帖，宝庆二年正月下澣之吉【按："下澣"亦作"下浣"】，真德秀撰跋。第十八帖，鲁斋许衡撰跋。笔法事迹俱可观玩，亦似非一时赝作也。此实为曹氏传家之宝，而乃欲卖而取直【按：即"值"】，其不肖殊可痛也。其人目不识字，问其姓名，亦不能自书。李宜显《庚子燕行杂识》

李宜显《副使示曹彬家藏赐敕画像与当时诸公赞识一帖，古迹殊可玩，曹家后孙欲卖而取直，戏柬副使》："既观曹氏帖，仍又接遗孙。欲卖世传宝，此真豚复豚。"李宜显《庚子燕行诗》

到玉田，入察院，炕废，处馆直房，得见胡皇亲制训饬士子文，其文曰："国家建立学校，原以兴行教化，作育人才，典至渥也。朕临驭以来，隆重师儒，加意庠序。近复慎简学使，厘革弊端，务期风教修明，贤才蔚起。庶几械朴作人之意，乃比来士习未端，儒效罕著。虽因内外臣工奉行未能尽善，亦由尔诸生积锢已久，猝难改易之故也。兹特亲制训言，再加警饬，尔诸生其敬听之。从来学者先立品行，次及文学学术，事功源委有叙。尔诸生幼闻庭训，长列宫墙，朝夕诵读，宁无讲究，必也躬修实践，砥砺廉隅，敦孝顺以事亲。秉忠贞以立志，穷经考义，勿杂荒诞之谈，取友亲师，悉化憍盈之气，文章归于醇雅，毋事浮华。轨度式于规绳，最防荡轶。子衿佻达，自昔所讥，苟行止有亏，虽读书何益？若夫宅心弗淑，行己多愆。或蜚语流言，胁制官长。或隐粮包讼，出入公门。或唆拨奸猾，欺孤凌弱。或招呼朋类，结社要盟。乃如之人，名教不容，乡党弗齿，纵幸逃褫朴，滥窃章缝，返之于衷，能无愧乎？况乎乡会利名，乃抡才大典，关系尤巨。士果有真才实学，何患困不逢年。顾乃标榜虚名，暗通声气，贪缘诡遇，罔顾身家。又或改窜乡贯，希图进取，嚣凌腾沸，网利营私，种种弊情，深可痛恨。且夫士子出身之始，尤贵以正，若兹厥初拜献，便已作奸犯科，则异时败检逾闲，何所不至。又安望其秉公持正，为国家宣猷树绩，膺后先疏附之选哉！朕用嘉惠尔等，故不禁反复惓惓，兹训言颁到，尔等务共体朕心，恪遵明训，一切痛加改省，争自濯磨，积行勤学，以图上进。国家三年登造，束帛弓旌，不特尔身有荣，即尔祖父亦增光宠矣。逢时得志，宁俟他求哉！若仍视为具文，玩愒弗儆，毁方跃冶，暴弃自甘，则是尔等冥顽无知，终不能率教也。既负栽培，复干咎戾，王章具在，朕亦不能为尔等宽矣。自兹以往，内而国学，外而直省乡校，凡学臣师长，皆有司铎之责者，并宜传集诸生，多方董劝，以副朕怀。否则职业不修，咎亦难逭，勿谓朕言之不预也，尔多士尚敬听之哉，印板而颁示京外云。"其言颇典严，得训谕体，胡而如此，亦可异也。且其论列士习，宛然摸出我国近日之弊，士风之不端，可谓天下同然矣，良足一慨。李宜显《庚子燕行杂识》

李宜显《玉田途中次副使韵》："吹卷轿纱任屡斜，腊前风日欠清嘉。未禁镜里凋容鬓，叵耐途间饯岁华。行色随云长向塞，梦魂无夜不归家。晚来栗烈寒逾剧，知是天公酿六花。"李宜显《庚子燕行诗》

李宜显《玉田》："漠漠风沙接塞氛，无终县郭日西曛。田生白璧犹看气，台没黄金只有坟。事迹简编曾领略，山川辽蓟此平分。仍知是处多佳士，倘可今来访古文。"李宜显《庚子燕行诗》

蓟州本秦汉渔阳郡，彭宠、禄山之反，皆在此地，盖恃地势险阻，突骑精锐也。历入卧佛寺，寺在重城中，寺名本为独乐，而以卧佛称之者，寺中有卧佛特奇故也。殿寮制度，极其壮丽，虹门内又有门，门内有二层楼，膀曰"观音之阁"，笔势飞动，世传李太白所书，而未可详也。下层膀曰"慈悲大士殿"，殿内有立佛，高六七丈，即观音像也，金身作披锦状，垂左手持瓶，举右手当胸，持数珠状，若生动。由复壁向北上数十级，复转而南上几许级，始上楼，楼皆铺板，傍【按："傍"亦作"旁"】设栏槛，大佛身出中央，肩与槛齐，顶挂屋梁，以铁丝作网四围，头上安十二小佛，其形如十余岁儿，眉目一似大佛。在下望之，未觉其高之如此，而及登第一层楼，始尽其状。肩以上犹二丈许，其长可推而知，或云七十六尺。又于楼上别设一榻，以彩段层帐，围垂四面，有佛一躯，长可六丈余，侧卧榻上，覆以锦被，见之悚然不可近，寺之名以此也。寺内有金字"渔阳圣景"四字额，即康熙五十六年所揭也。李宜显《庚子燕行杂识》

李宜显《蓟州咏卧佛》："禅楼高与太清邻，一枕长敧丈六身。千日岂酬玄石酒，万缘都谢华阴春。梦游槐国终虚幻，迹远桃源只隐沦。何似不离尘世界，睡乡天地自冲真。"李宜显《庚子燕行诗》

通州江一名潞河，俗又呼为外河，源远流驶，率多沙溜，每夏秋暴雨，最易冲决，少遇天旱，舟便浅涩，故设浅五十余处，即天下通漕之处也，通州之称亦以是云。岸上闾阎皆临水而居，望之如画，往往以白灰涂其屋上，河水冰合，百余艘舸舰泊在上下，亦有江南商舶之留着者，若比我国三江之船泊则不啻倍之。而曾闻通州船樯，有如万木之森立，为天下壮观云，今来见之，不尽如此。由东城而入，街路之上，往来行人及商胡之驱车乘马者填街溢巷，肩磨毂击，市肆丰侈，杂货云委，处处旗榜，左右罗列，如绒裘、皮靴、红帽子、画瓷器、米、谷、羊、猪、姜葫、葱、白菜、胡萝菖之属，或聚置廛上，或积在路边，车运担负，不可尽数。至如壕堑之深广，城壁之坚致，楼榭台观之壮丽，署宇仓厂之宏大，非如沈阳之比，真畿辅之襟喉，水陆之要会也。_{李宜显《庚子燕行杂识》}

李宜显《通州途中次副使韵》："半百年将老，三千路苦修。朔风摇客梦，关月挂乡愁。渐近幽都界，横穿野店头。苍苍云树外，指点是通州。"_{李宜显《庚子燕行诗》}

李宜显《通州次副使韵》："山河表里跨西东，形胜兹州独擅雄。缬眼鲜华诸市匝，控喉声势两京通。长桥尽处迷商舶，彩阁中间耸梵宫。可惜百年都会地，只今文物黯然空。"_{李宜显《庚子燕行诗》}

朝饭八里堡，入北京。平明发行，出西门，门有两重，城外又有城，两城之间三四里，而人家市肆又极繁盛，城外有两重门，而壕颇深。过八里桥，桥在普济闸东，长可四十余步，广可方四五轨，高可通舟，即自白河入北京之道也。正统中，敕建为陆运通衢，本名永通桥，而俗以八里称，立庙祠河神，祭酒李时勉有记，万历间重修。又过杨家闸、管家庄、三间房、定府庄、大王庄、太平庄、红门、十里堡，自杨家闸以后数十里之间，大路左右，人家栉比，无一间断处，路傍【按："傍"亦作"旁"】多柳林。自定府庄以后，朝贵坟园累累布列，朱门彩阁夹路相对，门外皆穿沟东西一带，势如长川，间以甓砖筑作虹桥，备尽奇巧，跨于沟上，或缭以垣墙，四面如之，粉彩玲珑，务为华侈，皆种侧栢白杨，其密如麻，而白杨最多。坟皆南向，累土为主山，坟前立碑，亦有面墙及箭门，或置佛宇于其间，有若我国所谓斋宫，而但无石仪之排立者，是未可知也。然一园所费，要不下千金，贵介势家之竞尚侈靡于此可见矣。辰时，憩八里堡汉民刘玉家，仍到北京城外弥勒寺，居僧进茶。良久，提督出来，三使遂改着吉服，次第乘马，由朝阳门而入，即外东门也。楼门凡三檐，覆以青瓦，瓮城上亦有二檐楼，而不施栏槛。

曾闻使行到城门，常为车马所塞，半日不得入，今来却不然，未知外国贡献，远近贩商，已于廿七日以前尽为入去而然耶？抑或物之繁盛不及前日而然耶？城内大路广可七八十步，比我国钟街加三之一，左右市肆亦不甚繁。入门三里许有十字街，东西南北皆有牌楼，是为四牌楼，而第一牌门书以"履仁"二字，第二牌门书以"行义"二字。又行数里，望见城门，是为崇文门，即都城东南门也。未至门数百步许，折而西行一里，有石桥，即玉河桥也。又折而南，挟大清门而入，过工礼大司等四衙门，路逢皇子，着貂皮胡帽，衣貂皮衣，佩金装刀，骑白驴而行，左右前导皆骑鞑马，多至数十人。路傍【按："傍"亦作"旁"】有蒙古四五十群，驱三四十橐驼而行，此是其国岁贡人入来者云。申时，入北极寺宿，以大鼻鞑子先已来接玉河馆，故自礼部移送我国使臣于此寺，使之留接，而荒废已久，炕壁疏缺，狭隘且甚，人众将不得容接，又在南城隅僻地，凡系往来礼部阙门之路，俱为稍远，汲水处亦过十里，事多有窒碍可闷者。使首译呈文礼部，以为移接他处之地，而未知果能得谐否也。此寺即万历甲申年间所刱也，殿宇五梁三间，佛像皆黯昧。外廊三间，安关帝像。后廊五间，有三炕，余处于东，副使处于中，书状处于西，皆一间也。前有槐树三株，其西有长廊，安土地神、司命神塑像。左边长廊安十王塑像。大门内有关帝庙，傍【按："傍"亦作"旁"】有一株柳，其后左右有二间炕，炕傍【按："傍"亦作"旁"】有一间屋，屋上有三间楼，楼中左右置三佛像，而尘埃埋没，登兹可以眺望远近。余初欲登览，闻登楼则邻家内堂，入于俯见中，嫌而不果。东阶下立一碑，前面蔡君谟书，后面欧阳率更书。西阶下立二碑，一则前面李北海书，后面王右军书，一则前面苏东坡书，后面米元章书，皆集字入刻者。<small>李宜显《庚子燕行杂识》</small>

李宜显《八里堡》："驲骑平朝驾，燕都八里程。烟郊连店肆，天府壮关城。转觉规模大，元知树立宏。山河空自在，俯仰只伤情。"<small>李宜显《庚子燕行诗》</small>

往礼部，大通官文凤先等三人来待。入大门，至中门下马，入坐于西廊檐下。所谓侍郎者自阙中未及出来，入西边序班厅，等待良久，侍郎以肩舆来到，前有喝导一双，侍郎立于厅东阶下，通官导使臣进诣。余就红床前呈表文柜，副使呈咨文柜，通官受而传于侍郎。侍郎景日昣也，汉人，而方为右侍郎云，神采颇俊茂，须髯斑白，似五十余岁人。所谓礼部，贴"直哉惟清"四字，堂不甚高大，不过如我国礼曹，而但部内连构之屋颇多，门廊皆颓落，皇帝令其官员修葺，不曾给价，以致如此云，良可怪也。仍往鸿胪寺行正朝隶仪。鸿胪寺堂官西佛清人也，亦立于厅东阶下，胪传者立左傍【按："傍"亦作"旁"】，以清语呼唱兴拜，使臣依例行三拜九叩头之礼，裨译辈行礼于后行，西厅北壁上贴"咫尺天颜"四字。李宜显《庚子燕行杂识》

李宜显《诣礼部呈表咨，仍往鸿胪寺参习仪》："局束初呈表，低垂更习仪。羞深跪堂际，愤切叩头时。可笑倡家礼，犹因汉代规。回看尤觉厌，红额衬冠缕。"李宜显《庚子燕行诗》【考证：李宜显下诗题曰"辛丑元日"，以上诸诗约作于十二月初一日至三十日间。】

十八日（庚戌）。

晴。自狼子山至甜水站朝饭，至连山关宿，行九十里。李器之《一庵燕记》

李器之《晓行自狼子山，出虎狼谷，是日极寒》："月照狼山静，风生虎谷寒。冻云依绝壁，积雪翳冈峦。猎骑投林远，行人聚火团。萦回愁峡窄，浩荡忆辽宽。只恸川冰滑，宁辞石路盘。衣多坠马易，指直举鞭难。虎迹喧相告，髯霜笑互看。东峰彩云里，惊喜日轮丹。"李器之《一庵集》卷一

二十二日（甲寅）。

晓，赵明德送人作书，言拟于今日同出栅外，适有亲旧自远来宿，不能践约，且要书示余路中所作诗，遂作答，亦书二诗而答之。李器之《一庵燕记》

康熙六十年（1721/辛丑）

正月

初一日（癸亥）。
朝鲜国王李昀遣陪臣李宜显等表贺冬至、元旦、万寿节，及进岁贡礼物。宴赉如例【按："李昀"当为"李昑"之讹，参见康熙五十九年十一月初三日条】。《清圣祖实录》卷二九一

到大清门，由西挟门而入，度小石桥、大石桥，左右并立石柱一双，此所谓擎天柱也，刻盘龙于上下，石色莹洁，制度奇巧，高可五六丈。又设石栏，立一对石狮，桥下有水，不知深浅，而泛舟可达通州云。入一城门，门深几三十步，即天安门也。过门又有擎天柱一双，石狮一对，如天安门外所立。行百余步，又有一城门，其制如天安，即端门也。与副使、书状并坐西庑下，积雪满阶，寒气逼人，到此痞证顿除，盖行步颇远，故疏散而然也。文武官列坐东西庭，其数甚多，持烛笼往来者络绎不绝，而笼上各书官名。译辈以通官之言来传，皇帝方往太庙，还后当受贺。銮仪卫陈仪仗，于午门之外设空辇各二，其他仪物甚盛，班行颇严肃，不闻喧哗之声，甲军皆驱出马头以下各人于门外。良久东方始明，午门内有击钟声，而其声甚数，于是东西班各就坐以待。宿卫者着甲衣，二旗率五旗士先导出来，继之者几至百余。俄而，胡皇乘黄屋由午正门出来，侍卫甲士数百拥后而行，文武官一齐祗送，朱衣卒各二百人，就端门内，着红丝巾如战笠状，插黄羽旗吹螺，列立于左右。五方神旗各数十，鼓十余，角十余。太平箫约八九，其他金斧金枪之属多不尽记。黄屋临至，鼓角一时齐鸣，其声雄壮。空辇二、曲柄黄凉伞三先过，蛟龙旗四五双次之，而持旗者皆骑马，辇后骑者四五十，而无行伍次第。诸官又祗迎，胡皇还入午门后，左右侍卫之人皆退出午门之外。小顷，各样仪仗更为列立于后，五象自外入来，望之如丘山，分东西立于黄屋

之傍【按："傍"亦作"旁"】，皆着金鞍，覆以黄帕，每象有人坐其上以制之，即所谓象奴也。象鼻长至地，左右牙四五尺许，眼小如牛目，唇在鼻底，尖如鸟喙，耳大如箕，浑身灰色，毛浅尾秃若鼠形，将刍束投其前，象以鼻取而卷之，渐引入口，口深而鼻曲，故卷去甚艰，既近于口，纳之甚速。午门外庭有一砖台，即观日影处也。俄而，通官导一行入左右掖门，门在午门之东西，东班从左，西班从右，余辈从西班而入，坐于太和殿庭西南隅，距殿上百余步也。望见殿上设大香炉五六双，状如钟，殿陛左右排水晶杖数双，竖黄盖于所谓御路上。石陛三层，俱设大香炉，左右烛笼各数十双，黄红黑白旗，或金织成龙，或画日月星辰，金椎金钺之属不知其数，而远不能谛记。鼓声出而鸣鞭三，即所谓跸也。传言皇帝出就榻，东西班趋入内庭，一时跪坐，殿上有一人读文，似是陈贺表也，其声高大，在庭者皆闻之。读毕，乐作于楼上，东西班随胪声行三拜九叩头之礼，拜跪兴俯无一参差。礼罢，通官引我一行立西庭八品前行礼，品牌皆以石斫成，体小头尖，插于砖石上，俾不得转移。跸声又三发，胡皇入内坐，远不见其出入。且闻诣太庙时于端门内，开黄屋前面，出首周视云，而亦不得细见其形状之如何矣。闻前日受贺时，多烧沉檀于殿上，香臭遍于阙庭云，而今无此事，未可知也。行礼时，阁老以下皆不带傔仆，只一驺从持席而入。立班后出送，无一纷聒声，可见纪律犹未颓坏也。今年则我国使臣之外，他国无入贡者，独蒙古累十人来参。我国使臣例坐蒙古之下，通官辈引余辈稍间之曰："例虽上下联坐，而彼秽甚，不可使衣裾相接也。"盖通官是我国人子孙，故凡事颇为我国地，其言如此矣。所谓蒙古，广颧隆颊，容貌诡异，衣裳龌污，恶臭袭人，虽间席而坐，心中甚觉秽恶。罢归时，小憩于天安门路傍【按："傍"亦作"旁"】而出，本寺僧辈以饼饵六种茶一钟来饷，以纸束答之。自是夜，满城家家连四五日，每于昏后放炮二三次，乃是岁时驱傩之旧俗也。李宜显《庚子燕行杂识》

李宜显《辛丑元日》："小梅春色入燕南，客里孤怀转不堪。逝序庚辛纔换始【按："纔"亦作"才"】，衰年五十又加三。千秋东海思高士，何日函关出老聃。自笑腰间空有剑，戎庭屈首贺仪参。"李宜显《庚子燕行诗》【考证：诗题曰"辛丑元日"，诗云"戎庭屈首贺仪参"，约作于正月初一日。】

李宜显《次副使韵》："悄悄禅房下钥初，一天寒月夜窗虚。新年旅味那须问，故国归期且莫徐。往迹真同鸿爪踏，清谈难得客眉舒。偏怜明代遗民裔，尚卖当时旧帙书。"李宜显《庚子燕行诗》【考证：李宜显下诗题曰"次副使立春韵"，故此诗当作于正月初一日至初九日间。】

初八日（庚午）。

告讣兼奏请正使李颐命、副使李肇、书状官朴圣辂还到城外【按：参见康熙五十九年七月二十七日条】。《朝鲜景宗实录》卷三

李宜显《次副使立春韵》："行装来税可汗城，客里还惊岁序更。秦地立春盘菜细，汉宫传烛暮烟生。皇都物色留余俗，人事天时感远情。忽觉逢新归思动，梦中聊复踏乡程。"李宜显《庚子燕行诗》【考证：诗题曰"次副使立春韵"，诗云"客里还惊岁序更"，约作于是年立春日即正月初八日前后。】

初九日（辛未）。

清国正使查柯丹、副使罗瞻以致祭册封出来，义州府尹驰闻。《朝鲜景宗实录》卷三

译辈得一鹦鹉以来，绿毛丹觜【按：即"嘴"】，红趾翠尾，尾甚长，系以铁索，置在铁架上。鹦鹉上下其架，以觜数数咬其架，意态躁扰，别无能言之事矣。李宜显《庚子燕行杂识》

李宜显《咏鹦鹉》："一自羁形别陇山，梦魂长绕水云间。飞腾尚有当时意，饮啄那同旧侣闲。柔舌弄来如诉怨，铩毛零尽任消斑。思归远客愁看汝，新月关河几度弯。"李宜显《庚子燕行诗》

李宜显《次副使夜饬饲马韵》："久客繁思虑，中宵驿卒呼。龙媒随所养，燕路例多瘏。不厌申申戒，要驰远远途。攻驹是汝事，慎莫减青刍。"李宜显《庚子燕行诗》

首译等来言，渠辈竭力周旋于序班，回公文书今方停寝云。礼部初果有是意，则一序班万无私寝文书之理，此必序班提督辈做出无据之言，欲为恐动一行耳，其为设计，诚极痛骇。追闻礼部官中清人初有是议，而为汉人所塞，序班必凭此做谎，欲为索赂，作此计也。且译辈之欲迁延行期自是渠等本态，而与序班辈合为一身，安知非译辈从中符同，出此事端，以为迁就之资也。其间情形有不可测。译辈得礼部覆奏草以来，其文曰："该臣等议得康熙十三年朝鲜国进贡来时，将世子李焞先王御讳照赏王例赏赐在案。今已纔遣大臣【按："纔"亦作"才"】，将世子李昀封为朝鲜国王，将李昀亦照赏王例赏赐云云。此下其差来云云并与前奏语同。"首译又言：昨日提督以为使臣回还时上下马宴，三使当为进参于礼部云。渠答以弊国方有大丧，使臣不宜参宴，且告讣使出去时亦已免宴，今亦当如此云尔，则以为节使与告讣使有异云。渠又言我国例于君丧服三年，使臣虽以贺节一时借吉，何可进参于宴礼乎？使

臣当呈文礼部，期于停免尔。答曰："呈文则固然矣。"余构呈文出给首译，使写字官净写。李宜显《庚子燕行杂识》

李宜显《开印》："闻道缄封印，今朝始得开。方将皮币纳，正伫驲骖回。译舌终难信，关讥定孰裁。从兹淹几许，归思日应催。"李宜显《庚子燕行诗》

李宜显《次副使再叠韵》："夜雪初微洒，晨曦乍闪开。故乡箕国远，新律斗杓回。节物看逾好，归心浩莫裁。朝来林鸟唤，似欲客行催。"李宜显《庚子燕行诗》

首译辈来言前日赏赐事快得弥缝，且持示礼部移咨内务府武备院咨文，其文曰："礼部为恭进年贡礼物事，正朝圣节年贡内礼物，鹿皮几令，青黍皮几令，好腰刀几柄，交送武备院，照数查受可也云云。又正朝圣节年贡礼物前来，查去年年贡内移准，余剩黄苎布八十疋，红苎布一十疋等仍在案。今冬至正朝圣节，御前应进黄苎布三十疋等，将于所进方物移准，白细苎布一十疋移准总管内务府，照数查收云云。"上段楷书，下段胡书。大使王存礼，大通官金三介同往轮示于两院，必于数日内使之查收云，而闭门前，通官辈终不回报。译辈又无速图之意，数日内进纳姑未可必，极可挠心。李宜显《庚子燕行杂识》

李宜显《次副使五叠韵》："译士朝来报，文书昨晚开。牢扃行且启，干事即当回。闪弄元难测，操持尚欲裁。机牙渠自逞，赢得鬓霜催。闻礼部回奏有不顺意，故篇内及之。"李宜显《庚子燕行诗》

李宜显《次副使六叠韵》："使事听操纵，关门任闭开。晚鸦栖共定，霜雁梦长回。春入全辽浅，寒禁百卉裁。迟留饱苦闷，时序暗中催。"李宜显《庚子燕行诗》

李宜显《咏雪次副使八叠韵》："金色居僧寺，银河世界开。吴盐轻撒下，滕蝶乱飞回。玉讶家家碎，花看树树裁。羔儿帐底兴，坐觉客心催。"李宜显《庚子燕行诗》

李宜显《次副使咏石鼓韵》："于赫车攻业，长留石鼓传。镌功美周后，续咏忆苏仙。尚作金人赏，终同铜狄迁。可怜桑海后，此物亦熏膻。"李宜显《庚子燕行诗》

李宜显《燕中咏物俚言》："胡中善马古称多，十里骁腾一瞥过。怪杀百群驱去远，齐头并足尽无蹉。马""强力高蹄磴坂间，色交黄白亦多斑。就中想有青牛种，安得骑渠早出关。牛""天生双峙肉鞍高，载重能驰百丈皋。听说曾为西域畜，迩来驯牧遍城壕。橐驼""眼为迷笼尽日磨，身因负重拂晨驮。谁怜蹇足无他技，沙碛天寒伴橐驼。驴""嵬形初出日南山，来向戎庭几押班。可惜中朝驯扰物，只今垂首众臊间。象""三百维群周雅咏，十千骈首塞廑多。

康熙时期中朝诗歌交流系年（1703—1722） >>>

曾为北海孤臣伴，名并青编永不磨。^羊"大或尺余小似猫，长随猎骑最轻趫。中州此日皆盘瓠，痛杀猖猖尚吠尧。^狗"纷纷市上独轮车，日夕肩磨载万猪。自是虏庭夸此种，盘供上品敌江鱼。^猪"无复凌云整雪毛，樊中饮啄叹徒劳。右军已去空千载，今世何人爱尔曹。^鹅"燕地鸡群异种多，朱冠或见大于鹅。怪来报漏终无准，意倦司晨奈尔何。^鸡"北土由来饶橘柑，皮如柚者味偏甘。更看圆大同匏子，肉白苦酸仍助痰。^{柑橘}"嚼来喷雾细蒙蒙，色莹青瑶液正融。冰雪居然生五内，金茎爽露反无功。^{葡萄}"柔壳劈来龙眼美，皱纹带得荔枝甜。南州驿使年年递，贡筐辛勤触暑炎。^{龙眼荔枝}"萍实非甘荔子惭，齐梁服食最江南。蠲疴下气前人赏，土俗如今尚可谙。^{槟榔}"天池嫩蕊清胜雪，幽蓟新醪色似鹅。欸客留宾无不可，一杯三椀气淳和。^{茶酒}"侧理从来色色佳，燕中诸品各相差。毛绵粉质俱称美，文宝何妨买市街。^纸"中山遗种最尖毛，柔弱纤纤写未牢。莫道今时皮相易，秃来其奈挫芒毫。^笔"隃糜奇品捣玄霜，外黝能含一段光。磨了五云生纸面，信知清玩侈文房。^墨"骈立龟头丈室前，银钩玉索蔼生烟。天教绝笔供新赏，揭出吾将诒海堧。^{寺庭碑}"左右禅房上上头，俯临闾井起高楼。可怜信美非吾土，登望何曾散客愁。^{寺楼}"^{李宜显《庚子燕行诗》}

　　李宜显《题颜鲁公家庙碑后》："平原太师忠义姿，复有绝笔雄且奇。天然筋骨划开张，正正方方森矱规。一洗烟云色态空，余波肯用绮丽为。也知字画出于心，邪正分明不可欺。况此家庙数尺碣，尤验忠心由孝移。银钩曾经六一鉴，突兀千秋蟠翠螭。我来沧桑百变后，喜看墨迹犹淋漓。尘煤片纸虽云小，犹可见公精神遗。不辞倾橐买取去，为是人与笔，卓卓俱难追。噫乎！世人重笔不重人，子昂媚体人争师。"^{李宜显《庚子燕行诗》}

　　李宜显《次副使韵》："古寺春犹冷，疏钟夜正稀。老年持使节，何日拂尘衣。柳色偏摇绪，禽声亦唤归。那堪远客枕，孤梦故园飞。"^{李宜显《庚子燕行诗》}

　　李宜显《和副使药名体》："异地榆关近，深杯竹叶空。暗黄连宿雾，浮翠决明虹。寒尽三阳起，根敷万木通。自然铜镜里，看作白头翁。"^{李宜显《庚子燕行诗》}

　　李宜显《又用药名体》："已忍冬寒苦，须防风势严。山青黛眉耸，垾赤石脂黏。古木香林晚，深蓬术穗纤。天南星漫拱，老大蓟城淹。"^{李宜显《庚子燕行诗》}

　　李宜显《和副使玉连环体》："二月春云暗，音尘隔远峦。山河大自在，土俗更多般。文牒回将奏，天时觉已阑。东风泮塞漠，莫怕酿微寒。"^{李宜显}

220

《庚子燕行诗》【考证：李宜显下诗云"正届仲春日十二"，故以上诸诗约作于正月初八日至二月十二日间。】

二月

十一日（壬寅）。

清使查柯丹、罗瞻等入城，上具吉服出迎于慕华馆。还宫受敕，行礼于明政殿讫，改具视事服，与清使相见，行茶礼。其诏敕曰："皇帝敕谕朝鲜国王姓讳，览奏尔父王讳薨逝，朕心恻然。据王妃金氏奏称，尔自幼岐嶷，且有长人之德，为国人所愿戴。请册承袭，朕俯顺舆情，特允所请。兹遣官赍诏，诞告尔国，封尔为朝鲜国王，继理国政，封尔继妻鱼氏为国王妃，佐理内治。并赐尔及妃诰命彩币等物。尔宜永矢靖共，懋纂承于侯服，迪宣忠顺，作屏翰于天家。尔其钦哉，毋替朕命。故谕。"《朝鲜景宗实录》卷三

十二日（癸卯）。

清使以皇帝命设奠于魂殿，上出接殿庭。清使欲先读祭文，承旨使通官据礼争之，清使乃先奠爵。其文曰："皇帝遣正使内大臣兼管銮仪卫冠军使事世袭阿达哈哈番兼管佐领查柯丹，副使世袭一等阿达哈哈番，又一拖沙喇哈番佐领管正蓝旗满洲副都统事礼部右侍郎罗瞻，谕祭朝鲜国王姓讳之灵曰：朕临御寰宇，怀柔万方。湛恩所加，罔间内外。矧夫享王时至，翊戴尤殷，岁月滋深，诚款弥著。生则隆之爵命，殁复备夫哀荣，典之渥也。尔朝鲜国王姓讳，东溟启宇，早岁绍封。承绪业于先人，作藩屏于天室。岁修职贡，惟敬慎之小心。世载劳勋，著忠勤之大节。于兹四纪，以倡庶邦。恭顺中朝，惠和下土，边境宁谧，童叟讴歌。维历年之既多，自建国所未有。眷言旧德，朕甚嘉之。讵哀讣之遽闻，实悼伤之无已。所献方物仍令赍回。更遣大臣往申吊唁。复命详稽彝典，用副轸怀，锡以嘉名，谥曰僖顺。仍封王嗣子姓讳为朝鲜国王，承袭如制。呜呼！盟诸带砺，期奕叶之永宁。贲是丝纶，示殊恩于罔替。惟兹灵爽，尚克钦承。"《朝鲜景宗实录》卷三

李宜显《明朝将回程喜可知也漫吟一律》："厌看关月屡成弦，催发征骖喜欲颠。正届仲春日十二，将寻熟路里三千。街头物色垂垂柳，雪后晴晖蔼蔼烟。预想归时吟眺好，潞河帆樯迥连天。"李宜显《庚子燕行诗》【按：诗云"正届仲春日十二"，故此诗作于二月十二日。】

十三日（甲辰）。

发北京，宿通州。是日将回程，质明，通官辈来到开门，先出三行卜驮。辰时离发，由振武、敷文、就日三门而出，历钟街大市门，渡大石桥，出朝阳门行里许，入东岳庙，改着素服。庙在大路之东，享泰山神者也，元天历年中始创。庙前东西有两牌楼，楼之内外俱有榜，一曰"太虚洞天"，一曰"三清上界"，一曰"永镇国祚"，其一不能讵。正门扁曰"瞻岱之门"，以金填之。正门内左右有二层钟鼓楼，其内有三间大门，左右有夹门，入此有正殿，檐皆两重，覆以青瓦，扁曰"岱岳之殿"，中安塑像，即泰山神也，侍卫仙官共十余人。殿内麾幢器玩无非奇异，中悬琉璃双灯，前有铁釜，可受十余斗油，昼夜张灯云。正殿左右覆以翼阁，东西月廊各四十余间，而其南北头折而属于正殿及门之两傍【按："傍"亦作"旁"】者，又为数十间。四面月廊皆排以石砌，高可六七尺许，其左右有二大高楼，以黄瓦覆之，以有胡皇所书碑也，赵孟俯【按：即赵孟頫】、董其昌所书碑亦在庭中云。而通内外庭所立碑，几至百许，不可胜记。从翼阁下入去，又有殿，扁曰"育德之殿"，内有丈夫、妇人两塑像，或云是泰山神之爷娘也。此外廊屋中皆有塑像，多不遍见，大抵殿宇宏侈，廊庑重复，庭除旷豁，砌级精美，金碧丹艧，照耀眩晃，殆难尽状。内外庭畔有侧柏及杂木七八十条双双列立，而其后园有小松数株，尤可爱。小憩周览后，发向十里堡。城内路左右皆设隐沟，经冬壅滞，家家户户举皆掘土四五尺许，开出东西所排甓疏通水道，每年解冻后开渠引水，自城外达于通州河云。李宜显《庚子燕行杂识》

李宜显《东岳庙》："朝阳门外泰山祠，咫尺京都壮丽宜。天历功殚开创日，东皇礼重演真仪。可怜物色宛如昨，何处游人来赋诗。歇马匆匆仍发去，更愁前路极逶迟。元天历中始创是庙。"李宜显《庚子燕行诗》

李宜显《通州》："抱郭澄河一带长，映空云日正微茫。环连大海通闽市，控引晴波簇越樯。万里来游聊骋望，三京凑集此中央。元知物色非新觏，好是青春作媚妆。"李宜显《庚子燕行诗》【按：李宜显上诗题曰"明朝将回程"，又云"正届仲春日十二"，故以上诸诗约作于二月十三日自北京离发归国途中。】

李宜显《玉田途中》："恼人春梦昼厌厌，十里山川付黑甜。邮卒共言新景好，蓟门烟树入遥瞻。"李宜显《庚子燕行诗》

李宜显《沙河驿途中》："凌晨日日戒骖鞍，着急东归讵敢安。岁事任从愁里换，家人频入梦中团。湾波正暖舟应系，蓟柳初舒节已阑。足下元知千里起，行程冉冉近辰韩。"李宜显《庚子燕行诗》

到滦河。自首阳山下，至河之南，有一小城，城门石刻"孤竹城"三字，又刻"贤人旧里"四字，其傍【按："傍"亦作"旁"】书"山东章丘杨选基"七字。入城内，至庙下，庙名清节祠，墙垣往往颓落，有二层虹门，石刻"伯夷叔齐"四字，其上刻"上古逸民"四字。层门之内有大碣，即永平府知府钦奉致祭文也。其内东西壁背又书致祭文各一，东即宋真宗大中祥符四年，西即商汤十有八祀，封孤竹国者也。其前有东西两门，东门刻"天地纲常"，西门刻"古今师范"，皆石也。其前有大碣双立，东碣刻"忠臣孝子"，其傍【按："傍"亦作"旁"】细刻"大明崇祯癸未季春五日陈泰来书"。西碣刻"到今称圣"，其傍【按："傍"亦作"旁"】细刻"万历甲午仲夏之吉，江右李颐题"。其前墙背大书石刻"清风百代"四字。第三虹门立三大碣，其当中之碣云："孔子曰：'不降其志，不辱其身，伯夷叔齐与。饿于首阳之下，民到于今称之。'子贡曰：'伯夷叔齐何人也？'曰：'古之贤人也。''怨乎？'曰：'求仁而得仁，又何怨。伯夷叔齐，不念旧恶，怨是用希。'"左碣云："曾子曰：'伯夷叔齐死于沟浍之间，其仁成名于天下，夫二子者，居河济之间，非有土地之厚，货粟之富也。言为文章，行为表缀于天下。'"右碣云："孟子曰：'伯夷圣之清者也，圣人百世之师也。故闻伯夷之风者，顽夫廉，懦夫有立志，奋于百世之上，百世之下，闻者莫不兴起也。非圣人能若是乎？而况于亲炙之者乎？'"下书"嘉靖二十八年夏四月既望，永平知府张玭谨书"。庭中东西各有一阁，阁内立一大碣，即重修清节祠碑记，而嘉靖庚戌春三月吉日立者也。其后有三间大门，左右又有小挟门。东门石刻"廉顽"二字，西门石刻"立懦"二字。其后即正堂也，施以丹彩，堂上安二塑像，顶平天冠，垂冕旒，穿画龙纹广袖白袍，踞坐朱榻之上，面貌俱极丰厚，但施以粉，似乖真面肉色也。铺席庭下拜谒，见其卓【按：即"桌"】前排花盘石香鼎一坐，花盘石瓶二坐，烛台二坐，皆书刻"大明万历十年七月既望造"，而又书"清节祠花瓶"，雕刻奇异。桌上悬板，大书"万世标准"，下书"伦常师范"。门间又悬板，书"古贤人"三字。内柱左右列书俪句曰："求仁得仁，万古清风。孤竹国以暴易暴，千秋高节首阳山。"外柱左右联题"心迹喜双清天常成独圣"十字。庭前立大小碣凡八，皆是重建清节祠碑记也。前有三间彩阁，正堂悬板，大书"揖逊堂"三字。又有东西廊，东廊书"盥荐"二字，西廊书"齐明"二字。大门上书"平滦上境"，又书"仁贤肇迹"，皆石刻也。后庭立一短碣，成化九年九月二十五日清节祠庙记碑也。其后一高阁缥缈江上，即所谓清风台也，清绝幽夐，笔难尽述。登临而见之，滦河一带，自十余里山谷间分作二派而流下，中有小岛，长可

223

二百余步，孤竹君庙在其上。水由岛左右而合流，曲而为潭，峙而为绝壁。东西上下，俱有石矶。其西北有一山，谚传为西山。由清风台东下有小冈，其上有岩，正临河流，可坐六七人。如是者凡数处，号曰东台。余与副使逍遥其上，意思倍觉爽豁。但恨日寒风高，不堪久坐耳。台下冰尚未解，适有一二渔子叉鱼而来，使厨人脍之，又收其余，使羹之。望见东川岸上有渔村三四十家，历历如画中之景。岛之北岸峭壁上一松独立，亭亭可爱。台之东南有老松一株，其两干皆倒垂，枝叶苍古，尤奇崛可赏。其傍【按："傍"亦作"旁"】一槐树亦挺然竦立。东台南边皆是阳坡，周可千余间许，往往有黄莎细草，处处可坐。大抵滦河胜致，幽燕数千里间所未见，虽我东之最以佳山水名者，亦难比侔矣。台之内柱左右各题联句曰："佳山佳水孤竹国，难兄难弟古贤人。"曰："山如仁者静，风似圣之清。"又有三悬板，一曰"高凄水起"，二曰"心旷神怡"，三曰"山高水长"。其左右挟门，东曰"百代山斗"，西曰"万古云霄"。其下栈路又有挟门，东曰"高蹈风尘"，西曰"大观寰宇"。四门之题皆石刻也。阁内东西墙边有碣十三，而皆题康熙年。其中三碣，一曰"古唐王永命题"，二曰"三韩彭士圣谒夷齐庙"，三曰"新建清风台记，嘉靖庚戌春三月吉日书"。城周可二三里，人家四五所，松桧数百株矣。台下长江曲屿，远山奇峰，不可尽记。台之西有小庵，名延寿寺。朝饭，以所得鱼或羹或脍，风味绝佳。壁有菘菜画，品格甚高大，有叔深于画，亦称其佳，欲买去而价高未果云，使译辈试问之，因累次未售，今则价不甚多，遂买之。_{李宜显《庚子燕行杂识》}

　　李宜显《夷齐庙》："春晚松台好鸟翔，滦河彻底映天长。三纲宇宙君臣义，万古声名简策芳。漫有清风空旧庙，不知今日是何乡。英灵倘记箕邦客，爇瓣微诚卸远装。"_{李宜显《庚子燕行诗》}

　　李宜显《清风台》："台上风声壮，台前水势长。寒松留旧翠，春蕨尚遗香。四望极清迥，孤怀增激昂。应知归税后，今日最难忘。"_{李宜显《庚子燕行诗》}

　　李宜显《过抚宁县》："控辽名县盛闾阎，夹道璇题映眺瞻。山堞拂云迷粉壁，市楼夸酒扬青帘。佛龛暂历聊休憩_{是日暂入野寺}，关路贪趋莫滞淹_{一行请止宿而不许}。最是前贤炳灵地，昌黎秀色露遥尖。"_{李宜显《庚子燕行诗》}

　　李宜显《拟登望海亭遇大风不果次副使韵》："忽地封姨闹，重关驲骑停。云驱天漠漠，沙击昼冥冥。虎啸腾深薮，鹏飞蹴绝溟。犹堪激壮气，不必上孤亭。"_{李宜显《庚子燕行诗》}

　　李宜显《山海关次副使韵》："春半燕城动远辀，长风吹袂出关头。谁教一面能成势，信识三京此作喉。极目微看辽野阔，漫空平挹蓟烟浮。东君不

与吾行便，恨杀名都失历搜。"李宜显《庚子燕行诗》

李宜显《中后所》："野店初烟霭，春寒尚雪花。居人喜贩帽，归客倦停车。土俗犹堪记，乡愁觉转加。计程频偻指，辽栅亦非赊。"李宜显《庚子燕行诗》

李宜显《高桥堡》："镇日晨催发，长途气未佳。孤村聊税驾，小屋正如蜗。风定塞天远，春阴山鸟喈。繁忧不自整，随意步前阶。"李宜显《庚子燕行诗》

李宜显《次副使韵》："征骖踏尽往来途，历历遗踪贤圣都。世事只今那可问，诗情到老未能无。关山暮色春风起，店舍寒灯雪月俱。自笑半生形役苦，壮心空负北溟图。"陶诗云：'贤圣留遗迹，事事在中都。'"李宜显《庚子燕行诗》

李宜显《大凌河次书状韵》："偪侧危途苦未闲，北来方得来年还。羁踪更耐身仍病，世事其如日渐艰。随马朔云含晚意，近人辽岫作欢颜。居然万里江湖梦，归伴沙鸥浩荡间。"李宜显《庚子燕行诗》

李宜显《发小黑山向二道井，邮卒晓迷失路，徊徨移时》："此路非襄野，今归异具茨。居然众歧惑，赢得几时迟。摘索终难进，回环复在兹。何须责疲卒，七圣尔曾痴。"李宜显《庚子燕行诗》

李宜显《白旗堡》："东风远客归骖，落日辽阳古馆。重来物色依依，春序居然过半。""熟路黄旗白旗，长亭十里五里。行经夹道苇丛，恰似连城古址。""事异观周季札，身似饮冰叶公。阴阳徒尔为患，文物如今化戎。""悠悠半夜魂梦，望望故国山川。青春作伴归路，喜气已浮湾船。"李宜显《庚子燕行诗》

李宜显《沈阳志感》："离乱那堪说，陂平未易推。中州此虚掷，属国讵能支。燕狱曾囚窖，秦关旧质基。天涯迟暮眼，触境有余悲。"李宜显《庚子燕行诗》

到新辽东去时所宿家，家在太子河边，河上春景蔼然，不觉兴动，徐步出坐于船上。此河抱村而流，水势广阔，眼界悠远，新旧辽城东西村落历历入望。适有一渔舟泛浮水中，真夕阳奇观。李宜显《庚子燕行杂识》

李宜显《辽东感怀》："此路仍星驾，孤怀抚孟劳。年深空返鹤，柱仄孰擎鳌。迥野胡天黑，荒城汉月高。兴亡千古事，江水去滔滔。"李宜显《庚子燕行诗》

李宜显《出坐太子河船上，副使追到，以"春水船如天上坐"分韵漫赋》："去去辽河水，悠悠沙塞春。流云含晚景，物色弄归人。""乍敧白氍巾，闲傍清流洣。旷莽树浮天，空蒙烟蘸水。""三月杨花嫩，平沙系钓船。渔翁卖鱼去，一棹杳前川。""相携坐船尾，意像自超如。晚霭低侵帽，微风迥拂裾。""暮春云淡夕，兰渚雨晴天。遮莫傍人诮，吾为半日仙。""烟沙浩

渺漫，河水流荡漾。安得倚轻桡，沿洄恣下上。""碧水清人心，留连行复坐。白鸟莫轻飞，襟期尔与我。"李宜显《庚子燕行诗》

　　入旧辽东，往见白塔。塔在野中，凡十三层，而斫作八面。第一圆台周可四五十尺，高可二尺许，即所谓地台也。面石随其方位，俱刻八卦，其上又筑第二台，周差减于地台，高可二丈许。其上又设第三台，周一百三把，高可十丈许。其上又设第四台，累甓作八角柱，高可五六丈，每一面凹其中，列坐佛一躯，其傍【按："傍"亦作"旁"】又刻小佛一双。过第四台，筑设十三檐，每各檐用细木为浮椽，极其工致。每椽又各悬风铃，风来，众铃一时有声。自第一地台至最上檐头，其高约百余寻，皆以砖甓累累筑成，而以白灰涂之，白塔之称以此也。第二层第三层台各设云梯，其长三十尺许，自下望之，眼力迷缬，殆不可穷。有一胡儿攀梯而上，循过八角层檐，其疾如飞，此虽习惯而然，见之可危。第四台南角佛前排炉盒等物，盖僧徒焚香礼佛之具也。台下四面有佛寺，阶前东西又有二层楼，而几尽颓废，金碧剥剥，居僧散尽，无人护守。塔后一寺独为完存，其中安佛像，庭前有数株古木，门墙之外又多杂树。其前左右立二碑，一则正德四年建，一则苔蚀不能辨。塔之东二里有关帝庙，由第一牌门而入，结构宏侈，金碧灿烂，双题"英武圣人，一心长旦"八字。门前横筑四五间粉墙，墙背刻云龙佛像，墙面刻鬼神形，皆工巧有生色。入左右夹门，左题"峻德参天"，曰遏云户。右题"丹心耀日"，曰达观户。入第二虹门，一扁"灵应宫"，一扁"摘金楼"，即戏子楼也。入第三门，门之内外分题"配道塞天，函夏钦风"八字。入内中门，门上有题曰"大丈夫"，曰"威震华夏"，曰"义高今古"。其左右有钟阁，左扁"龙吟"，右扁"虎啸"。其傍【按："傍"亦作"旁"】有碑阁，立六碑。外堂檐下又有三题，曰"礼拜亭"，曰"祈报"，曰"莫不尊亲"。左右柱题俪句曰"大丈夫不淫不移不屈，真君子以知以仁以勇"。又有题曰"神威有感镇四海，圣德无疆勤万世"。曰"军民乐业，函夏钦尊"。中堂檐下有"伏魔殿""协天护国""义高今古"三题，正殿丹彩缬眼，中安关帝塑金像，顶金蝉冠，衣黄龙衮袍、白玉带，踞坐画榻上，左右分列五虎将军塑像，相貌雄伟，仗卫壮丽。下有"圣德无疆""无能名"二题。左行阁安张飞塑像，扁"智勇兼"三字。右行阁安赵云塑像，扁"忠义极"三字。其他廊阁及匾额多不能尽记，此皆康熙年中所重建，而戏子军聚会张技处也。城门几尽颓圮，城内可三四里许，闾肆稍繁，而城外则甚稀疏。外城周可二十里，亦坏尽，但有址。望见新辽东，城堞颇坚致，民居亦稠密，而城内之广不及旧城。其北太子河边有寺，名曰永寿，在岩石间，临流置屋，有萧爽之趣，赵相泰采、孟令施仲赴燕时皆历见云。今行路迂且忙不得入见，可叹。旧闻丁令威华表柱在白塔近处，而今无知者，终不得寻见，尤可恨也。李宜显《庚子燕行杂识》

　　李宜显《白塔堡次副使韵》："青阳建辰月，白塔野人家。塞水三叉曲，关云万里赊。繁愁教梦乱，长路要滄加。渐觉乡园近，偏憎岭树遮。"李宜显《庚子燕行诗》

　　李宜显《次副使再叠韵》："尽日光风色，平朝旅店家。艰辛一水渡，回望古途赊。兴废城壕在，驱驰疾病加。惟须亟前进，云雾渐看遮。"李宜显《庚子燕行诗》

　　李宜显《纪行述怀用离合体》："韶光蔼蔼日候暖，召公旧都行过半。就中那禁归梦乱，京国杳然消息断。何处南飞雁影孤，可怜不带一行书。天晴旷野景正融，人伴东风兴未穷。槎程冉冉近湾州，差觉山川开我眸。季春已阑垂及夏，禾稼将看满西畴。安得归去栗里园，女蚕男耕忘世喧。直将蜗角付一幻，十载尘土洗旧痕。湿衣何异着腻淬，水云栖息期终始。题诗把酒足自豪，是非荣辱同秋毫。彼哉纷纷夸毗子，皮相恶能识深意。听松采菊二陶乐，耳根清净心境适。载籍从古去就明，车骑何如野老名。吾人晚计亮在兹，五十知止复奚疑。"李宜显《庚子燕行诗》

　　李宜显《白塔次简易韵》："忽讶中天亘白蜺，浮云西北迥能齐。长程入望神先耸，此日提笻意易迷。信识经营侔造化，不须方位辨高低。骚人游兴新诗在，丁鹤前头可忍题。"李宜显《庚子燕行诗》

　　李宜显《石门岭途中漫吟柬副使》："天东行色共联翩，异国光阴已判年。归日定当春燕后，旅魂先度塞鸿前。云烟蔼蔼连辽沈，杨柳依依趁铁宣。总为关山成隔断，却愁乡信杳无传。"李宜显《庚子燕行诗》【考证：据下诗"鸭绿晴波夕，清明三月辰"语，以上诸诗约作于二月十三日至三月初九日间。】

三月

　　初四日（乙丑）。
　　谢恩正使判府事赵泰采，副使李正臣，书状官梁圣揆出去。《承政院日记》

　　初九日（庚午）。
　　李宜显《以"青春作伴好还乡"分韵有作》："望望边沙白，依依湾柳青。归骖千里道，春满统军亭。""鸭绿晴波夕，清明三月辰。东风归去早，樽酒故园春。""行迈数句余，幸无淫雨作。向来泥淖途，今日净如拭。""春色逐人来，灰浮季月管。新阳扇微和，好作归程伴。""经岁絷殊邦，竣归方觉好。青牛出秦关，白鹤访辽堡。""梦入渔樵社，心疏鹓鹭班。闲闲十亩畔，村老好相还。""征途春已晚，孤客意还忙。莽苍一衣带，湾州似故乡。"李宜显《庚子燕行诗》【考证：诗云"鸭绿晴波夕，清明三月辰"，故约作于是年清明即三月初九日前后。】

李宜显《副使诗讥余半日仙不及丁鹤之千年，戏次其韵》："春泛辽阳渡口船，羽衣踪迹杳长天。多时临睨悲中土，争及吾人半日仙。"李宜显《庚子燕行诗》

李宜显《汤站途中次副使韵》："春风吹我送征车，关路尘清日正舒。行役将穷千里界，家乡尚阻一封书。留经寒燠天时换，踏尽幽燕禹迹余。鸭水渡来佳节届，老年归兴梦陶庐。"李宜显《庚子燕行诗》【考证：以上诸诗约作于三月初九日至初十日间。】

初十日（辛未）。

李宜显《还渡鸭绿江迭小石岭韵》："望望东天近，疲骖欲脱衔。黄昏来旧城，碧水映新衫。朗月如迎棹，长风好挂帆。沙头众官集，十里竞呈缄。"李宜显《庚子燕行诗》【考证：《庚子燕行杂识》云"回还时自北京至鸭绿江二十八日"，使团于二月十三日自北京返程，此诗题曰"还渡鸭绿江"，约作于三月初十日前后。】

李宜显《生阳馆》："昨冬征役愁穿雪，今日归来喜载阳。羁抱梦迷宵蝶远，客程心逐塞鸿忙。行经箕国仍超忽，回望燕都已渺茫。鞍马驱驰惊阅岁，几时京洛税吾装。"李宜显《庚子燕行诗》

李宜显《过驹岘演雅体》："辽野曾寻鹤，箕邦好返骖。重迎鹘山翠，喜泛鸭江蓝。骥子书能作，羊甥榜更参。关门是驹岘，还似驾牛聃。"李宜显《庚子燕行诗》

李宜显《益损堂次板上韵》："春晚陇西日，人回蓟北时。小堂留旧胜，归兴又新诗。细草看葱蒨，高云正陆离。凭轩聊骋眺，淑景满前陂。陇西，瑞兴旧号。"李宜显《庚子燕行诗》

李宜显《晓发松都向长湍》："临湍官府接开城，客子归心早启行。枕上初闻鸡报晓，窗前乍见月生明。迷桥暗径蛇腰度，淡雾疏烟马首萦。此去京华纔一日【按："纔"亦作"才"】，天时况复属新晴。"李宜显《庚子燕行诗》【考证：《庚子燕行杂识》云"自义州至京城十三日"，使团于三月初十日前后渡鸭绿

江，则于二十三日前后返回汉阳，故以上诸诗约作于二十三日前。】

所购册子，《册府元龟》三百一卷，《续文献通考》一百卷，《图书编》七十八卷，《荆川稗编》六十卷，《三才图会》八十卷，《通鉴直解》二十四卷，《名山藏》四十卷，《楚辞》八卷，《汉魏六朝百名家集》六十卷，《全唐诗》一百二十卷，《唐诗正声》六卷，《唐诗直解》十卷，《唐诗选》六卷，《说唐诗》十卷，《钱注杜诗》六卷，《瀛奎律髓》十卷，《宋诗钞》三十二卷，《元诗选》三十六卷，《明诗综》三十二卷，《古文觉斯》八卷，《司马温公集》二十四卷，《周濂溪集》六卷，《欧阳公集》十五卷，《东坡诗集》十卷，《秦淮海集》六卷，《杨龟山集》九卷，《朱韦斋集》六卷，《张南轩集》二十卷，《陆放翁集》六十卷，《杨铁厓集》四卷，《何大复集》八卷，《王弇州集》三十卷，《续集》三十六卷，《徐文长集》八卷，《抱经斋集》六卷，《西湖志》十二卷，《盛京志》六卷，《通州志》八卷，《黄山志》七卷，《山海经》四卷，《四书人物考》十五卷，《黄眉故事》十卷，《白眉故事》六卷，《列朝诗集小传》十卷，《万宝全书》八卷，《福寿全书》十卷，《发微通书》十卷，《状元策》十卷，《汇草辨疑》一卷，《制锦编》二卷，《艳异编》十二卷，《国色天香》十卷此中杂书数种，系序班辈私献书画，米元章书一帖，颜鲁公书家庙碑一件，徐浩书三藏和尚碑一件，赵孟俯【按：即赵孟頫】书张真人碑一件，董其昌书一件，神宗御画一簇，西洋国画一簇，织文画一张，菘菜画一张，北极寺庭碑六件此则揭取。李宜显《庚子燕行杂识》

十二日（癸酉）。

早食后，进往平壤点心，仍为留宿，伴送使赵道彬逢见于大臣座上。伴送使入西轩，故吾则下处于炼光亭。平壤南面晚村居杨生员必寿，平壤城内隆德府石柱街居边哨官邀，隆德部板桥洞金哨官鼎谦皆连日来谒。夕食后，上使及吾次第入问监司病。是日午，以慈山贷银事上副使联名封启。曹金知挺国亦来谒。李正臣《燕行录》

李正臣《到平壤次书状官韵》：" 清明时节雨师催，柳眼欲眠花欲开。自怜老兴全消歇，虚负烟霞乙密台。""羁愁病抱信同然，悄坐寒窗类缚禅。赖有关西旧相识，清谈忘却五更眠。"李正臣《栎翁遗稿》卷一【按：据《同文汇考补编·使行录》，谢恩正使赵泰采、副使李正臣、书状官梁圣揆于三月初四日启程赴清。】

十五日（丙子）。

宿肃川。府使赵儆三次请谒，三和府使、三登县令、咸从府使及顺川郡

守禹洪龟并请谒。李正臣《燕行录》

李正臣《到肃川次上使韵》:"纔看月出失长庚【按:"纔"亦作"才"】,税驾便忧明日行。何处神州寻禹迹,即今皮币愧余情。可怜大小河危恶,争似西南党险倾。安得羽毛生两腋,瞥然飞过数千程。""余于相国忝同庚,何幸追陪拭玉行。谈笑剧来钦达识,毛皮划去见高情。怜衰各共申申戒,怕酒寻常细细倾。唯愿渴浮俱勿药,未秋旋节迅回程。上使有渴病,吾有浮气,故末句及之。"李正臣《栎翁遗稿》卷一

十九日(庚辰)。

午,抵定州境纳清亭,以酒杯不为待令,定州监色吏决棍伍度,乡所决棍三度,以溺缸唾器不为待令,工房吏亦受刑十度。是夕,宿定州客舍。上使登城内将台观望云,吾当往从,而惫甚不能如意。李正臣《燕行录》

李正臣《到定州录示正使上使独登将台周览新筑,邀我上来,而病不能往,以诗谢》:"雄州襟带国西扃,上相登楼察地形。进退实均忧一宇,乃心王室不遑宁。""飞腾气象摩云鹘,倦钝形容卧垄牛。瞻望将台难企及,强斟官酒泻幽愁。"李正臣《栎翁遗稿》卷一

二十二日(癸未)。

朝饭于铁山境车辇馆,距铁山府二十里也,主倅李晤入谒。夕宿于龙川境听流堂,此堂距龙川府亦二十里也。此堂溪壑之胜,萧洒清绝可爱,寔难得之名区也。龙川倅黄寿聃来见。李正臣《燕行录》

李正臣《龙川听流堂次上使韵》:"边州亦有好溪壑,面面澄潭绕白沙。雨气笼山晴复暗,阳和催信叶争花。盘饶美膳君宜酌,囊有新诗我欲夸。中夜不堪家国恋,倚栏高处望京华。"李正臣《栎翁遗稿》卷一

二十四日(乙酉)。

李正臣《到龙湾有咏》:"昨到龙湾馆,边城早闭门。山围辽沈远,江豁义连分。吏语能传译,妓骑善夺幡。殊方多异见,剩慰客愁纷。"李正臣《栎翁遗稿》卷一【考证:《栎翁遗稿》言三月二十三日"是夕入宿于义州府",诗云"昨到龙湾馆",约作于三月二十四日。】

李正臣《次书状韵》:"名亭处处住征辀,一路风烟尽意收。点捡若论高下品,练光为上次听流。"李正臣《栎翁遗稿》卷一【考证:《栎翁遗稿》言"二十四日至二十八日仍留义州者,盖待状启回启之下来",诗云"名亭处处住征辀""练

光为上次听流",练光亭与听流堂皆位于义州龙湾,故约作于三月二十四日至二十八日留义州期间。】

二十九日（庚寅）。
将渡鸭绿江,是日朝,设遮帐于江边,三使臣出坐,府尹与书状官眼同搜检行中卜驮数百余匹。搜检几半,上使先乘船,而水势甚急,不能直渡,溯流而上五里许至龙渊,始乃放下而渡其舟还泊。吾与书状同乘一船,此正申时也。晚来逆风大作,浪花接天,不敢放船。舟人皆言此极危,殆莫如还为下船。吾意既以渡江驰启而还为下船,一不可也。上使已渡江,而吾二官狮取便不渡,二不可也,莫如必渡。遂卸下船中十余人,减其船载之重溯上龙渊,放舟而下,堇堇渡涉。上使亦以风势之急不能渡小西江及中江,待我于鸭绿江边丛林间。三使臣不得已留宿于鸭绿、小西两江间岛村,是岛之名鱼赤岛,此我地也。是夜,府尹渡江来慰而去。追闻夕间方物所载船曳军一名得水疾,寒战而死云云。李正臣《燕行录》

赵泰采《渡湾次副使韵 辛丑〇燕行时作》:"几日留湾馆,今朝向蓟门。过江官饷绝,投店客厨分。塞路泥埋毂,胡风冷掣幡。想来征役苦,愁绪自缤纷。"赵泰采《二忧堂集》卷一

四月

初二日（壬辰）。
晓吃粥,早发,行一二里有鱼龙冰崖,其远殆过二三马场。右边石壁崭绝不可攀,左边深谷不忍俯瞰。过鱼龙崖十里路傍【按:"傍"亦作"旁"】有高大石山,山上有窟,称之为孔岩。孔岩背后又有缥缈石山,半空开张,此即小龙山也。过孔岩十里即栅门也。栅门之主峰即安市城之南麓尽处也。安市城即高句丽安市城将大破唐太宗之六师,而城上拜天子处也。在栅外虽不见城之基址,入栅行过时东望之,则山上城堞至今完然矣。是日辰时许,使行到栅门外而朝食矣。彼人罗列于木栅之内,越见我人之来集,俄闻凤城守将闻我使至,开栅次亦到云。俄而,许多清人开栅大出来,自使臣行中入给礼单于守将,又给赠物于甲军辈,然后乃许入栅。故方物卜驮及三使臣及三房干粮卜驮次第入栅矣。未入栅前,义州将校及护送军卒皆辞归,使臣亦是日以入栅之意封启给送矣。军官郑致道来告我曰:"一清人问我曰:'君副

使老爷裨将云,然否?'吾曰:'然。'又书给数行文字,有曰:'明德,草茅寒士也。若尊将帅,不以长揖见拒则幸矣。且闻老爷为月沙先生之后孙云,尤切仰止之慕,馆宿时当洁诚来谒矣。'致道复问其姓名根脚,则又书示曰:"姓赵,名明德,表字复庵,上世建州人也,今在凤城内居住云。"致道以此两片纸来示。盖明德闻使至在栅内,窥见时译官金庆门亦在栅外。窥见栅内庆门即明德之旧识,故明德问三使臣谁某,则有所云云,故明德有此酬酢于致道矣。自义州府至鸭绿江北岸为五里。自鸭绿江南岸至三江北岸为二十里。自三江北岸至九连城岑过后使臣例宿之处为五里。自九连城岭底至马转崖为十五里。自马转崖至金石山为十五里。自金石山至温井为十五里。自温井至汤站为二十里。自汤站至葱秀为五里。自葱秀至鱼龙冰崖为一马场。自鱼龙冰崖至孔岩为十里。自孔岩至栅门为十里。自义州至栅门合计一百十五里之间,山明水丽。山无一点杀气,软嫩清明,水无急滩,弯回潆漾,皆停滀有情,清冽可爱。我国之汉都山川,湖西山川恐不多胜。况百余里之间无一人家,平原广野,无非沃土膏壤,而尽皆荒废,成荆棘之场,极可惜也。吾问上使曰:"此本三韩之地,何代失之耶?"上使答曰:"高丽时元主许给高丽,其后代又夺之,与夺无常。胜国之末,又以鸭绿为限,已过数百年,言之无益矣。初二日申后,入栅门。在道东望,则安市山城或存或破,指点完然。入栅行三十里乃入凤凰城。大道左右边列构高楼杰阁,皆市肆也。百货咸聚,卖买辐辏,有大都规模焉。_{李正臣《燕行录》}

李正臣《入栅后次书状韵》:"塞路迢迢逐后尘。山川民物渐看新。兹行可谓观周制。愧杀燕南击筑人。"_{李正臣《栎翁遗稿》卷一}

赵泰采《过安市城》:"壮哉安市一孤城,能抗唐家百万兵。山上至今遗堞在,奈何千载不传名。"_{赵泰采《二忧堂集》卷一}

初三日(癸巳)。

晓,但吃白粥而发行,朝饭于干者介为名之大川之边,三使结幕同会。是川之名亦称三叉湖。又过如云浦及伯颜洞,又发行,逾麻姑岭,树木茂郁蔽天。投宿于松站,居汉人王哥之家,其人方面,性且顺,见之有福。渠求清心元,遂给三丸。_{李正臣《燕行录》}

赵泰采《松站次书状韵兼示副使》:"胡风卷地暗沙尘,客路迢迢思转新。东店未过春已尽,不知何日作归人。"_{赵泰采《二忧堂集》卷一}

<<< 康熙六十年（1721/辛丑）

初六日（丙申）。

朝，仍朝饭而发行，前一日行时已有雨意，一行皆着半日雨具。至六日冒雨而出，历塔隅，至会宁岭，风雨大作，雹又乱下，雷霆兼作，堇堇作行。且其岭之高大不减于我国之鸟竹岭，合彼此边为十余里云。岭之高险甲于他山，树木之茂密十里蔽天，可谓险阻极矣。岭之西边几下平地，路傍【按："傍"亦作"旁"】右边岸上有木色极青，恰似碧梧桐，问于马头曰："此何木也？"对曰："□□俗名则白杨木，西路亦有之云。"路傍【按："傍"亦作"旁"】亦见梨花。是日但行四十里，宿于甜水站察院。李正臣《燕行录》

赵泰采《会宁岭大风仍雨雪》："重将函币渡龙湾，异域何时干事还。前度山川多领略，老来原隰倍间关。漫天雨雪沾征旆，镇日风沙蔽客颜。安得飞临滦水上，濯尘清濑暨偷闲。"赵泰采《二忧堂集》卷一

初八日（戊戌）。

自阿弥庄行十五里，即旧辽东也。观其城郭，或有毁缺处，就其毁处见之，则城之骨子皆以砖含灰筑成，而城之内外边皮肤则皆以积土为筑，便作丘垄，外面见之，则寻常土城。所谓城门，门机则无痕，而虹霓筑形则尚今宛然。其虹霓非以石为之也，乃以砖含灰凝成矣，砖虹霓门今始见之矣。以城之东门入之，向西门行之，则大道之广差小于我国之钟楼街，而若其市廛则挟道高楼杰阁。自东门至西门，其门三里许，左右市阁，举皆开张，绫罗锦绣，金玉珠贝。其他巨细精粗，器皿对象，云委山积，买卖纷纷。人肩相磨，比之凤城市肆十倍有加矣。李正臣《燕行录》

赵泰采《辽东寄书状》："辽阳城外驻征鞭，蕃落依俙似昔年。一抹暮烟笼远树，半轮晴月满前川。临流便欲烦襟濯，坐夜还忘旅榻眠。从此沿途无净地，可堪随处近腥膻。"赵泰采《二忧堂集》卷一

李正臣《次正使韵》："广漠无林可索鞭，长时行役日如年。天边一抹辽东嶂，碛里双流白塔川。贾毂近轿腥触鼻，邮人劝马唤惊眠。殊方饮食难调胃，酒是驼酥肉是膻。"李正臣《栎翁遗稿》卷一【考证：诗云"天边一抹辽东嶂，碛里双流白塔川"，亦约作于四月初八日辽东途中。】

初十日（庚子）。

朝饭后发行，一马场余有大川，亦有新造大石桥，桥之左右亦有石栏干。过红花堡、渡混河，行十里到偌泥江。未及江左边岸上有丹青大院，院门洞

开，自路上望见，则院中列坐之塑像非佛，乃将帅也。将帅皆乘马杖剑，左右侍卫之将亦皆乘马持载，务极雄壮。过此院而乃过偌泥江，江之广大不及于我国之三田浦，江深处不过一丈半。江船但有二只，三使臣干粮卜及方物卜驮云屯于南岸，三使臣次第渡船，其后卜驮连续渡船，以此迟滞莫甚。此江距沈阳城十里，沈阳城郭及门楼皆得望见焉。沈阳城外二三里许，原野中冢墓累累，其状如战笠形，不加莎而但封土，贵贱皆同，译官曰国俗皆如此云。至沈阳外城外，三使臣以黑笠青袍，去轿乘马，卷日伞，止劝马声，退前陪军官，入外城东门。行二马场，又入内城南门。行一马场，大路之东边有东使例入之馆舍，三使臣先入后，一行卜驮数百匹尽入此院。不但此也，使臣迎送官人马及观光清人辈多数相杂，彼我人充满于院中，人不得行。城外见有三处寺刹，内城内亦有一寺，内城南门外曲城又有迭城门。而所谓曲城之门，制度异常，东西各有城门。东门即使臣所入之门也。西门，通外城之门也。城筑则高可七八丈，而首尾上下皆以砖含灰筑成。筑法亦善，自城根言之，则其层层筑砖渐渐向内，比我城制度，的知其妙。外城内市肆若干，内城内所见，则入内城一马场许，即入舍馆，故楼阁之状，市肆之雄未及阅看，明朝冲市出去时可以观矣。舍馆周遭则比之我国之南别宫五六倍不及，窄莫甚焉。使全庆门探问中原消息于渠之所亲衙门大官，则归言盛京礼部郎中常寿言内以为过圣节，今已二十余日，尚无称庆声息。而传闻汉阁老王掞上疏，大意以为皇太子以过人之聪明，少时虽有酒色之失，年既老大，悔过自新，幽废已至十余年，宜特放释。皇帝召掞至前，问曰："汝不知朱天保之言太子事而族诛乎？"对曰："天保事非矣。"帝曰："汝知其非则何敢言乎？"掞对曰："天保年少而官微，无必死之义，其死非矣。如臣者，年老而官高，一言而死，上报国恩，不亦可乎？"帝闻而悦之，慰劳出送，眷遇王掞有加于平日。以此见之，则或待皇太子之放释，而以有复位之举云，故乃以此意封启耳。李正臣《燕行录》

李正臣《到沈阳次正使韵》："盛京雄压偌泥湾，掎角辽阳日往还。马畜千群皆可战，铁城重壁不须关。宝林玉塔铭皇寝，昙海金光耀佛颜。到底辄询前昔事，王程虽急我心闲。"李正臣《栎翁遗稿》卷一

十三日（癸卯）。

李正臣《次书状官韵示正使》："昨日重回贱降日，同槎幸有故乡人。芳菲欲采相为慰，碛里无花不似春。"李正臣《栎翁遗稿》卷一【考证：据《栎翁遗稿·附录》中李喆辅撰《墓志》《行状》，李正臣生于显宗元年庚子四月十二日，

诗有"昨日重回贱降日"语,约作于四月十三日。】

李正臣《又次》:"东望家乡首几回,客怀频向故人开。行厨异味虽多蓄,不及乌台酒一杯。"李正臣《栎翁遗稿》卷一【考证:李正臣下诗《燕京有咏》作于四月三十日抵达北京后,故此诗作于四月十三日至三十日间。】

十六日(丙午)。

早朝上使先发,去路问病而去,吾亦但吃粥发行。行十里,有秃老堡为名之村,此村人家颇多,可谓中村。又行十五里,有大凌河之桥,河广不及太子河,即今水浅,河中不过没膝矣。过桥五里即大凌河村也,三使臣朝饭于此。昨日广宁站以后,野中连有筑土烽台,两坮之间每每五里许,昨今所见殆过十处,而此乃明代设置者,即今则皆废破。朝饭后即发行,行十里,有四同堡为名之村,此乃中村也。过此村一马场,有大石碑四,此所谓四同碑也,明代游击将军记皇旨夸耀之碑也。距四同碑半马场又有寺,而寺前又有新立三碑,距碑小的场又有新桥。又行七里,有双阳堡为名之村,此乃中村也。又行五里,有小凌河堡,三使臣夕饭于此,仍止宿焉。双阳堡小凌河之间,自大路右边相距二马场之间,有盛大之村,名则不知也。若论村之盛衰,则名不知村为上,双阳村为中,小凌河堡为末也。今日过四同碑之时,吾下轿亲见,则四碑皆万历所建,而所刻文笔皆无可取。李正臣《燕行录》

赵泰采《小凌河偶吟》:"行尽关河旧战场,客途风物剩凄凉。平芜漠漠连千里,远岫苍苍接大荒。原野马闲游猎罢,堡村人闹戏观张。至今烈士伤心处,惟有荆榛绕败隍。"赵泰采《二忧堂集》卷一

十九日(己酉)。

又行三里,即东关驿村也。此处旧城或存或破,城门之虹霓至今完然。门上悬大字额,刻之曰"东关驿"云云,闾落市肆亦不草草。三使臣夕饭于此,仍为留宿。厨人烹鲈鱼以进,近海故也。主人汉人也,姓名赵清宗。李正臣《燕行录》

赵泰采《东关漫吟》:"征役三旬未蹔闲,客程桃李半凋残。胡儿亦解春堪惜,折取花枝不厌看。"赵泰采《二忧堂集》卷一

二十一日(辛亥)。

日未出,早朝但吃粥发行。行至三里,左边距路二马场,有二烟台,而一则破,一则完全。又行二里有寺。又行五里,即前苫卫城也,此是大明所

筑城，间间毁破，而四面虹霓门皆存，城内人家亦多。吾则不入城内，但过城外。此村亦中村也，过城后路之右边有两家，外有石门，刻之曰"总兵杨氏之墓"。门内有四碑，一则刻之曰"辽东左都督杨维名也大用字也纪功之碑"，一则本卫总兵都督叶受爵战士致祭之碑，又二则皆杨家墓碑，而刓缺不能下【按：当为"辨"】字，四碑中三碑皆大明嘉靖所树也。李正臣《燕行录》

赵泰采《过新安见明朝诸公墓有感》："郡城斜日驻征鞍，野外荒坟总达官。槚为樵侵枝未老，碑因苔蚀字无完。古楼匾额犹堪记，昭代衣冠不复看。借问子孙何处在，可怜香火百年寒。"赵泰采《二忧堂集》卷一

二十二日（壬子）。

晓，上使送言曰："关内形胜素称望海楼，而吾则初巡赴燕时已见之，故今番则欲直往朝饭于凤凰店。台欲见望海楼，则与书状偕作，追来可矣云"。遂与书状吃粥早发，更向山海关作路。至四岐路，当中处有城，四面皆有虹霓门，取其南边门而行，又出南城门而去。其间市肆之壮，物货之盛，无异于沈阳。自南城门至望海楼为十里，而所谓望海楼，即万里长城南边城尽处也。吾进往见之，则城尽处又有回筑之小曲城，城内乃有望海楼。吾登此楼周望，则无他可言胜致，但天海相接，一望无际也。若以此为此楼之胜致，则凡在海边楼阁，皆可为望海楼，此独何为而见称于天下耶？余未之知也。但悬额碑刻壁题等文字，多有古迹，是可贵耳。所谓望海楼。此乃两层楼也。上层楼额则己卯春日，关中梁世勋书之曰"海岳朝宗"云云。下层阁楼额则以"海天一碧"四字。万历己丑岁仲秋，巡按直隶监察御史吴逢春书之云。楼庭左边所立之碑，以大书刻四字曰"一勺之多"。而天启六年季夏海运同知河东王应豫立石云。楼庭右边所立之碑，以八本大书刻之曰"瀚海奇观"，而崇祯庚辰中州范志充题云云。楼阁内左边所立之碑，大字刻之曰"知圣楼"三字，大明崇靖乙亥夏四月立云。楼阁内左边所立之碑，刻吴光义诗章，而字多缺不可下，间间见之，文采多，笔法亦好。其诗之头，以"东望三山不可招，空明一碧海天遥"，以此起头。其下字字行行，显有椎啄之状，必因触讳而然也。石边所立大碑，刻滇西王致中诗曰："层楼突兀壮尧封，势接扶桑紫气浓。日荡鲸波三万里，风收蜃阁几千重。文章赤壁知今古，樽俎清朝有折冲。莫负良辰恣欢赏，蠡舟何必欲相从。"又曰"海门晴景辟冥蒙【按："冥蒙"亦作"溟濛"】，此日登临坐碧空。万顷波恬风细后，十洲炲浸月明中。谁能铸镜盘龙背，我欲乘槎泛斗宫。身世浮沉无足计，赏心乐事共群公"云。又追咏曰："秋风生羽翰，问月望舒前。霁色分天界，清光落绮筵。委波

金欲碎，对面镜将圆。蓬岛瑶华乱，南楼笑语便。乘槎人未返，闻雁思还牵。起舞怜孤影，赓歌续短篇。久为天外客，共是酒中仙。双清如有约，重酌又何年。露滴三更漏，杯飞百道泉。夜深归路杳，豪兴尚留连"云云。碑刻则只此而已。刻壁诗极多，不可尽记，而其中可观者，嘉靖丙午巡按直隶监察御史濮水张登高诗，及万历甲寅滇南王致中诗，及万历甲寅北平守刘泽深诗，及万历甲寅巡关御史王命璇诗及汝南文球诗，及万历甲寅古燕王鸿爵诗，及清源周朝瑞诗。而其中周朝瑞笔，晋草极佳。王鸿爵笔字画端妙，才华可爱。文球笔法米芾及董其昌体，才华动荡，极可爱，而行色极忙，既不得印，又不誊出其诗，此可恨。壁间亦有清朝题咏七首，庭碑"瀚海奇观"四字，令画员申日兴艰难印之，差可喜也。此际翫景唐女，小年凝妆，骑驴入来庭中。郑致道、崔翊明魂夺神迷，记事时落字颇多，还可笑也。吾曾以此楼认为望海楼矣，壁上题咏，皆以"澄海楼"书之，俗传误矣。王致中诗刻碑之笔，恰似唐太宗笔。范围阔大，动荡极可爱，而忙不得印，可叹。李正臣《燕行录》

三十日（庚申）。

早早吃粥发行。十字街西边有大石门，刻大额曰"司空分管之衙"云云，向城西门大路傍【按："傍"亦作"旁"】右边牌楼刻牓曰"心悬霄汉"。城西门外，曲城迭门之制一如东门，曲城迭门悬额曰"就日瞻云"。城外行三四马场，则路之左边牌楼悬额曰"総理军储"。又行三四里，则路之北有碑阁，碑字填金曰"皇恩浩荡"。城西门外有具栏干大石桥，名八里桥也，广十间，长三十间，桥下水沟，有虹霓门，船只往来此门。自此至于北京，间阎连亘于四十里，壮哉！自八里桥历杨家闸、管家庄、三间房、定府庄，又行二十里，即大王屯也，三使臣朝饭于此。食后发行，又过太半庄、十里堡，至八里庄，大路左右树木茂郁，问于清人，则对曰："皆是宗亲及宰相墓云。"所谓茂郁之林，皆是墓木也。其木名柳木，柳木则数小，其中高大拱抱者，皆是沙思木，体白而叶青也。所谓墓所，不为人见，其所布置固未可知，而自路上见之。大门内又有大门，内大门内又有重门，门闼重重，大门内皆有峻宇，内大门内亦然。重门内又有峻宇，第宅宏丽，重重复复。又其后又有大园林，或大门内林薮茂郁。大门外辄有具栏干石桥，桥下水沟亦有小虹门，在在皆然。诸墓所中，有一墓所独为别样雄侈，其大门刻大额，黄金填字曰"仁善谨恪"云云，又傍【按："傍"亦作"旁"】刻"御笔"二字。吾问于译官，则对曰："皇帝外三寸坟墓云。"围墙内或有以白沙封筑莎台石，而其石不甚高大，似是火葬处也。其中破垣无林之墓所，皆是明代诸臣之墓云。

三使臣咸聚于皇城外西边永乐寺,脱黑笠青袍,换着乌纱帽、黑团领、品带、黑靴子,祛轿乘马,停劝马声,卷日伞,各以次入城门。仰瞻城额,额板中分折半以东,则以清书书之。折半以西,则以楷字刻"朝阳门"三字,此城之东门也。三使臣具官服,入朝阳门,中华文物,若或见之,而今不可得,倍觉有兴亡之感。门内街路廓然,人民喧阗,车马辐辏,气像阔大,制度雄伟,市肆物货之属,还为禄禄,不足道也。十字大街有大牌楼,悬大额曰"长安街"云云,其傍【按:"傍"亦作"旁"】又以清书刻三字。过石桥后,大路右边人家悬额曰"缵绪勋迹",路之左边高门上悬额曰"护国关帝庙"云。使臣入城,例入于玉河馆,而大鼻鞑子适先入矣,他国使臣不可迭入,故通官提督辈以兴隆寺定给舍馆。三使臣日午就寺,见大门额,则刻曰"古刹兴隆禅寺"云。夕食后,首译入告曰:"明日日未出,三使臣当陪表咨文,进呈于礼部,趁晓起寝之意,预告云云。"李正臣《燕行录》

赵泰采《又示书状》:"驮病长途忍渴饥,三旬跋涉到燕畿。行余睡倒怜身倦,梳罢头轻感发稀。迹似南冠牢被系,心如老衲静忘机。彼胡操纵真堪笑,干事何关早晚归。"赵泰采《二忧堂集》卷一【考证:据李正臣《燕行录》可知使团于四月三十日抵达北京,诗云"三旬跋涉到燕畿",约作于三十日前后。】

李正臣《燕京有咏》:"摇摇旌旆历山川,三使联翩迭后先。河渡滹沱征汉迹,庙瞻清节想殷贤。羌儿亦诵元丰学,戎市犹传万历钱。人物衣冠非昔日,不堪收拾入诗篇。"李正臣《栎翁遗稿》卷一【考证:诗题曰"燕京有咏",诗云"摇摇旌旆历山川,三使联翩迭后先",约作于四月三十日抵达北京后。】

赵泰采《漫吟》:"使事蹉跎尚未完,馆门防禁亦多端。险夷宁或胸中滞,操纵惟当度外看。漫句得来忘昼永,闲棋围处坐宵阑。秖怜家国萦怀抱,归梦关山不道难。""空馆寥寥月正明,思归远客若为情。通衢击柝传宵警,近寺鸣钟报晓声。打碎乡心愁易结,惊回旅枕梦难成。欲题诗句宽怀抱,颇觉吟边意未平。"赵泰采《二忧堂集》卷一

赵泰采《馆中记实》:"馆门深锁似圆扉,幽系三旬苦未归。案有积书能御睡,盘无兼味仅充饥。僮童掷骨争余筹,邮卒拈针补弊衣。去趁新凉非恶事,肯教愁绪扰心机。"赵泰采《二忧堂集》卷一

赵泰采《副使书状以余之决归为不可,次归字韵以示意》:"寂寞郊居久掩扉,主人何事未言归。三间弊屋能容膝,数顷荒田足免饥。已愧冥行随夜漏,将看野服换朝衣。知吾此计缘衰病,不是忘情远世机。"赵泰采《二忧堂集》卷一

赵泰采《咏石榴》:"不随桃李媚春风,独自开花五月中。恐被美人裙色

妒，数枝偏傍佛家红。"赵泰采《二忧堂集》卷一【考证：赵泰采下诗题曰"六月初八日"，以上诸诗约作于四月三十日至六月初八日间。】

五月

二十二日（壬午）。

馆中前后入来之书画，合而计之，无虑数百件，而书则大抵不好，太半伪造，伪造者亦不好，无一入眼者。画则其中不无入眼者，而一簇之价至于数十两之多，吾何能买之？书则但以文徵明前后《赤壁赋》二帖买来，画则无一张买矣。上使示我一张画幅曰："此画何如？"吾对曰："画格萧洒疏淡，诚好矣。"上使笑曰："画格好不好，则吾所不知，而以其织画异常，故爱之耳。"吾细看之，非以笔写者，果是织成者也，遂对曰："织法奇妙矣。"上使又曰："织本非绢也，画傍【按："傍"亦作"旁"】边以指爪断以解之，则非茧丝也，乃纸丝也，纸丝织画尤岂非奇巧云。"上使送示书帖三帖而问曰："吾欲买之，果是赵子昂笔乎？详览辨之。"吾取看之，唐之名臣房、杜、姚、宋等数十人之赞，而一张画其像，一张书其赞者也。书画皆以泥金写之，而纸本则黑色厚纸也。其笔体恰似我国传播之佛经书也。吾对曰："书画皆奇妙，而至于赵子昂手迹则决非也。"上使曰："非子昂，谁能如此写出乎？"遂买之。吾又曰："眼昏大臣能爱此，诚贵矣。"上使答曰："于我实为僧梳，欲给小子谦彬买去矣云。"吾往见书状，书状出示三帖子书体曰："此笔何如？"吾取见之，则钟繇、二王、怀素、虞世南、褚遂良、柳公权、颜真卿、米芾、苏东坡、赵子昂、文徵明等表表作者之笔也。吾劝其买。其座侧又有匣册，开见之，乃凤洲纲鉴也，此亦好，故亦劝其买，则书状答曰："末儿廷麟欲得此，势将买去矣。"及至复路日，吾问曰："果能买去三帖子及匣史乎？"书状曰："无价奈何。"书状橐物本贫，终至还给，见可恨也。李正臣《燕行录》

六月

初三日（癸巳）。

年老有官职者及年少秀才一时入见，手持各色纸幅，请书甚恳，不得不酬应书毕。吾书示之曰："欲知金尊华衔，书示如何云？"则老者书示曰："姓沙，名德保，其官一等阿达哈哈番云。"吾问曰："此官为何事？"对曰："一等功臣之子孙例为此职云。"其官如我国之忠勋府堂上矣。其少者书示曰："工部员外郎阳乌之子云。"李正臣《燕行录》

有一厮役，即八王之家丁，八王因其家丁送色纸求得书本，故堂号一丈，壁书四丈书送矣。数日后又送书本，请写簇子二双，故亦为书送。秀才陈良卿入来求见，仍献纸幅，受簇子书四双而去。通官辈谓译官曰："此是故吏部侍郎之子云云。"馆所逐日来到之提督求得吾书，首译以其言入告，遂以吾纸书给。秀才佟御书凤书兄弟入见我，托纸幅求书甚恳，遂书正四丈，簇子八丈而分给两人。问其家世，其父即故兵部侍郎汲而潚浑云云。护国大将军赵尔郝持各色彩纸来见求书，遂书给十余丈。彼欲给黄金饰自鸣钟，而不知运用之法，辞而不受。彼归家大设办饮食，送而致谢。问其家世，通官辈皆曰："赵尔郝，皇弟之从弟云云。"礼部付主事曹元兴推步吾八字而来给，仍请书本，遂书给大字四字。行中译官金庆门持银面纸请书，遂以小字书给《朱子家训》。吴泰兴纳红唐纸请受大字书，而唐纸不合于大字，故遂以吾纸书给四张。此外立张书及扇子书迨过十余次，而此皆译辈居间受去者，故其人姓名吾不知。书状以堂号"景邵堂"三字求余笔，遂以大字书送。书状又书送七言二句请书大字，又书送。上使请堂号二张，一则"牛坡居士"，一则"骆谷散人"也，皆为书送。上使又书送警句一句而请书之，故又为书送。其诗即"万事不由人计较，一生都是命安排"十四字耳。李正臣《燕行录》【按：《燕行日记》未述此段事迹时间，当系于是年六月。】

初八日（戊戌）。

赵泰采《六月初八日》："乔山剑舄邈难追，岁序居然已返期。未死孤臣逢是日，如丧至痛倍当时。谁怜异地吞声哭，漫想灵宫载事仪。三十六年成往迹，此生何处答殊知。"赵泰采《二忧堂集》卷一

闰六月

初一日（庚申）。

朝鲜国王李昀遣陪臣赵泰来【按："赵泰来"当为"赵泰采"之讹】等表谢册封恩典。宴赉如例。《清圣祖实录》卷二九三

<<< 康熙六十年（1721/辛丑）

初八日（丁卯）。

晓起，束装，各房卜驮先为出送，则提督又有持难之意。收税官又曰今番使行所请黑角咨文朝廷不许，行中不无潜贸之弊，遂使其家丁拆开书状官卜驮。上使闻之，使译官传语曰："顺治皇帝以后本无搜检使臣卜驮之事，或者皇帝新命乎？"通官辈皆劝止，税官遂寝之。三使臣乃为发行，平服乘马出城，历入东岳庙，大门无额，内大门悬额曰"联日观"，又内大门悬额曰"瞻岱之门"。第四大门无额，其内又有三间杰阁，中间路也。左右间皆有持戟将军塑像，自三间阁至正殿其间三十余间，筑成正路。东西南月廊高峻，正殿宏侈，殿后有殿，其后又有殿，重重复复不可尽见。盖此庙本为泰山神灵设置，而左右殿阁佛像罗列，是未可知也。欲入观正殿，则守僧禁止曰方设斋不可入云。庙庭非不极广大，而东西南三庭所立之碑殆至七八十，且有康熙御笔碑阁，且有老槐十余株庭中茂郁深密。曾见赵子昂东岳庙笔本，故欲见本板。许多碑石一一阅看，则赵碑果立于东庭。此外善书之碑欲为日后印来之计记录在下。有曰西庭刘正廉所书之碑，西庭西阶下头缺大碑，万历乙未季春所立之碑，西阶头下南庭所立之碑。初行曰"白纸会碑记，万历二十六年戊戌九月云云"。又有一碑，初行曰"东岳庙重新圣像碑记"，末行曰"隆庆四年八月吉日立"云。东庭一碑，初行曰"敕建东岳庙会中碑记"，末行曰"万历二十年壬辰季春立"云。东庭最大碑，内外面皆赵孟俯【按：即赵孟頫】笔也，点画少无伤处。东庭又有一碑，乃天启元年都人袁思本所书大碑也。东南间庭又有一碑，此乃万历十九年吴门王昔所书也。南庭又有一碑，万历乙酉季春饶阳田应璧所书也。南庭又有一碑，嘉靖庚申仲冬江阴夏范所书也。又一碑，即崇祯甲戌八月太师西宁侯宋裕本所书也。康熙皇帝又有亲制亲书之大碑，立东庭，有碑阁，甲申冬所立也，字体蜀法也，字大如小儿掌。以上十二碑皆可观。周览毕，出大门乘轿发行。东岳庙越边大路傍【按："傍"亦作"旁"】有石牌楼，刻额曰"永延帝祚"云，此漏于来时日记，追录之。出皇城十余里始见真土色。是日夕，到通州，三使臣同宿于城内察院。来时则但知是察院，今行见之，则内大门梁上挂额曰"登明选公"，檐端又悬额"溪藻堂"。观此两额，非东使察院之义，故发问于译官，则对曰此院本为东使而设，而兼用之试士之时，故其额如此云。观其试士之处，东西两边皆有大厦，广则大四间，长则大八间也。此一间可敌我东之二间，左右家皆如此。入来时日记中见漏，故追录之。是日路上逢宰相发靷者，素服丁壮十余人持棱杖导前。又木人一双，刻造奇巧。头着冠，面涂脂粉，身着真衣服，立着小轮车，军卒曳行。又道僧二双，打钵锣诵经，而其左右侧身之状恰似我国僧徒之打钵锣者。其后魂魄彩举又过之，其后丧柩乃过，而以彩帛围篏，如我国之华丹。上下装或有卷帷处，故详见则其柩虽黑色，不玲珑，必非漆也，似是松烟。漆黑质之上用五彩起画，且于柩上立白雄鸡。此非刻造者，真鸡也。其担军皆着白头巾，丧轝后又有着白头巾者二人随去，形状似平常人，问于译官，则乃丧人也。见之万万不似，可骇可骇。李正臣《燕行录》

李正臣《返节日次正使韵》："吾行亦可谓观风，忍滞腥尘犷俗中。愁伴病骐囚别馆，快随飞鸟脱樊笼。来时春菜萌初动，去日秋禾刈欲空。马首渐东家国近，此心开豁喜无穷。"李正臣《栎翁遗稿》卷一【考证：据李正臣《燕行录》可知使团于闰六月初八日自北京离发归国，此诗题曰"返节日"，诗云"愁伴病骐囚别馆，快随飞鸟脱樊笼""马首渐东家国近，此心开豁喜无穷"，约作于闰六月初八日自北京离发时。】

赵泰采《初伏漫吟》："苦炎无处避，藤簟坐宵分。地溽如蒸气，天垂欲雨云。饮冰难救渴，摇扇不禁熏。遥想严庐下，微诚倍恋君。"赵泰采《二忧堂集》卷一

赵泰采《到通州风气颇凉漫吟》："长途盛热若为行，却喜今朝风日清。天意似怜征客苦，故教凉气未秋生。"赵泰采《二忧堂集》卷一【考证：李正臣《燕行录》云"周览毕，出大门乘轿发行。……是日夕到通州，三使臣同宿于城内察院"，故以上诸诗作于闰六月初八日。】

十一日（庚午）。

早朝，大雨如注，食后大势小减，而终日不止。申后，雨势尤紧，而上使犹欲发行，遣幕裨数次往复，遂停行。干粮卜驮四匹至夕不来，且闻郑致道卜驮沉水云，亦可怜也。夕后，雨势又大作。是日，留宿段家岭村。公乐店村与段家岭村相连矣，两村皆在山下。其山虽是肉山，高大且远，故问其山名，村人对曰兔山云。是夜，落后之译官夜深后皆来。李正臣《燕行录》

赵泰采《段家岭滞雨述苦怀示书状》："暑雨通宵未暂休，茫茫平陆水横流。纔离苦海人争快【按："纔"亦作"才"】，旋值淫霖客转愁。湿鹊查查藏树里，泥蛙合合近床头。行程百里三逾日，可耐今朝又滞留。"赵泰采《二忧堂集》卷一

李正臣《段家岭次上使韵》："奔川逝景不相休，节序居然迫火流。仪部虐炎曾被困，段家淫雨更堪愁。厌看恶馔伤衰胃，默筹归程欲白头。多荷相公勤勉勖，从兹勇往莫淹留。"到段家岭，大雨连日，故云云。上使每以吾晚发讥责，故末句云

云。"李正臣《栎翁遗稿》卷一

二十一日（庚辰）。

吃粥早发，朝饭于中前所村。冒大雨发行，涉五处大川，来宿于两水河村，而虑书状之病添伤于夕站矣。姑无其害，极可幸也。正使军官俞珉涉川再次落马，至于沉水。今日八里堡路上东望望夫石，而行忙不得更登，可叹。李正臣《燕行录》

李正臣《还到两水河次上使韵》："十日长程五日违，雨师多戏泥吾归。中丞老繭痠妨食，上价忧劳瘦缓衣。久縶马蹄骄欲走，乍晴人气快如飞。呜呜画角惊夷落，催向沙河趁夕晖。"李正臣《栎翁遗稿》卷一

七月

十四日（癸卯）。

仍朝饭。早发行十余里，即金石山也。又往十五里，马转崖也。又往十五里，即九连城岘也。登此岘东望，则义州之统军亭，宛然在目中，望之可喜也。日午而至三江，江水大涨，洲渚榆柳之丛太半沉没，欲行舟则防碍难行，而计没奈何，不得已乘船，使中下人辈入水曳行，过洲渚后始乃放船，而水势甚急，艰难渡涉。至中江，江阔十倍于三江，况小西江泛滥与中江合涨，故尤益阔大。而黄赤浊潦涛疾于飞箭，凡放舟之规，遇潦涨则过渡头，溯而上者十许里，然后乃可放舟。而义州沙工不娴行舟，经先放舟而急涛狂犇，舟不能截流而东，直向海口而走行，瞥眼之间已过十余里矣。舟中副使、书状一行所属，遑遑失魂，莫知所措。吾军官崔翊明握吾手腕，战掉不成言，而堇堇言曰："此将奈何？"吾亦无言可答。舟若更走四五十里则当入海门，以一叶小舟入海，岂有可生之道乎？事正急矣，忽然东风大起，驱船置之于西岸，人之死生皆天也，岂容人力？舟中人无非死中回生之人也。更为整顿沙工四五人而曳舟溯而上之，过于前放处殆十余里后，始乃放舟。而舟中许多人一时合力摇橹，至中流而后放下。东岸渐次相近，乃得利涉。此日得生，实天幸也，万万危哉！至鸭绿江，府尹出来东岸设遮帐以待，且以数只船结连而渡江，沙工亦胜于中江。李正臣《栎翁遗稿》卷八

李正臣《还到义州书示上使》："阎王差使满中堂，百态千娇解断肠。可笑护军多老忕，每朝勤服固精汤。上使答曰。闻有好药。愿分送云云。"李正臣《栎翁遗稿》

243

卷一

李正臣《龙湾枕上有怀》:"龙湾以北二千里,三月含纶七月回。辽塔牌楼天下壮,乐林滦庙画中开。神瘦阅览无余恨,才拙诗篇不暇裁。几处题名留逋债,蓟门烟树梦悠哉。"李正臣《栎翁遗稿》卷一

八月

初二日(庚申)。

谢恩使赵泰采等回自北京【按:参见是年三月初四日条】。《朝鲜景宗实录》卷四

十月

二十七日(甲申)。

奏请兼冬至正使左议政李健命,副使尹阳来,书状官俞拓基出去。《承政院日记》【考证:《景宗实录》卷五言十月二十八日,"遣左议政李健命等赴清国,请册封世弟。"《使行录》与李健命《寒圃斋使行日记》皆言辞朝时间为二十七日,与《承政院日记》一致,故疑《实录》有误。】

三十日(丁亥)。

晴。中火后逾柒岘,过太白山城,吟成一律:"太白虽云小,关防正在先。设施传古昔,形胜控山川。地利斯为得,天骄莫近前。铅刀终一割,盐州美岂专。"李健命《寒圃斋使行日记》

十一月

初一日(戊子)。

雪。晓望哭,仍行望阙礼。金郊察访李道瞻闻其衙客丧报,先为辞归。平明发行,至葱秀站中火,遂安郡守金庆衍,载宁郡守禹洪采,兔山县监金鼎燕、申戴华、李达冕随来入谒。书状臂病差歇作行云,可幸。李兵使瀗谪

居金郊驿来见。偶吟一律送示副使、书状求和："明朝忝窃愧虚名，筋力犹怀报国诚。二十年前曾此役，三千里外又寒程。天时迭代嗟难驻，世事多端苦不平。尚幸蒹葭能倚玉，四方专对赖君成。"李健命《寒圃斋使行日记》【按：书状为俞拓基。《国朝人物志》卷三：俞拓基（1691—1767），字展甫，号知守斋，杞溪人，牧使命岳子，大司宪橄孙。肃宗甲午文科、检阅、副提学。景宗壬寅，罹祸，配海岛。英祖初，宥还，以户曹判书为右相至领议政，入耆社致仕，谥文翼。】

初五日（壬辰）。

朝阴，晚雪，夕晴。食后发行，逾驹岘，抵中和，副使、书状来见。主倅闵弘洙、夫马差员、大同察访李光传、假都事祥原、郡守李相晟、方物差员、顺川郡守禹洪龟入谒。副使、书状和送前韵，而副使则又以一律尾书送示，即为和答："寒天霜雪晓来凝，指北征人尚饮冰。少日远游浑似梦，暮年行色淡如僧。西门形胜征遗碛，浿水楼台阅几层。到底杯肴空满案，不须珍味诡陵湿。"副使又书示至日所作五言律，亦即和送："山川连羯域，日月变尧裳。正属微阳动，为禁商旅行。天心往必复，客恨醉还醒。自愧冥升久，无由答圣明。"李健命《寒圃斋使行日记》

二十二日（己酉）。

晴。留湾府。龙川府使任勖来谒，朔州昌城倅辞归。李重著自箕营来到，付送辞疏于拨便，兼付家信，因陪持回便得见家信，吟成一律示副使、书状："三日龙湾客，羁怀似度年。狞风时卷地，朔雪浩无边。历译来何晚，京商到亦愆。微臣宗国恋，每夜不成眠。"李健命《寒圃斋使行日记》

十二月

初四日（庚申）。

晴。食后发行，逾青石岭。午后，抵狼子山，吟成五言律、七言绝句书示副使、书状："露宿二宵渡，冰行八店来。夷音闻愈闹，皮服近堪情。险路知难尽，新阳验已回。駪駪靡及意，计日转悠哉。""二岭岩嶤莽苍间，东来行客困跻攀。回瞻故国知何许，圣祖遗词和泪看。"李健命《寒圃斋使行日记》

初五日（辛酉）。

朝阴，晚晴。晓头副使、书状和送前韵，书状吟一律曰："雪坂危途二岭

245

间，征车北上苦难攀。宁王歌曲人犹诵，泣向旄头倚剑看。"而书状则又示一律："横空大岭石陂陀，直北修程万里赊。今日微臣偏感慨，当年圣祖此经过。中途遗恨虚神算，后代流传尚短歌。冠盖年年长结辙，清风羞濯古滦河。"李健命《寒圃斋使行日记》

初六日（壬戌）。

过冷井，至阿弥庄，望见白塔，抵辽东城下遇石桥，从东门入。城是土筑，而门则累壁为虹蜺形。城内处处多有颓圮石墙，似是全盛时人家遗址。吟一绝曰："辽阳败堞周遭围，石塔荒凉带夕晖。若使令威今日到，旧时城郭亦云非。"书状吟一律曰："锁钥前朝壮北门，祗今全盛更谁存。衣冠寂寞遗黎尽，台榭摧残牧马喧。旧刹空余无竭相，国殇何限未招魂。归来太子河头宿，易水歌中感涕翻。"李健命《寒圃斋使行日记》

俞拓基《辽阳感怀呈副使》："斜阳驱马古辽城，往事伤心说大明。谁道皇王能驾驭，忍教戎狄此纵横。颓郭败垒今犹在，废堑堙壕半已平。怜彼千年华表柱，兴亡阅尽只峥嵘。"俞拓基《知守斋集》卷一

初七日（癸亥）。

晴。午后抵沈阳城下，舍轿乘马，入来城中馆所留宿，吟一律曰："关外雄都即盛京，粉墙高屹与云平。山河大地看无畔，今古遗墟怆有情。臣节只怜三学士，虏锋谁御八旗兵。天时人事终难料，为问黄河几日清。"李健命《寒圃斋使行日记》

初八日（甲子）。

晴。留沈阳馆，和送书状过会宁岭韵，且示七言律、七言绝各一首："穿云二岭石盘陀，踏雪攀来路苦赊。不许飞猿容易度，生憎羯狗后先过。崩城尚认连珠砦，壮士空吟敕勒歌。此去燕都犹未半，征车明日又辽河。""关外雄都即盛京，粉墙高屹与云平。山河大地看无畔，今古遗墟怆有情。臣节只怜三学士，虏锋雄御八旗兵。天时人事终难料，为问黄河几日清。""辽阳归堞周遭围，白塔荒凉带夕晖。若使令威今日到，旧时城郭亦云非。此辽东所吟，西到过沈阳，书示书状。"李健命《寒圃斋使行日记》

十三日（己巳）。

晓雾，晚晴。夕抵十三山，医巫间一支南走，断作平地者数里，而陡起

为石峰，屹立于店东，此所谓十三山也。戏题一律示副使、书状："三十年前三十岁，十三日抵十三山。鬓毛凋换驱驰际，店铺依俙指顾间。皮币不须言耻辱，丘园安得占清闲。吾侪原隰知何业，弩力风霜慎往还。"李健命《寒圃斋使行日记》

二十六日（壬午）。

阴。夕抵三河县，本县教授谷擎天送诗一律，而颇有来见之意，不得已请之。少顷来到，自谓顾应泰之子，问其父死年甲，则以仓卒【按："仓卒"亦作"仓猝"】不能记得为答，事甚可疑，仍即辞去。李健命《寒圃斋使行日记》

三十日（丙戌）。

晴。是夕即除夕也，数千里异域岁色将改，客怀作恶，吟成一律："我行随岁色，穷腊到幽燕。故国三千里，霜毛六十年。天机无暂住，人事总堪怜。旅馆谁相伴，寒灯照枕边。"李健命《寒圃斋使行日记》

康熙六十一年（1722/壬寅）

正月

初一日（丁亥）。

朝鲜国王李昀【按：当为"李昀"】遣陪臣李健命等表贺冬至、元旦、万寿节，及进岁贡礼物。宴赉如例【按：参见康熙六十年十月二十七日条】。
《清圣祖实录》卷二九六

十四日（庚子）。

召八旗文武大臣年六十五以上者六百八十人，已退者咸与赐宴，宗室授爵劝饮。越三日，宴汉官年六十五以上三百四十人亦如之。上赋诗，诸臣属和，题曰"千叟宴诗"。《清史稿卷八·本纪八·圣祖三》

二月

初二日（丁巳）。

有一小儿名张寅策，年十四岁，立门檐观光，爱其眉目妍秀，招与之语，赠以纸刀及扇。俞拓基《燕行录》

初三日（戊午）。

明日，寅策来示其母张玉亭诗数十篇，间有楚楚可咏之句，赠以笔墨。渠苦要我诗，不得已书示二律。寅策来时，其母书送一小红条曰："闺中俚句，无乃笼中之鸟，仿佛人言，因豚儿妄言，寀献笑大方，祈高明谅之，勿嗤感感。"下书云"渤海玉亭莲笔"。盖昨日张儿自言其母之能诗，故使之取来矣。帖语如此，其姓名即张福莲，而玉亭则乃其字，年今五十四，有诗集

二卷,名曰《绣余集》,而姑未付刻云。俞拓基《燕行录》

十一日（丙寅）。

晴。留十方院。食后副使来见,书状来见,前来进士陆姓人与其弟来,赠以七言四韵草书者及墨画一丈,给笔墨以谢。李健命《寒圃斋使行日记》

二十三日（戊寅）。

李枢觅示所谓《内阁日记》五册,如所谓《塘报》之类,题以"循簿"或"环簿","循环"二字之义未详。其中有"今年正月初二日,会文武官六十五岁以上者凑为一千岁,祝皇上庆寿"等语,而有所谓御制一诗曰:"百里山川积素妍,古稀白发会琼筵。还须尚齿无尊爵,且向长眉拜瑞年。莫讶君臣同健壮,愿将亿兆共昌延。万几惟我无休息,日暮七旬未歇肩。"诗语不徒陋恶,无可观,意亦多未晓者。俞拓基《燕行录》

二十五日（庚辰）。

朝鲜国王李昀疏言:"臣不幸自幼多病,气甚痿弱,嗣续绝望。臣弟延礽君李昑,聪明孝友,年又长成。臣既无子,请将李昑锡以世弟之号,以续宗祧。"得旨:"该王以本月甚弱,恳请伊弟李昑封为世弟,著照所请行。"《清圣祖实录》卷二九六

三月

二十六日（辛亥）。

王世弟册封奏请使李健命先来启曰:"正月二十日,清主以奏本问太学士马齐等后,旨意令太学士等传集朝鲜使臣,将王病证详细问奏。二十二日,清主往南海子后,提督来言:'使臣趁明朝来会于午门外。'二十三日晓,臣等率堂上译官三人进诣阙中。差晚,阁老松柱以下内阁学士、礼部尚书、侍郎以下并十一人列坐午门外。臣进前,则书出内旨,问曰:'王何年纪,系何病证,病之形势若何,嗣续之路何至绝望?从前不曾生育,或生而不育?用何医药?王弟只有延礽君一人,或有诸弟否?延礽君有何年纪,与国王是同母否?'臣等书对曰:'国王今年三十五岁,病证形势已载于奏本中,陪臣有不敢赘陈,而国王自少多病,气甚痿弱,积年医治,广试求嗣之药,终无效

验。前后两妃，左右媵属一未有胎育，此可见嗣续绝望之实状也。国王亲弟原有延礽君及延龄君昍，而延龄君已于己亥冬病故，见今只有延礽君一人，今年二十九岁，即国王异母弟也。国王念疾患之深痼，悯后绪之无继，爰举先祖封弟之旧规，仰恃大国字小之至德，备陈血恳，冀被恩典。此等情状，宜蒙矜恤，今兹特询，实出曲念，陪臣等惶陨感激，不知所达'。阁臣又问：'延礽君系何人所生，伊母在否？'臣等答以'延礽君系先王后宫崔氏所生，崔氏已于戊戌病卒矣'。二月初三日，始以该部议奏下旨，二十一日仪制司措辞防塞，二十三日文书留中。二十四日引见，太学士曰：'朝鲜奏本，礼部防塞何如？'太学士马齐对曰：'外国情恳，如是切急，惟在处分。'清主即令特准。今此所干，实是莫重莫大之事，初几顺成，中忽沮格，一行上下，莫不陨悯失图矣。毕竟赖阁臣善对中旨，特旨特准，实是万万奇幸，莫非王灵所曁矣。"《朝鲜景宗实录》卷三

四月

初五日（己未）。

移配兴阳围篱，安置罪人李健命于本县罗老岛。前配蛇岛，非隔海之地，禁府启请移配，上从之。《朝鲜景宗实录》卷七

初十日（甲子）。

命内阁学士阿克敦为正使，二等侍卫佛抡为副使，往封朝鲜国王李昀弟李昑为世弟。谕朝鲜国王李昀曰："朕惟父子相传，有国之常经，兄弟继及，一时之权道。兹览王奏，以抱屙日久，嗣续维艰，请将亲弟延成君李昑建为世弟。情辞恳至，朕勉允所请。遣大臣赍捧诰命，封李昑为朝鲜国王世弟，并赐彩币等物。惟王勗弟李昑敦乃彝伦，永怀忠顺，衍本支之休庆，保宗社之安宁，王如兆叶禖详，吉占熊梦，王其再奏。钦哉！无替朕命。"《清圣祖实录》卷二九七

十八日（壬申）。

冬至兼奏请副使尹阳来、书状官俞拓基入来【按：参见康熙六十年十月二十七日条】。上使李健命被罪，不得复命。封典顺成，中外相庆。《朝鲜景宗实录》卷七

五月

初五日（己丑）。

此日乃屈子沉水日，谩吟曰："倏尔天中节，飘然海上身。罪尤心自讼，衰疾鬼为邻。旧国音书断，囚山草树蓁。汨罗今日恨，何处吊灵均。"李健命《寒圃斋使行日记》

二十七日（辛亥）。

李健命《次述儿韵》："日月笼中过二旬，每闻京信辄伤神。追思半世多生悔，恨杀当时早避尘。闲对野秧风漾绿，爱看阶笋露抽新。空斋昼永无人问，时有村翁笑语亲。"李健命《寒圃斋使行日记》

六月

初一日（甲寅）。

晓起，北望拜哭，仍占一律："天上周星再，人间六月来。帝乡云驭邈，炎海水环回。圣主恩何报，孤臣肠欲摧。谁将一掬泪，洒向灞陵隈。"李健命《寒圃斋使行日记》

初二日（乙卯）。

朴都事还归，作二绝赠别："绝海无人问，荆扉尽日开。感君劳远访，相对罢愁颜。""吾身甘一死，世事欲无言。武锦童游地，他时定有魂。"李健命《寒圃斋使行日记》

初四日（丁巳）。

连日阴霾，风雨无常，遂赋一律："海风吹瘴至，山雨逐烟成。况值三庚节，难逢一日晴。竹光浸户润，檐溜绕阶鸣。悄悄仍终夕，时时强引觥。"李健命《寒圃斋使行日记》

初六日（己未）。

赏赐陈奏兼奏请使正使以下有差。政院启请寝健命田民赐给之命，不许。

《朝鲜景宗实录》卷八

初八日（辛酉）。

乃先王再基也，晓起望哭，仍变服，占一绝："圣考遗弓日，孤臣泣血时。空山不尽痛，惟有子规知。"李健命《寒圃斋使行日记》

十一日（甲子）。

卞廷华来见，楞伽寺僧时时来见。是日三人持酒果来馈，遂感而漫吟："盈朝袍笏总知名，此日相看掉臂行。惟有山僧频远访，也应未识世间情。"李健命《寒圃斋使行日记》

八月

十五日（戊辰）。

李健命《八月十五夜月色如昼，病怀无聊漫吟志感》："天涯节序眼中过，倏忽光阴剧逝波。千里封疆兹土尽，一年明月此宵多。寒蛩咽咽鸣烟草，惊鹊翻翻集露柯。时物易迁人易感，日边消息近如何。"李健命《寒圃斋集》卷二

十九日（壬申）。

景宗即位，升左。仍使燕未还，祸作。自中途赴谪罗老岛，竟被惨祸，壬寅八月十九日也。当受命，日黯气凄，大风振海。才藁葬，二子併命。村人见每夜白气起冢上，指为冤氛。李宜显《议政府左议政寒圃李公墓表》

李健命《绝笔》："许国丹心在，死生任彼苍。孤臣今日恸，无面拜先王。"李健命《寒圃斋集》卷二

李器之《绝笔》："忽忽悠悠三十春，希贤凤志愧因循。纵今死在圆扉下，桎梏还看正命人。""奇祸横罹命也哉，贤人不免吾何哀。双亲此日分江海，天末魂归任往来。右寄凤儿，死生有命，只无愧于心耳。汝须勿浪游，勤读书，必以经书及两程、朱子书服膺沉潜，可矣。我若死，此诗送南海也。此后虽复见天日，汝勿入科场，可矣。"李器之《一庵集》卷一【考证：以上二诗约作于八月十九日。李宜显《议政府左议政寒圃李公墓表》："景庙有疾无嗣，国势危骫，台臣疏请建储。公亟与大臣诸臣入对，聿定大策。群凶方窟穴幽阴为异图，大恶之，遂有凤辉之疏。上疾益甚，命东宫代理大小事。公与三大臣联名陈箚，请只依先朝丁酉例举行，于是有泰耈潜入之举，而

事机之凶恶，尤不可言矣。会公承命出疆，而一镜等诸贼疏入，备忘从中下，诸贼一齐布列，以联箚为案，桎梏诸大臣。已而，金、李两公受后命，又添构公罪名，至请极律，谓承俞音，遣宣传官莅刑。报至，公颜色阳阳，草遗疏请保护东宫，仍赋一诗，遂就戮。"】

赵泰采《闻李相国仲刚被祸》："百年乔木一何残，朝纸南来掩泪看。穷海忍言冤血碧，夜台应抱苦心丹。留将旧约藏金柜，收召余魂侍玉栏。幽枉快伸终有日，定知天道好回环。"赵泰采《二忧堂集》卷二【考证：诗题曰"闻李相国仲刚被祸"，诗云"朝纸南来掩泪看"，约作于八月十九日李健命赴死后。】

十月

二十七日（己卯）。

谢恩陈奏兼冬至正使全城君混、副使李万选、书状官梁廷虎辞陛，命引见宣酝。《朝鲜景宗实录》卷十

申翼相《送全城君混之燕》："秦家城郭空依旧，汉代山河尚带愁。为问三韩万里使，去来行役几时休。"申翼相《醒斋遗稿》卷二【考证：据《同文汇考补编·使行录》，谢恩陈奏兼冬至正使李混、副使李万选、书状官梁廷虎于十月二十七日赴清，此诗约作于十月二十七日或其后。《国朝人物志》卷三：申翼相（1634—1697），字叔弼，号惺斋，高灵人。显宗庚子进士。壬寅文科。肃宗甲戌，以亚卿超拜。乙亥，为右议政。己巳，金寿恒之加罪也，翼相抵书。时相曰："互相倾轧，尚且亡人之国，况以杀戮相报，终置国事于何地！"坤殿逊位，翼相泣归杨州，除职皆力辞，谥贞简。】

金一镜请赐赵泰采死，上从之。泰采字幼亮，其先杨州人。少中丙科，肃宗末拜议政府右议政，改判中枢府事。景宗元年，正言李廷熽请建储嗣，泰采乃与领议政金昌集、右议政李健命诣合门外。昌集欲知泰采意，佯问曰："事将奈何？"泰采正色曰："国有长君，社稷之福也。"昌集归语家人曰："赵公诚伟人也。"夜，泰采与定大策，又与三大臣上箚，请命王世弟代理国政。明年安置珍岛郡，夷然自适无戚容，作诗曰："冤泪先朝三老相，悲歌半夜一孤臣。"已而赐死，神气自若。及既死，风雷暴作，天地晦暝，有长虹起于屋隅，人皆异之。泰采死时年六十三。英宗元年，命追复官爵，谥曰忠翼，命有司立庙江上。泰采临命，家人泣请少迟之，泰采正色，趣使者和药而进。杀一身以存社稷，岂不烈哉！《朝鲜景宗实录》卷三

十一月

十三日（甲午）。

上大渐，日加戌，上崩，年六十九。即夕移入大内发丧。《清史稿卷八·本纪八·圣祖三》

二十日（辛丑）。

上即位，以明年为雍正元年。《清史稿卷九·本纪九·世宗》

三十日（辛亥）。

义州府尹李夏源、平安监司李真俭以胡皇崩逝驰启。虽得之于传闻，而知其真的，故有此状闻。继又以传讣敕牌文出来驰启，而问于彼人之出来者，则胡皇今月十九日崩逝，二十日敕使自会同馆离发云矣【按：参见十一月十三日、二十日条】。《朝鲜景宗实录》卷十

十二月

初二日（癸丑）。

以砺城君楫为进慰兼进香正使，金始焕为副使，李承源为书状官。○陈慰正使砺城君楫以亲年七十陈情乞递，上许改。《朝鲜景宗实录》卷十

初三日（甲寅）。

以砺山君枋为陈慰正使。《朝鲜景宗实录》卷十

初四日（乙卯）。

谢恩使全城君混等入彼境，驰启曰："入送军官于凤凰城，探问敕奇，因甲军马姓人闻之，则皇帝去月十三日崩逝，十五日第四子即位，十六日发表。敕使当于三十日间到凤城云矣。我国每以胡皇死必有变乱为虑，及见此状启，崩逝日字与湾尹所报相左，敕行又过期不来，人皆疑惧，都民有骇散之心，而西路尤甚云。"《朝鲜景宗实录》卷十

十五日（丙寅）。

登极敕使牌文出来，义州府尹平安监司驰启以闻【按：参见是年十一月二十日条】。《朝鲜景宗实录》卷十

十六日（丁卯）。

以李光佐为远接使，权益宽为问礼官。○传讣敕使额真那、吴尔泰至京，上及王世弟具白袍、翼善冠、乌犀带，迎敕于幕华馆，先由敦义门还宫，敕使由崇礼门继至。又祗迎于仁政殿庭，敕使升殿，置敕书于案上。上四拜焚香，由西阶升殿，北向立，敕使称有制，跪而受之，降复位。宣敕书，即康熙皇帝遗诏也。《朝鲜景宗实录》卷十

十九日（庚午）。

礼部等衙门议奏："帝王即位，首重元正。元者，岁之始。正者，月之始也。故曰春王正月，所以纪即位之始也。明年雍正元年，为皇上龙飞之首岁，皇上孝思罔极，即不升殿受贺，而群臣进表之礼，断不可缺。臣等请雍正元年元旦，在京诸王百官，恭进皇太后表文、皇上表文，仍照例呈览，交与内阁收贮。将此表文式样，颁发朝鲜、直隶各省，于雍正二年具奏，皇上万寿、冬至虽不受贺，其表文亦照例具奏，交与内阁收贮。如此则皇上之孝思已尽，而国家之大典亦全矣。"从之。《清世宗实录》卷二

附录一　洪大容《湛轩燕记·路程》

自京至义州一千五十里。高阳碧蹄馆四十里。坡州坡平馆四十里。长湍临湍馆三十里。松都太平馆四十五里。金川金陵馆七十里。平山东阳馆三十里。葱秀宝山馆三十里。瑞兴龙泉馆五十里。剑水凤阳馆四十里。凤山洞仙馆三十里。黄州齐安馆四十里。中和生阳馆五十里。平壤大同馆五十里。顺安安定馆五十里。肃川肃宁馆六十里。安州安兴馆六十里。嘉山嘉平馆五十里。纳清亭二十五里。定州新安馆四十五里。郭山云兴馆三十里。宣川林畔馆四十里。铁山车辇馆四十里。龙川良策馆三十里。所串义顺馆四十里。义州龙湾馆三十五里。

自义州至北京二千六十一里。

九连城二十五里宿。鸭绿江五里。小西江一里。中江一里。方陂浦一里。三江二里。九连一十五里。

金石山三十五里中火。望隅五里。者斤福伊八里。碑石隅二里。马转坂五里。金石山一十五里。

葱秀山三十二里宿。温井八里。细浦二里。柳田一十里。汤站一十里。葱秀山二里。

栅门二十八里宿。鱼龙堆一里。沙平二里。孔岩一十里。上龙山五里。栅门一十里。

凤凰城三十五里。有朝鲜馆名柔远馆。安市城一十里。榛坪二里。旧栅门八里。凤凰山五里。凤凰城一十里。

干者浦二十里中火。一名余温者介。三叉河一十里。干浦一十里。

松站三十里宿。一名薛刘站。伯颜洞一十里。麻姑岭一十里。松站一十里。

八渡河三十里中火。源出分水岭。小长岭五里。瓮北河五里。大长岭五里。八渡河一十五里。

通远堡三十里宿。獐岭一里。通远堡二十九里。

草河口三十里中火。一名畬洞。石隅一十五里。草河口一十五里。

连山关三十里宿。分水岭二十里。连山关一十里。

甜水站四十里中火。会宁岭一十五里。甜水站二十五里。

狼子山四十里宿。青石岭二十里。小石岭二里。狼子山一十八里。

冷井三十八里中火。三流河一十五里。王祥岭一十里。孝子王祥居。石门岭三里。冷井一十里。

新辽东三十里宿。有旧辽东白塔华表柱。阿弥庄一十五里。新辽东一十五里。

烂泥铺三十里中火。一名三道把。接官厅一十七里。防虚所八里。烂泥铺五里。

十里铺三十里宿。自九连城至此为东八站。烂泥浦五里。烟台河一十里。山腰浦五里。

白塔堡四十五里中火。板桥铺五里。长盛店一十里。沙河堡五里。暴咬哇五里。火烧桥八里。旗匠铺二里。白塔堡一十里。

沈阳二十四里宿。盛京奉天府有行宫。一所台五里。红匠铺五里。混河五里。沈阳九里。

永安桥三十里中火。愿堂寺五里。康熙愿堂。状元桥一里。永安桥一十四里。

边城三十里宿。双家子五里。大方身一十里。磨刀桥五里。边城一十里。

周流河四十二里宿。神农店一十二里。孤家子一十三里。巨流河八里。周流河九里。

大黄旗堡三十五里中火。西店子三里。五道河二里。四方台五里。郭家屯五里。新民店五里。小黄旗堡五里。大黄旗堡八里。

大白旗堡二十八里宿。产猎狗。芦河沟八里。石狮子五里。古城子一十里。大白旗堡五里。

一板门三十里中火。小白旗堡一十里。一板门二十里。

二道井三十里宿。

新店三十里中火。实隐寺八里。新店二十二里。

小黑山二十里宿。土子亭一里。烟台一十五里。小黑山四里。

中安浦三十里中火。羊肠河一十二里。中安浦一十八里。

新广宁四十里宿。有旧广宁、北镇庙、桃花洞。于家庄五里。旧家里一十三里。新店二里。新广宁七里。

闾阳驿三十七里中火。兴隆店五里。双河堡七里。壮镇堡五里。常兴店二里。三台子三里。闾阳驿一十五里。

十三山四十里宿。二台子一十里。三台子五里。四台子五里。五台子五里。六台子五里。十三山一十里。

大凌河二十六里中火。二台子七里。三台子五里。大凌河一十四里。

小凌河三十四里宿。西北二十里锦州卫。大凌河堡四里。四同碑一十二里。双沿站一十里。小凌河八里。

高桥堡五十四里宿。小凌桥二里。松山堡一十六里。官马山一十六里。杏山堡二里。十里河店二里。高桥堡八里。

连山驿三十二里中火。塔山店一十二里。朱柳河五里。罩篱山店五里。二台子三里。连山驿七里。

宁远卫三十一里宿。有温泉、呕血台、祖家牌楼及坟园。五里河五里。双石店五里。双石城三里。永宁寺一十里。宁远卫八里。

沙河所三十三里中火。青墩台六里。观日出。曹庄驿七里。七里坡五里。五里桥七里。沙河所八里。

东关驿三十里宿。干沟台三里。烟台河五里。半拉店五里。望海店二里。曲尺河五里。三里桥七里。东关驿三里。

中后所一十八里中火。二台子五里。六渡河桥一十一里。中后所二里。

两水河三十九里宿。一台子五里。二台子三里。三台子四里。沙河店八里。叶家坟七里。口鱼河屯二里。口鱼河桥一里。两水河九里。

中前所四十六里中火。前屯卫六里。王家台一十里。王济沟五里。高宁驿五里。松岭沟五里。小松岭四里。中前所一十一里。

山海关三十五里宿。有望海亭、角山寺、贞女庙、威远台，或称将台。大石桥七里。两水湖三里。老鸡屯二里。王家庄三里。八里堡一十里。山海关一十里。

凤凰店四十五里中火。沉河三里。红河店七里。范家店二十里。大理营一十里。王家岭三里。凤凰店二里。

榆关三十五里宿。望海店十里。沉河堡一十里。网河店一十里。榆关一十里。

背阴堡四十五里中火。茔家庄三里。上白石铺二里。下白石浦三里。吴宫茔三里。抚宁县九里。望昌黎县文笔峰。羊河二里。五里铺三里。芦峰口一十里。茶栅庵五里。背阴堡五里。

永平府四十三里宿。有滦台寺、射虎石、夷齐庙。双望铺五里。要站五里。部落岭一十二里。十八里铺三里。发驴槽一十三里。漏泽园三里。永平府二里。

野鸡屯四十里中火。青龙河桥一里。南坻店二里。滦河二里。范家庄一十里。望夫台五里。安河店八里。野鸡屯一十二里。

沙河堡二十里宿。沙河驿八里。沙河堡一十二里。

榛子店五十里中火。三官庙五里。马铺营五里。七家岭五里。新店铺五里。于河草五里。新坪庄五里。扛牛桥一十二里。青龙桥七里。榛子店一里。

丰润县五十里宿。铁城坎二十里。小铃河一里。板桥七里。丰润县二十二里。

玉田县八十里宿。赵家庄二里。蒋家庄一里。涣沙桥一里。卢家庄四里。高丽堡七里。草里庄一里。软鸡堡一十里。茶棚庵二里。流沙河一十二里。两水桥一十里。两家店五里。十五里屯一十里。东八堡七里。龙池庵一里。玉田县七里。

别山店四十五里中火。西八里堡八里。五里屯五里。彩亭桥三里。大枯树店九里。观蓟门烟树。小枯树店二里。有宋家城。蜂山店八里。螺山店二里。别山店八里。

蓟州二十七里宿。有大佛寺，西北三十里盘山。现桥六里。小桥坊二里。渔阳桥一十四里。蓟州五里。

邦均店三十里中火。五里桥五里。邦均店二十五里。

三河县四十里宿。白涧店一十二里。有香林、尼庵、白干松。公乐店八里。段家岭一里。石碑九里。滹沱河五里。三河县五里。

夏店三十里中火。枣林庄六里。白浮图六里。新店六里。皇亲庄六里。夏店六里。

通州四十里宿。柳夏屯六里。马已乏六里。烟郊铺八里。三家庄五里。邓家庄三里。胡家庄四里。习家庄三里。白河四里。通州一里。

朝阳门三十九里。八里桥八里。杨家闸二里。管家庄三里。三间房三里。定府庄三里。大王庄二里。太平庄三里。红门三里。十里堡二里。八里庄二里。弥勒院七里。有东岳庙。朝阳门一里。

都合三千一百一十一里。

附录二 康熙时期朝鲜燕行使臣年表（1703—1722）[1]

使行时间	使行名目	使行任务	正使/咨官	副使	书状官	随行文人
康熙四十二年（1703/癸未） 九月二十一日	谢恩行	谢封王妃谢颁请巡诏、谢赐笔	砺山君枋	右参赞徐文裕	司仆正李彦经	
十月二十八日	三节年贡行		工曹判书徐宗泰	礼曹参议赵泰东	兼持平金栽	

---

[1] 本表根据《同文汇考补编》卷七《使行录》整理（参见《燕行录》《燕行录丛刊》），在《使行录》及已有研究成果基础上对康熙时期朝鲜燕行使臣派遣情况展开进一步整理与考察，以便与正文相互印证。

260

附录二 康熙时期朝鲜燕行使臣年表（1703—1722）

续表

使行时间		使行名目	使行任务	正使/咨官	副使	书状官	随行文人
康熙四十三年（1704/甲申）	二月二十七日	赍咨行	报犯杀	司勇李后勉			
	八月二十七日	谢恩兼陈奏行	谢停查犯、奏疑犯	临昌君李焜	礼曹判书李世载	兼持平李夏源	
	十月二十三日	赍咨行	押解漂人	司勇崔希尚			
	十月二十七日	三节年贡行		吏曹判书李颐命	礼曹参议李蕃茂	持平李明浚	
康熙四十四年（1705/乙酉）	四月二十九日	赍咨行	报勘犯输岁	司正韩锡祚			
	十月三十日	谢恩兼三节年贡行	谢免议	东平尉郑载仑	礼曹判书黄钦	掌令南迪明	
康熙四十五年（1706/丙戌）	四月十五日	赍咨行	押解漂人	司勇吴相良			
	十月三十日	三节年贡行		左参赞俞得一	礼曹参议朴泰恒	持平李廷济	

261

续表

使行时间	使行名目	使行任务	正使/咨官	副使	书状官	随行文人
康熙四十六年（1707/丁亥）二月二十日	贺咨行	报拯出漂人物件	副司直高征厚		掌乐正权朴	
康熙四十六年（1707/丁亥）十月二十八日	谢恩兼三节年贡行	谢留用漂人物件	晋平君李泽	左参赞南致熏		
康熙四十七年（1708/戊子）十一月初一日	三节年贡行		判敦宁闵镇厚	礼曹参判金致龙	掌令金始焕	
康熙四十八年（1709/己丑）七月二十八日	谢恩兼进贺行	贺皇太子复位、谢颁诏	临阳君李桓	右参赞俞集一	兼掌令李颢汉	
康熙四十八年（1709/己丑）十月二十九日	三节年贡行		知敦宁赵泰耉	礼曹参判任舜元	文学具万理	
康熙四十八年（1709/己丑）十月初五日	贺奏行	报防守沿海	都总经历韩范锡，司译正崔商奎			
康熙四十九年（1710/庚寅）十月二十九日	谢恩兼三节年贡行	谢饬防守海贼	东平尉郑载仑	礼曹判书朴权	司艺洪禹宁	
康熙四十九年（1710/庚寅）十一月二十六日	贺咨行	报犯禁	副司直金弘祉			

262

附录二 康熙时期朝鲜燕行使臣年表（1703—1722）

续表

使行时间	使行名目	使行任务	正使/咨官	副使	书状官	随行文人
	三月十一日	赍咨行	报差遣参核使	司译正金庆门			
	三月？日	参核行	会查犯越	刑曹参议朱正明			
康熙五十年（1711/辛卯）	六月二十二日	赍咨行	报再遣参核使及边路险	司译正张远翼			
	六月十九日①	参核行	更查犯越	刑曹参判赵泰东			
	十月三十日	谢恩兼三节年贡行	谢停查犯奏拟律	砺山君李枋	左参赞金演	掌乐正俞命凝	
	正月二十日	赍咨行	押解票人	司译正金鼎禹			
	三月二十二日	谢恩行	谢停白银豹皮	锦平尉朴弼成	礼曹参判闵镇远	兼执义柳述	
	六月初五日	赍咨行	报犯越勘罪	司译正李杓			
康熙五十一年（1712/壬辰）	八月十八日	赍咨行	报捕送犯境渔采人	司译正郑泰贤			
	十一月初三日	谢恩兼三节年贡行	谢方物移准、谢犯越免议、谢发回豹皮、谢定界	右议政金昌集	吏曹判书尹趾仁	司仆正卢世夏	金昌业 崔德中

① 《承政院日记》言肃宗三十七年（1711）六月十九日，"参核使赵泰东出去"。《使行录》言"六月？日"，此处依《日记》记作六月十九日。

263

续表

使行时间		使行名目	使行任务	正使/咨官	副使	书状官	随行文人
康熙五十二年(1713/癸巳)	七月二十八日	进贺兼谢恩行	贺五纪治平、谢颁诏、谢别谕、谢赐册、谢方物移准	临昌君李焜	左参赞权尚游	姜掌令韩重熙	
	十一月十六日	赍咨行	押解漂人	司译正李枢纽			
	十月二十九日	三节年贡行		左参赞赵泰采	礼曹参判金相稷	持平韩祉	
康熙五十三年(1714/甲午)	十一月初二日	谢恩兼三节年贡行	谢颁诏谢恩外只进表文、请禁断渔采人	晋平君李泽	礼曹判书权愭	掌令俞崇	
	十二月十五日	赍咨行	报荟春造屋	汉学教授金庆门			

附录二 康熙时期朝鲜燕行使臣年表（1703—1722）

续表

使行时间		使行名目	使行任务	正使/咨官	副使	书状官	随行文人
康熙五十四年（1715/乙未）	四月初十日	赍咨行	报犯买黑角	司译正卞时和			
	四月？日	赍咨行	押解漂人	司译正李杓			
	十一月初二日	谢恩陈奏兼三节年贡行	谢免遣查救、奏究审犯人	东平尉郑载仑	礼曹判书李光佐	掌令尹阳来	
	十二月十七日	赍咨行	报泽春房屋撤毁	司勇韩兴五			
康熙五十五年（1716/丙申）	十月三十日	谢恩兼三节年贡行	谢免议	砺山君李枋	礼曹判书李大成	掌令权煝	
	十月？日	赍咨行	押解漂人	司译正金洪万运			
	七月二十六日	赍咨行	请贸空青	司议正李枢			
康熙五十六年（1717/丁酉）	十一月初三日	三节年贡行		右参赞俞命雄	礼曹参判南就明	持平李重协	
	十二月二十六日	谢恩行	请赐空青	锦平尉朴弼成	礼曹判书李观命	掌令李挺周	

265

续表

使行时间	使行名目	使行任务	正使/咨官	副使	书状官	随行文人
康熙五十七年(1718/戊戌) 三月二十七日	陈慰兼进香行	慰皇太后崩逝	砺原君李柱	礼曹参判吕必容	持平金砺	
十一月初一日	三节年贡行		刑曹判书俞集一	礼曹参判李世瑾	兵曹正郎郑锡三	
康熙五十八年(1719/己亥) 三月?日	赍咨行	报遣信使	汉学教授张文翰			
八月初八日	进贺兼谢恩行	贺尊谥皇太后、谢颁诏赐物、谢问上候	砺山君李昉	左参赞俞命弘	掌令宋必桓	
十一月初四日	三节年贡行		右参赞赵道彬	礼曹参判赵荣福	持平申晳	
康熙五十九年(1720/庚子) 六月初四日	赍咨行	报信行后候情	汉学教授申之淳、同知金图南			
七月二十七日	告讣兼奏请行	告肃宗大王升遐、请谥、请承袭	判中枢李宜显	左参赞李肇	执义朴圣辂	李器之
十一月初三日	三节年贡行		右参赞李宜显	礼曹参判李乔岳	持平赵荣世	

附录二 康熙时期朝鲜燕行使臣年表（1703—1722）

续表

使行时间		使行名目	使行任务	正使/咨官	副使	书状官	随行文人
康熙六十年（1721/辛丑）	三月初四日	谢恩行	谢致吊、谢赐祭、谢赐谥、谢册封、谢方物发回	判中枢赵泰采	左参赞李正臣	执义梁圣揆	
	六月十四日	赍咨行	押解漂人	副护军刘再昌			
	十月二十七日	陈奏奏请兼三节年贡行	请册封世弟、奏请封事情	左议政李健命	礼曹判书尹阳来	司仆正俞拓基	
	十月？日	赍咨行	押解漂人	司译正李杓			
	八月十二日	赍咨行	捕送越境渔采人	汉学教授申之淳			
康熙六十一年（1722/壬寅）	十月二十七日	谢恩陈奏兼三节年贡行	谢册封世弟、谢方物发回、奏建储后事情、奏讨逆	全城君李混	左参赞李万选	执义梁廷虎	赵锡命

267

附录三 康熙时期《燕行录》一览表（1703—1722）

作者	使行时间	使行身份	燕行录	体裁	文献来源	备注
徐宗泰① (1652—1719)	1703.10	三节年贡正使	燕行杂录	诗歌	《燕行录全集》第 24 册；《燕行录丛刊》；《晚静堂集》卷四（《文集》163）	
李颐命 (1658—1722)	1704.10	三节年贡正使	燕行杂识	杂录	《燕行录全集》第 34 册；《燕行录丛刊》；《疏斋集》卷十一（《文集》172）	
李颐命 (1658—1722)	1704.10	三节年贡正使	燕行诗	诗歌	《燕行录全集》第 34 册；《燕行录丛刊》；《疏斋集》卷一（《文集》172）	

① 《燕行录全集》标注作者为徐文重，据考证，徐宗泰《晚静堂集》卷四中诗歌与《燕行杂录》内容一致，又据《使行录》可知作者当为徐宗泰而非徐文重。详见漆永祥《燕行录千种解题》，北京大学出版社 2021 年版，第 647 页。

续表

作者	使行时间	使行身份	燕行录	体裁	文献来源	备注
金始焕① (1661—?)	1708.11	三节年贡书状官	燕行日录	日记、诗歌	《燕行录丛刊》	内有闵镇厚、金致龙诗
闵镇远② (1664—1736)	1712.2	谢恩副使	燕行日记	日记	《燕行录全集》第34、36册；《燕行录选集》	前附地图，"行中座目"，后附"译官金庆门所纪吴三桂事"等
金昌业 (1658—1721)	1712.11	随员	연힝일긔(燕行日记)	日记	《燕行录全集》第31册；《燕行录丛刊》③	韩文
金昌业 (1658—1721)	1712.11	随员	老稼斋燕行日记（稼斋燕行录）	日记	《燕行录全集》第31、32、33册；《燕行录丛刊》	前附"一行人马渡江数""往来总录"等

① 《燕行录全集》标注作者未详，据考证，当为书状官金始焕所作，详见左江《〈燕行录全集〉考订》，张伯伟主编《域外汉籍研究集刊》第4辑，2008年版，第50页；漆永祥《燕行录千种解题》，北京大学出版社2021年版，第654页。
② 《燕行录全集》标志作者为赵荣福，有误，当为闵镇远所作，详见左江《〈燕行录全集〉考订》，张伯伟主编《域外汉籍研究集刊》第4辑，2008年版，第47页；杨军《燕亏录全集订补》，《古典文献研究》第十二辑，第484页；漆永祥《〈燕行录全集〉考误》，《北大中文学刊》2009年版，第249—250页。
③ 《燕行录全集·目录》标志此文位于第34册，有误，当为第31册。

续表

作者	使行时间	使行身份	燕行录	体裁	文献来源	备注
金昌业(1658—1721)	1712.11	随员	燕行埙篪录	诗歌	《燕行录全集》第34册；《燕行录丛刊》；《老稼斋集》《文集》175卷五	
金昌集(1648—1722)	1712.11	谢恩兼三节年贡正使	燕行埙篪录	诗歌	《燕行录全集》第29册；《燕行录选集》	前附"燕行埙篪录序""肃宗大王御制赐章"
崔德中(1675—1754)	1712.11	随员	燕行录	日记	《燕行录全集》第39、40册；《燕行录丛刊》①	前附"概要""路程记"等
赵泰采(1660—1722)	1713.11	三节年贡正使	癸巳燕行录	诗歌	《燕行录全集》第34册；《二忧堂集》卷一（《文集》176）	
韩祉(1675—?)	1713.11	三节年贡书状官	两世燕行录（燕行日录）	日记	《燕行录全集》第29册；《燕行录丛刊》②	

① 《燕行录全集·目录》标志此文位于第34册，有误，当为第39、40册。
② 《燕行录全集·目录》标志此文位于第34册，有误，当为第29册。

附录三 康熙时期《燕行录》一览表（1703-1722）

续表

作者	使行时间	使行身份	燕行录	体裁	文献来源	备注
晋平君李泽 (1651—1719)	1714.11	谢恩兼三节年贡正使	两世疏草（燕行日记）	日记	《燕行录丛刊》	
赵荣福 (1672—1728)	1719.11	三节年贡副使	燕行日录	日记、诗歌	《燕行录全集》第36册；《燕行录丛刊》①	
李器之 (1690—1722)	1720.7	随员	一庵燕记	日记	《燕行录丛刊》	前附"一行及经路"
李器之 (1690—1722)	1720.7	随员	燕行诗	诗歌	《一庵集》卷一（《文集》70）	
李宜显 (1669—1745)	1720.11	三节年贡正使	庚子燕行杂识上、下	杂录	《燕行录全集》第35册；《燕行录选集》；《陶谷集》卷二十九、三十（《文集》181	

① 《燕行录全集·目录》标志此文位于第34册，有误，当为第36册。

271

续表

作者	使行时间	使行身份	燕行录	体裁	文献来源	备注
李宜显（1669—1745）	1720.11	三节年贡正使	庚子燕行诗	诗歌	《燕行录全集》第35册；《燕行录丛刊》；《陶谷集》卷二（《文集》180）	
李正臣（1660—1727）	1721.3	谢恩副使	燕行录	日记	《燕行录全集》第34册；《燕行录丛刊》；《栎翁遗稿》卷七（《文集》53）	前附"一行""路程记"
李正臣（1660—1727）	1721.3	谢恩副使	燕行诗	诗歌	《栎翁遗稿》卷一（《文集》53）	
赵泰采（1660—1722）	1721.3	谢恩正使	燕行诗	诗歌	《二忧堂集》卷一（《文集》176）	
俞拓基（1691—1767）	1721.10	陈奏奏请兼三节年贡书状官	燕行录	杂录	《燕行录全集》第38册；《燕行录丛刊》	
俞拓基（1691—1767）	1721.10	陈奏奏请兼三节年贡书状官	燕行诗	诗歌	《知守斋集》卷一（《文集》213）	
李健命（1663—1722）	1721.10	陈奏奏请兼三节年贡正使	寒圃斋使行日记	日记	《燕行录丛刊》	前附"从七世祖寒圃斋使行日记序""一行"
李健命（1663—1722）	1721.10	陈奏奏请兼三节年贡正使	燕行诗	诗歌	《寒圃斋集》卷二（《文集》177）	

附录四　征引书目

一、丛书类

[1]（韩）国史编纂委员会.朝鲜王朝实录[M].首尔：国史编纂委员会，1955-1958.

[2]（韩）国史编纂委员会.承政院日记[M].首尔：国史编纂委员会，1961.

[3]（韩）民族文化推进会.国译燕行录选集[M].首尔：民族文化推进会，1976.

[4]（韩）民族文化推进会.影印标点韩国文集丛刊[M].首尔：景仁文化社，1990-2010.

[5]（韩）林基中.燕行录全集[M].首尔：东国大学出版部，2001.

[6]（韩）林基中.燕行录丛刊[M].韩国学术期刊数据库，2011.

[7]（韩）首尔大学校奎章阁韩国学研究院.通文馆志[M].首尔：首尔大学校奎章阁韩国学研究院，2006.

[8]（朝）郑昌顺等.同文汇考[M].台北：珪庭出版社，1978.

[9]（朝）金正浩.大东地志[M].首尔：汉阳大学校附设国学研究院，1974.

[10]（朝）安钟和.国朝人物志[M].首尔：明文堂，1983.

[11]（朝）朴义成.纪年便考[G]//周斌，陈朝辉.朝鲜汉文史籍丛刊，成都：巴蜀书社，2014.

[12]（清）范文程等.太宗文皇帝实录[M].北京：中华书局，1985.

[13]（清）图海等.世祖章皇帝实录[M].北京：中华书局，1985.

[14]赵尔巽.清史稿[M].北京：中华书局，1977.

[15]陈盘等.中韩关系史料辑要[M].台北：珪庭出版社，1978.

[16]吴晗.朝鲜李朝实录中的中国史料[M].北京：中华书局，1980.

[17]赵季等.明洪武至正德中朝诗歌交流系年[M].北京：人民文学出版社，2014.

273

[18] 王其榘. 清实录：邻国朝鲜篇资料[M]. 北京：中国社会科学院中国边疆史地研究中心，1987.

[19] 张存武，叶泉宏. 清入关前与朝鲜往来国书汇编 1619—1643[M]，台北：国史馆，2000.

[20] 赵兴元，郑昌顺.《同文汇考》中朝史料[M]. 长春：吉林文史出版社，2003.

[21] 朴兴镇. 中国廿六史及明清实录东亚三国关系史料全辑[M]. 延吉：延边大学出版社，2007.

[22] 杜洪刚，邱瑞中. 韩国文集中的清代史料[M]. 桂林：广西师范大学出版社，2008.

[23] 漆永祥. 燕行录千种解题[M]. 北京：北京大学出版社，2021.

二、《影印标点韩国文集丛刊》

[24]（朝）洪大容. 影印标点韩国文集丛刊. 第 248 辑[M]. 1974 年刊本.

[25]（朝）李颐命. 疏斋集. 影印标点韩国文集丛刊. 第 172 辑[M]. 1759 年刊本.

[26]（朝）金兑一. 芦洲集. 影印标点韩国文集丛刊. 第 43 辑[M]. 1747 年刊本.

[27]（朝）李器之. 一庵集. 影印标点韩国文集丛刊. 第 70 辑[M]. 1768 年刊本.

[28]（朝）金昌业. 老稼斋集. 影印标点韩国文集丛刊. 第 175 辑[M]. 1798 年刊本.

[29]（朝）李观命. 屏山集. 影印标点韩国文集丛刊. 第 177 辑[M]. 18 世纪后期刊本.

[30]（朝）金昌集. 梦窝集. 影印标点韩国文集丛刊. 第 158 辑[M]. 1859 年刊本.

[31]（朝）俞拓基. 知守斋集. 影印标点韩国文集丛刊. 第 213 辑[M]. 1878 年刊本.

[32]（朝）李健命. 寒圃斋集. 影印标点韩国文集丛刊. 第 177 辑[M]. 1758 年刊本.

[33]（朝）宋相琦. 玉吾斋集. 影印标点韩国文集丛刊. 第 171 辑[M]. 1760 年刊本.

[34]（朝）南有容. 雷渊集. 影印标点韩国文集丛刊. 第 217 辑[M]. 1783 年刊本.

[35]（朝）李宗城. 梧川集. 影印标点韩国文集丛刊. 第 214 辑[M]. 1937 年刊本.

[36]（朝）权尚夏. 寒水斋集. 影印标点韩国文集丛刊. 第 150 辑[M]. 1761 年刊本.

[37]（朝）李寅烨. 晦窝诗稿. 影印标点韩国文集丛刊. 第 172 辑[M]. 刊行年代不详.

[38]（朝）李正臣. 栎翁遗稿. 影印标点韩国文集丛刊. 第 53 辑[M]. 刊行年代不详.

[39]（朝）金敏. 东圃集. 影印标点韩国文集丛刊. 第 62 辑[M]. 刊行年代不详.

[40]（朝）申濡. 竹堂集. 影印标点韩国文集丛刊. 第 31 辑[M]. 刊行年代不详.

[41]（朝）赵泰亿. 谦斋集. 影印标点韩国文集丛刊. 第 189 辑[M]. 刊行年代不详.

[42]（朝）徐宗泰. 晚静堂集. 影印标点韩国文集丛刊. 第 163 辑[M]. 刊行年代不详.